COLIN COTTERILL

Ein Kopf macht noch keine Leiche

GOLDMANN
Lesen erleben

Buch

Jimm Juree, Mitte dreißig und ehemals Kriminalreporterin bei einer thailändischen Zeitung, leidet unter Provinzblues. Nachdem ihre Mutter vor einiger Zeit die Idee hatte, ein heruntergekommenes Ferienresort auf Vordermann zu bringen, lebt die schrullige Sippe in einem verschlafenen Nest – und Jimm glaubt, ihr Leben, zumindest aber ihre Karriere sei zu Ende. Doch in der Provinz geschieht mehr, als man gemeinhin vermutet. Zum Beispiel beim morgendlichen Gassigehen am Strand. Da schlagen Jimms Hunde plötzlich Alarm. Irgendein Strandgut ist äußerst aufregend, aber leider zu groß zum Apportieren. Jimm findet einen abgetrennten Männerkopf, den sie pflichtschuldig den örtlichen Behörden meldet. Doch die interessiert das wenig. Das Dorfoberhaupt würde das Problem gerne von der nächsten Flut wegspülen lassen, und die Ermittler klopfen lieber dumme Sprüche, als ihren Job zu machen. Doch Jimm lässt nicht locker – irgendwo muss schließlich der Rest des Toten stecken.

Nebenbei bereiten Jimm auch die Gäste in ihrem kleinen Strandhotel Kopfzerbrechen. Eine Mutter und ihre Tochter sind in einem Auto angereist – ohne Nummernschilder und ohne Papiere. Jimms Instinkt sagt ihr, dass das Gespann etwas zu verbergen hat, und die findige Spürnase liegt mal wieder goldrichtig …

Weitere Informationen zu Colin Cotterill
sowie zu lieferbaren Titeln des Autors
finden Sie am Ende des Buches.

Colin Cotterill

Ein Kopf macht noch keine Leiche

Ein Thailand-Krimi

Aus dem Englischen
von Jörn Ingwersen

GOLDMANN

Die Originalausgabe erschien 2012 unter dem Titel
»Granddad, there's a Head on the Beach«
bei Quercus, London.

Dieses Buch ist auch als E-Book erhältlich.

MIX
Papier aus verantwortungsvollen Quellen
FSC® C014496
FSC
www.fsc.org

Verlagsgruppe Random House FSC® N001967
Das FSC®-zertifizierte Papier *München Super* für dieses Buch
liefert Arctic Paper Mochenwangen GmbH.

1. Auflage
Deutsche Erstveröffentlichung Mai 2014

Umschlaggestaltung: UNO Werbeagentur, München
Umschlagbild: FinePic®, München
Redaktion: Gerhard Seidl
LT · Herstellung: Str.
Satz: omnisatz GmbH, Berlin
Druck und Bindung: GGP Media GmbH, Pößneck
Printed in Germany
ISBN 978-3-442-48127-9
www.goldmann-verlag.de

Besuchen Sie den Goldmann Verlag im Netz:

Gewidmet ist dieses Buch den tapferen Feierabendsängern, Coverbands und Karaoke-Helden Thailands, die phonetisch das englischsprachige Liedgut attackieren, ohne sich um solche Unannehmlichkeiten wie den tieferen Sinn zu scheren. Von ihnen stammen die Zitate, die ich seit über zwanzig Jahren zu einem Katalog verstümmelter Songtexte zusammengestellt habe, von denen ich einige dankend in diesem Buch verwende. Sollten Sie – wie ich – in einem bestimmten Alter sein und kurz prüfen wollen, welche Fortschritte Ihre Demenz macht, habe ich die korrekten Texte der Kapitelüberschriften ans Ende dieses Buchs gesetzt, damit Sie sich selbst testen können.

KAPITEL EINS

Slipping on the dog

»Raindrops Keep Falling on My Head«
Burt Bacharach

»Opa?«

Er blickte nicht mal auf. Er hatte einige Probleme, unser Opa. Schwerhörigkeit gehörte nicht dazu. Nichtwissenwollen sehr wohl. Er täuschte Ersteres vor, um Letzteres zu erreichen.

»Opa?«

Er wusste, dass ich da war, aber ich hatte zugegebenermaßen einen eher ungünstigen Zeitpunkt gewählt, um zu ihm durchzudringen. Momentan herrschte in Downtown Maprao die morgendliche Rushhour, und er musste den Verkehr im Auge behalten. Viele der Fischer, die von ihren Booten kamen oder gerade dorthin wollten, hielten bei Jieps Reisporridge-Bude gegenüber auf der anderen Straßenseite. Geschäftiger als um halb sieben Uhr morgens würde es nicht werden. Opa saß in seinem weißen Unterhemd und seinen Fred-Feuerstein-Shorts am Straßenrand und betrachtete kopfschüttelnd die vorbeifahrenden Autos. Wie ein ausrangierter Matador, der mit finsterer Miene einen Bullen auf der Weide mustert und sich vorstellt, wie er das Untier in jüngeren Jahren bezwungen hätte, so warf Opa den Lieferwagen und Motorrädern böse Blicke zu. Es waren gar nicht viele, doch alle missachteten sie die

Verkehrsregeln auf die eine oder andere Weise. Opa kannte jede einzelne Vorschrift. Er war vierzig Jahre lang Verkehrspolizist gewesen und hatte weitere vierzehn Jahre das *Mitteilungsblatt der Königlich-Thailändischen Verkehrspolizei* abonniert, um auf dem Laufenden zu bleiben, was etwaige Änderungen anging. Er war ein lebendes Handbuch der Bagatelldelikte: vermutlich der sachkundigste Mensch zu diesem Thema in der ganzen Provinz Chumphon, wenn nicht gar im ganzen Land. Oft genug drängten wir ihn, sich bei *Genuine Fan* auf Channel Five zu bewerben, wo Leute, die sich ihr Leben lang mit irgendetwas Sinnlosem befasst hatten – streitlustige Hirschkäfer, Designerhandtaschen, Fußballergebnisse der englischen Premier League und dergleichen –, Gelegenheit bekamen, Fragen zu ihrem Spezialgebiet zu beantworten und einen Kühlschrank zu gewinnen. Opa Jah besäße inzwischen eine ganze Flotte von Toshiba-Tiefkühltruhen.

Düster starrte ich ihn an, hoffte immer noch auf eine Reaktion. Es war, als wartete man auf die Evolution des Cro-Magnon-Menschen. Ich fragte mich, welche Verwendung wir wohl für Opa gefunden hätten, wenn er sein erstaunliches Erinnerungsvermögen statt den Verkehrsregeln der Atomphysik gewidmet hätte.

Abseits der großen Städte wird man in Thailand kaum jemanden finden, der sich mit Verkehrsregeln auskennt – schon gar nicht die Polizei. Wer zu arm ist, im Verkehrsamt mit einer ansehnlichen Flasche Whisky zu erscheinen – woraufhin die Fahrerlaubnis umgehend ausgestellt wird –, bekommt einen Multiple-Choice-Fragebogen ausgehändigt, dessen korrekte Antworten von den zwanzig vorhergehenden Bewerbern auf dem Schreibblock gut durchgedrückt sind. Dann fährt man sein Fahrzeug zu einem Baum, unter dem der Prüfer sitzt. Er fordert den Anwärter auf, einzuparken. Schafft man das, ohne den Baum zu knicken oder den Prüfer umzufahren, hat man den Führerschein schon in der Tasche. Die wenigen Leute, die sich mit den Verkehrsregeln auskennen, sind hier unten klar im Nachteil. Die nordsüdliche Route 41 führt durch Chumphon und ist die gefährlichste Strecke im ganzen Land. All die wackeren Schlaumeier aus Bangkok, die gelernt haben, wann man höflich Zeichen gibt und wie man die Hände angemessen am Lenkrad hält, werden unweigerlich von unbeleuchteten, mit Kokosnüssen überladenen Lieferwagen abgedrängt, die mit Vollgas auf sie zuhalten. Besserwisser sind in Chumphon nicht gern gesehen.

Also, jedenfalls versuchte ich Opas Aufmerksamkeit in einer Angelegenheit zu gewinnen, die ich für erheblich dringender hielt als die Einhaltung der Verkehrsregeln.

»Opa!«, kreischte ich mit durchdringender Stimme. »Da liegt ein Kopf am Strand!«

Wenn ich ihn damit nicht kriegte, dann überhaupt nicht. Er hatte einen Lastwagen mit widersprüchlichen Kennzeichen ins Visier genommen. Die hintere Nummer war handgemalt und stimmte mit der vorderen nicht überein. Für einen Verkehrspolizisten war das ein gefundenes Fressen, und doch fing ich kurz seinen Blick auf, bevor er sich wieder dem Laster zuwandte.

»Was für ein Kopf?«, fragte er ganz ruhig.

»Bitte?«

»Fischkopf?«

Er sprach immer langsam und deutlich wie ein Sonderschullehrer. Trotz der Tatsache, dass ich eine durchschnittlich intelligente, vierunddreißigjährige Thailänderin war, redete er oft mit mir wie mit einem unterbelichteten Teenager.

»Hundekopf?«, fuhr er fort. »Kohlkopf?«

»Menschenkopf«, sagte ich so ruhig, wie es mir unter den entnervenden Umständen möglich war. Es ist immer schwierig zu entscheiden, wem man es melden soll, wenn man am Strand einen Kopf findet. Dafür gibt es keine allgemeingültigen Vorschriften. Und wenn ich »immer« sage, mag das vielleicht etwas übertrieben klingen, denn ich kann nicht gerade behaupten, dass ich bei meinen morgendlichen Spaziergängen mit den Hunden schon über allzu viele Köpfe gestolpert wäre. Selbstverständlich hatte ich in Leichenschauhäusern und an Unfallorten schon abgetrennte Körperteile gesehen, doch an diesem Mittwoch fand ich meinen ersten herrenlosen Kopf. Ich war direkt erschüttert, wie wenig es mich erschütterte.

Mein innerer Wecker hatte um sechs geklingelt, wie jeden Tag. Er besitzt keine eingebaute Schlummerfunktion, also stand ich auf. Es war keine Gewohnheit, die meinem Wunsch entsprang, den Sonnenaufgang zu sehen oder fröhlich mit meinen hündischen Freunden am Strand entlangzuwandeln. Die Gewohnheit war dem Umstand geschuldet, dass es in dem Dreckloch, in dem wir vor einem Jahr gelandet waren, abends rein gar nichts zu tun gab. »Maprao« heißt Kokosnuss, was diesen Ort ganz gut beschreibt: dickfellig, eintönig und ohne jede Substanz. Aber ich verliere mich hier gerade auf Nebenschauplätzen und verderbe das, was eine komprimierte, spannende Einleitung meiner Geschichte werden sollte, also spare ich mir das Gejammer und die Familienintrigen für später auf.

Zurück zum Strand. Wir hatten zwei Hunde. Oder vielleicht sollte ich besser sagen, die beiden Hunde hatten uns, denn sie waren nicht einzusperren. Wenn sie Hunger hatten, ließen sie von dem Unfug ab, den sie gerade so trieben, und kamen angeschlendert. Meist ließen sie sich sogar dazu herab, in unserer bescheidenen Ferienanlage zu schlafen – oder auch nicht. Unglücklicherweise jedoch standen sie jeden Morgen schwanzwedelnd vor der Tür. Gogo – eine Töle in jeder Hinsicht – war von meiner Mutter am Straßenrand aufgelesen worden. Kein Benehmen. Keine Dankbarkeit. Keine Verdauung. Sie fraß wie ein Pferd und schiss wie eine Kuh. Unser Tierarzt Dr. Somboom, der glücklicherweise Viehspezialist war, erklärte uns, Gogo sei körperlich nicht dazu in der Lage zu verdauen. Also gaben wir ihr jeden Tag einen Riesenberg zu fressen, in der Erwartung, dass wenigstens ein klitzekleiner Teil davon seinen Weg in ihre Muskeln finden würde. Das war bisher noch nicht geschehen.

Hund Nummer zwei: Sticky, auch »Reisbällchen« genannt – weiß mit einem riesengroßen schwarzen Auge –, war ein ehemaliger Tempelhund. Er war ein Dieb. Noch keine sieben Monate alt, aber das ist keine Entschuldigung. Wäre er ein menschlicher Teenager, säße er längst in einer Besserungsanstalt für jugendliche Straftäter. Kein Schuh draußen vor den Gästezimmern war vor ihm sicher. Keine Instantnudelpackung auf den unteren Regalen, kein trocknender Tintenfisch, kein Gartengemüse. Er holte sich alles. Und – schlaues Biest, das er war – er hinterließ keine Spuren, weil er einfach alles auffraß: Blätter, Päckchen, Schnürsenkel. Er gab dem Wort »genießbar« eine ganz neue Bedeutung. Wer noch nie gesehen hat, wie sich ein Hund durch Beton frisst, ohne Krümel zu spucken, der kennt Reisbällchen noch nicht.

Okay. Ich hab mich schon wieder verquatscht. Da waren wir also: am Strand. Der Wind *du jour* fing gerade an, die

Styroporblöcke wie Steppenläufer herumzurollen. Die Flut warf Plastiktüten auf den Strand. Unser Gassigehen hatte nichts Vergnügliches, aber meine Mutter – Mair – bestand darauf, dass ich zweimal täglich mit den Hunden rausging – als hätten sie keinen eigenen Willen. Es war November, sodass unter all dem Müll kaum Sand auszumachen war. Stadtbewohner, hinter deren Haus ein Fluss verläuft, betrachten diesen als praktisches, kostenloses Müllentsorgungssystem. Schmeiß eine Plastiktüte voller Windeln rein, und – *voilà* – schon ist sie weg. Die Natur wirkt wahre Wunder. Der ganze schleimige Dreck wird vom Fluss Lang Suan an dessen Mündung ausgespien und landet brav mit der auflaufenden Monsunflut in unserer Bucht. Die Hunde lieben Mülltage, weil fauliger Fisch und halb leere Schokoladenmilchkartons offenbar mehr Nährstoffe enthalten als das exorbitant teure Dosenfutter, das sie von Mair bekommen.

Die Hunde waren vierzig Meter voraus, und sie hatten etwas zwischen dem Treibgut gefunden. Sie waren richtig aufgeregt. Wenn Gogo etwas findet, was sie nicht kennt, jault sie und führt so etwas wie einen hündisch-indianischen Kriegstanz auf. Wenn Sticky auf etwas Unerwartetes stößt, frisst er es auf. Aber offenbar war es zu groß, um es zu fressen, denn er tänzelte vor und zurück und bellte sich die Seele aus dem Leib. Als ich näher kam, dachte ich, die Flut hätte eine Gummimaske angespült. Ein Gesicht starrte mich an wie eine dieser grässlichen Halloween-Fratzen. Ich dachte, es wäre vielleicht lustig, die Maske mitzunehmen, um meinen kleinen Bruder damit zu erschrecken. Ich trat sogar nah genug heran, um sie aufzuheben. Und da merkte ich es dann.

Meine »Schwester« und ich träumen davon, eines Tages

mit dem Verfassen von Filmdrehbüchern reich zu werden. Einige Monate zuvor hatte ich unserem Helden Clint Eastwood mehrere Treatments nach Carmel in Kalifornien geschickt. Er besitzt eine Filmfirma namens Malpaso Productions. Die nehmen ausdrücklich KEINE Film-Treatments per Mail an. Das war zu erwarten, da sie nicht nur keine E-Mail-Adresse haben, sondern nicht mal eine Website. Wie allmächtig muss sich ein Mann fühlen, wenn er das Internet meidet? Wie kann man einen solchen Mann nicht mögen? Keine Belagerung durch nervige Amateure, die ihm nur seine kostbare Zeit stehlen. Keine Groupies. Clint ist nicht zu erreichen – es sei denn, man hat zufällig einen ehemaligen Bruder, der sich als Internetkrimineller durchschlägt. Für Sissi ist das Netz wie eine .44er Magnum. Mithilfe ein paar simpler Hacker-Tricks, die – wie man mir erklärt – jeder Drittklässler durchführen könnte, fand Sissi die streng geheime E-Mail-Adresse von Clints persönlicher Assistentin: *Liced.* Ich habe diesen Namen bisher nur geschrieben gesehen. Keine Ahnung, wie man ihn ausspricht. Jedenfalls begann Sissi einen Schriftwechsel mit Liced, den sie damit begann, sie daran zu erinnern, wie glücklich sie sich schätzen könne, für Clint zu arbeiten, woraufhin Liced ihr mitteilte, sie solle sich aus ihren privaten Mails fernhalten, anderenfalls müsse sie mit einer Anzeige wegen Belästigung rechnen. Doch wie so oft in solchen Situationen entwickelte sich aus der anfänglichen Animosität eine Freundschaft. Diese wurde damit besiegelt, dass Sissi ihr ein Kilo hochwirksame Kräuterkapseln schickte, nachdem sie aus der privaten Krankenakte erfahren hatte, dass die Dame unter Nierensteinen litt. Es war ein Geburtstagsgeschenk. Liced war überwältigt, und durch dieses Hintertürchen konnten wir unsere

Treatments einreichen, aber vermutlich fragen Sie sich, was das eigentlich alles mit einem Schädel am Strand zu tun hat. Stimmt's? Es steht Ihnen ohne Weiteres zu, irritiert zu sein. Aber jetzt kommt's.

Meine erste Reaktion beim Anblick eines abgetrennten Schädels am Strand hätte sein sollen: »O mein Gott. (Schrei nach Gusto, denn es war keiner da, der ihn hätte hören können.) Wie schrecklich«, usw. Wohingegen vor meinem inneren Auge die Einstiegsszene eines Films aufblitzte.

AUSSEN/FRÜHER MORGEN – COCONUT BEACH

Ein hübsches asiatisches Mädchen joggt einen wunderschönen weißen Strand entlang, mit Tin Tin, ihrem Golden Retriever, an ihrer Seite. Das winzige T-Shirt klebt verschwitzt an ihren kecken Brüsten und lässt die Nippel erahnen. Nicht so deutlich, dass sich die Zensur gleich provoziert fühlt, aber doch offensichtlich genug, um eine halbe Million notgeiler Teenagerbengel anzulocken, sobald sie den Kinotrailer gesehen haben. Sie stolpert über einen abgetrennten Kopf im Sand …

Man müsste noch dran arbeiten. Ich meine, sie müsste ja blind sein, wenn ihr an einem weiten, weißen Strand ein abgetrennter Kopf nicht auffallen würde. Vielleicht könnte ich aus Tin Tin einen Blindenhund machen. Entscheidend aber war … dieser Kopf hatte meine Fantasie schon in Gang gesetzt, bevor mir überhaupt in den Sinn kam, dass ich mich davon abgestoßen fühlen sollte. In meinem kleinen Herzen hoffte ich, es sei nur ein psychologischer Schutzmechanismus. Dass mein Unterbewusstsein den Schrecken meiner Entdeckung ausblendete und durch ein Drehbuch ersetzte.

Wenn alles nach Plan lief, würde ich später in Tränen ausbrechen und wäre nicht mehr zu beruhigen.

Ich sah ihn mir genauer an: Kopf. Mann. Dreißig. Vielleicht jünger, wenn Wellen und Salzwasser ihm nicht so zugesetzt hätten. Zwei Ohrringe im linken Ohr. Lange Haare umrankten ihn wie Seetang. Ein wächserner Gesichtsausdruck à la: »Nein! Um Gottes willen, tu das nicht!« Lag an einen Schuh gelehnt. Merkwürdigerweise ist unser Strand eine Fundgrube für einzelne Schuhe. Zahllose Einbeinige kommen nach Maprao, um ihre Schuhbestände aufzustocken. Der Kopf lehnte in einem solchen Winkel an einem hellgrünen Holzschuh, dass sich die Möglichkeit andeutete – eine vage und abwegige Möglichkeit –, der Rest der Leiche könnte aufrecht stehend darunter begraben sein, wie ein chinesischer Terrakotta-Krieger. Wenn man allerdings bedachte, wie lange es dauerte, einen Terrakotta-Krieger einzugraben, kamen mir doch ernste Zweifel, aber eine gute Enthüllungsjournalistin lässt nichts ungeprüft. Ich stieß mit einem kleinen Stock dagegen.

Das war in mancherlei Hinsicht ein Fehler, denn der Kopf drehte sich um und starrte mich glasig an. Der Mund klappte ein Stück weit auf, als wollte er etwas sagen, und ein Krebs kletterte daraus hervor. Kurz sackte mein Herz in die Hose. Da er mein Erschrecken spürte, kam Sticky angelaufen, um mich zu beschützen. Er packte den Kopf bei der Nase und fing an, ihn herumzuschütteln. Das war sehr mutig von ihm, und ich möchte gern glauben, dass er sich als mein Beschützer sah und nicht einfach nur sein Frühstück vorzog. Als mich Opa Jah zwanzig Minuten später zum Strand begleitete, war der Kopf aus ebendiesem Grund mit einem Plastikwäschekorb zugedeckt, auf dem ein Stein lag. Aus Gründen der Beweissicherung. Ich entfernte den Korb und fotografierte den Kopf mit meinem Handy aus verschiedenen Blickwinkeln, während Opa im Schneidersitz davorhockte.

»Meinst du, er wurde von einem Hai angegriffen?«, fragte ich.

Oft unterbreitete ich Opa Theorien, auf die ich die Antwort bereits kannte. Es gab ihm ein Gefühl der Überlegenheit, was seine kreativen Säfte in Wallung brachte. Es mag etwas sonderbar erscheinen, dass ich in einem Fall von akuter Kopflosigkeit einen Verkehrspolizisten konsultierte, doch tief in seinem Inneren war Opa ein echter Polizist im westlichen Sinne gewesen. Wahrscheinlich hätte er einen erstklassigen Detective abgegeben, wenn er nur hin und wieder mal Bestechungsgelder angenommen hätte. Korruption war ein notwendiges Sprungbrett auf dem Weg zu einer Beförderung bei der thailändischen Polizei. Wer traute schon einem ehrlichen Polizisten? Seine Kollegen konnten nicht auf ihn zählen. Wahrscheinlich könnte ich hier jetzt einen kleinen Scherz über *Whistleblower* einflechten, aber ich darf meine Geschichte nicht aus den Augen verlieren. Ich will nur darauf hinweisen, dass er nach vierzig Jahren bei der Polizei noch immer den bescheidenen Rang eines Korporals bekleidete, und ohne jeglichen Bakschisch-Bonus lebte er mehr oder weniger von dem, was unser Familienladen in Chiang Mai damals abwarf. Hätte er sich nur hin und wieder schmieren lassen, wäre sicher was aus ihm geworden. Er hatte einen ausgeprägten Polizeiinstinkt.

»Nein«, sagte er.

Wollte man ihm allerdings etwas aus der Nase ziehen, war das, als wartete man auf die Geburt eines kleinen Wals.

»Wie ›nein‹?«

»Wenn der Hai keinen Säbel dabeihatte«, er gönnte sich

einen kleinen Moment, um über meine Ahnungslosigkeit zu seufzen, »hat das hier nichts mit Meeresgetier zu tun.«

Ich musste zugeben, dass die Halswunde sehr sauber war, aber ich wusste auch, wie trügerisch erste Eindrücke sein können. Unwillkürlich dachte ich an diesen Ausländer vor ein paar Monaten, der mit einer Plastiktüte über dem Kopf und einem Strick um den Hals von einer Brücke gesprungen war. Als sich die Schlinge zuzog, war der Körper abgerissen und in den Fluss gestürzt. Zurück blieb ein Kopf in einer Plastiktüte am Ende eines Seils. Wochenlang glaubte die Polizei an einen Mafia-Rachemord. Der Pathologe bestätigte jedoch, dass die Gravitation schuld war. Offenbar sind Köpfe nicht so gut befestigt, wie wir es gern hätten.

»Wieso das?«, fragte ich.

Er warf mir einen Blick zu. »Denk nach, Jimm, denk nach. Erstens gibt es – ganz im Gegensatz zu dem, was uns das thailändische Kino weismachen möchte – gar nicht so viele Meeresungeheuer, die Menschen aus Spaß an der Freude verstümmeln. Haie sind gefürchtete Tiefsee-Psychopathen, aber sie haben ihren schlechten Ruf zu Unrecht. Eigentlich würden sie lieber Plankton schlürfen, als sich die Mühe zu machen, auf menschlichem Knorpel herumzukauen. Wenn wir sie in Ruhe lassen, wollen sie nichts von uns wissen. So einfach ist das. Die Gefahr, bei einem Salut eine Kugel abzubekommen, ist größer als die, von einem Hai angegriffen zu werden. Zweitens sind Gewebe und Wirbelsäule am Hals besonders stabil. Ein Meerestier müsste sein Opfer schütteln und darauf herumbeißen, um durchzukommen. Ich sehe hier aber keine Prellungen. Es war ein einzelner, sauberer Schnitt, ausgeführt von einem geübten Schwertkämpfer.«

»Was denkst du, wie es unseren Freund hier so körperlos an diesen Strand verschlagen hat?«, fragte ich.

Opa tänzelte durch den Sand, hob – zu meiner Überraschung – den Kopf auf und drehte und wendete ihn wie ein Antiquitätenhändler auf der Suche nach einem Herstellungsdatum.

»Scharfes Messer?«, sagte er. »Machete? Schwert? Keine Ahnung. Ich war ja kein Gerichtsmediziner. Ich war Verkehrspolizist.«

Ich nahm mein Handy und fing an, eine Nummer zu suchen.

»Wen rufst du an?«, fragte er.

»Polizei.«

Immer nahm er diesen zitronigen Gesichtsausdruck an, wenn ich die Polizei erwähnte.

»Geh nur und erzähl es Obmann Beung«, sagte er.

Wie sich herausstellte, gab es sehr wohl entsprechende Verfahrensregeln, und wer war besser geeignet, mit Köpfen umzugehen, als das Oberhaupt des Dorfs? Später erfuhr ich, dass es nichts Ungewöhnliches war, wenn Leichen und Teile von solchen an den Strand gespült wurden. Entsprechende Vorschriften waren im Klubhaus des Fischereivereins angeschlagen. Eine erstaunliche Zahl von Fischern konnte nicht schwimmen, und eine noch größere Zahl nahm verschiedenste Substanzen zu sich, um nachts wach zu bleiben. Nach einem Liter Red Bull hält sich so mancher für einen Delfin. Nun muss man nicht meinen, dass hier im Golf acht Meter hohe Wellen über die Decks der Piratenschiffe rollen. Drei Meter Dünung sind bei uns normal, und da kommt man mit einem Schlauchboot sicher drüber. Hier an der Ostküste haben wir keine Riesenbrecher. Hin und wieder allerdings geht mal einer über Bord und verschwindet aus dem Licht der Scheinwerfer.

Beim Auffinden eines Leichnams am Strand ist der Finder angehalten, umgehend das Dorfoberhaupt zu informieren. (Vorschrift 11b)

In unserem Fall war das *Pooyai* Beung. *Pooyai* bedeutet wörtlich übersetzt »großer Mensch«. Daher nenne ich ihn sarkastisch auf Englisch »Bigman«, denn das ist er nicht. Bisher hatte ich noch keinen Grund, ihn auf die Waage zu stellen, aber ich möchte bezweifeln, dass er mehr als ein Schellfisch wiegt. Er ist weit über sechzig, hält sich aber bemerkenswert in Schuss. Er färbt seine abstehenden Haare hellbraun, was an einen Pinsel erinnert. Er hat eine Frau hier zu Hause in Maprao, eine Unterfrau in Grajom Fy, drüben beim Krematorium, und eine Freundin in Lang Suan. Ich möchte bezweifeln, dass seine Ausdauer reicht, um eine davon im Bett zu behelligen, aber deshalb hat er seinen Harem vermutlich auch gar nicht zusammengestellt. Bei Beung ist alles Show. Er besitzt einen ganzen Schrank voll Uniformen, die er bei jeder Gelegenheit trägt: Freiwilliger der Autobahnpolizei, Bürgerwehr, Küstenalarmtruppe, Pfadfinderführer, Dorfoberhäupterbund und viele mehr. Einmal habe ich sogar beobachtet, wie er im Tarnanzug seine Palmen düngte. Anfangs hatte ich ihn gar nicht gesehen. Ich möchte bezweifeln, dass er je beim Militär war, aber anscheinend kann hier unten jeder anziehen, was er will. Neben seinem Uniformfetisch und dem seltsamen Erscheinungsbild ist Bigman Beung außerdem ein schleimiger Widerling. Daher fuhr ich nur sehr widerwillig mit Mairs Einkaufsfahrrad um die Bucht herum zu seinem Haus.

»Ah! Mein kleines Lieblingsstarlet«, sagte er. »Du kommst mir gerade recht. Ich fühle mich ein wenig steif. Bist du gut im Massieren?«

Er rekelte sich auf einem hölzernen Liegestuhl vor seinem Haus, trug eine Militärjacke und irgendwelche Shorts. Eine Dose Leo-Bier stand neben seinem Arm. Es war sieben Uhr morgens. Seine Hauptfrau saß wenige Meter entfernt und rupfte Hühner. Sie war gebaut wie eine Industriewaschmaschine. Ich hatte sie noch nie ein Wort sagen hören.

»*Pooyai* Beung, da liegt ein Kopf am Strand«, sagte ich.

»Genau hier«, fuhr er fort, wobei er sein Hosenbein hochzog und einen leichenblassen Oberschenkel freilegte. »Total verkrampft. Hab mir wohl einen Muskel gezerrt. Eine kleine Massage würde ihn bestimmt lockern … es sei denn, es hätte den gegenteiligen Effekt.« Er grinste dreckig.

Ich bezweifelte, dass er irgendwelche Muskeln hatte, und fragte mich langsam, ob er eigentlich Ohren besaß. Hatte ich ihm nicht gerade erzählt, dass da ein Kopf am Strand lag? Ich versuchte es noch mal: »Beung, hören Sie zu. Unten bei unserer Anlage liegt ein menschlicher Kopf am Strand.« Ich beschrieb ihn.

Er lächelte, und sein oberes Gebiss klappte herunter wie eine Guillotine. Mit der Zunge schob er es wieder hoch.

»Hat keine Beine, oder?«, fragte er.

»Bitte?«

»Dieser Kopf. Hat er Beine?«

»Es ist ein Kopf. Wenn er Beine hätte, wäre es eine Leiche und ich hätte gesagt: ›Beung, da liegt eine Leiche am Strand.‹ Wir haben aber nur einen Kopf. Kapiert?«

Ich schätze, ich hätte unserem Obmann mehr Respekt entgegenbringen müssen. Es gab Leute in unserem Dorf, die ihm mit einiger Ehrerbietung begegneten und nur hinter seinem Rücken wagten, sich über ihn lustig zu machen. Aber es gibt dreizehn Dörfer in Maprao – mit insgesamt fünftausend Einwohnern – und Bigman Beung war der Obermufti in Dorf Nummer dreizehn. Höchstens fünfzehn Häuser. Nicht gerade der Bürgermeister von New York. Und hatte ich schon erwähnt, dass er ein schleimiger Widerling ist?

»Wenn er keine Beine hat«, sagte er, »kann er ja nicht weglaufen, oder? Er bleibt, wo er ist, stimmt's? Wird auch nach dem Treffen des Sparvereins noch da sein. Nicht so dringend, dass ich alle Vereinsmitglieder anrufen müsste, um abzusagen, oder? Hab ich recht?«

»Nicht so dringend?« Langsam regte er mich auf. »Da liegt ein Menschenkopf. Der war mal an jemandem befestigt. Wahrscheinlich hat der Mann Familie, und die machen sich Sorgen um ihn. Er könnte ein Mordopfer sein. Und der Täter könnte da draußen rumschleichen, auf der Suche nach seinem nächsten Opfer. Und alles nur, weil niemand einen Mord gemeldet hat. Macht Ihnen das keine Sorgen?«

»*Nong* Jimm«, sagte er. *Nong* – kleine Schwester –, unweigerlich der Startschuss für herablassende Ausflüchte.

»*Nong, Nong* Jimm«, wiederholte er. Er nippte an seinem Frühstücksbier und lächelte, wobei er mit der Zunge seine Zähne oben hielt, damit sie auf keinen Fall wieder herunterklappten. »Viel mehr Sorgen macht mir, dass sich ein hübsches Ding wie du für so hässliche Sachen interessiert. Mord und Totschlag. Vergewaltigung. Grapschen nach den kleinen Brüsten Minderjähriger. Nimm es mir nicht übel, aber du bist hier weit weg von dieser Welt. Das Leben hier in unserer friedlichen Gemeinde wird dir guttun, damit du mal siehst, wie viel Liebe und Güte es auf diesem Planeten gibt. Wir empfinden große Zuneigung für dich, Jimm Juree.

Genau hier.« Beiläufig fiel seine Hand auf seinen Schoß. »Kühl dein heißes Herz.«

Die Welt, auf die er sich bezog, war die Welt der Kriminalreportagen. Ich war nur ein Nierenversagen davon entfernt gewesen, Leitende Kriminalreporterin der *Chiang Mai Mail* zu werden. Über ein Jahr war vergangen, seit ich aus meinem Job gerissen wurde, also nahm ich an, dass der alte Leitende Kriminalreporter inzwischen wohl längst beim großen Treffen der Anonymen Alkoholiker im Himmel war. Vermutlich hatten sie den Job dem nervigen Arkom gegeben – gute Rechtschreibung, lausiger Journalist. Dabei war es eigentlich mein Job. Jimm Juree, Thailands zweite Leitende Kriminalreporterin. So hatte ich mir das vorgestellt. Respektiert. Bewundert. Interviewt von *Time Asia*: »Thailänderin gelingt Unglaubliches«. Und was ist aus mir geworden? Köchin und Tellerwäscherin im *Gulf Bay Lovely Resort & Restaurant*. Nächstgelegene Stadt: Lang Suan. Ein Ort, in dem man nur aussteigt, wenn der Zug liegen geblieben ist.

»Sie wollen die Polizei also nicht informieren?«, fragte ich.

»Selbstverständlich will ich das«, sagte er. »Es ist schrecklich. Ein Kopf am Strand. Schrecklich. Gleich nach unserem Neun-Uhr-Termin werde ich mit einem Vertreter der Küstenalarmtruppe hinfahren, um sicherzustellen, dass es sich tatsächlich um einen Kopf handelt.«

»Meinen Sie, ich wüsste nicht, wie ein Kopf aussieht?«

»*Nong*. Beruhige dich. Natürlich weißt du, wie ein Kopf aussieht. Aber du bist nur die erste Stufe des Protokolls, eine inoffizielle Augenzeugin. Vorschrift fünfzehn schreibt vor, dass sämtliche Behauptungen von offizieller Seite bestätigt werden müssen.«

»Obwohl es mit dem Motorrad nur fünf Minuten sind und Sie vor Ihrem Treffen noch zwei Stunden totzuschlagen haben, wollen Sie den Kopf da einfach liegen lassen, bis ... Um welche Uhrzeit ist Ihre Besprechung zu Ende?«

»Oh, es könnte elf werden.«

»Das sind vier ...?«

Da begriff ich. Natürlich. Ich war an diesem Tag ein bisschen langsam. Papierkram. Es war November, ein Monat mit hohen Flutständen. Um elf Uhr wäre da kein Strand mehr. Der Kopf wäre inzwischen fortgespült, denn die monsunische Reise nach Jerusalem hätte den ganzen Müll südwärts befördert und uns einen neuen Schwung gebracht. Jeden Tag kann man neues Treibgut finden. Gegen Mittag müsste sich jemand anders mit dem Kopf herumschlagen. Bei uns kann eine Phase der Untätigkeit fast jedes Problem lösen. Ich warf einen Blick auf mein Handy.

»Können Sie mir bestätigen, dass es sieben Uhr fünfzehn ist?«, fragte ich.

Er hob seine imposante Taucheruhr und sagte: »Ja.«

»Danke«, sagte ich und fotografierte ihn.

»Wofür?«

»Für dieses Interview«, sagte ich.

»Welches Interview?«

»Ihres.«

Ich hielt das Handy hoch, damit er sein Foto sehen konnte.

»Du hast doch nicht etwa ...«

»Hab jedes Wort aufgenommen«, sagte ich. »Tut mir leid, aber ich habe den Kopf schon der Zeitung *Thai Rat* gemeldet. Die möchten, dass ich den offiziellen Weg gehe, um zu prüfen, wie das System funktioniert. Ich muss denen nur sagen ...«

»Moment!«, sagte er mit finsterem Blick auf mein Handy, als wäre es geladen und auf seinen Kopf gerichtet. »Du meinst einen *menschlichen* Kopf?«

Ich musste lachen. Ich hörte ein Glucken. Da die Hühner tot waren, ging ich davon aus, dass es wohl von Beungs Frau kam.

»Keine Sorge, Beung«, sagte ich. »Inzwischen nehme ich nicht mehr auf.«

Beung wirkte konsterniert, aber die Erfahrung hat mich gelehrt, dass schleimige Widerlinge nicht gewalttätig werden. Sie schleimen sich aus Problemen raus.

»Meine süße, kleine *Nong* Jimm«, sagte er. »Wie lange sind wir schon befreundet?«

Gerade wollte ich sagen: Waren wir noch nie, aber ich kam nicht dazu.

»Offensichtlich handelt es sich hier um ein Missverständnis aufgrund kultureller Unterschiede«, sagte er. »Nord trifft Süd. Sprachprobleme. Nicht ungewöhnlich.«

Ich war mir sicher, dass wir beide normales Thailändisch gesprochen hatten. Er zwinkerte mir zu und griff nach seinem Handy, das zwischen zahllosen Amuletten um seinen Hals baumelte. Er drückte eine Kurzwahl, und ich konnte John Denvers »Take Me Home, Country Roads« hören, während er wartete. Als die Verbindung zustande kam, sagte er nur zwei Worte.

»Code M.«

Andererseits ist M wohl eigentlich kein Wort. Ich fuhr mit Mairs Fahrrad am Strand entlang zurück und lächelte vor mich hin. Ganz schön clever. Ich wusste, dass es Handys mit Aufnahmefunktion gab, auch wenn ich selbst keins besaß.

Wir waren gerade beim Frühstück, als der Kopf abgeholt wurde. Wir hatten Mair nichts davon erzählt. Möglicherweise hätte es ihr nichts ausgemacht, aber ihr Zustand war labil. Zahlen und Namen und Folgen von Ereignissen überforderten sie seit einigen Jahren. Es gab Zeiten, in denen Details unserer Familie umherflatterten wie halb verbrannte Motten im Kerzenschein. Sie hatte mich Sissi genannt und von der Operation gesprochen, die mich von einem Mann in eine Frau verwandelt hatte. Sie sah unseren längst verstorbenen, praktisch unbekannten Vater im Angesicht von Opa Jah und fing an, peinliche Anekdoten zu erzählen, die wir im Keim ersticken mussten. Regelmäßig trug sie absurde Schuhe und erklärte uns, das sei der letzte Schrei, und sie war überzeugt davon, dass es sich bei den Konservierungsstoffen in Lebensmitteln um Gewürze handelte. Inzwischen hatte sie so viele davon gegessen, dass sie wahrscheinlich hundertfünfzig Jahre alt werden würde. Der Umstand, dass diese Phasen selten waren und sie über lange Zeiträume der normale, fürsorgliche Mensch war, den wir liebten, machte ihre Krankheit nur noch umso frustrierender. Wir vergaßen, dass dieser andere Mensch in ihr wohnte. Wir waren sicher, dass es nicht die echte Mair gewesen war, die unser Haus in Chiang Mai verkauft und uns in dieses Fünf-Hütten-Loch verbannt hatte. Fünf Tische unter Lauben aus Bananenblättern. Ein halb leerer Laden. Dreckiger Strand. Warmes Wasser voller Quallen. Wir hatten unser Leben, unsere Karrieren, unsere Träume hinter uns gelassen, um mit ihr hierherzuziehen, weil wir wussten, dass sie allein eingehen würde. Ich kündigte bei der Zeitung. Bruder Arny gab seinen Traum auf, Thailands Bodybuilder-Gott zu werden. Opa Jah … na ja, der ließ nichts hinter sich zurück, aber er war genauso stinkig wie wir, aus dem einfachen Grund, dass er sowieso immer stinkig war. Nur Sissi hatte ihren familiären Verpflichtungen entsagt und war dort geblieben.

Der November brachte nervige Winde aus Nordost. Sie warfen Sand auf und peitschten das Salz von der Brandung. Also hatte mein kleiner Bruder Arny Wände aus grüner Plastikplane um drei Seiten unseres Restaurants errichtet. Natürlich ging uns dadurch der Blick aufs Meer und die Bucht verloren, doch die Begeisterung, direkt am Meer zu wohnen, hatte sich schon länger gelegt. Dafür hatten wir beim Essen nun einen tollen Ausblick auf den Parkplatz.

»Da kommen Generäle«, sagte Mair.

Ich blickte auf und sah, dass ein Auto vor unserem Laden hielt und zwei uniformierte Männer ausstiegen. Das Rauschen der Brandung hatte ihr Kommen übertönt.

»Das ist Bigman Beung, Mair«, sagte ich. »Unser Dorfoberhaupt. Und Pot vom Fahrradladen.«

»Aber die tragen Orden.«

»Bänder, Mair. Die gehören zur Uniform. Sind angenäht. Hat nichts zu bedeuten.«

»Die sind so elegant«, sagte sie und lächelte. »Ich mag Männer in Uniform. Habe ich euch schon mal von meiner Affäre mit diesem Kampfpiloten erzählt?«

»Ja«, sagten wir alle.

»Er hatte so einen merkwürdig geformten …«

»Jaaa«, wiederholten wir.

»Was meint ihr, was die hier wollen?«, fragte sie.

»Strandinspektion«, erklärte ich. »Die suchen nach Beweisen, um die Leute zu kriegen, die ihren Müll in den Fluss werfen. Nebenkostenrechnungen. Fotos. Erkennbare Körperausscheidungen für die DNA-Analyse.«

Meine Lüge wurde von der Ankunft eines schmutzigen,

beige-braunen Transporters gestützt, aus dem ein Polizeibeamter stieg, den ich noch nie gesehen hatte. Er war übergewichtig und trug so offensichtlich ein Toupet, dass es aussah, als hätte der Wind es ihm an den Kopf geweht. Es war zwei Monate her, dass ich zuletzt offiziell mit dem Revier von Pak Nam zu tun gehabt hatte, und mittlerweile hatte sich bestimmt ein gutes Dutzend Beamte die Klinke in die Hand gegeben. Es war wie in einer Fernsehserie. Man hatte seine Stammdarsteller, die nicht wegkonnten: Major Mana, weil er hier einen aufstrebenden Amway-Handel trieb; Sergeant Phoom und die Constables Ma Yai und Ma Lek, weil sie hier geboren und aufgewachsen waren, Familien gegründet hatten und sich weigerten wegzugehen; und mein herzallerliebster Lieutenant Chompu, weil ihn sonst keiner wollte. Alle anderen Schauspieler waren auf der Durchreise nach irgendwo anders. Versetzung, Probeanstellung, Degradierung, Verbannung. Nach Pak Nam schickte man zwielichtige Beamte, die offiziell »auf inaktive Posten versetzt« werden sollten. Nirgends konnte man besser inaktiv sein als in Pak Nam. Tatsächlich gab es lange Phasen, sogar Monate, in denen es sich gar nicht vermeiden ließ.

Ein drittes Fahrzeug hielt neben dem Polizeitransporter, womit unser Parkplatz voll war. Es handelte sich um einen riesigen, schwarzen SUV mit einem Bullenfänger voller Scheinwerfer. An den Türen prangte ein vertrautes Symbol: die Rückenansicht eines hünenhaften Mannes im Overall, mit einer üppigen, aber ohnmächtigen Frau in den Armen. Immer wenn ich dieses Logo sah, spürte ich den unwiderstehlichen Drang, mich zu übergeben. Es war das Symbol der Nationalen Rettungsstiftungen. In unserem Fall die kahlen Männer von der SRM, der *Southern Rescue Mission Foundation*. Angeblich eine wohltätige Stiftung, deren Aufgabe darin bestand, der Seele ihre Reise an einen besseren Ort zu erleichtern. Immer die Ersten, die da waren, wenn es um Unfälle, Mord oder Selbstmord ging. Für manche Leute sind die Männer von der SRM blutrünstige, geldgeile, kaltherzige Geier. Mit Wohltätigkeit ist in Thailand ein gutes Geschäft zu machen. Die Missionen erhalten oft großzügige Spenden und werden in Testamenten sogar mit ganzen Anwesen bedacht. Das Bestreben, einen Unfallort als Erster zu erreichen, ist also eher einer finanziellen als einer spirituellen Notwendigkeit geschuldet. Ich habe schon Unfälle erlebt, bei denen zwei Missionen mit Knüppeln aufeinander losgingen, während die Verletzten auf der Straße verbluteten. Ich habe gesehen, wie Missionsmitarbeiter bei einer Drogenüberdosis immer wieder den Puls prüften. Dazu muss man wissen, dass eine Leiche mehr einbringt, als ein Opfer ins Krankenhaus zu schaffen. Nicht auszudenken, wenn die Leiche überleben würde. Und doch sind diese Verbrecher für die Sterbeindustrie so überlebenswichtig geworden, dass die Polizei es nicht mehr für nötig hält, sich die Hände blutig zu machen. Das Einsammeln und Abliefern von Leichen bleibt ganz und gar diesen »Rettungsdiensten« überlassen.

Die beiden dunkelhäutigen Männer, die aus dem SUV geklettert waren, sahen aus wie Socrates und Ben, die Ratten aus dem Horrorfilm *Willard*. Finster und knorpelig. Sie scherzten mit dem Polizisten und nickten zu unserem Küstenalarmtrupp hinüber. Ich hatte Beung erklärt, dass der Kopf unter der schiefen Palme lag, also bat man mich nicht, sie zu begleiten, als sie gemeinsam zum Strand gingen. Sie bahnten sich einen Weg durch den Müll, dann waren sie plötzlich verschwommen, als sie hinter unserem Windschutz verschwanden.

»Die sind sehr gewissenhaft«, sagte Mair.

»Umweltverschmutzung ...«, erklärte ich. »Bringt die Menschen zusammen.«

Kaum zehn Minuten später war die ganze Entourage wieder auf dem Parkplatz. Ich hätte gedacht, dass sie den Kopf in eine Styroporkiste legen würden. Zumindest hätten sie ihn in dem Wäschekorb transportieren können, mit dem ich ihn zugedeckt hatte. Nicht mal in meinen kühnsten Träumen war mir in den Sinn gekommen, dass Socrates, die größere der beiden Ratten, den Kopf an den langen Haaren baumeln lassen würde wie eine Räucherschale. Der Kerl trug einen langen gelben Handschuh. Nicht minder erstaunt war ich, als ich sah, dass sie einen Fotoapparat zückten und abwechselnd mit dem Kopf vor ihrem Wagen posierten. Mir wurde richtig übel. Sie wussten alle, dass wir keine zwanzig Meter entfernt saßen, aber das war ihnen egal. Beung und der Polizist fuhren weg. Die SRM-Typen legten den Kopf hinten in ihren Transporter und wuschen sich die Hände an unserem Außenhahn. Ich wandte mich Mair zu. Sie saß da mit ihrem *Titanic*-Lächeln, diesem nichtssagenden Grinsen, das sie immer dann aufsetzte, wenn alles um sie herum im eisigen Wasser des Atlantiks versank.

»Der arme Mann«, sagte sie, und ich wusste, dass sie den Kopf meinte.

Ich war empört. Ich sprang auf und schob meine kleine Brust vor mir her, als ich zu dem großen, glänzenden Leichenwagen hinüberging. Mein Bruder Arny ist gebaut wie der Terminator, aber er ist sanft und im besten Sinn des Wortes herzergreifend. Ich wusste, dass er die Konfrontation scheute, aber er war mein Bruder, und ich spürte ihn direkt hinter mir, als ich der dürren Ben-Ratte an die Brust tippte.

»Was soll das hier eigentlich werden?«, fragte ich.

Der dürre Kerl sah erst mich an, dann Arny.

»Ich wasch mir die Hände.«

»Sie wissen, was ich meine«, sagte ich. »Der Kopf da.«

Er musterte mich von oben bis unten. Ich hasse das. Es war eine dieser Gelegenheiten, bei denen ich mir wünschte, Arny wäre so stahlhart, wie er aussah. Ich wünschte mir, er würde sagen: »Wenn du meine Schwester noch mal so anglotzt, zerdrück ich deinen Schädel wie eine Dose«, oder irgendwas in der Art. Aber Arny war ein Jumbojet mit dem Gemüt einer Taube.

»Sind Sie mit ihm verwandt?«, fragte Socrates. Ich vermutete, dass er den Kopf meinte.

»Nein«, sagte ich.

»Na, dann schlage ich vor, Sie kümmern sich um Ihre eigenen Angelegenheiten«, sagte er.

»Aber ich habe ihn gefunden.«

»Braves Mädchen.«

»Und in seinem Namen fordere ich etwas mehr Respekt.«

Sie lachten.

»Weißt du, was du mit deinem Respekt machen kannst?«, sagte er und grinste. »Den kannst du deinem Freund hier in den Hintern schieben.«

Arny überraschte mich, indem er einen Schritt vortrat, doch plötzlich hielt die Ben-Ratte ein Klappmesser in der Hand. Mir war schleierhaft, woher das Ding so schnell gekommen war, aber er hatte so einen Gesichtsausdruck, der mir sagte, dass er es schon mal benutzt hatte. Er funkelte Arny an, der wie angewurzelt auf dem Kies stand.

»Komm schon, Twinkie«, sagte er. »Wollen wir doch mal sehen, wie viel Haare du lässt, bevor du mich kriegst.«

Er grinste breit. Links fehlten ihm alle Zähne. Wenn er sprach, sog er die ganze Wange ein.

»Ich schreibe für die *Chiang Mai Mail*«, sagte ich, wurde aber das Zittern in meiner Stimme nicht los.

»Oh, wie ich mich fürchte!« Socrates lachte, und plötzlich hielt auch er ein Messer in der Hand. Was war eigentlich los mit diesen Leuten?

»Kannst du auch ohne Finger schreiben?«, fragte er.

»Du machst mir keine Angst«, sagte ich, obwohl angesichts des Blutmangels in meinen Wangen inzwischen nicht zu übersehen war, dass er das sehr wohl tat. Er kam ganz nah an mich heran und beugte sich herab, sodass sein fauliger Atem mich umnebelte. Ich war entschlossen, nicht zurückzuweichen. Ich funkelte ihn an, halbherzig.

»Und falls du es vergessen haben solltest«, sagte er. »Du hast heute Morgen am Strand nichts gefunden. Okay?«

Ich habe gelernt, dass es einige wenige Situationen gibt, in denen schlaue Sprüche der allgemeinen Atmosphäre nicht eben zuträglich sind. Das war jetzt so eine.

»Okay«, sagte ich.

Er sah Arny an, der weiß wie Finnland war.

»Okay?«, fragte er.

»Okay«, sagte Arny mit bemerkenswert hoher Stimme.

Bis zu diesem Morgen hatte ich immer Probleme gehabt, das Wort *Unheil* zu definieren. Vor uns standen zwei Loser, dürre Gestalten, Nerds mit Klappmessern. Würde man ihnen auf dem Markt begegnen, wäre man froh, nicht als einer von den beiden wiedergeboren worden zu sein. Und selbst im Vorübergehen würde man merken, dass bei denen eine Schraube locker war. Dass irgendwo ein Kabel schmorte. Sie hätten etwas an sich, bei dem es einem eiskalt über den Rücken liefe. Und man würde ihnen in die Augen sehen und wissen, dass sie keinen Spaß verstanden. Sie waren echt. Sie würden jeden töten, der ihnen den letzten

Kürbis vor der Nase wegschnappte – ich bin hier immer noch bei der Markt-Analogie. Ein *Unheil*, das waren sie. Sie umkreisten uns langsam, stachen mit ihren Messern nach uns. Fast rechnete ich schon damit, dass sie uns anpinkelten. Wir hätten nichts dagegen tun können.

Plötzlich zerbarst die Seitenscheibe von ihrem SUV in Milliarden Glasatome, begleitet von einem Donnerschlag. Wir drehten uns alle um, wollten wissen, was passiert war. Die Ratten sahen ihn zuerst. Opa Jah stand vor der Küche, mit dieser großen schwarzen Waffe in der Hand. Keine Ahnung, woher er die hatte.

»Ich bin alt«, rief er, »und ich habe nur noch zwei Monate zu leben, also habe ich nichts mehr zu verlieren. Die nächste Kugel geht in den Hibiskustopf da vor euch, als kleiner Vorgeschmack. Danach ist der große hässliche Vogel dran, gefolgt von einer Kugel in den Kopf von dem kleinen hässlichen Vogel. Oder vielleicht fang ich mit dem Kleinen an. Keine Sorge, mit dem Zielen hab ich kein Problem. Bloß mein Kopf ist nicht mehr ganz in Ordnung. Wisst ihr, was ich meine? Liegt an den Medikamenten.«

Es war ein Monolog, der auch Clint gut zu Gesicht gestanden hätte.

Er kniff ein Auge zu, schwenkte die Waffe seltsam hin und her, als wäre sie ihm zu schwer, dann drückte er ab. Der Hibiskus zerstob in tausend Stücke. Ich hatte ihn gerade erst vor einer Woche gekauft. Kleine Topfscherben regneten auf uns herab. Die Ratten rannten nicht weg wie Bösewichte im Kino. Sie sahen sich an, grinsten und gingen zu ihrem Wagen. Sie wirkten irgendwie arrogant. Sie nahmen sich sogar die Zeit, Scherben von den Sitzen zu wischen, bevor sie einstiegen. Sie fuhren in Zeitlupe an uns vorbei, grinsten Opa finster an und nickten. Ratte Socrates zeigte mit zwei Fingern und feuerte in Opas Richtung. Ich hatte so ein Gefühl, als hätten wir uns gerade die denkbar schlimmsten Feinde gemacht.

KAPITEL ZWEI

Because a fisher softly creeping
Left disease while I was sleeping

»The Sounds of Silence«
Paul Simon

Was machen die Drogen? Wirken sie schon?«

»Nein.«

»Das ist nicht möglich.«

»Doch, ist es. Ich hab sie noch gar nicht aus der Packung genommen.«

»Jimm, du hast es versprochen.«

»Ich weiß. Es ist nur … Versuchskaninchen für neue Medikamente zu spielen scheint mir doch etwas riskant.«

»Das Zeug ist total sicher. Vertrau mir. Ich kenn den Chemiker. Und die Firma zahlt gut. Und es ist alles legal. Solange ihr kein ›schmutziges Geld‹ von mir annehmen wollt, muss ich euch schließlich irgendein anderes Einkommen besorgen. Und erzähl mir nicht, ihr könntet im Moment kein Geld brauchen.«

»Doch, das könnten wir. Aber was ist, wenn sich Nebenwirkungen einstellen, die sie nicht bedacht haben? Was ist, wenn meine Brüste überproportional anwachsen?«

»Dann hättest du zwei Gründe weniger, deprimiert zu sein. Es ist ein schnell wirkendes Antidepressivum, kein Hormonpräparat. Nimm die verdammten Pillen. Füll den verdammten Fragebogen aus und nimm das verdammte

Geld. Du bist eine arbeitslose Journalistin, die ein leer stehendes Motel am Hals hat und sich mit Siebenmeilenstiefeln auf die Mitte ihres Lebens zubewegt, ohne Aussicht auf einen Mann. Du brauchst ein Einkommen.«

Ich hätte ihr so manches entgegnen können, aber es hatte keinen Sinn, dass wir uns beide leidtaten.

»Wie kommst du darauf, dass ich deprimiert bin?«, fragte ich.

»Genau – und wie kommst du darauf, dass ich nicht ein süßes Mädchen kennengelernt und ihm einen Antrag gemacht habe?«

Meine Telefonate mit Sissi, geborene Somkiet, waren meine Rettung, wenn mich mal wieder das erdrückende Gefühl überkam, in einer Koskosnuss gefangen zu sein. Sie lebte in der irrealen Welt des Internets. Sie pokerte um hohe Einsätze in L. A. War Promi-Jurorin bei *You Tube Cover Dance*, wo verzweifelte Teenager beliebte Tanzschritte nachhüpften. Ihre Alter Egos verabredeten sich mit den Alter Egos von Verlierern aus der ganzen Welt, von Brasilien bis Birmingham, um Online-Sex zu haben. Und sie hatte einige Kapitalverbrechen auf dem Gewissen. In den vergangenen acht Jahren seit dem mysteriösen Verschwinden ihres deutschen Mannes und Gönners hatte sie wohl oder übel Geld gestohlen. Allerdings beschränkte sie sich darauf, Pornografen, die Reichen-aber-Nutzlosen und Prominente abzuzocken. Wahrscheinlich war sie gut betucht und hatte ein Konto bei irgendeiner dieser Offshore-Banken, für die Geld nur Zahlenkolonnen auf einem Bildschirm sind. Geld, für das man sich nicht die Finger lecken muss, um es zu zählen. Da sie jedoch nur in ihrem Computer lebte, schien mir das ganz passend.

Ihr Offline-Ich – einst die atemberaubendste *Miss Tiffa-*

ny Transvestite World in der Geschichte des Wettbewerbs – war mittlerweile mollig und zerzaust und wohnte in einem dunklen Apartmenthaus im Norden, in der Hauptstadt. Von gelegentlichen Spaziergängen auf dem Dach abgesehen, war sie seit einem Jahr nicht mehr draußen gewesen. Ihr Essen wurde geliefert. Eine Assistentin erledigte ihre Angelegenheiten in der realen Welt. Eine zärtliche Hand hatte sie seit sechs Jahren nicht mehr gespürt. Langsam bereitete es mir Sorgen, dass ich der normalste Mensch in meiner Familie war. Nur um ihr mitzuteilen, dass die reale Welt immer noch etwas zu bieten hatte, erzählte ich ihr von dem Kopf am Strand und dass Opa Jah auf einen SUV geschossen hatte.

»Und ich dachte, euer Leben da unten wäre langweilig«, sagte sie.

»Siehst du? Wieso kommst du nicht her? Mair würde sich bestimmt freuen. Und du könntest uns vor den Rattenbrüdern beschützen.«

»Hm. Das klingt wirklich verlockend. Und du weißt, ich würde gern, aber ich habe gerade diese Peelingkur begonnen.«

»Dann komm in ein paar Tagen, wenn du damit durch bist.«

»Es ist eine vierwöchige Kur.«

»Du peelst vier Wochen lang? So ganz ohne Haut kann ich mir dich gar nicht vorstellen.«

»Ich muss so gut wie möglich aussehen, für Seoul.«

»Du meinst *Soul*, die Musik aus den Sechzigern?«

»Nein, ich meine Seoul, die Hauptstadt von Südkorea.«

»Diese *Cyber-Idol*-Sache?«

»Die geben einen Ball. Ich bin Ehrengast.«

Sissi gab kostenlose Make-up- und Frisiertipps auf einer

beliebten Website namens *Cyber Idol* in Korea, auf der sich hässliche Menschen einer Photoshop-Bearbeitung unterzogen und ihre Airbrush-Avatare bei Online-Schönheitswettbewerben vorstellten. Alles war erlaubt. Sissi – beziehungsweise ein zehn Jahre altes Pressefoto von ihr – war deren Guru geworden. Sie war die Gute Fee des Selbstbetrugs.

»Wozu ein Produkt kaufen?«, fragte ich. »Wieso peelst du dich nicht mit Photoshop? Ich meine mich zu erinnern, dass es da so eine Funktion gibt.«

»Weil …«

Die Pause war so bedeutungsschwanger, dass ich schon mit dem Schlimmsten rechnete.

»… das Fest nicht online stattfindet.«

»Was? Die geben einen Ball. Ein Treffen von Blendern, die nur auf ihrer Website gut aussehen? Das kann doch nur online sein.«

»Es wird eine Coming-out-Party.«

»Was denn für ein Coming-out?«

»Raus aus dem Internet. Kein Verstellen mehr. Wir haben alle Vorher-nachher-Fotos durchgesehen. Der erste Preis geht an die beste Verwandlung vom Entlein zum Schwan. Wir feiern das Vorher. Mehr Mut zur Hässlichkeit!«

»Aber das würde ja bedeuten …«

»Ich fliege nach Korea.«

»Aber Sissi, dafür müsstest du aus dem Haus gehen. Zum überfüllten Flughafen fahren. Im Flugzeug neben einem wildfremden Menschen sitzen.«

»Erste Klasse natürlich. Ich möchte mich nicht unters gemeine Volk mischen.«

»Man würde dich in der Öffentlichkeit sehen … so wie du bist.«

»Ich hab die Tickets schon gebucht.«

Ich kreischte ins Telefon, und überall um mich herum flogen die Vögel zum Himmel auf. Die Hunde bellten. Mair rief den Namen eines Hundes, den wir nicht besaßen, und sagte ihm, er solle ruhig sein. Ich war so aufgeregt, dass ich ein kleines Tänzchen aufführte und über Gogo stolperte, die mich anknurrte.

»Ach, Sissi. Das ist wunderbar. Ich bin begeistert.«

»Wirklich?«

»Natürlich. Das ist doch fantastisch. Endlich kommst du mal raus … aus deinem Schneckenhaus.«

»Ich hab Angst, Jimm.«

»Du wirst die Ballkönigin sein. Sie werden dich lieben.«

»Meinst du?«

»Ich weiß es genau.«

Ich war so aufgeregt wegen Sissis Neuigkeit, dass ich ganz vergessen hatte, ihr von unseren Gästen zu erzählen. Die bloße Tatsache, dass unsere Ferienanlage am Ende der Welt überhaupt Gäste hatte, war an sich schon eine Meldung wert. Wir waren in das »Zwei-Stunden-zwei-Kondome-halbe-Flasche-Mekong-Whisky-Nachmittagsgeschäft« eingestiegen. Es gefiel mir nicht, dass wir zur Promiskuität aufforderten und den Ehebruch förderten, aber wir hatten Rechnungen zu bezahlen. Moral ist ein Luxus der Reichen. Die Zahl der verheirateten Feriengäste, die bei uns abgestiegen waren, konnte man an einer Hand mit zwei Fingern abzählen. Wir waren keine Gefahr für Novotel. Doppelbett mit klumpiger Matratze, Ventilator, Fernseher – lokaler Mist, kein Satellit –, Trinkwasser, heiße Dusche, wenn man schnell war, und Fenster, die sich nicht öffnen ließen. Wollte man die Brandung hören, musste man die Tür aufmachen und sich von den Böen aus dem Bett wehen lassen. Wir haben die Anlage nicht entworfen, nur von einem Pärchen übernommen, das von Tourismus keine Ahnung hatte. Und es fehlte uns das Geld zum Renovieren.

Wir waren regelrecht erstaunt, wenn Leute auf der Reise in den Süden an unserer entlegenen Landstraße haltmachten und sich nach unserem Motel erkundigten. Sobald sie die Zimmer gesehen hatten, fuhren sie unweigerlich weiter, selbst wenn es mitten in der Nacht war und nur noch Kaffee sie auf den Beinen hielt. Ein paar Wochen lang hatten wir eine Vogelforscherin, die ihre Tage damit verbrachte, bis zu den Knien im Sumpf nebenan zu stehen. Einmal hatten wir eine kleine Schar von Wanderpredigern, die gen Süden pilgerte, um die frohe Botschaft zu verbreiten. Ich hätte zu gern Mäuschen gespielt, als sie dort auf die strenggläubigen Muslime stießen. Ach, und dann war da das Kamerateam von Channel Five, das zwei Nächte bei uns untergebracht war. Sie drehten eine Reportage über den Niedergang des Golfs. Ich habe die fertige Sendung nie gesehen, aber gehört, dass wir ausgiebig darin vorkamen.

Und das waren sie auch schon: unsere längsten Belegungen im letzten Jahr. Wen wunderte es da, dass wir immer noch von unseren Ersparnissen leben mussten? Allerdings war das Geld, das wir durch den Verkauf unseres hübschen kleinen Häuschens mit Laden und angrenzendem Waschsalon – unseres Lebensunterhalts, unseres Erbes, unserer Familienkultur – bekommen hatten, fast aufgebraucht. Die Bank hatte schon angerufen und gefragt, ob wir in absehbarer Zeit etwas auf unser Konto einzahlen wollten. Sie meinten, falls nicht, würde die Provinzregierung Kredite ausgeben, sofern wir beweisen konnten, dass unsere Not auf den Monsun zurückzuführen war. In Wahrheit war unsere Not darauf zurückzuführen, dass wir nicht den blassesten Schimmer hatten, wie man eine Ferienanlage führte. Allerdings waren wir nicht zu stolz, um staatliche Geldgeschenke anzunehmen. Wir machten Fotos von unserer Anlage und füllten den entsprechenden Antrag aus. Die Wartefrist bei solchen Anträgen kann bis zu sechs Monate betragen. Bis er genehmigt würde, säßen wir auf dem Trockenen. Wahrscheinlich schickten wir ihn sowieso nicht ab. Der Monsun hatte unseren Ziergarten vorn am Strand zerstört, und bei Flut rückte das Wasser immer näher heran. Jeden Morgen rechneten wir damit, dass die ersten Gästehütten dem Horizont entgegendümpelten.

Angesichts der Jahreszeit und des Zustands unseres Motels hätten wir dankbar für jeden Gast sein sollen, den wir kriegen konnten. Aber irgendwas an diesem Pärchen in Hütte drei war seltsam. Die beiden waren in einem silbernen Honda City mit getönten Scheiben gekommen, kaum eine Stunde, nachdem wir die Glas- und Topfscherben unserer morgendlichen Schießerei zusammengefegt hatten. Mair und ich saßen auf der Betonbank am Betontisch draußen vor dem Laden. Das Auto fuhr vorbei, dann hielt es nach zwanzig Metern. Wir nahmen an, dass sie unseren Laden mit einem 7-Eleven verwechselten, da er rein zufällig in denselben Farben gestrichen war. Damit endete die Gemeinsamkeit jedoch auch schon. Unser Angebot war so beschränkt, dass wir es wie Museumsstücke auf den Regalen verteilen mussten. Es gab kalte Getränke und Snacks, aber sonst nichts, wofür ein müder Reisender Verwendung hätte. Das Auto setzte langsam zurück und hielt bei Mair und mir an. Da saßen wir und betrachteten unsere eigenen Spiegelbilder in der Scheibe. Ich verwuschelte meine kurzen Haare, die ungewohnt gepflegt aussahen. Ein leises Summen untermalte das Herabgleiten der Scheibe, und wir sahen uns dem Lächeln zweier identischer Engel unterschiedlicher Generationen ausgesetzt. Die Jüngere war von so natürlicher Schönheit, dass ich wünschte, ich könnte noch mal von vorn anfangen und mir mehr Mühe geben. Die Fahrerin war offensichtlich ihre Mutter.

Ich sah Mair an und fragte: »Warum sehen wir zwei eigentlich nicht so aus?«

»Unsere Art von Schönheit muss man mit Geduld erkunden«, sagte sie.

»Verzeihung«, sagte die junge Frau liebreizend. Sie hielt die Handflächen aneinander, und die Zeigefinger liebkosten ihre Lippen zu einem anmutigen *wai*, auf den wir reagieren mussten. »Hätten Sie vielleicht ein Zimmer frei?«

Ich lachte tief in meiner Kehle. Selbst wenn die Ställe in Bethlehem aus allen Nähten platzten, hätten wir immer noch Zimmer frei.

»Ich geh kurz nachsehen«, sagte ich und stand auf.

»Selbstverständlich haben wir Zimmer frei«, sagte Mair. »Das ganze Haus steht leer.«

Ich setzte mich wieder hin. Bei allem, was ich meiner Mutter zum Thema Geschäftsgebaren beigebracht habe, hält sie doch an der entnervenden Gewohnheit fest, die Wahrheit zu sagen. Die Fahrerin beugte sich über ihre Tochter. Sie trug die Haare schulterlang, aber irgendwie behielt die Frisur ihre Form, wie eine frühe Computeranimation. Sie hätte sich auf den Kopf stellen können, und trotzdem hätten sich die Haare nicht bewegt.

»Folgendes Problem«, sagte sie. »Wir sind dummerweise ohne unsere Ausweise zu Hause losgefahren. Mein Mann schickt sie per FedEx nach Songkla. Für heute Abend können wir uns allerdings nicht …«

Mair lachte.

»Wir brauchen so dringend Gäste, dass wir sogar Albert Hitler aufnehmen würden, ohne uns den Ausweis zeigen zu lassen«, sagte sie zwinkernd. »Hier im *Gulf Bay Lovely Resort* stellen wir keine Fragen.«

Es sprach für die beiden Schönheiten, dass sie lachten. Wahrscheinlich wussten sie, wer Albert Hitler war, denn sie hinterlegten eine derart hohe Kaution, dass wir davon den Ziergarten hundertfach hätten wiederaufbauen können. Ich war mir sicher, dass wir das meiste davon am nächsten Morgen würden abgeben müssen, wenn die beiden vor Entsetzen Reißaus nahmen, aber es war nett, mal wieder richtig Geld in der Hand zu halten. Arny ging voraus, als er die beiden in ihrem Honda zu ihrer Hütte führte wie ein muskulöser Elefantenführer. Ich konnte sehen, wie Mutter und Tochter auf die trübe graue See und den vollgemüllten Strand hinausblickten, und ich wusste, dass sie gar nicht erst auspacken würden. Doch während der Wagen Arny langsam folgte, stellte sich mir die Frage: »Warum hat dieses Auto keine Nummernschilder?«

Arny – eigentlich Arnon, aber aus Bewunderung für Arnold Schwarzenegger abgekürzt – saß mit mir im selben Boot. Nachdem unsere Mutter gegen unseren Willen verkauft hatte und nach Nimmerland hatte ziehen wollen, fühlten wir uns als ihre Familie verpflichtet, ihr zu folgen. Damals war sie zwar erst siebenundfünfzig gewesen, aber wir spürten, dass sie uns brauchte. Trotz oder vielleicht auch wegen ihrer exzentrischen Art hatten die Frauen von Maprao sie gern in ihre Gemeinschaft aufgenommen. Gemeinsam hatten sie eine Tierschutzgruppe und eine Kooperative für Regionalgemüse gegründet. Ohne Bigman Beung um Erlaubnis zu fragen, hatten sie einen Destillierapparat für Biodiesel gekapert – die Spende von irgendeinem japanischen Lions Club. Sie verteilten Altöleimer in allen Häusern und organisierten die wöchentliche Abholung. Mittlerweile hatten sie so viel hergestellt, dass sämtliche Rasentrimmer der Region damit betrieben werden konnten. Jetzt standen die professionellen Gärtner Schlange und freuten sich, dass sie an der Pumpe nur den halben Preis für Diesel zahlten. Die Frauen wollten expandieren und die Lkw-Fahrer überreden, mit Abfallstoffen zu fahren. Da es nichts dergleichen gegeben hatte, bevor wir hierherkamen, muss ich davon ausgehen, dass Mair den Anstoß dazu gegeben hat. Auf jeden Fall hatte sie mehr Freunde als Arny und ich. Was sie nicht hatte, war ein Mann in ihrem Leben, sodass uns das, was am Tag nach unserer Begegnung mit den Ratten passierte, gänzlich unvorbereitet traf.

Unsere Privathütten liegen etwas zurückgesetzt vom Strand, was uns eine Fifty-fifty-Chance lässt, nicht aufs Meer hinausgespült zu werden. Meine Hütte steht nur ein paar Meter von Mairs entfernt. Um zwei Uhr morgens wurde ich von einem lauten Grunzen geweckt, das sich alle Mühe gab, den Donner der Brandung zu übertönen. Das Grunzen obsiegte. Erst dachte ich, es sei Sticky, der mal wieder meine Flipflops fraß, und wollte mich gerade auf die andere Seite drehen, als ich einen gellenden Schrei hörte. Ich stürzte aus meiner Hütte und sah Opa Jah aus seiner treten. Beide hielten wir unsere nachgemachten Movada-LED-Taschenlampen in der Hand. Der Schrei war ziemlich sicher aus Mairs Hütte gekommen, also sprangen wir auf die kleine Veranda und trommelten an die Tür.

»Mair! Mair! Ist alles in Ordnung?«, rief ich.

Es kam keine Antwort. Ich drehte den Türknauf, aber es war abgeschlossen.

»Mair?«

Opa trat ans Seitenfenster, aber das war auch zu.

»Mair!«

Ich schnappte mir den kleinsten Blumentopf und wollte gerade das Verandafenster einschlagen, als ich das Schloss klicken hörte. Die Tür öffnete sich einen Spalt weit. Irgendwie schlängelte sich Mair durch diesen Spalt und schloss die Tür eilig hinter sich. Ich leuchtete ihr mit meiner Taschenlampe ins Gesicht. Ihre Wangen waren gerötet. Verschwitzt. Der Wind verwehte ihre Haare. Ihr hässlicher, chinesischer Pyjama war verrutscht. Sie trug das Oberteil verkehrt herum. Mair setzte ihr *Titanic*-Lächeln auf.

»Alles in Ordnung, Kindchen?«, fragte Opa.

»Bestens«, sagte sie. »Warum auch nicht?«

»Wir haben einen Schrei gehört«, erklärte ich ihr.

Sie blickte zu den rasenden, schwarzen Wolken auf, als versuchte sie, sich an den Text eines Lieds zu erinnern.

»Mair?«

»Ja«, sagte sie schließlich. »Es war ein Alptraum. Ich erinnere mich genau. Im Schlaf. Ich muss wohl dem Fernseher einen Tritt gegeben haben, und da ist er angegangen … und da lief ein Horrorfilm. Ja. Ein Schrei. So war das.«

Am Ende nickte sie, als wäre diese Erklärung in irgendeiner Weise glaubhaft gewesen. Hinter ihr hörte man ein Glas zu Boden fallen, ohne dass es zerbrach. Unsere Gläser sind stabil.

»Ich sollte den Fernseher lieber ausmachen«, sagte sie. »Geht wieder ins Bett, alle beide.«

Sie drehte sich um und quetschte sich wieder ins dunkle Zimmer. Ich könnte schwören, dass ich in der Sekunde, die das Licht meiner Taschenlampe den Innenraum erhellte, auf dem Bett eine Bewegung sah.

»Ihr Mädchen lernt doch nie aus euren Fehlern«, brummelte Opa, wandte sich ab und ging wieder zu seiner Hütte. Der Golfwind rempelte seinen dürren Leib voran, und ich fürchtete schon, er könnte ihn mit sich reißen. Meine Mutter war fast sechzig und doch in den Augen ihres Vaters noch ein kleines Mädchen. Ich knipste meine Lampe aus und trampelte auf den hölzernen Stufen. Dort wartete ich.

Zwanzig Sekunden später kicherte Mair und sagte, vermutlich zu ihrem Fernseher: »Die ahnen nichts. Schlaf jetzt.«

Ich versuchte, die Hinweise zu ignorieren, aber sie waren da, flatterten im Wind wie schmutzige Wäsche. In dieser Nacht kehrte ich – umrankt von Fassungslosigkeit und nicht unerheblichem Neid – in mein Bett zurück. Fast achtzehn Monate war es mittlerweile her, dass ich das letzte Mal … seit ich das letzte Mal einen Albtraum gehabt und nach dem Fernseher getreten hatte. Bevor ich versuchte, wieder einzuschlafen, griff ich nach den Testtabletten, die offen auf meinem Nachtschränkchen standen, nahm mir zwei und spülte sie mit dem Rest von meinem chilenischen Roten herunter. Es war so dunkel in meinem Zimmer, dass es mir vorkam, als hätte man mich aus dem Bild geschwärzt. Ich wusste nicht, ob ich lachen oder mich mit meinem Kissen ersticken sollte. Stattdessen fand ich mich in einem Traum wieder.

Er war beunruhigend erotisch. Ich befand mich in stürmischer Umarmung mit Ed, dem Rasenmähermann, und zwar im unfertigen Rumpf seines neuen Tintenfischfischerboots. Wir lagen auf einer Matratze aus lockigen Holzspänen. Ed war – wie ich möglicherweise noch nicht erwähnt habe – der schlaksige junge Mann, der jeden Monat kam, um unser Gras mit seinem beeindruckenden Gerät zu mähen. Einmal hatte er mich angefleht, mit ihm auszugehen. Na ja, also, vielleicht nicht direkt angefleht. Im Grunde ist er gar nicht so weit gekommen, mich zu fragen, aber ich wusste, dass er wollte.

Er sah nicht schlecht aus, für einen Gärtner. Er hatte diese dunklen Schokoladenaugen, nicht gerade Vosges, eher das Zeug aus dem Supermarkt. Aber trotz *dem* und trotz seiner ansehnlichen Bauchmuskulatur sollte er mit mir nicht tun und lassen können, was er wollte. Und ich war ziemlich genervt, ihn hier in meinem erotischen Traum anzutreffen. Für wen hielt er sich eigentlich, hier so fest auf mich einzurammeln, dass seine Knie gegen die Holzlatten schlugen? Und als wäre das alles noch nicht schlimm genug, wachte ich auf und merkte, dass das Geklapper unseres Liebesaktes in Wahrheit vom Kopfbrett eines Bettgestells herrührte, das gegen die Holzwand meiner Nachbarhütte schlug. Der Hütte meiner Mutter. Ich sah zum Wecker. Es war Viertel nach sechs. Schämte sie sich denn gar nicht? Ich nahm noch zwei Antidepressiva und notierte auf dem Fragebogen neben ERSTER TAG: »Überhaupt keine Wirkung.«

KAPITEL DREI

It's amazing how you can spit rice
Through my heart

»When You Say Nothing At All«
Paul Overstreet, Don Schlitz

Zu meinen Aufgaben im *Gulf Bay Lovely Resort* gehörte es, die Mahlzeiten für unsere Familie und die gelegentlichen Gäste zuzubereiten. Um nicht weiter dem Geklapper von Mairs Bettgestell lauschen zu müssen, ging ich früh in die Küche, um unseren beiden zahlenden Gästen das Frühstück zu bereiten. Ich war mir sicher, dass sie in ihrem schimmligen, zugigen, geckoverseuchten Zimmer kein Auge zugetan hatten und schon früh wieder unterwegs sein würden. Da ich ihnen wenigstens *eine* positive Erinnerung an uns mitgeben wollte, kaufte ich etwas von Jieps ausgezeichnetem Reisporridge in Plastiktüten und setzte als Abschiedsgeschenk meinen *O-liang*-Orangentee mit reichlich Zucker an. Ich musste sie lange genug aufhalten, um mich nach den fehlenden Nummernschildern erkundigen zu können. Das war eines der drei Geheimnisse, deren Aufklärung ich mir für diesen Tag vorgenommen hatte. Das zweite war, meinem namenlosen Kopf nachzugehen und herauszufinden, um wen es sich handelte und wie er an unseren Strand gekommen war. Nachdem ich Bigman Beung weisgemacht hatte, ich würde einen Artikel schreiben, kam ich nach weiteren Überlegungen zu dem Schluss, dass das vielleicht gar keine so schlechte Idee war.

Die *Chumphon News* – ein Wochenblatt – war mehr oder weniger unsere einzige Lokalzeitung. Die Redaktion saß in Chumphon, achtzig Kilometer nördlich an der Schnellstraße. – Chumphon war berühmt für seinen Tesco, einen Carrefour und einen Macro-Markt, alle innerhalb von einem Kilometer. Bei uns in Thailand rotten sich die Supermärkte gern zusammen. – Ich hatte ein paar Geschichten aus dem Leben und gelegentlich einen kurzen Gerichtsreport für die *News* geschrieben. Bei meinem letzten Exposé ging es um den Karottenschmuggel aus China. Bei dieser Zeitung verdiente ich weniger als ein Tischabräumer bei Kentucky Fried Chicken, aber der Journalismus lag mir nun mal im Blut. Ich konnte gar nichts anderes. Ich brauchte es, meinen Namen gedruckt zu sehen. Das und meine Medikamententests waren damals allerdings mein einziges Einkommen. Ich beschloss, einen Artikel über die Bestattung von Köpfen zu schreiben und die Stiftung zu besuchen, deren Aufgabe es war, die Familien der Toten aufzuspüren. Und wenn ich im Zuge dessen dafür sorgen konnte, dass Ben und Socrates gefeuert wurden, umso besser.

Das dritte Geheimnis beinhaltete die Frage, wer in Mairs Bett so aktiv gewesen sein mochte, die ganze Nacht hindurch bis in den frühen Morgen, und ich hatte meinen Küchentisch ans Fenster geschoben, um unsere Hütten im Auge zu behalten. Bisher hatte ich noch niemanden gesehen. Ich nahm die Makrele fürs Mittagessen aus und ging im Geiste eine Liste der Verdächtigen durch. Da wir in einem Dorf lebten, bezweifelte ich, dass sie so blöd war, sich einen verheirateten Mann zu angeln. Das Angebot alleinstehender Männer im Zehn-Jahres-Radius um ihre Altersgruppe war nicht eben vielversprechend. Mair war immer noch eine attraktive Frau, und ich hoffte, sie würde ein wenig guten Geschmack beweisen, was ihre Wahl anging. Diesseits des Flusses Lang Suan hatten wir Dr. Prem im Gesundheitszentrum, der schon angesichts von Fäkalien erblasste; den langhaarigen Nute, der an der Schule Sport unterrichtete, aber einen Kopf kleiner war als die meisten seiner Schüler; Grit, den nichtsnutzigen älteren Bruder von Meng, unserem ortsansässigen Privatdetektiv und Plastikmarkisenfachmann; Kow, der Tintenfischfischerkapitän, der keine Vorderzähne hatte und nach Fischfrikadellen roch; und Daeng, der Hundemörder, den sie nicht mal mit einem drei Meter langen Kokosnusshaken angerührt hätte. Es war eine deprimierende Liste. Ich konnte nur hoffen, dass Mair jemanden aus einem anderen Bezirk importiert hatte, aber weit und breit war kein fremdes Auto zu sehen.

Wenn es nicht anders ging, würde ich Mair einen Schluck Wein geben und warten, dass sich die Quasselschleusen öffneten. Ich vertrage Alkohol erstaunlich gut, aber Mair kann rein gar nichts ab. Sie plaudert hochnotpeinliche Geschichten aus, die selbst Puffmüttern die Schamesröte ins Gesicht treiben würden. Wenn Mair getrunken hat, kennt sie keine Tabus. Abgesehen natürlich vom Aufenthaltsort unseres Vaters, der sich abgesetzt hat, als ich noch ganz klein war. Arny trug noch Windeln, und Sissi war erst fünf und noch ein Junge. Zum Thema »Abwesende Väter« hatte Mair ein Schweigegelübde abgelegt, das selbst dem Alkohol widerstand.

Wir aßen unseren Reisporridge – ich, Mair, Arny und Opa, an einem unserer Moteltische, den wir in die Küche gequetscht hatten. Die Fensterläden waren geschlossen. Der Wind aus Nordost hatte offenbar keine gute Nacht gehabt und war übellaunig. Die Kokospalmen bogen sich wie Satzklammern, wobei ihre Palmwedel verzweifelt nach Malaysia auf ein gemäßigteres Klima deuteten. Hin und wieder löste sich eine Kokosnuss und kam im Fünfundvierzig-Grad-Winkel angeflogen, um eine Fensterscheibe oder ein Wasserrohr zu zertrümmern. Der Strand lag voller Bambuswurzeln, die sich bei Überschwemmungen am Ufer der Flüsse losgerissen hatten. Sie waren mit Nylonnetzen verknotet und mit Styropor verziert. Alles roch nach Abwasser und altem Maschinenöl. Vielleicht versteht man jetzt, wieso ich diesen Ort so liebe.

Das Mutter-Tochter-Team aus Hütte drei steckte die Köpfe zur Küchentür herein. Der Wind hatte ihren Frisuren nicht gutgetan. Koffer hatten sie keine dabei.

»Guten Morgen«, sagte die Mutter. »Ich wollte nur fragen, ob wir vielleicht unter Umständen etwas zu essen …«

»Aber natürlich!«, sagte Mair. »Kommen Sie rein, und machen Sie die Tür zu. Selbstverständlich haben wir etwas zu essen für Sie. Vater, überlass ihnen deinen Platz.«

Opa Jah rührte sich nicht. Er war am Frühstücken. Arny nahm zwei Klappstühle von der Wand und stellte sie den beiden Gästen an den Tisch.

»Entschuldigen Sie das Ambiente«, sagte ich unnötigerweise. Seit wir in den Süden gezogen waren, hatte ich mich zur Serienentschuldigerin entwickelt.

»Ach was. Keine Sorge. Es ist sehr gemütlich hier«, log die Mutter.

Ich sah sie an. Selbst ihre lässige Sommerkleidung kam von einem Designer. Wahrscheinlich hatte sie zu Hause eine doppelt so große Küche, nur für ihre Dienstmädchen.

»Wo kommen Sie her?«, fragte ich und verteilte Reisporridge.

»Ach, wir sind viel unterwegs«, sagte sie.

Es war eine Antwort, die sagen sollte: »Kümmere dich um deinen eigenen Scheiß!« Die hatte ich in meiner Laufbahn oft genug gehört. Aber sie brachte den Spruch mit Würde und einem freundlichen Lächeln vor. Die Tochter hatte noch nichts gesagt. Sie konnte sich kaum von Arny losreißen, der mit freiem Oberkörper dasaß. Wir waren daran gewöhnt, aber auf Außenstehende wirkte er manchmal etwas überwältigend. Er war gebaut wie ein Stapel Treckerreifen und dünstete Testosteron aus. Doch trotz seiner Statur und der Tatsache, dass er wie ein Filmstar aussah – was mich beides zu dem Schluss bringt, dass ich adoptiert sein muss –, war er sich seiner Wirkung auf andere offensichtlich nicht bewusst. Manche fürchteten ihn, so wie man unruhig werden würde, wenn ein Killerwal die Auffahrt raufkäme. Manche – Männer wie Frauen – begehrten seinen Körper und kümmerten sich nicht darum, ob er so etwas wie Verstand oder Persönlichkeit besaß. Manche trieb der animalische Drang, ihn herauszufordern. Die Tochter wusste überhaupt nicht, wie sie ihn einschätzen sollte. Sie war Mitte zwanzig und eine wahre Augenweide, und ich schätze, sie ließ überall sabbernde Blicke hinter sich zurück. Sie war es gewohnt, verführt zu werden, und erwartete es auch. Als nun dieser halb nackte Adonis »Guten Morgen« sagte und sich wieder seinem Frühstück widmete, ohne ihre Brüste auch nur eines beiläufigen Blicks zu würdigen, verschlug es ihr prompt die Sprache.

Für Arny gab es keine andere Frau. Er hatte die Liebe seines Lebens gefunden – Gaew – hier in Maprao. Sie stemmte Gewichte – wie er. Sie kannte die glamouröse Welt der Bodybuilder und hatte viele Preise gewonnen. Und sie war ebenso in Leidenschaft entbrannt wie mein Bruder. Sie hatte sowohl sein Herz erobert als auch – wie wir damals vermuteten – ihm seine Unschuld genommen, alles innerhalb einer Woche. Der einzige Wermutstropfen war ihr Alter. Arny war zweiunddreißig. Seine »Verlobte« Gaew war achtundfünfzig. Sie war genauso alt wie unsere Mutter. Mair und sie hatten in der Schule dieselben Rocksänger angebetet und etwa zur selben Zeit Hula-Hoop gelernt. Sie wurden sogar gute Freundinnen. Wir alle mochten sie. Aber das machte ihre Beziehung zu Arny … merkwürdig. Sogar irgendwie unappetitlich. Sie hatte ihren ersten Preis gewonnen, als Arny noch lernte, das Töpfchen zu benutzen. Aber sie war der Grund, weshalb Arny gar nicht merkte, was da für eine Sexbombe in der Küche saß.

Die Gäste machten sich mit einigem Vergnügen über ihr Essen her. Falls sie es nicht gewohnt waren, mit einfachen Leuten zu speisen, ließen sie sich nichts anmerken. Ich wärmte den zuckrigen Orangentee auf und plante meinen nächsten Coup, um das Gespräch in Gang zu bringen.

»Ich muss mich für Ihr Zimmer entschuldigen«, sagte ich.

»Das Zimmer ist entzückend«, sagte die Mutter.

»Wirklich?«

Mir wollte nichts einfallen, was an Hütte drei entzückend sein mochte, abgesehen davon, dass sie nicht Hütte zwei war. Hütte zwei hatte eine Mäuse-Stepptanz-Schule im Dach.

»Wir genießen das einfache Leben«, sagte sie. »In der Stadt wird man doch allzu abhängig von Luxusgütern. Ich glaube fest daran, dass man hin und wieder innehalten und Sparsamkeit üben sollte.«

Und nun war sie mitten in der Metropole der Sparsamkeit gelandet. Glück muss der Mensch haben.

»Wir hatten gedacht, Sie wären frühmorgens gleich wieder unterwegs«, erklärte ich.

»Das hatten wir auch vor, aber es ist so hübsch hier, dass wir lieber noch ein, zwei Tage bleiben wollen.«

Da wusste ich, dass sie log. Hübsch? Man müsste sich blind gesoffen haben oder einfach nur ganz normal blind sein, um in Maprao während der Monsunsaison etwas Hübsches zu entdecken … besonders im *Not So Lovely Resort*. Die beiden führten irgendwas im Schilde. Ich wollte mich anschleichen und sie von hinten mit meiner nächsten Frage überrumpeln, doch Opa Jah ging frontal auf sie los.

»Sie haben keine Kennzeichen an Ihrem Wagen«, erklärte er. »Das ist illegal.«

Die beiden Gäste sahen sich an und kicherten nervös.

»Wir kamen gerade über die Brücke in Lang Suan, auf der Schnellstraße«, sagte die Mutter ungerührt. »Die Straße ist voller Schlaglöcher. Und natürlich haben wir eins davon voll getroffen, und da ist uns das vordere Nummernschild einfach abgefallen. Also haben wir …«

»Woher wussten Sie das?«, fragte Opa.

»Woher wussten wir *was*, Väterchen?«

»Woher Sie wussten, dass das Nummernschild abgefallen war. Sie haben eine Klimaanlage im Wagen, also haben Sie garantiert nichts gehört. Das Schild sitzt unter der Stoßstange, also konnten Sie es nicht sehen. Und es ist flach, also haben Sie es beim Drüberfahren ganz sicher nicht bemerkt. Also …?«

Ich sah die Verzweiflung in den Augen der Frau, als sie nach der nächsten Lüge suchte. Ihre Tochter kam ihr zu Hilfe.

»Das Auto hinter uns hat gehupt«, sagte sie. »Wir haben angehalten, und der Fahrer hat uns darauf aufmerksam gemacht, dass wir unser Nummernschild verloren hatten. Wir haben es uns wiedergeholt und sind damit zu dieser Werkstatt an der großen Kreuzung gefahren, und die meinten, die Halterung sei weggerostet. Hinten genauso. Also schweißt uns der Besitzer neue … neue Halterungen, um die … die Nummernschilder zu befestigen.« Sie sah uns nicht an, seufzte nur und strich mit dem Löffel am Innenrand ihrer Schale entlang.

Ich warf Opa einen bösen Blick zu, sah ihm aber an, wie sicher er sich war, dass die beiden nichts Gutes im Schilde führten. Wir wussten beide, dass ein zwei Jahre alter Honda nicht einfach so wegrostete. Wir wussten beide, dass man auf dem Highway 41 nur angehalten wurde, um mit vorgehaltener Waffe ausgeraubt zu werden. Und wieso suchten sie sich kein Hotelzimmer in der Stadt? Warum fuhren sie den ganzen Weg zur Küste, ohne Kennzeichen? Aber ein Verhör würde die beiden nur verschrecken, und genau wie Opa wollte ich, dass sie noch blieben. Ich wollte Gelegenheit bekommen, mein investigatives Talent einzusetzen. Ich habe eine kleine Nase, kaum eine Frettchenschnauze. Aber ich kann schnüffeln. Und wie ich schnüffeln kann. Und meine Nase witterte eine Story. Eine ganz große Story.

Ich war nicht sicher, was Mair witterte, aber sie sagte: »Sie müssen meinen Vater entschuldigen. Er ist etwas senil.«

Opas Augenbrauen gingen fast durch die Decke.

»Manchmal hält er sich für einen Detektiv. Hin und wieder kann er unhöflich sein.«

»Ja, genau«, sagte Opa. Er stand auf und stellte seine Schale in die Spüle. »Darf ich heute meine kugelsichere Weste anziehen?«

»Später vielleicht«, sagte Mair.

Arny sah Opa hinterher, der sich mit aller Kraft gegen die Tür warf und in den Wind hinaustrat. Mein Bruder hatte keinen Schimmer, was los war. Manchmal war die Welt für ihn einfach zu subtil.

»Ist da noch was im Topf?«, fragte er.

Die *Southern Rescue Mission Foundation* hatte einen großen Parkplatz vor dem Haus und mehrere Schuppen auf dem Gelände, mit blitzblanken SUVs und Pick-ups und Abschleppwagen, die hübsch aufgereiht auf ihren nächsten Einsatz warteten. Während die Kinderschutzorganisationen Probleme hatten, ihre Leute zu bezahlen, spielten die Herren über den Tod in klimatisierten Warteräumen Karten, bekamen gesundes Essen in der Kantine und erleichterten sich in hochmodernen Toiletten mit kostenlosen Papiertüchern, die man nicht mal in den Mülleimer werfen musste. Ich parkte unseren Toyota Mighty X versehentlich so, dass er möglicherweise den zügigen Einsatz von zwei, vielleicht auch drei der schwarz glänzenden SUVs behindert hätte, die dem SUV der beiden Ratten ganz ähnlich waren. Kindisch? Ich weiß. Aber einfach zu verlockend.

Bei dem Gebäude, an dem »Empfang« stand, handelte es sich um ein Haus, dessen Design einem dieser Traumhauskataloge entnommen war, die mein Exmann immer mit aufs Klo nahm, um sich daran zu ergötzen. Es war eine pinkfarbene Villa, die man auf ein Fünfundzwanzig-Quadratmeter-Grundstück gequetscht hatte. Ich ging durch die Eingangstür hinein, wo ich gleichzeitig von einem arktischen Luftzug aus vier Klimaanlagen und einer Empfangsdame in Minirock, Strumpfhose und Rollkragenpulli bestürmt wurde. Sie war um die fünfzig und hoffte offenbar, mit dickem Make-up jünger zu wirken. Sie begrüßte mich mit einem energischen *wai*.

»Willkommen bei der SRM«, sagte sie mit schriller, irgendwie furchterregender Stimme. »Was kann ich für Sie tun?«

Meine Nippel fühlten sich größer an als meine Brüste.

»Sie können nicht zufällig die Klimaanlage runterdrehen, oder?«, antwortete ich.

Eigentlich hatte ich nicht erwartet, dass mein Sarkasmus auf fruchtbaren Boden fallen würde, doch sie stieg sofort darauf ein.

»Frisch hier, nicht?«, zwitscherte sie, um Wärme vorzutäuschen. Sie kam herum und bot mir einen Stuhl an. Sie war sehr zuvorkommend. Mir schien, wenn ich sie gebeten hätte, mir was zu backen, wäre sie gleich zum Ofen geeilt.

»Ich komme, um mich nach dem Verbleib von jemandem zu erkundigen, den ich … Von einem geliebten Menschen«, erklärte ich ihr.

Urplötzlich wurde ihre Miene lang, als wäre das Ablaufdatum ihres Faceliftings überschritten. Sie legte eine Hand aufs Herz. »Das tut mir leid«, sagte sie. »Es muss eine schreckliche Zeit für Sie sein. Ich hoffe aufrichtig, dass wir hier bei der SRM Ihnen und Ihrer Familie die Bürde ein wenig erleichtern können. Zwar sind wir eine Non-Profit-Organisation, die ausschließlich auf kleine Spenden aus der Bevölkerung angewiesen ist, doch tun wir alles Menschenmögliche, um unseren Unfallopfern ihre letzte Reise so angenehm wie möglich zu gestalten.«

Es war aalglatt und auswendig gelernt.

»Ich freue mich«, sagte ich.

»Wann ist Ihr …?«

Ich vermutete, dass ich die Leerstelle ausfüllen sollte.

»Onkel?«, sagte ich.

»Oh, ein Onkel. So, so wichtig für die Harmonie einer glücklichen Familie. Wann ist Ihr Onkel denn verschieden?«

Ich hatte nicht gesehen, dass sie Tiger Balm zur Hand genommen hatte, also ging ich davon aus, dass ihre Tränen für meinen Onkel echt waren. Beeindruckend. Ich spürte den Drang, ihr einen Scheck über zwanzigtausend Baht auszustellen, um das wohltätige Werk der SRM zu fördern.

»Vor zwei Tagen«, sagte ich.

»So plötzlich. So tragisch.«

Mein Verlust lastete so schwer auf ihren Schultern, dass sie sich auf einen Stuhl sinken ließ und seufzte, dann klappte sie einen Plastikordner auf.

»Und wie war der Name?«, fragte sie.

»Meiner?«

»Der von Ihrem Onkel.«

So weit hatte ich noch nicht vorausgedacht. Ich fragte mich, wann ich mich eigentlich zu dieser Unaufrichtigkeit entschlossen hatte. Warum konnte ich nicht einfach sagen: »Ich habe einen Kopf am Strand gefunden. Keine Ahnung, wer das war, aber ich wollte mal sehen, wie es ihm geht.« Warum nicht? Weil ich nicht an der barmherzigen Torhüterin vorbeigekommen wäre – darum. Nicht, dass mir die Lüge sonderlich gefiel.

»Somyuth«, sagte ich. »Eines Ihrer Teams war da, um seine … Leiche vom Strand zu holen.«

»Vom Strand? Du meine Güte. Was ist denn passiert?«

»Äh … er war Fischer. Ist über Bord gegangen. Hat sich im Netz verfangen. Ist ertrunken … tragisch.«

»Ich fühle mit Ihnen, wirklich ehrlich. Eine unserer Katzen hat sich in einem Schlangennetz hinter dem Haus verfangen. Ein Kater. Saß in der Falle, eine ganze Woche lang. Vor lauter Verzweiflung hat er sich sein eigenes Bein abgebissen, um sich zu befreien. Kam bluttriefend nach Hause gehumpelt, voller Fliegen und Maden. Er ist vor unseren Augen zusammengebrochen, mit heraushängendem Gedärm.«

Ich hatte so das Gefühl, als wollte sie auf irgendwas hinaus.

»Hätte es doch nur eine Organisation wie die unsere gegeben, um ihn zu säubern und herzurichten, bevor …«, sie stöhnte, »… vor diesem schrecklichen Moment, in dem meine kleine Tochter hereinkam und ihren geliebten Nunu tot und ekelhaft verstümmelt daliegen sah.«

Sie war gut. War sie wirklich. Nie im Leben war diese Frau eine einfache Empfangsdame. Ich wette, sie war die Tochter oder Enkelin des ehrwürdigen chinesischen Herrn, dessen Porträt hinter ihr hing. Bestimmt hatte sie schon Millionen gutgläubiger Hinterbliebener mit diesem Spruch eingewickelt.

»Ich mag Katzen nicht besonders«, sagte ich.

»Natürlich. Nicht jeder mag sie.«

»Ich suche nur Onkel …« Verdammt. Ich hatte seinen Namen vergessen. »Meinen Onkel. Um ihn mit nach Hause zu seiner Familie zu nehmen. Zu seinen Liebsten. Verstehen Sie? Onkel. So wichtig. Wo ist er?«

Nachdem ich ihr einen ganzen Schwung erfundener Namen und Adressen genannt und sie davon überzeugt hatte, dass mein Ausweis draußen im Auto lag, führte sie mich zur Hintertür hinaus. Plötzlich standen wir in nasskalter Luft unter freiem Himmel. Zwei Meter weiter befand sich der Eingang zu einem langen, fensterlosen Betongebäude.

Wir traten ein. Drinnen knipste sie einen Schalter an und schloss die Tür hinter uns, sodass wir in einem schwarzen Loch standen. In völliger Finsternis mache ich mir oft fast in die Hose. Keine Ahnung, wieso. Irgendetwas tief in meinem Unterbewusstsein bräuchte wohl eine Analyse. Ich wollte schon umkehren, als über uns einige Neonleuchten nacheinander ansprangen. Mich wundert nicht mehr viel, aber angesichts dessen, was ich in diesem Gebäude sah, verschlug es mir doch die Sprache. Es war wie in der Tiefkühlabteilung bei Macro. An beiden Wänden befanden sich offene Kühlfächer, mit einem schmalen Gang in der Mitte. Es fehlten nur die Einkaufswagen. Und in den Regalen lagen Leichen in grünem Plastik. Nur die Köpfe waren frei, manche Gesichter verzerrt im Todeskampf, andere so friedlich, als hätten sie sich nur kurz hingelegt. Bemerkenswert fand ich, dass man allen Köpfen die Haare gekämmt hatte. Offenbar gab es in den Reihen der SRM eigene Stylisten.

Ich lief den Gang entlang, die Empfangsdame hinter mir. Manche der grünen Leichentücher ließen ahnen, dass die Toten unter den frisierten Köpfen nicht mehr ganz symmetrisch oder vollständig waren. Es gab verschiedene Möglichkeiten, in Lang Suan zu sterben – als Erstes fallen einem Alter und Langeweile ein –, aber solche schrecklichen Verstümmelungen wie diese waren nur dem Gemetzel auf dem Highway 41 zuzuschreiben. Unsere Straßen rotteten die Bevölkerung im Alleingang aus. Alles in allem lagen da zwanzig Leichen, aber keine davon war Onkel … mein Onkel.

»Ich finde ihn nicht«, sagte ich.

»Haben Sie genau hingesehen? Manchmal verändern sich die Gesichtszüge nach einem schrecklichen Tod.«

»Ich glaube, ich weiß, wie mein Onkel aussieht.«

»Selbstverständlich. Oh, okay. Also, wenn es am Strand war …«

»Ja?«

»Na, vielleicht gab es da ein Missverständnis. Vielleicht wurde er zu … den anderen gelegt.«

»Den anderen?«

Ich musste an die *Alien*-Filme denken – an Sabber und Tentakel.

»Die haben es fast genauso komfortabel«, sagte sie und führte mich zu einer Tür am Ende des Gebäudes. »Und selbstverständlich werden sie auch gekühlt.«

»Oh, gut.«

»Leider ist es dort etwas … überfüllt.«

Es schien mir unfair, dass diese Leichen hier so gebettet wurden, dass sie sich auch mal auf die Seite drehen konnten, wenn ihnen der Sinn danach stand, Onkel Sag-mal-schnell sich dagegen ein Zimmer mit anderen teilen musste. Sie öffnete die Tür, und ich trat näher, um hineinzusehen. Es war wie ein Dritte-Klasse-Abteil bei der Bahn. Zwei mal vier Meter. Hier waren die Leichen übereinander in Regale gestopft wie Schweine auf dem Weg zum Markt. Sie trugen ihre eigenen Kleider, manche noch blutig, andere ohne Spuren, die darauf hingewiesen hätten, wie sie gestorben waren. Der Kopf meines Onkels blickte von der obersten Gepäckablage auf mich herab. An seinem linken Ohr war ein Zettel befestigt. Ich hörte eine Stimme hinter mir.

»Haben Sie ihn …?«

Ich drehte mich um. Fühlte mich etwas blutleer. Die Empfangsdame nahm meinen Arm, um mich zu stützen.

»Nein, hier ist er nicht«, sagte ich.

»Und Sie sind sicher, dass er von einem unserer Fahrzeuge abgeholt wurde?«

»Schwarzer SUV. Kennzeichen Gorgai 2544.«

Sie sah mich an, als wäre ich die erste Frau, die sich je ein Kennzeichen gemerkt hatte.

»Ich habe es mir aufgeschrieben, weil die Männer, die Sie geschickt hatten, ausgesprochen unhöflich waren«, erklärte ich ihr. »Solche Leute schaden dem Ruf einer Organisation wie der Ihren, sodass man es sich zweimal überlegt, ob man Geld spendet.«

Von den Messern durfte ich nichts sagen, weil wir dann die Polizei hätten hinzuziehen müssen. Abgesehen von der Tatsache, dass die meisten Polizisten hier nach Feierabend kriminellen Machenschaften nachgingen und auf der IQ-Skala irgendwo zwischen Qualle und Baumstumpf rangierten, war da noch die Sache mit Opa Jahs Pistole und der zerschossenen Scheibe.

»Da muss ich mal nachsehen«, sagte die Frau wenig begeistert und trieb mich durch den Gang zurück. »Das ist tatsächlich eines unserer Fahrzeuge. Vielleicht hat man Ihren Onkel ins Krankenhaus gebracht. Sind Sie sicher, dass er tot war?«

Kein Herzschlag, kein Atem, keine Reflexe, kein Körper unterhalb des Halses.

»Ziemlich«, sagte ich.

»Dann kann ich mir nur vorstellen, dass jemand anderes den Leichnam abgeholt hat. Irgendein Verwandter vielleicht?«

»Wissen Sie was? Das habe ich auch gerade gedacht. Er hatte überall Unterfrauen. Höchstwahrscheinlich wollte eine davon ihn ganz für sich allein. Ja, das ist es wahrscheinlich.«

»Nun, dann haben wir es ja.«

Und damit verlor sie jegliches Interesse an mir. Ich ließ mich nicht beirren.

»Gibt es noch etwas?«, fragte sie.

»Ich dachte nur gerade …«

»Ja?«

»Dieser kleine Raum am Ende?«

»Was ist damit?«

»Mir ist nur aufgefallen, dass hier in den Kühlfächern noch Platz ist. Warum liegen die Leichen aus dem kleinen Raum nicht auch hier vorn?«

»Die Tiefkühlfächer dienen der Identifikation. Die Leichen aus dem Hinterzimmer wird niemand abholen.«

»Woher wissen Sie das?«

»Wir wissen es eben.«

Sie hatte mich aus dem Leichenschauhaus wieder in den Empfangsbereich geschoben. Ich blieb stehen und sah mich um. Ich ließ mich nicht gern schieben.

»Es war nur eine höfliche Frage«, sagte ich und brachte mein Funkeln zum Einsatz. Diesmal funktionierte es.

»Sie werden nicht abgeholt, weil sie hier vermutlich keine Verwandtschaft haben. Und falls doch, würden ihre Verwandten es nicht wagen, sie abzuholen. Wir sind per Gesetz verpflichtet, die Leichen zehn Tage aufzubewahren. Danach werden sie eingeäschert. Wir haben hier einen Mönch im Zentrum. Sie bekommen einen würdigen Abschied. Die meisten einen besseren, als sie verdient hätten.«

»Aber wer sind die?«, wollte ich wissen.

»Das sind Birmanen.«

»›Das sind Birmanen‹, meinte sie. Als wären sie nur Fliegendreck an der Windschutzscheibe. Dann hat sie mich rausgeschmissen, weil sie wusste, dass bei mir nichts zu holen war. Miese Schlampe.«

Lieutenant Chompu saß mir gegenüber und rauchte einen Joint. Er trug einen weißen, knöchellangen Seidenmantel und vermutlich nichts darunter. Ich fragte nicht. Er war eher elegant als attraktiv. Er hatte etwas vom jungen Duke of Edinburgh. Aber er war auch schamlos feminin. Es war, als würde ich schwule Männer magisch anziehen. Chompu hatte sein offizielles Zimmer in der Polizeikaserne von Pak Nam, und außerdem das hier – einen kleinen Bungalow mit hübschem Blick auf Pitak Island. Hier lebte er sein anderes Leben. Das Geld seiner Familie hatte ihm den Rang eines Lieutenants der Royal Thai Police Force eingebracht, doch danach stagnierte seine Karriere. Seine Weigerung, sich wie ein unerschrockener, mannhafter Polizist zu benehmen, hatte zur Folge gehabt, dass er hier ans Ende der Welt versetzt wurde. Beide waren wir der Realität entflohen, und in gewisser Hinsicht waren wir Freunde.

»Die sind selbst schuld«, presste er mit hoher Stimme hervor, um den kostbaren Rauch nicht auszuatmen.

»Wer?«

»Birmanen.«

»Woran?«

»Jahrelang waren sie fies und gemein zu uns. Dauernd diese unfeinen Invasionen und Massenmorde. Irgendwann holt einen das alles wieder ein.«

»Ja, genau. Als hätten wir unsere Nachbarn nicht genauso geplündert und geschändet. Früher war das allgemeine Freizeitbeschäftigung. Damals hatten sie keinen Fußball. Ich glaube, die Ausübung von Racheakten ist mittlerweile gesetzlich eingeschränkt. Chom, die versuchen auch nur, genug zu verdienen, dass sie davon leben können.«

»Man kann nicht alles haben, Süße. Wenn sie sich den Ärger sparen wollen: Keiner zwingt sie herzukommen.«

Er lehnte sich in die Kissen seiner Chaiselongue und posierte für einen imaginären Fotografen. Der Wind peitschte Betelnusspalmwedel gegen seine Panoramascheibe.

»Ach, so«, sagte ich und nippte an meinem Zitronensaft. »Da bin ich aber erleichtert. Ich dachte schon, du hättest keine Fehler.«

»Hab ich denn welche?«

»Du bist ein Rassistenschwein.«

»Das hat doch nichts mit Rassismus zu tun. Sind sie hier, um unser Land voranzubringen? Neeeiiiin. Versuchen sie, unsere Sprache zu lernen und sich zu integrieren? Neeeeiiiin. Sie kommen einzig und allein auf unsere Seite der Grenze, weil sie hier dreimal so viel verdienen können wie in Birma.«

»Aber das Dreifache von dem, was sie in Birma verdienen könnten, entspricht nicht mal unserem Mindestlohn. Sie sind Sklavenarbeiter und übernehmen die Jobs, die wir nicht wollen. Wenn die Birmanen nicht wären, gäbe es in Thailand keine Fischerei mehr, kein Palmöl, keinen Gummi, der Tourismus läge größtenteils am Boden …«

»Ach, Jimm. Du weißt, wie verquollen meine Augen immer sind, wenn ich weinen muss. Heute ist mein freier Tag. Können wir nicht lieber über Boygroups plaudern? … Wie man ein Soufflé zubereitet? … Alles – nur nicht Birma.«

»Ich bin sauer.«

»Das weiß ich, Schätzchen. Aber vergiss nicht, dass du dich noch vor vier Tagen einen feuchten Furz für die Arbeitsbedingungen unserer Sklavenarbeiter interessiert hast, genau wie alle anderen.«

»Ich … ich wusste bis vor vier Tagen nichts davon.«

»Wovon?«

»Dass wir sie ausbeuten.«

»Selbstverständlich wusstest du das.«

»Wusste ich nicht. Ich habe es mir gestern im Internetcafé angesehen. Ausbeutung – Birmanen – Thailand. Sechsundvierzigtausend Treffer.«

Er nahm einen tiefen Zug und blies aus jedem Nasenloch eine kleine Himmelswolke. Ich hatte nichts gegen Ganja, aber es gab Zeiten, in denen ich milde gestimmt sein wollte, und Zeiten, in denen ich erbittert voranschreiten wollte.

»Jimm«, sagte er. »Als du in Chiang Mai gewohnt hast – wie viele von deinen Nachbarn hatten birmanische Kindermädchen oder Hausangestellte?«

»Na ja, viele, aber …«

»Und fandest du es nicht irgendwie bemerkenswert, dass sie morgens um sechs Frühstück gemacht haben und um Mitternacht noch in der Küche standen, um das Geschirr zu spülen? Hast du etwa gedacht, sie bekundeten nur ihre Liebe zu der gütigen Familie, die sie für hundertzwanzig Baht pro Tag angeheuert hat? Ich möchte bezweifeln, dass sie mal einen Tag frei hatten. Sie wussten, wenn sie sich beklagten, standen in den Flüchtlingslagern mehr als reichlich Domestiken zur Verfügung. Sie bräuchten eine Gewerkschaft, findest du nicht?«

»Also, ich werde etwas unternehmen.«

»Sehr gut. Bei der letzten Zählung arbeiteten zwei Millionen von denen in Thailand. Am besten solltest du sie alle zur Befragung vorladen.«

»Nein, wir nehmen uns einen nach dem anderen vor – oder zumindest seine Einzelteile. Beginnen wir mit dem Kopf.«

»Ach, herrje. Ich habe es dir doch gesagt.«

»Ich möchte, dass der Fall untersucht wird.«

»Er wurde untersucht.«

»Irgendein fetter Bulle mit einem Heuklumpen auf dem Kopf spaziert an den Strand, sieht sich das Opfer an und reicht es an die Leichendiebe weiter. Er schüttelt den Rattenbrüdern die Hände und fährt weg. In einer Viertelstunde ist alles gesagt. Das würde ich kaum als Untersuchung bezeichnen.«

»Ich habe einen Bericht geschrieben.«

»Oh, gut. So kommen wir weiter. Zeig ihn mir.«

»Hmm. Na gut.«

»Wirklich?«

»Nein, nicht wirklich. Bist du irre? Ich werde ja wohl kaum das bisschen, was von meiner Karriere übrig ist, aufs Spiel setzen, indem ich vertrauliche Dokumente an die Presse weiterreiche.«

»Du hast schon ganz andere Sachen gemacht.«

»Nicht öffentlich.«

Ich seufzte und betrachtete ihn. Zugegebenermaßen war es ein seltsamer Moment. Ich wusste, Chompu würde eher mit einem defekten Ampelkasten kopulieren, als sich einer Frau fleischlich zu nähern, aber er hatte etwas … ausgesprochen Erotisches an sich, wie er in seinem Seidenumhang dort lag, die braun gebrannten, muskulösen Beine bis zum Oberschenkel nackt. Seine Haare waren nass vom Duschen. Ich schämte mich für die Gefühle, die in mir aufkeimten.

»Meinetwegen dürftest du Sex mit mir haben«, sagte ich.

Er hustete. Der Joint fiel ihm aus der Hand und zwischen die Kissen. In Panik grub er danach, bevor sein Lotterbett in Flammen aufging. Man sah seine gepflegten, kleinen Zähne, wenn er lachte, und er lachte lang und laut.

»Wozu um alles in der Welt?«, fragte er endlich mit seinem geretteten Joint zwischen den Fingern.

»Eine kleine Belohnung?«, sagte ich.

»Du bist zum Schreien, wirklich wahr. Eher würde ich ...«

»Ich weiß.«

Schwul oder nicht – eine solche Reaktion tat dem Selbstwertgefühl einer Frau nicht sonderlich gut. Ich weiß gar nicht, was über mich kam. Bis dahin hatte ich ihn noch nie auch nur im Ansatz erotisch gefunden. Ich schrieb es dem Trauma zu, meine Mutter in flagranti erwischt zu haben. Aber, na gut. Wenn mein Körper ihn nicht in Versuchung führte, blieb mir wohl nur, ihn zu erpressen.

»Was für ein hübsches kleines Häuschen du hier hast«, sagte ich. »Von der Straße her nicht einzusehen, wegen der langen Auffahrt hinter den Bäumen.«

»Ich hab schon darauf gewartet.«

»Einen Vorrat an Marihuana und ein Stapel einschlägiger Hefte. Unerlaubte Verwendung von Handschellen. Ein richtiges kleines Liebesnest.«

»Das würdest du nicht tun.«

»Ein anonymer Anruf beim Major. Eine Razzia mitten in der Nacht ...«

Ich saß auf meiner Veranda, zu meiner Linken und Rechten Gogo und Sticky, lebhaft wie überfahrene Igel. Ich versuchte, die Fotokopie von Lieutenant Egalat – Egg – Wirawots Bericht über die Entdeckung eines Unbekannten am Strand von Maprao zu lesen. Es war nicht gerade *Krieg und Frieden*. Nach zweieinhalb Seiten war alles gesagt. Je dunkler es wurde, desto schwerer war der Bericht zu entziffern. Hätte die Sonne geschienen, wäre sie gerade untergegangen, aber wir hatten es mit etwas zu tun, das man »Ruhe vor dem Sturm« nennt, eine Formulierung, die mir in letzter Zeit öfter begegnet ist. Der Wind hatte sich vollständig gelegt, die dunklen Wolken hingen tief und ballten sich, um uns wie üblich zwanzig Minuten lang mit Regen zu überschütten. Mair und Arny rannten herum und machten alle Fenster zu. Es lässt sich nicht bestreiten, dass die Monsunzeit einen gewissen Sinn für Humor hat. Ich hätte den anderen dabei helfen sollen, die Fensterläden einzuhaken, aber ich hatte den Bericht gerade eben erst bekommen und wollte unbedingt wissen, was drinstand. Gäbe es Literaturpreise in der Kategorie »Polizeiberichte«, läge der Sieger schon auf meinem Schoß.

KOPF GEFUNDEN – KEINE BESONDEREN MERKMALE – LANGE HAARE, OHRRINGE, DUNKLE HAUT – VERMUTLICH BIRMANE – FUNDORT ABGERIEGELT UND STRAND NACH HINWEISEN ABGESUCHT – BESTÜRZTE DORFBEWOHNER BEFRAGT UND GETRÖSTET – SYSTEMATISCHE ERMITTLUNGEN AN DEN DOCKS BEGONNEN – KEINERLEI KOOPERATION VONSEITEN DER BIRMANISCHEN FISCHER – OFFENBAR HANDELT ES SICH ERNEUT UM EINEN STREIT INNERHALB IHRER GEMEINSCHAFT, DEN SIE INTERN AUF IHRE WEISE GEREGELT HABEN.

So ging es los.

Es gab auch Zierrat, aber das war die Kernaussage. Die Leute hinter unserer Ferienanlage besitzen drei Kühe. Selbst an guten Tagen, wenn diese Kühe mit leckeren Bambuswurzeln gefüttert werden, könnten sie nicht halb so viel

Scheiße produzieren, wie ich in diesem Bericht gelesen habe. Die angeblich so systematischen Ermittlungen hatten nicht einmal einen Namen erbracht.

Der Himmel um mich grummelte wie ein verdorbener Magen, und die Wolke – ich schwöre, ich denke mir hier nichts aus – hockte sich auf unsere Anlage wie der Hintern eines gewaltigen malaiischen Schwarzbären. Setzte sich einfach oben auf uns drauf. Es war so dunkel, dass ich die Schrift auf dem Papier nicht mehr erkennen konnte. Eigentlich sind Hunde als Spezies für ihre angeborene Gabe bekannt, extreme Wetterbedingungen im Voraus zu spüren, doch die beiden schnarchten friedlich vor sich hin. Erst als die ersten Tropfen in Zinkwannen pladderten und ein solcher Wind aufkam, dass der Regen seitlich gegen unsere kleinen Hütten peitschte, wachten sie auf, streckten sich und machten sich auf die Suche nach einem trockeneren Plätzchen. Ich war schon halbwegs in meinem Zimmer, als ich sah, dass Opa Jah durch den Wolkenbruch zu mir herüberjoggte. Im Fernsehen hatten sie mal gezeigt, wie ein Pferd von einem Tornado in die Luft gerissen wurde. Ein Pferd wiegt tausendmal mehr als mein Opa, und ich schwöre, dass seine Füße den Boden nicht berührten.

»Halt dich irgendwo fest«, rief ich, doch der Wind riss mir die Worte aus dem Mund. Nur das Gewicht der regennassen Kleider verhinderte, dass er abhob wie Mary Poppins. Er nahm die Stufen und schob sich an mir vorbei in meine Hütte. Er hatte ein Lächeln im Gesicht. Es stand ihm nicht. Als die Tür zu war, fing er an, sich auszuziehen.

»Lass das, Opa.«

»Lungenentzündung«, sagte er. »Das ist gefährlich. Die Lungen voller Regen. Und dann kriegt man plötzlich Zug.

Zwei Tage später liegt man auf der Bahre. Man kann gar nicht vorsichtig genug sein.«

»Es gehört sich nicht, einfach so …«

Aber es war zu spät. Sein dickes, nasses Hemd lag schon auf dem Boden, und er machte sich am Bändel seiner Fischerhose zu schaffen. Opa beim Ausziehen zuzusehen war, als beobachtete man ein Skelett dabei, wie es sein Ektoplasma abschüttelte. Ich trat an den Schrank, um eine Decke hervorzuholen, und legte sie ihm um die Schultern, bevor ich noch mehr von ihm zu sehen bekam.

»Was willst du, Opa?«

»Ich hab sie«, sagte er, und seine erschütternd kleine Unterhose fiel unter der Decke hervor auf den Boden.

»Kein Zweifel. Aber was denn?«

»Die Nummer.«

»Welche Num… Die vom Motor?«

Er grinste.

»Aber wie? Gestern Abend war sie nicht zu finden«, erinnerte ich ihn.

Opa und ich hatten abends im Schutz der donnernden Brandung den Honda aufgebrochen. Ohne Spuren zu hinterlassen. Opa Jah war der Ali Baba von »Grand Theft Auto«. Doch unsere heimliche Operation unter der Kühlerhaube hatte nur bestätigt, dass die beiden sich allergrößte Mühe gegeben hatten, nicht erkannt zu werden. Die Motornummer war vollständig weggefeilt.

»Es gibt da gewisse Möglichkeiten«, sagte er.

»Eine Nummer zu lesen, die nicht da ist?«

»Den Geist einer Nummer zu lesen, kleine Jimm. Wenn eine Nummer ins Metall gestanzt wird, muss das Metall darunter gehärtet sein. Selbst glatt gefeilt bewahrt das harte Metall die Nummer. Indem man das Fett mit etwas Benzin abwäscht und mit einem Schweißbrenner Hitze erzeugt, dann den Bereich mit Schmirgelpapier glättet und schließlich poliert, lässt sich mit einer starken Lampe das Relief der Originalziffern sichtbar machen.«

Der Regen trommelte so laut auf die Betonziegel, dass Opa den Rest seiner Erklärung schreien musste. Eine Minute später hatte sich der Sturm gelegt. Strahlen der untergehenden Sonne fanden eine Lücke in den wirren Wolken und umgaben Opa Jah mit einem Heiligenschein. Er sah aus wie der hungernde Buddha. Er war – ohne Frage – ein arrogantes, ignorantes Genie.

»Wie laufen die Vorbereitungen?«

»Ich lasse Perücken anfertigen.«

»Wofür?«

»Für meinen Kopf.«

»Ich weiß, wo sie hinkommen«, sagte ich. »Ich meinte, wozu du sie brauchst. Hast du dir aus Versehen die Haare weggepeelt?«

Sissi versuchte, cool zu bleiben, aber ich kannte sie schon so lange, dass ich die kindliche Aufregung in ihrer Stimme hörte. Diese Gala war das Beste, was Sissi in ihrer postdepressiven Phase passieren konnte.

»Drei Tage kommen wir zusammen«, sagte sie. »Die Teilnehmer bauen Stände mit vergrößerten Vorher-nachher-Fotos auf. Die Preisrichter – ich selbst als namhafte, ausländische Jurorin, zuständig für Frisuren und Make-up – schlendern herum und plaudern mit den Wettbewerbern. Es ist eine große Herausforderung, denn ohne ihre Photoshop-Tools sind alle nackt. Keine Zeit für chirurgische Eingriffe, also bleibt ihnen nur, sich zu frisieren und zu schminken, um zu den Schönheiten und Schönlingen zu werden, die sie gern wären. Bis der Ball beginnt, darf niemand seine Verwandlung zeigen. Da treten sie dann ins Rampenlicht. Allesamt Aschenputtel und Märchenprinzen. Und ich muss ganz besonders atemberaubend aussehen, wo ich doch so eine Ikone bin.«

»Daher die Perücken.«

»Ich will mich erst im letzten Moment entscheiden, welche Sissi ich sein möchte.«

Es war pervers, aber immer noch besser, als sich selbst in einem Luxusapartment einzusperren.

»Die Fotos will ich sehen«, sagte ich.

»Da gibt es nur ein Problem«, sagte sie.

»Was denn, Siss?«

»Ich fliege über Bangkok.«

»Maskier dich.«

»Nein, ich meine die Demonstrationen.«

Hier muss ich mal eben erklären, was in der Hauptstadt unseres Landes vor sich ging. Einen Monat lang hatte eine Armee von Yuppies mit unverhohlenen Verbindungen zur Aristokratie und zum Militär unser Regierungsgebäude besetzt. Wären sie Motorradtaxifahrer und Papaya-Salat-Verkäufer gewesen, wären sie – und manche würden sagen: sollten sie – von polizeilichem Sperrfeuer niedergemäht worden. Diese Quiche-futternden Pseudomittellosen verhöhnten unser politisches System. Ein System, das sich – wie ich erwähnen sollte – oft und gern selbst zum Idioten machte. Aber der ideologische Hintergrund der Gelbhemden machte sie unantastbar. Ein Knüppel an den Kopf hätte eine Delle im Ansehen des Königshauses hinterlassen. Also schlenderten die arroganten Yuppies durch die Polizeisperren und richteten sich ein Ferienlager in dieser italogotischen Villa in Dusit ein.

Währenddessen schlichen die rechtmäßigen Bewohner zur Hintertür hinaus. Unter der Führung vom Schwager unseres Expremiers und Telekommunikations-Zaren, der gedroht hatte, uns in eine Thailand-AG zu verwandeln, war die Regierung in einen Bus gestiegen und raus zu unserem alten Flughafen in Don Muang geflüchtet. Von dort aus lenkten sie die Geschicke des Landes in einem Raum hinter dem Fundbüro. Das alles war so beschämend, dass ich mich am liebsten um die laotische Staatsbürgerschaft beworben hätte. Wenigstens hatten die Laoten eine vernünftige Oligarchie, in der jeder wusste, wie weit er gehen durfte.

Aus diesem Grund vermied es meine Schwester Sissi, die Brutstätte der Anarchie und Anti-Anarchie zu betreten.

»Komm schon, Siss«, sagte ich und lachte. »Du fliegst direkt zu unserem nagelneuen Flughafen in Suvarnabhumi. Rollbänder bringen dich zu deinem Transit-Gate, wo du der lächelnden Flugbegleiterin von Thai Airways dein Erste-Klasse-Ticket vorlegst. Dann trinkst du Champagner, bis man dich zur Maschine geleitet. Du musst den Flughafen nicht mal verlassen. Du kriegst gar nichts mit vom brutalen Pingpong und Popcornfuttern, das da in Dusit stattfindet. Und ich möchte bezweifeln, dass die Coffeeshop-Besitzer und dauergewellten Fregatten zum Flughafen rausmarschieren, um sich deinem Jumbojet in den Weg zu werfen. Du machst dir wirklich zu viele Gedanken.«

»Du hast recht.«

»Wie meistens. Also, zur Sache.«

»Warum rufst du mich eigentlich nie an, um nur mal Hallo zu sagen?«

»Entschuldige. – Hallo! – Also, Opa und ich wollten dich mal fragen, ob du so nett wärst, eine Motornummer nachzuprüfen. Es ist ein Honda. B15B9009554.«

»Ich hab damit aufgehört.«

»Womit?«

»Mich im Internet illegal zu betätigen.«

»Nein, hast du nicht.«

»Hab ich wohl.«

»Wann?«

»Vor einer Woche. Ich habe jetzt eine Fangemeinde. Man bewundert mich. Ich möchte meinem Ansehen nicht schaden. Ich möchte meine beispiellose Macht für das Gute einsetzen, nicht für das Böse.«

»Das kann nicht dein Ernst sein.«

»Doch.«

Ich war am Boden zerstört. Ausgerechnet Sissi wollte seriös werden.

»Na, dann. Technisch gesehen ist es nicht illegal«, probierte ich. »Wir verschaffen uns nur Zugang zu einer öffentlichen Information.«

»Wir hacken uns in die Datenbank eines internationalen Konzerns und bestehlen ihn.«

»Na gut, es ist vielleicht ein bisschen illegal. Aber nicht illegaler, als so zu tun, als wäre man die Disney Corporation, damit Agenturen einem ein kleines Bakschisch zustecken, um für ihre Klienten einen Fuß in die Tür zu bekommen.«

»So was mach ich nicht mehr.«

»Und wovon lebst du dann?«

»Ersparnisse.«

»Allesamt unrechtmäßig erworben.«

»Wenn nichts mehr da ist, suche ich mir einen ehrlichen Job.«

»Was könnte es Ehrlicheres geben als den Kampf gegen das Verbrechen? Mit deiner beispiellosen Macht hast du immerhin schon einen Mörder aus dem Verkehr gezogen.

Du bist der Sherlock Holmes im Cyberspace. Dein Alter Ego – die einbeinige Elena – ist die Heldin von *Police Beat*, dem sozialen Netzwerk der Gesetzeshüter.«

»Das ist eine Dating-Seite für Exbullen und alternde Nutten.«

»Exbullen mit Hunderten von Jahren Berufserfahrung. Dir steht ein unerschöpflicher Fundus zur Verfügung. Was du mit deinen alten Donut-Freunden erreichen kannst, kennt keine Grenzen. Vergiss Make-up-Tipps für Teeniebopper. Schließ dich mir an im Kampf um Recht und Gerechtigkeit.«

»Nein.«

Zeitverschwendung.

»Bitte.«

»Was hat er getan?«

»Wer?«

»Der Autobesitzer.«

Ich erzählte Sissi von unseren mysteriösen Gästen in Hütte drei. Als ich fertig war, folgte eine Pause, und ich wusste, dass sie nickte. Ich hörte ihre Muschelohrringe klappern. Einem Geheimnis konnte sie genauso wenig widerstehen wie ich.

KAPITEL VIER

I'm gonna shoot you right down,
Ride off with your feet

»Boom Boom«
John Lee Hooker

Wir saßen an diesem Abend beim Essen, als die Handgranate losging. Es passierte, kurz nachdem Mair alle gefragt hatte, ob sie Lust auf eine Schale gemischtes Eis hätten. Hütte drei verbrachte so viel Zeit mit uns beim Essen, dass die beiden unweigerlich mit ihren Namen herausrücken mussten. Wir gingen nicht davon aus, dass diese echt waren. In jedem Fall mangelte es ihnen an Fantasie. Sie bestanden darauf, Noy genannt zu werden, die Mutter mit hoher, die Tochter mit tiefer Tonlage. Thailändisch ist eine wundervolle Sprache, die so manchen Fremden dazu treibt, sich die Haare büschelweise auszureißen. Sie besitzt die Gabe, einen Hund in ein Pferd zu verwandeln, ein Seidenknäuel in einen Buschbrand, eine ganze Stadt in einen Bewässerungsgraben. Und alles nur dadurch, dass man die Tonlage verändert. Für einen Thai sind Noy und Noy von der Aussprache her zwei völlig verschiedene Worte. Doch da ich diese Geschichte aufschreiben wollte, sah ich einige Probleme voraus. Also beschloss ich, sie Noy und Mamanoy zu nennen, um es einfacher zu machen. Sie waren dazu übergegangen, sämtliche Mahlzeiten mit uns in der engen Küche einzunehmen. In zehn Minuten hätten sie in Pak

Nam, dem nächstgelegenen Ort, sein können, wo es so was Ähnliches wie Restaurants gab, aber sie fuhren nie irgendwohin. Ihr Auto war mittlerweile salzverkrustet, und eine Kokosnuss hatte die hintere Stoßstange verbeult. Zwischen den Mahlzeiten verließen sie ihr Zimmer kaum.

Bei Tisch drehte sich im Grunde alles darum, dass wir ihnen erzählen sollten, wie es sich am Golf lebte. Sie waren so sehr darauf erpicht, uns auszufragen und so zu tun, als hingen sie an unseren Lippen, dass wir keine Gelegenheit bekamen, etwas über sie zu erfahren. Einige Anmerkungen, die sie über sich selbst machten, waren dermaßen offensichtlich unwahr, dass nur Arny sie glaubte. Nachdem Noy erfahren hatte, dass Arny vergeben war, entspannte sie sich in seiner Gesellschaft. Seine Verlobte Gaew war gerade in Hongkong, um an einer Senioren-Bodybuilding-Competition teilzunehmen. Für eine Achtundfünfzigjährige hatte sie eine gute Figur, aber trotzdem war ich nicht scharf darauf, sie mir im Bikini anzusehen. Bei alten Leuten sehen die Muskeln meistens aus wie eingeölte Seepocken. Noys Fragen an Arny – nach Training, Wettkampf, Anabolika, Bewunderung der Fans – klangen allesamt aufrichtig. Ich fragte mich, ob sie sich vielleicht langsam in ihn verguckte. Er war liebenswert. Ich konnte es ihr nicht verdenken. Und auch altersmäßig entsprach sie meinem Bruder eher. Eine natürlichere Verbindung. Ich mochte sie ganz gern, auch wenn sie ein verlogenes kleines Luder war. Das große Luder mochte ich auch. Und die Tatsache, dass die beiden auf der Flucht waren, machte sie nur noch umso faszinierender.

»Sie Ärmste«, sagte Mair zu Mamanoy. »Bestimmt vermissen Sie den Sex ganz schrecklich.«

Mamanoys Löffel fiel klappernd auf den Teller.

»Verzeihung?«, sagte sie.

»Sex«, wiederholte Mair laut, als wäre die Lautstärke das Problem, nicht die Unangemessenheit des Themas.

Ich sah Arny an. Er schloss die Augen. Wir wussten, dass Mair eine ihrer obszönen Geschichten aus den Annalen ihres langen, bewegten Lebens zum Besten geben wollte. Manchmal brachten wir sie zum Schweigen. Hin und wieder ließen wir es geschehen. An diesem Abend kam ich zu dem Schluss, dass ein Schwank von Mair dazu beitragen würde, unsere Gäste davon zu überzeugen, dass wir alle nicht ganz dicht waren und somit keine Gefahr darstellten.

»Ich weiß nicht …«, begann Mamanoy.

»Sie müssen nichts sagen«, meinte Mair. »Wenn der Mann in weiter Ferne ist, denkt man an nichts anderes außer Sex, Sex, Sex.«

Opa Jah blickte auf und versuchte sich an einer halbherzigen Rüge. »Schätzchen …«, sagte er. »Nicht.«

Aber er legte nicht sonderlich viel Elan hinein, weil er wusste, dass unsere Mutter ihn ohnehin nicht beachten würde. Ungehindert legte sie mit ihrer Story los.

»Mein Mann war auf Geschäftsreise«, sagte sie. »So hatte er es jedenfalls genannt.«

Okay. Gut. Eine der seltenen Anekdoten über meinen Vater. Wir wussten so wenig über ihn, dass sie sich der Aufmerksamkeit ihrer Kinder sicher sein konnte. Für uns war unser Vater eine fiktive Figur, die wir nur aus Geschichten kannten.

»Ich habe mich schrecklich nach ihm verzehrt«, sagte sie. »Zwei Wochen, ohne in seinen starken Armen zu liegen. Zwei Wochen, ohne seine heiße Zunge zu schmecken. Zwei Wochen ohne …«

»Mair!«, rief Arny und deutete mit Gabel und Augenbrauen auf Noy. Ich persönlich zweifelte daran, dass starke Arme, heiße Zungen und dergleichen dem Mädchen fremd waren. Mair stürmte voran, ließ kaum eine Pause. Sie sah es förmlich vor sich.

»Zwei Jahre waren wir verheiratet«, sagte sie. »Aber er sollte nie glauben, dass ich ihm jederzeit zur Verfügung stand. Die Leidenschaft eines Mannes lässt sich nur schüren, indem man ihm klarmacht, dass man nicht das Familienfahrrad ist. Er konnte nicht einfach aufsteigen und einmal um den Block eiern, wenn ihm danach zumute war. Hin und wieder gab es einen Plattfuß. Manchmal löste sich der Sattel, und man hatte den passenden Schraubenschlüssel nicht dabei. Ein Zweig verklemmte sich in der Schaltung.«

Ich vergaß zu erwähnen, dass Mair die Angewohnheit hatte, sich in ihren eigenen Metaphern zu verheddern.

»Männer brauchen Motivation, um Leistung zu bringen«, sagte sie. »Und es geht nichts über eine kleine Zurückweisung, wenn ein Mann sich Mühe geben soll. Bettelt man, lässt er einem seine Liebe wie Almosen zuteilwerden. Aber wenn man kein Interesse zeigt, *hoho*, dann treibt ihn sein Stolz zu Höchstleistungen. Er war zwei Wochen weg, und ich war so verzweifelt, dass ich mir meine schönen, langen Haare abgeschnitten und mich ganz in Weiß gekleidet hatte, und als er zur Tür hereinkam, hockte ich im Schneidersitz am Boden und rezitierte Gebote. Ich konnte mir diese Sprüche nie merken. Ich dachte mir einfach irgendwas aus. Aber das konnte er nicht wissen. Er war nicht so … wissen Sie, er hatte keine so enge Verbindung zum Herrn. Er hat mich gefragt, was los sei, und ich habe ihm erklärt, ich sei Nonne geworden und dürfe drei Monate lang mit keinem Mann verkehren. Beim Abendessen sabberte er wie ein Oktopus. Und nachdem ich meinem Eid noch am selben Abend abgeschworen hatte, hat er mich besser durchgerammelt als je zuvor.«

»Mair«, sagte ich. »Ich glaube wirklich nicht, dass das relevant ist.«

»Ach, nein?« Sie lächelte, als erinnerte sie sich an die Intimitäten jener Nacht. »Ich glaube sehr wohl, dass es relevant ist. Hätte ich ihm nicht diesen Empfang bereitet, würdest du jetzt nicht hier an diesem Tisch sitzen.«

»Wieso würde ich nicht …? O mein Gott. Ihr habt doch nicht etwa …?«

»Neun Monate später kam mein kleiner Engel auf die Welt. Der Leidenschaft entsprungen. Deshalb hast du so ein Feuer in dir, meine Kleine.«

»Feuer? Ich bin auf der Welt, weil du dich als Nonne ausgegeben hast. Ich werde in der Hölle schmoren.«

»Sei nicht albern, Kind. Wir waren verheiratet. Rollenspiele sind unter Ehepaaren weit verbreitet.«

Diese Enthüllung war zu viel für mich. Als wäre ich nicht schon durcheinander genug, musste ich jetzt auch noch analysieren, wie sich eine religiös-erotische Erpressung auf meine Entwicklung ausgewirkt haben könnte. Ich blickte über den Tisch hinweg zu Noy und Mamanoy, die jeweils mit offenem Mund dasaßen und aussahen wie Karpfen auf Eis im Supermarkt.

Und plötzlich, völlig aus dem Zusammenhang gerissen, fragte Mair: »Möchte vielleicht jemand etwas gemischtes Eis?« Gefolgt von – einige Sekunden später – der Detonation. Erst dachte ich, irgendwas explodierte in meinem Kopf, vielleicht ein Hirn-Overload, aber als die anderen sich umsahen, wusste ich, dass sie es auch gehört hatten. Alle rannten nach draußen. Super Idee, wenn man mit Granaten beschossen wird. Aber ich schätze, wir gingen wohl alle davon aus, dass es der Verteilerkasten war, weil der öfter mal hochging. Stattdessen sahen wir den grauen Qualm, der aus Mairs Laden kam und mit dem Wind verflog.

Opa Jah und Arny ließen das Weibsvolk zurücktreten, weil wir so zerbrechlich waren und Schutz brauchten. Sie rannten durch den Rauch in den Laden, und Arny schnappte sich den hübschen roten Feuerlöscher, der seit einem Jahr unbeachtet neben der Tür stand. Er las die chinesische Gebrauchsanweisung und versuchte zu verstehen, wie man das Ding zum Schäumen brachte.

»Vergiss es, Arny«, sagte ich und schob mich an ihm vorbei. »Es brennt gar nicht.«

Eine Explosion hatte Dosen und Tüten an die Rückwand geschleudert und zwei Regaleinheiten auseinandergerissen. Unser Kühlschrank glich Ground Zero und sah aus wie eine Papierlaterne nach Windtunneltests. Irgendwas Gewaltiges hatte ihn zerfetzt. Der Laden besaß eine offene Front mit einem Rollladen aus Metall. Wir waren in eine Gegend gezogen, in der die meisten Leute ihre Türen nicht abschlossen, sodass wir uns angewöhnt hatten, das Gitter offen zu lassen, wenn wir zum Essen gingen. Sollte zufällig einer unserer seltenen Kunden auftauchen, konnte er uns auf sich aufmerksam machen, indem er mit einem Stock gegen die Zinkgießkanne schlug, die von einem Deckenbalken hing, oder einfach das Geld auf den Tresen legen. So eine Art von Laden war das. Ich erkläre das alles nur, um darauf hinzuweisen, dass der Laden sperrangelweit offen stand und jeder einen Sprengsatz hätte reinwerfen können, ohne sein Auto auch nur abzubremsen … genauer gesagt seinen schwarzen SUV.

In einem Ort wie Maprao musste man nicht auf die Abendnachrichten im Lokalradio warten. Neuigkeiten verbreiteten sich wie Urin im öffentlichen Freibad. Erster am Tatort war wie immer Käpt'n Kow. Ich schwöre, er hat so was wie eine Radarantenne unter seiner schmierigen Baseballkappe, die er niemals abnimmt. Dann kamen Jiep, die Reisporridge-Lady, und Chat, der Gebrauchtfahrradhändler, und Loong, der Kokosnussstampfer, und Ari, der Affenmann ohne Affe, und Tante Sakorn mit ihrer vierzehnjährigen, schwangeren Nichte. Schon bald stand das ganze Dorf herum und starrte unseren ausgebombten Laden an. Constable Tawee war freundlicherweise von jemandem mitgenommen worden, der ein Motorrad mit Beiwagen besaß. Die freiwilligen Hilfssheriffs aus dem Dorf waren nur halbwegs ernst zu nehmende Polizisten, deren Hauptaufgabe darin bestand, den Dörflern gebührenpflichtige Verwarnungen auszustellen, wenn sie um Geld spielten. Kaum ein Tag verging, an dem nicht irgendwelche Fischerfrauen den Verdienst ihrer Männer verzockten. Da er seine Polizeibaracke nur selten verließ, baute Tawee vermutlich darauf, dass die Zocker sich aus schlechtem Gewissen von sich aus bei ihm meldeten. Er war nicht dafür qualifiziert, irgendwelche Ermittlungen durchzuführen, aber er besaß ein Handy, und ich war mir sicher, dass er die echte Polizei gerufen hatte. Wobei »echt« in unserem Fall relativ ist.

Das brachte für uns zwei Probleme mit sich. Ich nahm Opa Jah zur Seite.

»Die Waffe?«

»Was ist damit?«

»Du musst sie loswerden.«

»Muss ich nicht.«

»Du weißt, wer das getan hat, oder?«

»Ja.«

»Wenn wir sie beschuldigen, kommt die Sache mit deiner

Pistole raus. Dann steht deren Wort gegen unseres. Wir haben alle gesehen, wie sie ihre Messer gezückt haben, aber wenn man die Pistole findet …«

»Wird man nicht.«

Wütend starrte ich ihn an.

»Wird man nicht«, wiederholte er.

Der einzige fähige Beamte auf dem hiesigen Polizeirevier war Lieutenant Chompu, und der war Wachs in meinen Händen. Er wäre kein Problem. Der Polizist, den man schicken würde, um unsere Explosion zu untersuchen, würde nur die vorschriftsmäßigen Fragen stellen. Ich musste mir also die Zeugen vornehmen und dafür sorgen, dass wir alle dasselbe logen. Arny war unser schwächstes Glied. Man müsste beim Verhör nicht mal Gewalt anwenden, um ihn zu brechen. Sie müssten ihn nur anschreien, schon würde er gestehen – selbst wenn er gar nichts getan hatte. Als ich ihn fand, war er gerade dabei, Sardinenbüchsen wieder in Form zu biegen, und ich machte ihn darauf aufmerksam, dass er sich an einem Tatort zu schaffen machte. Er schmollte. Ich packte ihn an einem seiner starken Arme und führte ihn hinaus.

»Arny«, sagte ich. »Opa Jah hat nicht auf die Leichendiebe geschossen.«

»Hat er nicht?«

»Nein.«

»Du weißt, dass ich so was nicht gut kann«, sagte er.

»Ich weiß. Aber hier geht es um unsere Familie, und wir müssen alle an derselben Geschichte festhalten. Möchtest du wirklich erleben, wie Opa Jah im Gefängnis von Lang Suan in Ketten liegt und die Handschellen an seinen schuppigen, alten Gelenken scheuern? Am ganzen Leib übersät von Ratten- und Flohbissen aus der Gemeinschaftszelle?

Unter der Dusche geschändet von Perversen mit einer Vorliebe für … ignorante alte Männer?«

Darüber dachte er nach.

»Nein«, sagte er schließlich.

»Dann hast du auch nicht gesehen, wie er auf die Leichendiebe geschossen hat.«

»Okay.«

Ich wusste wohl, dass ich mein Glück auf die Probe stellte, aber er musste noch mal lügen. Diesmal für mich.

»Und Noy und Mamanoy? Die existieren nicht.«

»Nicht?«

»Kein bisschen. Wir haben heute nicht mit ihnen zu Mittag gegessen. Wir haben keine Gäste. Wenn ich es recht bedenke, könntest du unseren Wagen etwas umparken, damit ihr Auto noch mit unter den Carport passt. Leg eine von diesen silbergrauen Planen drüber, und keiner wird merken, dass es überhaupt da ist.«

Meinem kleinen Bruder war unbehaglich zumute. Er sprach ganz leise. »Die beiden haben irgendwie etwas Verdächtiges an sich, findest du nicht auch?«, sagte er.

»Ja. Aber wenn unsere Freunde und Helfer aus Pak Nam hier in Mannschaftsstärke anrücken, könnten sie die beiden verschrecken, und wir würden nie erfahren, was die Noys im Schilde führen. Es sollte mich nicht überraschen, wenn sie in diesem Moment in ihrem Zimmer ihre Sachen packen würden. Und wovor sie auch fliehen mögen, es wird nur noch schlimmer werden, wenn sie mit einem Auto ohne Kennzeichen an der versammelten Bevölkerung von Maprao vorbeifahren.«

»Ich sollte ihnen sagen, dass sie die Ruhe bewahren müssen.«

»Braver Junge. Sag ihnen, sie sollen wie anständige Touristen einen kleinen Spaziergang über den vermüllten Strand machen und erst wiederkommen, wenn sich die ganze Aufregung gelegt hat. Sag ihnen … ich weiß nicht. Sag ihnen, wir wollen nicht unsere einzigen zahlenden Gäste verlieren. Verrate ihnen nicht – und damit meine ich NICHT –, dass sie uns verdächtig vorkommen.«

Die letzte Zeugenbeeinflussung, für die ich noch Zeit hatte, galt Mair. Ich wusste, dass alles davon abhing, wer oder wo oder was sie in diesem speziellen Augenblick war, aber es stellte sich heraus, dass sie mir – oder sonst wem – weit voraus war.

»Liebes«, sagte sie. »Du weißt, dass ich Unaufrichtigkeit bei keinem meiner fünf Kinder je geduldet habe.«

»Ja, Mair.«

»Aber jetzt geht es um unsere Familie. Das Leben meines Vaters steht auf dem Spiel.«

»Ich habe nicht gesehen, dass er geschossen hat«, sagte ich.

»Wieso? Aber du standst doch genau daneben.«

»Nein. Ich meine, *zwinker, zwinker*, ich habe nicht gesehen, dass er geschossen hat.«

»Oh. Stimmt. Hast du nicht. Es war eine Seeschwalbe.«

»Was?«

»Eine Seeschwalbe, die im steifen Nordost die Orientierung verloren hatte, wurde gegen die Seitenscheibe von diesem großen schwarzen Auto geworfen und hat sie eingeschlagen. Sie flog so schnell, dass man sie fast für eine Pistolenkugel hätte halten können. Eine schnell fliegende Seeschwalbe knallt genau so wie ein Schuss vom Kaliber .41.«

»Entweder das, oder wir wissen nichts von einer kaputten Autoscheibe.«

Dem widmete sie einige Überlegungen.

»Ja«, sagte sie. »Das könnte auch klappen. Wenn es passiert sein sollte, was ich stark bezweifle, dann ist es jedenfalls nicht hier passiert. Gut. Dann wäre da noch das Problem mit den beiden Noys.«

»Keine Ahnung, wen du meinst.«

»Ist das jetzt wieder *zwinker, zwinker*?«

Das Polizeirevier von Pak Nam hatte eine feste Besetzung von elf Beamten. Neun davon kamen, um den Anschlag auf unseren Laden zu untersuchen. Für Gesetzeshüter konnte das Leben hier unten manchmal ziemlich langweilig sein. Der Trupp wurde geführt von Major Mana, der offenbar einen flauen Tag bei seinem Amway-Direktverkauf hatte, was es ihm ermöglichte, doch noch auf Verbrecherjagd zu gehen. Gemeinsam mit ihm entstiegen dem Polizeiwagen die Constables Ma Yai und Ma Lek und ein dürrer Beamter mit einer Nikon – die kannte ich alle. Dann kam ein fetter Typ mit billigem Toupet, den ich nicht kannte, was ich unverzüglich zu ändern gedachte. Direkt hinter dem Wagen hielten zwei Motorräder mit je zwei Beamten, von denen ich nur Lieutenant Chompu kannte. Er kauerte auf dem Soziussitz und hielt sich an dem gut aussehenden, jungen Fahrer fest.

»Little Jimm«, sagte Major Mana, sodass alle es hören konnten. Er war über fünfzig, braun und klein gewachsen. Stimmt schon, einmal hatte ich seine plumpen Annäherungsversuche zurückgewiesen, aber vor einigen Monaten hatte ich ihm auch bei einem Fall weitergeholfen. Er war mir einen Gefallen schuldig. Leider hatte er ein schlechtes Gedächtnis und schamlose Hände. »Soll ich Ihnen was sagen? Bei uns war es eigentlich immer ganz friedlich, bis Ihre Familie aufgetaucht ist.«

Seine Hand knetete bereits mein Kreuz.

»Genau«, sagte ich. »Und jetzt sprengen wir schon unseren eigenen Laden in die Luft, um Ihnen die Statistik zu vermiesen.«

»Das würde ich gern selbst beurteilen«, sagte er. Der Sarkasmus glitt an ihm ab wie ein geölter Aal.

Sie machten sich ans Werk, obwohl die meisten offenbar zum Glotzen abkommandiert waren. Chompu führte die Vernehmung durch. Wir saßen zusammen auf meiner Veranda.

Er fing an mit: »Das habt ihr ja super hingekriegt, Jimm.«

»Ich weiß, wer es war«, erklärte ich ihm.

»Hurra! Das erleichtert uns die Arbeit. Wer denn?«

»Zwei Schlägertypen von der SRM. Sie haben den Kopf geholt, den keiner untersuchen will.«

»Und warum sollten sie euren Laden demolieren?«

»Das waren Kretins mit Messern. Sie haben uns bedroht.«

»Und habt ihr der Polizei gemeldet, dass ihr bedroht wurdet?«

Ich lachte, und dann lachte er. Bei der Polizei von Pak Nam Anzeige zu erstatten, weil man sich bedroht fühlte, war genauso, als würde man dem Bezirksgesundheitsamt einen Mückenstich melden.

»Wir haben sie verjagt, und ich könnte mir vorstellen, dass ihnen das nicht gefallen hat.«

»Wie?«

»Was wie?«

»Wie habt ihr sie verjagt?«

»Na ja, Arny und Opa Jah und Mair und ich – wir waren in der Überzahl.«

»Fürwahr, die fürchterlichen vier. Man wundert sich, dass es noch keine Superheldencomics über euch gibt.«

»Mach dich nicht lustig. Wir können sehr wohl furchterregend wirken. Guck dir nur mal Arny an.«

»Oh, das habe ich bereits.«

»Stimmt. Und wenn du nicht wüsstest, dass er ein Heimchen ist …«

Apropos Tiere – im Augenwinkel sah ich, dass Sticky etwas Großes, Sandiges im Maul hielt. Er lief auf den Tatort zu. Das schien mir nichts Gutes zu bedeuten. Ich rief ihn, aber er kannte seinen Namen noch nicht so richtig.

»Bin gleich wieder da«, sagte ich zu Chompu. »Nimm dir doch so lange Mair vor …«

Ich rannte dem Hund hinterher, der sich umsah und losjagte. Mir ist das schnelle Laufen genauso fremd wie ihm die Disziplin. Aber ich hatte das unbestimmte Gefühl, dass es wichtig war. Ich glaubte, eine Waffe zu erkennen, in Lumpen gewickelt. Sticky rannte geradewegs auf den Major zu. Direkt vor ihm blieb er stehen, ließ seine Beute fallen und bellte stolz. Der Polizist drehte sich um und sah Sticky vor sich, der sabbernd zu ihm aufblickte. Wie den meisten hier im Süden waren ihm fremde Hunde nicht geheuer. Er wich zurück. Sticky stupste das Bündel näher heran.

»Könnte mal jemand diesen Köter bändigen?«, sagte der Polizist.

»Sieht so aus, als hätte er Ihnen ein Geschenk gebracht, Major«, sagte Constable Ma Yai. »Hey, kleiner Bursche! Was hast du denn da?«

Er bückte sich, um das Bündel aufzuheben, doch Sticky schnappte nach ihm. Ma Yai schreckte zurück. In diesem Moment kam ich dort an. Es hat etwas Zeitlupenartiges an sich, wenn ich renne. Ich warf mich auf die Knie und schnappte mir die Waffe und den kläffenden Hund.

Der Major fragte: »Was ist das?«

»Föhn«, sagte ich. »Nur so ein kleines Spielchen, das wir manchmal spielen.«

Ich lachte. Sie lachten. Sticky bellte. Es war ziemlich klar, dass der Hund in seinem früheren Leben der unbestechliche Eliot Ness gewesen sein musste. Wahrscheinlich nervte es ihn tierisch, dass er nicht mehr sprechen konnte.

»Du hast sie vergraben?«

»Ja.«

»Das war deine geniale Idee, die Waffe zu verstecken?«

Die Polizei war weg, und ich hatte Opa Jah im Toilettenblock gestellt. Er war gerade dabei, ein verstopftes Abflussrohr zu reinigen. Es war ein gutes Gefühl, ihn dafür tadeln zu können, dass er was vermasselt hatte. So oft bekam ich diese Chance nicht. Er nickte. Sein übermäßiges Selbstvertrauen war endlich Demut gewichen. Urplötzlich war er nur noch fünfundvierzig Kilo Knochen abbauender Osteoklasten, und er tat mir fast schon wieder leid.

»Freu dich, dass unsere Polizei nicht in der Lage ist, eine Magnum von einem Föhn zu unterscheiden«, sagte ich. »Wahrscheinlich machen sie ständig Razzien in Schönheitssalons.«

»Vollidioten.«

Ich wusste, dass ich von dem alten Mann keine Entschuldigung zu erwarten hatte. Ich setzte mich auf das Waschbecken und hörte es knacken. Langsam musste ich mal über eine Diät nachdenken. Seit der Monsun da war, fuhr ich nicht mal mehr Fahrrad, und jede Mahlzeit, jedes Fläschchen chilenischer Rotwein, jeder Schokoriegel richtete sich auf meinen Hüften häuslich ein.

»Was meinst du, wie es jetzt weitergeht?«, fragte ich.

»Die Polizei wird die beiden Halunken vernehmen. Die

werden leugnen, dass sie uns bedroht haben. Es könnte sein, dass sie die Pistole erwähnen, aber ich glaube es eher nicht.«

»Wieso nicht?«

»Weil wir nicht gerade wie schießwütige Revolverhelden aussehen und die Polizei sie deswegen auslachen wird. Außerdem fehlt ihnen der Beweis.«

»Dank mir.«

Das überhörte er.

»Vermutlich werden sie sich ein Alibi verschaffen«, sagte er, »und normalerweise würde die Polizei dieses Alibi prüfen. Aber wie ich unsere Bande hier kenne, werden sie es bestimmt glauben und sich bei den Rüpeln dafür entschuldigen, dass sie ihre wertvolle Zeit in Anspruch genommen haben.«

»Chompu nicht.«

»Ich gebe zu, dass der schwule Junge einiges Talent besitzt. Aber wir wissen nicht, ob man ihm den Fall überträgt.«

»Sie haben keine anderen Fälle, Opa. Was ist hier in den letzten paar Monaten denn sonst passiert? Sie jäten die Blumenbeete vor dem Revier, verplempern Benzin, indem sie rumgondeln und Mädchen schöne Augen machen, und richten wahllos Straßensperren ein, um Lastwagenfahrer abzukassieren, die glauben, Sitzgurte seien dazu da, um darauf zu sitzen. Ach ja, und sie üben das Marschieren. Chompu muss diesen Fall übernehmen. Er ist der Einzige, der buchstabieren kann.«

»Diese Polizisten wissen nicht, wie man mit harten Burschen wie diesen Schlägern umgeht. Da hilft nur eins«, sagte Opa mit knurrendem Unterton.

Er knackte mit den Knöcheln. Es hörte sich an, als klapperten Spielsteine auf einem Mah-Jongg-Brett.

»Opa. Nicht.«

»Solche Typen verstehen nur eine Sprache.«

»Bitte.«

»Das Recht der Straße.«

Ich hatte es schon befürchtet. Erst kürzlich hatte unser halbseniler Judge Dredd eine Allianz mit einem ebenso aufrechten und entsprechend verunglimpften Expolizisten aus dem Süden geschmiedet. Er hieß Waew. Gemeinsam hatten sie Rache an einem Delinquenten geübt und waren damit davongekommen. Rache war eine Droge, neben der Viagra wirkte wie Aspirin. Ich schätze, ich hätte wohl auf ihn einreden, ihm erklären sollen, wie gefährlich es war, sich mit Verbrechern wie diesen Rattenbrüdern anzulegen, aber Opa hatte sein Haltbarkeitsdatum weit überschritten. Wenn man über siebzig ist, erwarten sowieso alle, dass man demnächst mit dem Gesicht voran in die Reisschüssel kippt. Da ist es schon besser, wenn man mit aufgeschlitzter Kehle und ein paar guten Geschichten im Nirwana ankommt.

»Wie du meinst«, sagte ich.

Gerade wollte ich mit dem Pick-up nach Pak Nam fahren, um die verschworene birmanische Gemeinde aufzusuchen, bei der Lieutenant Egg nichts hatte erreichen können. Ich setzte rückwärts aus dem Carport und legte knirschend den ersten Gang ein. Es ist ein alter Pick-up. Da sah ich in meinem Außenspiegel ein hübsches, aufgeregtes Gesicht. Ich ließ die Scheibe quietschend herunter und sagte Noy Hallo.

»Die Luft ist rein«, erklärte ich.

Mutter und Tochter hatten sich eine Stunde lang im Wald am anderen Ende der Bucht versteckt. Keiner der Polizisten wollte wissen, ob wir Gäste hatten.

»Jimm, ich wollte dir … nur sagen …«

Sie war außer Atem. Das kam vom Wind. Er pumpte einen so mit Luft auf, dass man sie nicht wieder rausbekam. Ich hatte ein Märchen erwartet. Sie hatten lange genug Zeit gehabt, sich ein gutes auszudenken. Ich dachte an so was wie … ich weiß nicht … rachsüchtiger Ehemann oder Freund vielleicht. Das hätte funktioniert. Wir waren eine matriarchalisch geprägte Familie, sodass es uns vermutlich zu Herzen gegangen wäre. Doch das, was sie zustande brachten, war eine Enttäuschung. Noy rannte vorn um den Wagen herum und sprang auf den Beifahrersitz. Jetzt saß sie in der Falle. Die Türen hatten innen keine Griffe.

»Ich hoffe, du hast nichts dagegen«, sagte sie.

»Ganz und gar nicht.«

Ich stellte den Motor ab, und der Pick-up kam bebend zur Ruhe.

»Ich denke mir, dass ihr euch wohl fragt, was Leute wie wir hier machen«, sagte sie.

»Ihr seid nicht im Urlaub?«

Sie kicherte. »Das habt ihr doch sowieso nicht geglaubt«, sagte sie.

»Wenn unser Premierminister im staatlichen Fernsehen Frühlingsrollen zubereiten darf, wundert mich überhaupt nichts mehr.«

»Ehrlich gesagt …«, begann sie.

Es ist doch auffällig, wie oft Leute mit »ehrlich gesagt« anfangen, bevor sie einem irgendein Ammenmärchen auftischen.

»Ehrlich gesagt, ist mein Vater einer der führenden Aktivisten gegen die Gelbhemden. Weißt du über die Lage in Bangkok Bescheid?«

Vermutlich hatte sie niemand darüber in Kenntnis gesetzt, dass ich eine beinah preisgekrönte Journalistin bei einer landesweiten Publikation gewesen war. Eine ganze Armee erhob sich gegen die Gelbhemden, mit Rückendeckung vom Satellitenschüssel-Zaren und seiner Milliardärsfamilie.

»Ich glaube, darüber war neulich was im Fernsehen«, sagte ich.

»Also, er … mein Dad hat sich lautstark gegen die Gelben ausgesprochen. Wir haben versucht, ihn zurückzuhalten, aber er ist ein Mann mit Prinzipien. Er hat die Gelbhemden öffentlich beschuldigt, unsere Demokratie in den Dreck zu ziehen. Er …«

»Ja?«

»Er hat Drohungen erhalten. Nicht gegen ihn, sondern gegen uns. Seine Familie. Man hat gedroht, uns umzubringen.«

»Die Gelbhemden?«

»Genau. Du wirst verstehen, dass ich dir seinen Namen nicht verraten darf. Weil er uns liebt, hat er uns aus Bangkok weggeschickt. Deshalb sind wir hier. Deshalb haben wir die Nummernschilder abgenommen. Deshalb gehen wir der Polizei aus dem Weg. Es tut mir so leid, dass wir es euch nicht sagen konnten. Aber wir müssen immer noch sehr vorsichtig sein. Die Gelbhemden können ziemlich fies werden.«

»Stimmt.«

Ich hatte es direkt vor Augen. Tante Malee, die Kokoskeksexporteurin, bestellt Bert, den Bremsbelaggroßhändler, und Lulu, die Kaffeerösterin, zu sich und gibt den Befehl, Noy umzulegen, deren Vater es gewagt hat, etwas auszusprechen, worüber sich das halbe Land in aller Öffentlichkeit beklagt, seit die Gelben das Regierungsgebäude besetzt halten. Also bleibt den Noys nichts anderes übrig, als zu fliehen. Leider fahren sie genau in die falsche Richtung, nach Süden, ins Land der Gelbhemden. Das glaubst du ja wohl selbst nicht.

»Bestimmt habt ihr große Angst«, sagte ich und streichelte ihre Hand.

»Das ist wahr«, sagte sie und betrachtete ein Stück von einer Fächerblume, das vom Sand herübergeweht war und sich um unsere Scheibenwischer gewickelt hatte. »Aber als ihr uns gesagt habt, dass die Polizei kommt, wurde uns klar, dass ihr uns wohlgesinnt seid. Wir sind zu dem Schluss gekommen, dass wir euch vertrauen können, und wollen, dass ihr die Wahrheit erfahrt.«

»Nun, ich weiß Ehrlichkeit zu schätzen. Wir alle hier.«

»Uns ist wichtig, dass ihr begreift, dass wir nichts getan haben. Nichts Illegales. Wir sind Opfer.«

»Ich fühle mit dir, Schwester.«

Sie legte die Handflächen aneinander und beugte sich bis zu meiner linken Niere herab wie eine Küchenmagd, die sich auf engem Raum vor jemandem von königlichem Geblüt verneigt. Sie lächelte und versuchte auszusteigen, merkte jedoch, dass da kein Griff war. Ich lief um den Wagen herum, ließ sie aussteigen und sah ihr hinterher, als sie zu ihrer Hütte ging. Über diesen Auftritt konnte man einfach nur den Kopf schütteln. Eines aber war sicher. Die beiden waren keine professionellen Betrüger. Ihre Schauspielkünste reichten nicht mal aus, um sich aus einer Tüte Krabbenchips rauszureden. Es wurde Zeit, Sissi zu fragen, was sie bisher hatte rausfinden können. Die Noys hatten irgendetwas Schlimmes angestellt. Irgendetwas ganz, ganz Schlimmes. Ich musste wissen, was es war.

KAPITEL FÜNF

All my jeans are filled

»Love Me Tender«

Elvis Presley

Unser Nachbarstädtchen zu beschreiben fällt mir genauso schwer wie der Versuch, es als »Städtchen« zu bezeichnen, ohne laut loszuprusten. Man stelle sich die erstbeste Kreuzung vor, die einem einfällt, dann quetscht man sie so weit zusammen, bis zwei Autos kaum aneinander vorbeikommen, ohne sich die Außenspiegel einzuklappen. Man entferne die Ampeln und Stoppschilder aus seiner Fantasie. Füge dafür ein Chaos von Handkarren und Motorrädern und Menschen hinzu, die auf der Straße laufen, weil auf dem Gehweg Autos parken. Dann stelle man sich vor, man stünde mitten auf der Kreuzung. Nördlich sähe man ein paar kleine Läden, in denen es nichts zu kaufen gibt, was irgendjemand brauchen könnte. Genauso südlich. Eine Sackgasse führt nach Südosten, wo die Straße am Fluss endet. Pech, wenn man neu in der Gegend ist und ungebremst in diese Richtung fährt. Die Champs-Élysées von Pak Nam, die Route 4002, führt westwärts. Dort findet man den 7-Eleven, das Postamt, die Bank, den Markt, die Gemeindeverwaltung und den verdammt besten Zuckerbananenhändler im ganzen Land. Allerdings ist es unmöglich, einen vernünftigen Cappuccino, eine Pizza, Wein, Käse, Eiscreme, Schwarzwälder Kirschtorte oder auch nur

Kirschen zu bekommen. Alles, was eine zivilisierte Gesellschaft ausmacht. Es war wirklich nicht leicht für ein Mädchen, das in einer multikulturellen Metropole aufgewachsen ist.

Ich hielt vor der alten Eisfabrik am Hafen. Das Zerstampfen von Eis hallte wider wie Strikes auf einer Bowlingbahn. Ich musste nach dem Eingang fragen. Die Fabrik lag in einer geschickt versteckten Einfahrt direkt vor der Sackgasse. Wenn man in den Ort fuhr, sah man von der Brücke aus den Hafen. Es war ein hübsches Bild. Die Sonne glitzerte auf dem Wasser, und die Fischerboote kehrten mit ihrem Fang heim. Manche Touristen machten hier halt. Dieser Ausblick und das Schlachtschiff aus Beton waren unsere einzigen Postkartenmotive. Hier unten am Hafen zu sein war allerdings etwas ganz anderes. Die eilig zusammengezimmerten Hütten um mich herum kündeten von Armut, Elend und Vernachlässigung. Flüchtige Unterkünfte für flüchtige Menschen. Plumpe, hölzerne Fischerboote sammelten sich an den Betonanlegern, zu zweit oder zu dritt nebeneinander, wie höfliche Schweine am Futtertrog. Auf den Landungsstegen arbeiteten Menschen. Und damit meine ich nicht, dass sie so taten, als ob, mit Blick auf die Uhr. Ich meine, dass sie ackerten. Sie hackten und teilten und hievten und schleppten. Hier lief das Leben erheblich schneller. Und energischer. Es war direkt etwas unheimlich.

Ich stieg auf dem unbefestigten Parkplatz aus. Alles war voller Menschen, aber keiner sah mich an. Nicht ein einziger drehte sich auch nur um. Na gut, ich weiß, dass man sich nach mir nicht umdreht, aber gibt es nicht so etwas wie einen weltweit gültigen Standard, was Neugier angeht? »Wer ist diese fremde Frau mit den breiten Hüften und den kurzen Haaren?« »Was will die von uns?« Hier unten am

Hafen interessierte das niemanden. Ich warf einen Blick auf meine Hand, um nachzusehen, ob ich auf der Fahrt hierher vielleicht unsichtbar geworden war.

Ich hörte Musik. Frauen scherzten. Männer riefen irgendwas. Aber ich verstand kein Wort. Und augenblicklich wusste ich, wie Dorothy sich gefühlt hatte. Ich war nicht mehr in Thailand. Der Toyota Mighty X war im Land der Munchkins gelandet. Ich war nur fünf Minuten Fußweg vom örtlichen Postamt entfernt, Postleitzahl 86150, aber im völlig falschen Land. Niemand hatte mir sagen können, wie viele Birmanen sich eigentlich in Pak Nam befanden, weil die meisten nicht registriert waren. Aber offensichtlich war ich hier auf ein Nest gestoßen. Jetzt brauchte ich jemanden, der mir weiterhalf. Chompu hatte mir einen Namen genannt. Er meinte, ich sollte auf dem Gelände der Eisfabrik nach Aung fragen.

Ich ging zu einer grobknochigen Frau, deren Gesicht mit einer gelblich braunen Paste beschmiert war. Das hatte ich schon oft gesehen, aber nie so recht begriffen, wozu das gut sein sollte. Man verteilt die Schmiere überall, um sich vor der Sonne zu schützen. Wie wir alle wissen, lässt die Sonne unsere Haut vorzeitig altern, wodurch wir unattraktiv werden und somit nicht mehr zu verheiraten sind. Ich bezweifelte allerdings, dass die negativen Auswirkungen der guten alten Sonne lange vor unserem dreißigsten Geburtstag auftauchen. Und bis dahin sollten wir eigentlich verheiratet sein. Ab zweiundzwanzig nahmen die Chancen rapide ab. Warum also sollte man sich in seinen attraktivsten Jahren mit einer kotzefarbenen Totenmaske einkleistern? Das ist wie bei diesen armen muslimischen Mädchen, deren gesamte Sexualität auf ein briefschlitzbreites Guckloch beschränkt ist. Ich hatte es mit der Methode »Sei nett und freundlich, und Männer finden dich attraktiv« versucht und muss leider sagen, dass die Männer damit doch reichlich überfordert sind. Sie wollen jemanden, den sie ihren Kumpels zeigen können. Man braucht mindestens einen Pluspunkt. Ich für mein Teil habe Lippen, von denen Mair mir oft sagt, dass sie sinnlich sind. Die Birmanin, die riesige Blöcke in eine Eismühle warf, hatte Brüste. Sie lenkten die Aufmerksamkeit von ihrem Gesicht ab. Ich weiß, dass es etwas gehässig klingt, wenn ich das sage, aber vielleicht tat sie ganz gut daran, eine Maske zu tragen.

»Entschuldigen Sie«, sagte ich. »Ich suche Mr. Aung.«

Sie blickte nicht mal auf. Ich prüfte mich erneut auf Unsichtbarkeit. Ich war da.

»Mr. Aung?«, sagte ich.

Ich wollte nicht noch mal ignoriert werden, also legte ich meine Hand auf einen Eisblock auf dem Förderband. Ich versuchte es mit Blickkontakt. Sie zuckte nur mit den Schultern und wandte sich ab.

»Sprechen Sie Thai?«, fragte ich. Die Eisblöcke stauten sich hinter mir, und meine Hand vereiste schon, aber ich wollte nicht klein beigeben.

»Sprechen … Sie …?«

»Nix sprechen«, sagte sie.

Gut. Kontakt.

»Mr. … Aung.«

Sie deutete auf den nahe gelegenen Anleger.

»Zwei … eins … sieben … eins«, sagte sie, glaube ich.

»Zwei, eins, sieben, eins?«

Sie nickte. Ich bedankte mich und wollte gehen, doch meine Hand klebte am Eisblock fest. Möglicherweise habe ich kurz aufgeschrien. Mr. Aung mit einem Eisklotz an der Hand gegenüberzutreten würde einen schlechten Eindruck machen. Offensichtlich war ich nicht die Erste, die am Eis festklebte, denn die Frau hatte eine Plastikflasche mit lauwarmem Wasser neben sich, das sie mir über die Hand sprenkelte, und schon war ich befreit.

2171 war vermutlich die Nummer eines Boots. Alle hatten vorn vier weiße Ziffern. Vorn ist beim Boot entweder Bug oder Kombüse. Seefahrervokabular konnte ich mir noch nie merken. Ich wusste, dass man ein entgegenkommendes Boot auf der Steuerbordseite passieren sollte, aber ich wusste nicht, ob das links oder rechts war. Glücklicherweise musste ich es mir nicht merken, weil ich noch nie die Absicht hatte, mich mit irgendeinem sonst wie gearteten Fahrzeug aufs Wasser zu begeben. Auf der Highschool saß ich den Schwimmunterricht aus, weil Mair mir einen Badeanzug gestrickt hatte. Das ist kein Scherz. Selbst gestrickt. Er war wie eine Rüstung. Nass wäre ich damit untergegangen wie ein Stein. Irgendwann habe ich dann schwimmen gelernt, was aber nur eine Reihe weiterer traumatischer Erlebnisse im Wasser nach sich zog. Also gab ich es auf, und als passionierte Nichtschwimmerin hatte ich nicht die Absicht, mein Glück auf einem Boot zu suchen.

Ich fragte einen Birmanen, ob hier irgendwelche Thais zu finden seien. Er sagte ja und ging weiter. Auf derselben Highschool, auf der ich nicht schwimmen gelernt habe, habe ich auch nicht Birmanisch gelernt. Es gab nur einen kleinen Wahlkurs. Stattdessen kultivierte ich mein Englisch, lernte Hunderte von Popsongs auswendig, nahm an einem Schüleraustausch in Australien teil, sah mir eine unendliche Folge amerikanischer Filme an und verliebte mich in Clint Eastwood. Und was hat es mir gebracht? Hier in Maprao kam ich manchmal selbst mit meinem Thai nicht weiter.

Der südthailändische Dialekt klingt, als platzten Würstchen auf einem Grill, und nun musste ich erleben, dass hier mehr Leute Birmanisch sprachen als normales Thai. Ich gehörte zu einer Minderheit.

»Kann ich Ihnen helfen?«, hörte ich eine Stimme.

Ich wandte mich um und sah einen dunkelhäutigen Mann in Shorts. Nur Shorts. Sein Oberkörper war ölverschmiert, aber dieser Körper besaß kein Gramm Fett. Der Torso eines Arbeiters. Obendrauf saß ein ungepflegter Kopf. Die Haare kurz und ungekämmt, ein dünner, zottiger Bart, eine frische Narbe, die seine Schulter in zwei Teile trennte. Trotz allem: Er war anbetungswürdig. Sein Lächeln ging mir durch und durch.

»Ich bin Aung«, sagte er.

Er legte seinen Schraubenschlüssel weg und machte einen tiefen *wai*. Ich erwiderte seinen Gruß.

Ich sagte: *»Ming ga la ba«*, das Einzige, was ich auf Birmanisch sagen konnte. Ich hoffte, es hieß Guten Tag. Wahrscheinlich wusste er gar nicht, dass es Birmanisch sein sollte, denn er fuhr auf Thailändisch fort.

»Was kann ich für Sie tun?«

»Ihr Thai ist sehr gut.«

Das sagten wir immer zu den Abendländern, ohne es wirklich zu meinen. Von den reichen Weißen erwarteten wir es gar nicht. Allerdings kam es doch eher selten vor, dass wir gemeinen Tagelöhnern aus Nachbarländern derartige Komplimente machten, selbst wenn sie fließend Thai sprachen. Aber Aung sprach fließend und war umwerfend.

»Ich bin schon vierundzwanzig Jahre hier«, sagte er und lächelte wieder. »Da muss wohl was hängen geblieben sein.«

Offenbar hatte ich den hormonellen Kreuzweg in meinem Leben erreicht, an dem jeder zweite Mann, den ich traf, zum Sexualobjekt wurde. Aung weckte Gefühle in mir, die ich seit der Uni nicht mehr empfunden hatte. Ich wünschte, er würde sich was überziehen, damit ich seine Brustmuskeln nicht so anstarren musste. Doch er stand einfach nur da und schwitzte göttlich.

»Ich … ich … ich«, sagte ich.

»Ja?« Er lächelte.

»Ich bin Journalistin. Ich hatte gehofft, ich könnte mit Ihnen ein kleines Interview zu den Problemen führen, mit denen die birmanische Gemeinde in Pak Nam zu kämpfen hat.«

»Kein Problem«, sagte er, was mich aus irgendeinem Grund überraschte.

»Wirklich? Wann würde es Ihnen denn passen?«

»Ich arbeite bis sieben«, sagte er. »Danach ist mir alles recht.«

»Wäre heute Abend zu früh?«

»Nein.«

»Sissi, er ist so …«

»Ja?«

»So natürlich.«

»Jimm, wir sind alle Sprösslinge von Mutter Natur.«

»Nein, sind wir nicht. Wir kommen zwar natürlich auf die Welt, aber dann lernen wir die Kunst des Tricksens und Täuschens.«

Es entstand eine Pause, und ich fragte mich schon, ob die Verbindung abgerissen war.

»Diese Bemerkung ist nicht zufällig an mich gerichtet, oder?«

Verdammt. Warum drehte sich immer alles um sie?

»Blödsinn, Siss. Nein. Ich meinte ihn. Er ist wild. Er hätte mir seinen Schraubenschlüssel über den Schädel ziehen und mich in seine Höhle schleppen können – ich hätte keinen Mucks von mir gegeben.«

»Okay. Du bist also scharf auf einen Birmanen. Willkommen am Grund der Tonne. Ich freue mich für dich.«

Ich fragte mich, seit wann die Birmanen eigentlich nicht mehr mit uns auf einer Stufe standen. Keiner mochte sie. Es war, als strafte man die ganze Bevölkerung dafür, dass bei ihnen eine beschissene Militärjunta an der Macht war.

»Ich werde ihn heiraten«, sagte ich, nur um störrisch zu sein.

»Ja, genau. Willst du jetzt also über deinen Honda City was wissen, oder muss ich mir die ganze Nacht irgendwelche Geschichten von Migrantensex anhören?«

»Hast du schon was?«

»So schwer war das nicht.«

»Was hast du gefunden?«

»Der Wagen ist auf einen gewissen Anand Panyurachai zugelassen. Ich habe den Namen recherchiert. Niemand aus der Familie ist online präsent. Kein Facebook, kein Twitter, nicht mal E-Mail-Adressen, soweit ich feststellen konnte. Das ist sehr seltsam für ein Mädchen in dem Alter. Also musste ich einen Umweg gehen. Die prähistorische Route nehmen. Staatliche Behörden. Programme, die von Orang-Utans geschrieben wurden. Ich habe beim Melderegister angefangen und rausgefunden, wo diese Leute wohnen, und mich dann von da aus weiter vorgearbeitet. Es gibt da ein Programm, mit dem finde ich sämtliche Querverweise, die …«

»Sissi. Ich bin in zehn Minuten mit meinem Birmanen verabredet. Könnten wir bitte zum Kern des Pudels kommen?« Das wollte ich immer schon mal sagen.

»Ja, doch. Ich möchte nur, dass du zu würdigen weißt, wie viel Liebe ich in diese Aufgabe gesteckt habe.«

»Ich weiß es zu schätzen.«

»Vater: Anand. Hat eine kleine Maschinenbaufirma. Ist dem Glücksspiel zugetan. Es heißt, sie hätten über ihre Verhältnisse gelebt. Das scheint er inzwischen geregelt zu haben. Keine ausstehenden Schulden. Mutter: Punnika. Schulleiterin.«

»Irgendwelche politischen Verbindungen?«

»Er ist Parteimitglied bei den Demokraten. Hat beim Wahlkampf mitgeholfen. Kein Fanatiker. Was die Frau angeht, habe ich überhaupt nichts gefunden.«

»Und die Tochter?«

»Okay. Also, da hat die Suchmaschine richtig verrücktgespielt. Sobald ich ihren Namen eingegeben hatte, kamen die Treffer Schlag auf Schlag. Tochter: Thanawan. Vierundzwanzig. Spitzname Bpook. 2003 zweitbeste Schülerin in Mathematik. Landesweit. Nummer vierzehn in Chemie. Unter den besten fünfzehn Prozent in Englisch, Geschichte, Thailändisch, Physik und Erdkunde. Das Mädchen ist ein Genie.«

Wer hätte das gedacht?

»Muss man nicht übergewichtig und unansehnlich sein, um auf der Highschool gut abzuschneiden?«

»Sie hat 2004 ein Stipendium bekommen, um in den USA zu studieren. Georgetown. Washington, D. C. Und ausgerechnet Naturwissenschaften. Die haben da ziemlich hohe Anforderungen.«

»Und hat sie den Kurs bestanden?«

»Knapp.«

»Wieso?«

»Es ist komisch. Sie hat sich gerade noch so durchgeschummelt. Es war, als hätte man sie vier Jahre mitgeschleppt. Jedes Jahr wurde im Fachbereich beraten, ob man sie rauswerfen sollte oder nicht. Sie war das Schlusslicht ihres Jahrgangs. Einige ihrer Professoren haben ihr nahegelegt, sich das Schulgeld zu sparen und nach Hause zu fliegen. Alle waren sicher, dass sie in der Abschlussprüfung durchfallen würde.«

»Und?«

»Nur Bestnoten. In vier Fächern mit Auszeichnung. Nichts schlechter als Sehr gut. Beste ihres Jahrgangs in diesem Bereich. Ihr Notendurchschnitt verbesserte sich dadurch erheblich.«

»Wie das?«

»Das wollte der Fachbereich auch wissen. Vier Jahre ahnungslos, und dann so ein plötzlicher Endspurt. Das gefiel der Uni nicht. Man berief das Ehrengericht ein und befragte das Mädchen. Für die Ermittlungen wurde sogar ein Privatdetektiv engagiert.«

»Geht das nicht ein bisschen zu weit?«

»Sie hatten einen Ruf zu verlieren. Akademischer Betrug ist eine ernste Sache. Man war sicher, dass sie betrogen hatte, aber man musste es ihr beweisen. Sie wurde verhört. Möglicherweise kam da sogar ein Lügendetektor zum Einsatz. Ich habe mir Zugang zu den Fallakten des Privatdetektivs verschafft. Am Ende wurde beschlossen, sie einer mündlichen Prüfung in den Fächern zu unterziehen, in denen sie besonders gut gewesen war. So was wie eine Wiederholung der Prüfung und eine Zusammenfassung der Abschlussarbeit, nur diesmal stellte eine Kommission die Fragen. Man hat alles nach Wanzen und sonstigen Übertragungsgeräten abgesucht, sie in einen schallgeschützten Raum gesetzt und drei Stunden lang mit Fragen bombardiert.«

»Und?«

»Sie hat alles richtig gemacht. Es war nicht zu begreifen. Angesichts ihrer Highschool-Zensuren musste man davon ausgehen, dass sie in den letzten vier Jahren unter geistiger Umnachtung gelitten und sich urplötzlich daraus befreit hatte. Aber was es auch gewesen sein mochte, sie schwieg. Am Ende hatte man keine andere Wahl, als ihr den Hochschulabschluss zu gewähren.«

»Was für ein Happy End.«

»Nur …«

»Was?«

»Sie ist nicht aufgetaucht, um ihr Zeugnis entgegenzunehmen. Ist einfach verschwunden. Kein Hinweis darauf, dass sie die Vereinigten Staaten überhaupt verlassen hat.«

»Offensichtlich hat sie es getan. Sie ist hier.«

»Von Washington nach Pak Nam Lang Suan. Der Traum aller jungen Mädchen. Aber nur um sicherzugehen, dass sie es auch wirklich ist, schick ich dir ein Foto aufs Handy. Es war in ihrem Highschool-Jahrbuch.«

»Ich habe das dumpfe Gefühl, uns fehlen ein paar entscheidende Informationen.«

»Und ich fürchte, das Internet kann diese Lücke nicht füllen. Der letzte Hinweis, den ich finde, ist der Newsletter der Universität, in dem steht, dass sie ihr Zeugnis nicht abgeholt hat, und ein umsichtiges Hacken des Zentralen Flugregisters hat ergeben, dass sie auf keiner Passagierliste der Auslandsflüge geführt wird. Im Grunde existiert sie nur in eurem Motel. Die Spur ist kalt. Aber ich kann dir noch sagen, dass nicht nur ihr Vater, sondern auch ihre Mutter unerwartet den Job gekündigt hat.«

»Woher weißt du das?«

»Eine clevere kleine Erfindung namens Telefon. Ich habe bei ihrer Arbeit angerufen. Keiner weiß, wo sie sind.«

»Daddy ist also auch verschwunden? Wo der wohl hin ist?«

»Hast du schon in ihrem Kofferraum nachgesehen?«

»Ja. Opa hat es sich nicht nehmen lassen. Da ist nichts. Auch kein Blut.«

»Das ist ein hübsch verzwicktes Rätsel, Jimm. Zu schade, dass ich es nicht für dich lösen kann. Am Donnerstag setzt die gute alte Sissi die Segel und macht sich auf zu fremden Ufern.«

»Gut. Dann kannst du ja noch zwei Tage für mich recherchieren.«

Ich traf mich mit Aung unter einer Laterne vor dem Bürogebäude des Elektrizitätswerks. Er konnte mir keine Adresse nennen, weil sein Domizil keine hatte. Er meinte, er müsste mich persönlich dorthin führen. Er stand im Schatten, als ich mit dem Pick-up ankam, und trat ins Licht wie ein Nachtklubsänger. Leider war er jetzt bekleidet, aber seine Haare waren noch genauso widerborstig. Ein Raubtier. Innerlich fühlte ich mich wie eine frisch geöffnete Limonade. Ich trug ein Kleid mit einem Muster, das meinen Hintern trivialisierte, aber förmlich herausschrie, wie hübsch meine Beine waren. Meine Schuhe hatten Absätze, um auf seine Höhe zu kommen. Meine sinnlichen Lippen befanden sich in Knutschabstand.

Er lächelte, und am liebsten hätte ich ihn an das Schild des Elektrizitätswerks gedrängt. Aber er war zu schnell für mich. Schon lief er die Hauptstraße entlang. Acht Uhr abends, und kein Auto in Sicht. Absolut tote Hose. Hinter dem Rathaus bog er in eine kleine Gasse ab, und ich folgte ihm in ein Labyrinth aus winzigen Unterkünften. Der Bauch von Pak Nam. Wir kamen an engen Reihen von Häusern vorbei, deren Türen offen standen, sodass man die Leute vor den Fernsehern sitzen sah, kleine, dicke Männer, die im Schneidersitz auf dem Boden hockten und Bier tranken, Teenager, die Motorradreifen flickten. Dann schmalere und dunklere Gassen entlang, in denen man sich als Frau nicht sicher fühlen konnte. In denen sich jeden Moment ein kräftiger Kerl umdrehen konnte, um seine Arme um einen zu schlingen.

Doch er bog um eine letzte Ecke und blieb im warmen, gelben Licht eines Hauseingangs stehen. Er lächelte und trat seine Schuhe von den Füßen. Ich stieg mit ihm auf die unterste Stufe, und wie aus dem Nichts kam ein kleines Mädchen von etwa zwei Jahren angelaufen und hob den Saum meines Kleides über ihren Kopf. Ich muss sagen, dass ich mich glücklich schätzen konnte, Unterwäsche zu tragen, denn ein gutes Dutzend Leute starrte in meine Richtung. Alle schienen meine unschickliche Entblößung lustig zu finden, oder vielleicht nutzten die Birmanen das Lachen wie wir Thais, um ihre Verlegenheit zu tarnen. Am liebsten hätte ich der Göre eine geklebt, war mir aber darüber im Klaren, dass dafür jetzt nicht der rechte Moment war. Ich würde sie mir später schnappen. Ich band meine Schuhe auf, und Aung stellte mich verschiedenen Mitgliedern der birmanischen Gemeinde vor, die zu Ehren meines Besuchs erschienen waren. Dann lernte ich Aungs hübsche Frau – Oh – kennen, und ihre fünf Kinder.

»Haben Sie schon gegessen?«, fragte mich Oh. Sie sprach genauso gut Thai wie ihr Mann. Ich wusste nicht, was die Etikette verlangte. Sollte ich ja oder nein sagen? Ich versuchte es mit nein. Volltreffer. Die Frauen zogen sich fröhlich in den hinteren Bereich zurück, in dem ich eine Küche vermutete. Es gab nur zwei Räume; durch eine Wand getrennt, die nicht bis ganz zur Decke reichte. Das Ganze war eine minimalistische Garage von einer Wohnung. Die Wände waren mit dünner, pinkfarbener Grundierung gestrichen, und die elektrischen Leitungen lagen frei. Ich sah ein großes Poster von Aung San Suu Kyi und ein kleineres von unserer eigenen Königsfamilie im Skiurlaub. Der Boden war kunterbunt gefliest, und in einer Ecke stapelte sich Bettzeug, vermutlich für sieben Leute.

Ich hörte einen Gasbrenner anspringen und das Klappern von Töpfen und Tellern.

»Ich habe ein paar Mitglieder unseres Gemeindekomitees eingeladen«, sagte Aung.

Die Männer waren alle dageblieben und setzten sich im Kreis auf den Boden. In Jeans oder Shorts habe ich keine Probleme damit, auf der Erde zu sitzen. Aber ich trug ein Kleid. Ich kam mir blöd vor. Aber egal. Sie hatten mein winziges Bikinihöschen ja schon gesehen.

»Das ist gut«, sagte ich und richtete mich in einer Haltung ein, die sittsam, wenn auch total unbequem war. In einer halben Stunde wäre ich bewegungsunfähig, und sie müssten mich zum Auto tragen.

Von meiner Enttäuschung abgesehen, wurde es ein grandioser Abend. Ich war erleichtert, dass ich mich auch ohne Alkohol amüsieren konnte. Aung und Oh schienen sich gut zu verstehen. Irgendwie vermittelten sie den Eindruck, dass das Leben in einem engen Hundezwinger nicht weniger als ein Traum war. Nach einer Weile lernte ich, den Fernseher nebenan zu ignorieren, die noch lautere thailändische Countrymusik aus der Wohnung dahinter, die heulenden Hunde, die schreienden Babys, die besoffenen Streite. Ich kam mir vor wie eine Anthropologin, die über die Slumkultur des 21. Jahrhunderts recherchierte. Aber – wie gesagt – es war ein netter Abend. Die Komiteemitglieder waren alle interessiert und aufmerksam, und wir haben viel geredet und gelacht. Und die ganze Zeit über habe ich mir Notizen gemacht.

Es gab ungefähr fünftausend Birmanen in und um Pak Nam. Die Hälfte davon war offiziell hier. Das bedeutete, dass sie Bürgen und Ausweise hatten. Die anderen zahlten Bußgeld an die Polizei, wenn sie zusammengetrieben wurden und ihre Handys und allen Schmuck abgeben mussten, den sie unklugerweise bei sich trugen. Voraussetzung für einen Arbeitsplatz war, dass sie kein Handy besaßen. Motorisierte Fahrzeuge durften sie weder fahren noch besitzen. Diejenigen Birmanen, die legal im Land waren, hatten Zugang zum untersten Level der Gesundheitsversorgung, aber ihre Kinder konnten nicht zur Schule gehen. Rechtlich waren die Schulen eigentlich verpflichtet, sie aufzunehmen, aber man wusste nicht, wo man sie lassen sollte, und hatte keine Lehrer, um sie zu unterrichten. Also ignorierte man das Gesetz.

Ich hatte so viele interessante Daten, dass ich sogar ernstlich überlegte, einen Artikel darüber zu schreiben. Aber welches thailändische Blatt interessierte sich auch nur einen Deut für die harten Lebensbedingungen der Birmanen? Das wollte niemand lesen. Und das Thema reichte auch nicht für die Weltpresse. Diese Menschen hatten mir von Demütigung, Erniedrigung, Korruption und Rassenvorurteilen berichtet. Aber was die Welt wollte, war Gewalt im großen Maßstab. Um heutzutage einen Artikel bei *Newsweek* zu landen, brauchte man Promi-Trennungen oder Massenmord. Aber jetzt bekam ich meine Chance.

Die kleineren Kinder schliefen auf den Fliesen, und ich beschloss, allen von meinem Kopf zu erzählen. Ich beschrieb, wie mein unbekannter Onkel gefunden, abgeholt und eingefroren worden war. Während ich erzählte und Aung und Oh übersetzten, fiel mir eine leise Unruhe unter den Leuten auf. Man warf sich Blicke zu. Schuldbewusste Blicke. Offensichtlich hatte ich heiligen Boden betreten. Doch am Ende meiner Geschichte hatte niemand was dazu zu sagen. Man stellte mir nicht mal die naheliegende Frage, warum die Polizei eigentlich automatisch davon ausgegangen war, dass der Kopf von einem Birmanen stammte? Die Haare, die Hautfarbe, der Ohrring deuteten auf einen birmanischen Fischer hin, aber auch ein Thailänder war nicht ausgeschlossen. Oder hatte ich irgendwas nicht mitbekommen?

»Haben Sie was davon gehört, dass irgendwo noch andere birmanische Leichen oder Teile von solchen an den Strand gespült wurden?«, fragte ich.

Wieder diese starren Blicke. Wieder dieses Gefühl, als hätte ich eine Grenze überschritten. Ein Mann, Shwe Irgendwas, langhaarig, mit Schnauzbart wie ein Folksänger aus den Siebzigern, sah mir offen in die Augen und sprach … Birmanisch. Seine Frau versuchte, ihn zu unterbrechen, doch er ignorierte sie. Die anderen Männer riefen dazwischen. Doch er sprach immer weiter mit mir, ohne dass jemand übersetzte. Ich sah es mir an wie ein Footballspiel nach australischen Regeln. Keine Ahnung, was da vor sich ging. Schließlich hörten sie alle auf zu reden, und nur die Kakofonie des Slums summte noch in meinen Ohren. Im Zimmer selbst war alles still.

»Was ist passiert?«, fragte ich.

»Nichts«, sagte Aung.

»Das war ein ziemlich langes, lautes Nichts, Aung.«

Er schenkte mir ein Lächeln, aber diesmal hatte es nichts Erotisches an sich.

»Nur eine kleine Meinungsverschiedenheit zwischen Eheleuten. Sie dachte, er wollte mit Ihnen flirten. Kommt vor.«

Nicht bei mir, dachte ich. Meine Recherchen waren so weit beendet, aber langsam hatte ich genug davon, belogen zu werden. Ich musste Shwe dringend allein sprechen. Mal sehen, wie seiner Frau *das* gefiel.

KAPITEL SECHS

It's been a hard day's night,
I should be sleeping on Kellogg's

»Hard Day's Night«
Lennon/McCartney

Es gibt da etwas, das man über die Monsunstürme wissen sollte. Sie kommen. Sie wehen. Und sie gehen wieder. Es ist nicht wie bei Robert Louis Stevenson, wo der schneidende Wind drei Monate am Stück eisigen Schneeregen vom Meer hereinweht. Die Monsunzeit im Süden ist eher wie die Sache mit dem Wachmann in einem Goldkettchenladen. Tagelang passiert nichts. Plötzlich platzen zwei maskierte Räuber rein, schießen wild um sich und schlagen den Wachmann nieder. Sie sammeln die Goldkettchen ein – und schon sind sie wieder weg. Danach passiert überhaupt nichts mehr. Diese Weisheit habe ich von Mair, aber es ist eine meiner Lieblingsmetaphern.

Als ich an diesem Abend im Bett lag, wehte kein Wind, und die Wellen rollten sanft an den Strand. Der erste Monsunsturm war vorbei, und inzwischen passierte überhaupt nichts mehr. Das war schade, denn ich brauchte Ablenkung. Ich brauchte donnernde Brandung, um meine Gedanken zu übertönen. Mein Hirn versuchte, mich davon zu überzeugen, dass sich das Thema für mich erledigt hatte. Dass ich nie wieder die starken Arme eines Mannes spüren würde. Nie wieder würde mir ein Mann ins Ohr schnarchen. Dass sich meine Vagina – wie bei den Jungfrauen von Xanadu – verschließen und ich mich in ein Fossil verwandeln würde. Das Antidepressivum brachte nichts. Oder vielleicht war es nicht stark genug, um meiner Mega-Midlife-Crisis entgegenzuwirken. Ich nahm noch zwei, spülte sie mit chilenischem Roten runter und legte meinen Kopf aufs Kissen. Ich hatte keine Lust, mir noch mal die Zähne zu putzen, also wusste ich, dass sie am nächsten Morgen *mauve* sein würden. Ich brauchte einen Mann, dringend. Ich musste bewundert, gewollt, begehrt … geliebt werden. Das konnte doch nicht so schwer sein. Dorfchef Bigman Beung begehrte mich, ebenso Major Mana. Es gab also Beispiele. Ich war nicht völlig abstoßend. Ich musste dieses Begehren nur auf einen Mann übertragen, der Hände hatte, keine Grapscher.

Da ich Thailänderin bin, hindert mich meine Kultur daran, den ersten Schritt zu tun. Allerdings erodiert meine Kultur so schnell wie die Golfküste. Und ich bin eine Thailänderin, die von einer emanzipierten, freidenkerischen Hippiemutter großgezogen wurde. Im Gegensatz zu den meisten Thais passte ich nirgendwo hin. Beziehungen zu Freunden, denen meine Un-Thaimäßigkeit nicht geheuer war, endeten am letzten Schultag der Highschool und genauso am letzten Tag an der Uni. Ich hatte gelernt, mich der modernen Welt zu öffnen und meinen Instinkten zu folgen. Mair hätte in meinem Alter keinen Moment gezögert, die treibende Kraft zu sein. Genug davon, wie eine Zecke an der Spitze des Grashalms zu kauern und darauf zu hoffen, dass ein haariges Wesen an ihr vorbeistreift. Nicht mit mir, mein Herr. Morgen würde ich auf Beutefang gehen. Das war doch ein guter Plan, und ich war zuversichtlich. Vielleicht hätte ich da sogar Schlaf gefunden, wenn nicht das

Kopfbrett von Mairs Bett rhythmisch gegen die Holzwand ihrer Hütte gerumpelt hätte.

Ich wartete im neuen, kaum genutzten Konferenzraum im Polizeirevier von Pak Nam. Auf den Stühlen steckten noch die Plastikhüllen. Ich hatte eine Weile gebraucht, um in den ersten Stock zu gelangen. Wie ein Staffelstab war ich von einem zum anderen nach oben durchgereicht worden. Dort wurde in erster Linie herumgelungert. In allen Ecken lehnten, standen und saßen alte und neue Beamte wie Statuen in einer antiken Villa. Keiner schien zu tun zu haben. Diejenigen, die ich kannte, wie etwa Sergeant Phoom, stellten mich eilig denen vor, die ich nicht kannte, wobei er mein gesamtes Leben in zwanzig Sekunden zusammenfasste und mit den unvermeidlichen Worten schloss: »Sie ist Single.« Da sie jedoch wussten, dass ich Reporterin war und von daher gebildet, sollte »Sie ist Single« nicht als Aufforderung gelten, mit mir auszugehen, eher als trauriges Postskriptum im Sinne von: »Sie hat nur noch zwei Monate zu leben.«

Gerade entfernte ich mit meiner Nagelschere die Plastikfolie von den Stühlen, als Chompu die Tür zum Konferenzraum aufwarf. Er kam herein wie eine Diva, mit dem Handrücken an der Stirn, und knallte die Tür hinter sich zu. Um in den Polizeidienst aufgenommen zu werden, hatte Chompu beim Einstellungsgespräch so getan, als sei er hetero, genau wie viele andere schwule Polizisten vor ihm. Manche heirateten sogar und zeugten Kinder, um den Eindruck zu untermauern. Mein Chompu dagegen wollte sich für die Schwulen starkmachen. Er glaubte, feminine Männer hätten ihren Platz in der modernen thailändischen Polizei und sollten nicht verstecken müssen, was die Natur ihnen geschenkt hatte. Entsprechend war er in seiner Karriere achtunddreißigmal versetzt worden und hier nun am Ende seines Weges angekommen. Man konnte ihn nirgendwo anders mehr hinversetzen. Also konnte Chompu sein, wie er war, und es kümmerte kaum jemanden.

»Schlechten Tag im Büro gehabt?«, fragte ich. Es war erst neun Uhr morgens.

»Die behandeln mich wie Dreck«, sagte er. »Ehrlich. Ich bin der Einzige, der hier wirklich arbeitet, aber keiner weiß es zu schätzen. Die haben ihre Fischteiche und ihre Fünfsternekonzession für Brathähnchen und ihren Amway-Direktverkauf … Und welcher Mensch, der sie noch alle beisammenhat, würde Grundierungscreme von einem Mann kaufen, der sich in aller Öffentlichkeit in der Nase bohrt? Polizeiarbeit ist für die meisten doch nur eine störende Ablenkung.«

Er ließ sich auf einen gepolsterten Stuhl fallen, den ich bereits vom Plastik befreit hatte.

»Warum wolltest du mich nicht in deinem Büro empfangen?«, fragte ich.

»Ich habe kein Büro mehr. Jedenfalls nicht mehr für mich allein. Sie haben ihn da mit reingesetzt – Egg, den dicken Mann mit der toten Katze auf dem Kopf.«

»Was macht er hier?«

»Angeblich hat er sich versetzen lassen. Aber sag mir bitte eins: Warum sollte jemand hierherkommen wollen? Vorher war er in Pattani.«

»Entschuldige, aber könnte das nicht erklären, wieso er herkommen wollte? Das ist doch wohl ein Scherz. Pattani? Muslime auf Motorrädern erschießen harmlose Buddhisten. Buddhisten auf Motorrädern erschießen harmlose Muslime. Tötet fünf von unseren Leuten, dann töten wir sechs von euren. Brennende Schulen. Ermordete Grundschullehrer. Es ist das Weltzentrum der bewaffneten Feiglinge. Bring um, wen du willst, solange du selbst nicht zu Schaden kommst. Es liegt an der Symbolik. Die wissen da unten menschliches Leben nicht mehr zu schätzen.«

»Bist du endlich fertig?«

»Ja.«

War ich nicht wirklich. Über den tiefen Süden hatte ich so einiges zu sagen.

»Nun, Señora Evita, wenn du zugehört hättest, wäre dir aufgefallen, dass ich keineswegs seine Beweggründe, Pattani zu verlassen, in Zweifel gezogen habe. Ich habe gefragt, wieso er hierher, in Thailands ureigenes Pjöngjang, ziehen sollte, wenn es doch so viele schönere Orte gibt. Ich habe heimlich einen Blick in seine Versetzungsunterlagen geworfen. Er hat sich ausdrücklich um Pak Nam bemüht, ohne dass er hier Familie hätte.«

»Hat er eine Freundin?«

»Schämst du dich nicht?«

»Ich wollte mich nicht bewerben. Ich wollte nur …«

»Ich weiß. Ich bin zickig. Entschuldige.«

»Du kannst ihn nicht leiden, was?«

»Na ja, abgesehen davon, dass sein Funkgerät ununterbrochen läuft – weißt du, was er getan hat? Erinnerst du dich an diese süßen, kleinen Knopffarne auf meinem Schreibtisch? Er hat sie einfach aus dem Fenster geworfen, samt Erde und allem.«

»Nein!«

»Kannst du das glauben? Er meinte, wenn er im Dschungel leben wollte, hätte er sich einen Job bei den Grenztruppen besorgt. Ich habe diese Farne gehegt und gepflegt. Sie waren wie meine Kinder. Natürlich sind sie sofort eingegangen. Sie waren die harsche Welt da draußen nicht gewohnt.«

Ich zückte ein Taschentuch und reichte es ihm. Es kam gerade noch rechtzeitig.

»Er ist ein Rüpel«, sagte ich.

Chompu nickte und wischte sich die Tränen aus den Augen.

»Ich habe Angst vor ihm«, sagte er. »Er spricht so grob mit mir. Ich trau mich gar nicht mehr, in mein Büro zu gehen.«

»Du hast eine Waffe.«

»Meinst du, ich sollte?«

»Kann nicht schaden. Die meisten Rüpel sind einsame Feiglinge. Niemand würde ihn vermissen.«

»Oh, aber er hat Freunde.«

»Woher weißt du das?«

»Weil er nach eigener Aussage gestern Mittag um halb zwölf mit seinen Kumpels essen war.«

»Du hast ihn doch nicht etwa beschatt… Moment! Wessen eigene Aussage?«

»Eggs eigene Aussage, die mit in die Untersuchung eures Anschlags eingeflossen ist. Es war übrigens eine Handgranate.«

»Warum sollte …? Sag nicht, er hat den Rattenbrüdern ein Alibi verschafft.«

»Wasserdicht.«

»Mir war schon aufgefallen, dass sie sich gut kennen, als er bei uns war, an dem Tag, als sie den Kopf abgeholt haben. Aber warum sollte er ihnen ein …«

Die Tür ging auf, und Constable Ma Lek kam mit einem Tablett mit Kaffeebechern und Eiswasser herein.

»Tut mir leid, Leute«, sagte er. »Musste warten, bis das Wasser kocht. Ist ein alter Kessel. Zucker ist im Topf. Dazu gibt's Kokoskekse. Sind aber nicht mehr ganz frisch.«

Er stellte die Sachen auf den Tisch zwischen uns.

»Alles okay?«, fragte er.

»Ich werde den guten Service hier allen Verbrechern aus meinem Bekanntenkreis weiterempfehlen«, sagte ich.

Er lachte und ließ uns allein.

»Wo haben sie denn angeblich zu Mittag gegessen?«, fragte ich. »Es müsste doch Zeugen geben, die das bestätigen können.«

»Spar dir die Mühe. Sie waren bei Egg zu Hause. Zu dritt.«

Wie passend. Egg mit den Ratten allein.

»Er hat ein Haus?«

»Drüben beim Krankenhaus.«

»Also ist er vermögend. Genau wie noch jemand, den ich kenne.«

»Wirf mich nicht in einen Topf mit diesen Leuten. Mein Vermögen entstammt einem Familienerbe.«

»Zweifelsohne über Hunderte von Jahren durch ehrlichen Umgang mit dem gemeinen Volk zusammengetragen.«

»Mokier dich nicht über die Reichen. Der einzige Unterschied zwischen deiner Familie und meiner ist, dass wir als Geschäftsleute erfolgreich waren. Wir waren kompetent.«

»Dagegen ist nichts zu sagen.«

Wir schlürften unseren Nescafé und fragten uns, wieso Instantkaffee eigentlich als Getränk galt.

»Na gut«, sagte ich schließlich. »Dann brauchen wir einen Zeugen, der sie zum Zeitpunkt der Explosion in Maprao gesehen hat. Du hast die Gaffer befragt. Hat jemand den SUV gesehen?«

»Nein.«

»Komm schon. Mehr als zwanzig Autos und Lastwagen kommen bei uns am Tag nicht durch. Da hat doch bestimmt jemand einen großen schwarzen Wagen gesehen.«

»Kein Einziger.«

»Okay. Dann waren sie mit ihrem eigenen da. Ist jemandem ein fremdes Auto aufgefallen, das langsam durchs Dorf fuhr?«

»Nein.«

»Ein Motorrad mit zwei Leuten drauf, die beide Helm trugen?«

»Nein.«

»Komm schon, Chom. Ihr habt die Umstehenden eine Stunde lang befragt. Da waren um die fünfzig Leute. Irgendjemand muss doch was mitbekommen haben. Ich habe gesehen, wie Constable Ma Yai ein Formular ausgefüllt hat. Irgendwer hat was zu Protokoll gegeben.«

»Nicht zum Bombenanschlag.«

»Was anderes? Was denn?«

»Kennst du Ari?«

»Den Affenmann? Wer kennt ihn nicht?«

»Er hat Anzeige erstattet.«

»Das kann nichts Wichtiges gewesen sein.«

»Jemand hat seinen Affen entführt.«

Wenn ich die UNO wäre, würde ich zum Telefon greifen und eine thailändisch-birmanische Simultanübersetzung verlangen. Zwanzig Minuten später hätte ich eine junge Frau in meinem Büro, mit einem Doktorgrad in beiden Sprachen. Aber ich war nicht die UNO, und ich hatte keine Ahnung, wie ich heimlich ein Gespräch mit Shwe, dem Fischtrockner, führen sollte. Er leitete eine Kolonne in Grajom Fy, die Seegurken und junge Tintenfische auf Bambusgestellen ausbreitete, um sie in der Sonne zu trocknen. Mit dem Eintreffen des Monsuns wurden die sonnigen Phasen so selten, dass die Arbeiter schnell mit ihren Tabletts rausmussten, um sich dann bereitzuhalten und sie eilig wieder ins Trockene zu holen, wenn der Regen kam. Ich weiß, es klingt belanglos, aber ungefähr zwanzigtausend Fische backen täglich in der Sonne. Irgendwer machte viel Geld mit diesem Unternehmen, und bestimmt nicht die Birmanen.

Es gab nur eine einzige nicht staatliche Organisation, die von Pak Nam aus agierte, und das war *Rescue the Orphans Thailand*, abgekürzt ROT. Dabei handelte es sich um den Ableger einer internationalen Organisation namens *Rescue the Orphans World*, die angeblich Gutes tat … irgendwo. Ich musste erst noch rausfinden, wo das war. In meiner zynischen Vorstellung waren sie genauso schlimm wie die SRM und ein ganzes Dutzend anderer Akronyme und Initialen, die vorgaben, mehr zu tun, als sie taten. Sie machten den Leuten was vor, nutzten andere Projekte für ihre Zwecke, machten Fotos von Sachen, die sie nichts angingen, und schickten sie dem ahnungslosen Kirchenvolk im Westen. ROT war schamlos christlich. Mit jedem Medikament, jedem Gesangbuch erinnerten sie die Waisenkinder daran, dass diese ohne den großen, weißen Gott hungern müssten oder Analphabeten wären, oder tot. Da singt man gleich noch mal so gern ein Loblied auf die Kirche.

Außerdem war ROT aber eines von drei Häusern mit einer Klimaanlage – der 7-Eleven und die Bank waren die beiden anderen –, also stattete ich deren Büro einen Besuch ab. Ich hatte gehört, dass es dort einen Birmanen gab, der Englisch sprach. Drinnen standen vier Schreibtische, alle leer. Ein großer Mann mit gelbem T-Shirt, gelber Hose und einer spitzen, gelben Kappe saß auf dem Boden und schnitt gelbe Papiergirlanden aus. Gelb schien die Farbe des Jahres zu sein. Ängstlich blickte er in meine Richtung.

»Hello«, sagte ich auf Englisch.

»Sawat dee«, sagte er in schlechtem Thai.

Er blieb auf dem Boden sitzen, ging wohl davon aus, dass ich im falschen Laden gelandet war.

»Sprechen Sie Englisch?«, fragte ich.

»Ja.«

»Ich muss mit einem birmanischen Arbeiter reden. Könnten Sie für mich übersetzen?«

»Ja.«

Ich fürchtete, dass ich mich hier in einem Sketch befand, in dem der andere nur das Wort »Ja« kannte.

»Wo haben Sie Englisch gelernt?«, fragte ich.

»Vor vielen Monden habe ich mein Examen an der Universität von Rangun gemacht. Hauptfach Englisch. Nicht sonderlich hilfreich in meiner momentanen Lage, wie ich hinzufügen sollte.«

Na gut. Er sprach Englisch. Er klang wie ein Überbleibsel aus Zeiten der britischen Kolonialherrschaft, aber er sprach Englisch. In der folgenden Viertelstunde, in der wir das Büro abschlossen und mit meinem Pick-up nach Grajom Fy fuhren, bestand mein größtes Problem darin, ihn zum Schweigen zu bringen. Er war sein eigenes Lieblingsthema. Ich könnte jetzt alles Mögliche über sein Leben erzählen, aber es wäre nur ein Haufen unnützer Worte. Wissen muss man eigentlich nur, dass er Clive hieß. Seine Aufgabe in Pak Nam hatte nichts mit Waisenkindern zu tun. Er war hier, um Programme anzustoßen, die das Bewusstsein für AIDS in der birmanischen Gemeinde wecken sollten. AIDS-Hilfe war eine wohltätige Angelegenheit, aber obwohl die Birmanen in Thailand weitaus drängendere Probleme hatten, brachte AIDS das Kirchenvolk von Iowa und Indiana dazu, tief in die Tasche zu greifen. Trotz der Tatsache, dass er weder eine medizinische Ausbildung besaß noch Thai sprach, hatte ihn seine Beherrschung des Englischen aus unerfindlichem Grunde zum ROT-Repräsentanten in Pak Nam gemacht. In seiner gelben ROT-Uniform konnten die Birmanen ihn schon auf einen halben Kilometer Entfernung kommen sehen, und ich fragte mich, wie sie ihn wohl fanden. Mit seiner Bildung war er sicher ein Außenseiter. Ob Shwe sich mit Clive als Übersetzer wohlfühlen würde?

Wir fanden Shwe inmitten der zahllosen Trockengestelle, auf denen er die Fische ordentlich ausbreitete wie Folteropfer. Es ging gut los. Die beiden kannten sich. Sie lächelten und begrüßten einander. Shwe nickte seltsam zu mir herüber und erzählte Clive eine kurze Geschichte, bei der zweifellos meine Unterwäsche eine Rolle spielte. Clives braune Wangen wurden weinrot. Wir zogen uns in den Schatten eines riesigen Hirschohrenbaums zurück und ließen uns auf großen Plastikbojen nieder.

»Was möchten Sie gern wissen?«, fragte Clive, immer noch zu verlegen, um mir in die Augen zu sehen.

»Gestern Abend habe ich ein paar Leute gefragt, was sie über tote Birmanen wissen, die an den Strand gespült werden. Shwe hatte etwas dazu zu sagen, aber die anderen wollten nicht, dass er es mir verriet. Ich möchte wissen, was er weiß.«

Clives Übersetzung und die darauf folgende Diskussion auf Birmanisch nahmen einige Zeit in Anspruch, und fast fühlte ich mich schon ausgeschlossen, als Clive schließlich seufzte und seine Knie betrachtete.

»Du meine Güte«, sagte er. »Man ist doch nie zu alt, um

noch dazuzulernen. Ich bin sprachlos, von derlei hören zu müssen. Es scheint, als habe es mehrfach Fälle gegeben, bei denen Birmanen verschwunden sind. Sämtlich ungeklärt. Da gab es einen Ehemann, der nicht von seiner Mühsal auf der Plantage heimkehrte. Ein Arbeiter wollte seinen Kollegen besuchen und fand die Tür offen und das Bett unberührt. Der Kapitän eines Fischerboots musste feststellen, dass der ansonsten verlässliche Maat nicht zu seiner Schicht erschien. Allein im letzten Jahr gab es dreißig solcher Vorfälle, von denen er weiß.«

»Hat man sie der Polizei gemeldet?«, fragte ich.

Clive reichte die Frage weiter.

»Wenn ein Birmane gemeldet war und einen thailändischen Bürgen hatte«, sagte Clive, »ging der Arbeitgeber zum Revier, um zu melden, dass einer seiner Arbeiter auf mysteriöse Weise verschwunden war. Unweigerlich bekam er zur Antwort, die Birmanen seien eine notorisch unzuverlässige Rasse und der Arbeiter hätte wahrscheinlich irgendwo anders eine Arbeit gefunden, die ihm eine großzügigere Entlohnung bot. Allerdings fand sich keine Erklärung dafür, wieso es ihm einfallen sollte, seine Kleidung, seine Habe und in manchen Fällen sogar seinen birmanischen Ausweis und sein Geld zurückzulassen.«

»Gibt es so etwas wie eine Theorie, wo diese verschwundenen Arbeiter geblieben sein könnten?«, fragte ich.

Der nächste Dialog.

»Bisweilen erzählt man sich Geschichten«, sagte Clive. »Seemannsgarn über Hochsee-Sklavenschiffe, auf denen die Mannschaft mit Waffengewalt zur Arbeit gezwungen wird, ohne je bezahlt zu werden. Kaum ausreichende Rationen. Folter und Torturen. Monatelang draußen auf See, wo sie ihren Fang auf kleinere Boote umladen. Niemand weiß von ihrer Not. Und wer meutert, kriegt eine Kugel in den Kopf.«

»Oder eine Machete an den Hals«, fügte ich hinzu.

»Gut möglich. Von solchen Fahrten ist noch niemand heimgekehrt.«

»Aber wenn noch niemand heimgekehrt ist …?«

»Hmm. Danach muss ich fragen.«

Die Birmanen unterhielten sich. Mitten im Gespräch fing Shwes linkes Bein plötzlich an, die thailändische Nationalhymne zu schmettern. Er lachte und krempelte seine Hose hoch. Am Unterschenkel klebte ein Holster, in dem ein Handy steckte. Offenbar war er nicht gewillt, sein Telefon freiwillig der Polizei zu übergeben. Not machte erfinderisch.

»Es gibt keine felsenfesten Beweise«, sagte Clive. »Aber die Hinweise passen zusammen, sodass am Ende ein Schuh draus wird. Der trunkene Bericht eines thailändischen Matrosen. Der Anblick eines Menschen, der in ein Auto gestoßen wird. Vermisste Birmanen. Leichenteile am Strand …«

»Also gab es noch mehr Leichenteile?«

»Wiederum nur Gerüchte.«

Das Ganze war keine Geschichte, die man als Journalist auch nur mit einer langen Bambusstange anrühren würde. Das Internet war voll von diesem Zeug. Nicht der geringste Beweis.

»Warum wollte Aung nicht, dass ich davon erfahre?«, fragte ich.

»Aus demselben Grund, aus dem Sie nicht darüber schreiben werden«, sagte er.

Shwe lächelte.

Er hatte recht. Es mochte Fakten geben, denen ich nachgehen konnte, Statistiken, Krankenhausakten und dergleichen, aber von den Birmanen würde ich nicht viel erfahren. Warum sollten sie sich der Gefahr aussetzen? Wer wollte sich sein prekäres Leben freiwillig zerstören lassen, indem er in Ermittlungen verwickelt wurde, die sich um substanzloses Geschwätz drehten? Wer weg war, war weg. Wer tot war, war tot. Der Polizei war das egal. Schütze dich und deinesgleichen – so machte man das. Ich fragte, ob Shwe etwas über den Kopf an unserem Strand wusste. Das verneinte er, wollte sich aber umhören.

Ich fuhr Clive zurück nach Pak Nam, und er war angenehm still. Vermutlich hatte er heute einen kleinen Einblick in das entbehrungsreiche Leben der armen Fischer gewonnen. Es war nicht die Welt der gelben Papiergirlanden, und auch nicht die Welt asexueller Handpuppen, die einander animierten, Kondome zu benutzen. Es war die Welt, in der Menschen ausgelöscht wurden. Es gab keine Beweise dafür, aber ich merkte, dass er glaubte, was er gehört hatte. Als er aus dem Mighty X stieg, fragte ich ihn, woher er Shwe kannte.

»Ich konsultiere ihn von Zeit zu Zeit«, sagte er. »Früher war er Chefarzt der Urologie in einem großen Krankenhaus von Rangun.«

»Und wieso trocknet er hier Fische?«, fragte ich, obwohl ich die Antwort eigentlich schon kannte.

»Der arme Kerl hat einen Sohn zu Hause, der unter Muskelschwund leidet. Sein alter Job reichte nicht, um die Medikamente für den Jungen zu bezahlen. Hier verdient er das Doppelte.«

Was für eine Aufregung, und dabei war es noch nicht mal Zeit fürs Mittagessen. Was mir nur recht sein konnte, da ich es zubereiten musste. Ich weiß gar nicht, wieso der Küchendienst eigentlich an mir hängen geblieben ist, aber es war die mit Abstand umfangreichste Aufgabe im Haushalt. Mair kümmerte sich um den Laden, in dem es momentan aussah wie im Kosovo. Arny sorgte für die Hütten, die – bis auf eine – alle leer standen. Opa Jah behielt den Verkehr im Auge. Ich machte Frühstück, Mittag- und Abendessen und löste die Probleme der Welt. Man sieht schon, auf wem in unserer Familie am meisten Druck lastete.

Ich lenkte den Wagen auf unseren Parkplatz und sah, dass sich ein Pulk von Menschen um unsere Latrine versammelt hatte. Keiner machte irgendwas. Alle standen nur vor dem Betonblock und bestaunten ihn wie Touristen die Pyramiden. Erst fiel es mir gar nicht auf, doch als ich zum Strand ging, bemerkte ich eine geometrische Anomalie hinsichtlich unserer öffentlichen Toiletten. Der gesamte Block neigte sich in einem Winkel von dreißig Grad. Als ich dort ankam, war das Problem klar. Das Meer hatte sich den ganzen Strand geholt. Mit jeder Welle unterspülte das Wasser mehr vom Fundament des Toilettenblocks. Es hatte nicht mal mit einem Tsunami oder irgendwas zu tun. Es lag am trügerisch langsamen Ansteigen der Flut. Links von mir schwappte die Brandung höflich an die oberste Stufe der ersten Hütte. Pflanzen dümpelten in ihren Plastiktöpfen herum. Der Picknicktisch stand unter Wasser. In den vier Stunden, seit ich weggefahren war, hatte sich unsere Ferienanlage in Venedig verwandelt. Käpt'n Kow hatte recht. Die Erde war dabei, Rache an denen zu nehmen, die sie missbrauchten.

Wie schon Knut der Große zu seinem Kummer feststellen musste, ist das Meer nicht zu bändigen. Wortlos betrachteten wir den Schaden. Unsere Küche, ein Stück landeinwärts, stand dreißig Zentimeter unter Wasser, und der Carport war ein Hafenbecken. Das Ganze war eine freundliche Erinnerung von Mutter Natur daran, dass wir direkt neben mehreren Billionen Litern Wasser wohnten. Es konnte uns holen, wann immer es wollte. Ich stand neben Mair, als die Toiletten noch mal um vier Grad absackten.

»Sollte ich Eimer holen?«, fragte sie.

Ich lachte, und sie lächelte. Es war durchaus vorstellbar, dass unsere Ferienanlage eines Tages Atlantis werden würde und man über uns Dokus fürs Fernsehen drehte. Doch heute konnte ich an nichts anderes denken, als dass Opa Jah das Knie einer Toilette gereinigt hatte, das nun irgendwo unterhalb der Brandung lag. Wie gesagt, der Monsun hatte Sinn für Humor.

An diesem Tag saßen wir zum Mittagessen dicht gedrängt um den Bambustisch auf der Veranda vor meiner Hütte. Ich hatte keine Gelegenheit gehabt, jemandem von meinen Erkenntnissen über die Noys zu erzählen. Das Noy-Genie hatte sich an Arnys Seite eingerichtet. Ich hatte keine Ahnung, welche chemischen Reaktionen eine zukünftige Nobelpreisträgerin zu einem Mann trieben, der sich die Pobacken rasierte. Sie war so verliebt in ihn. Ich brachte es nicht übers Herz, ihr gegenüber zu erwähnen, dass die Verlobte meines Bruders am nächsten Tag aus Hongkong wiederkommen würde. Ich wollte ihr nur ungern unterbreiten, dass Kanchana Aromdee – dreimaliger Thailändischer Bodybuilding-Champion – Noy ohne Weiteres die dürren Ärmchen ausreißen konnte. Und ich wollte Noy auch nicht darauf hinweisen, dass Arny mitnichten mit ihr flirtete. Er wusste nicht mal, wie das ging. Er war nur freundlich und aufrichtig. Allerdings wusste ich, dass ich ihr das alles würde sagen müssen, denn Noy – alias Thanawan – hatte schon genug Probleme und konnte jetzt nicht auch noch ein gebrochenes Herz brauchen. Ich wollte den passenden Moment abwarten.

»Was wollen Sie wegen Ihrer Latrine unternehmen?«, fragte Mamanoy.

»Ich hab schon überlegt, ob wir unsere Gäste mit Schnorchel und Tauchmaske ausstatten, wenn sie zur Toilette müssen«, sagte ich.

»Ich muss schon sagen, Sie nehmen das alles doch bemerkenswert gelassen auf«, sagte sie.

»Man weiß, wo man seine Wangen hat, aber das hält einen nicht davon ab, von Zeit zu Zeit aus Versehen reinzubeißen«, sagte Mair mit Blick aufs weite Meer hinaus.

Wir nickten alle. Keiner von uns wusste, was sie damit sagen wollte, aber unsere Gäste hatten entgegenkommenderweise gelernt, sich von den Schrullen meiner Mutter nicht aus dem Konzept bringen zu lassen. Langsam gehörten sie zur Familie. Ich wünschte mir, dass sie blieben. Nachdem ich erfahren hatte, was in Amerika passiert war, wusste ich, dass ich keine ruhige Nacht mehr haben würde, bis ich herausfand, was das zu bedeuten hatte. Ich wollte sie nicht verschrecken, indem ich direkt fragte. Ich brauchte einen Plan, um Noy die Information scheibchenweise zu entlocken, ohne dass sie merkte, was ich vorhatte.

Um das Vertrauen der beiden zu gewinnen, beschloss ich, ihnen zu verraten, was ich über die Birmanen herausgefunden hatte. Geschichten von abgetrennten Köpfen sind nicht immer das angenehmste Tischgespräch, doch die Noys schienen sich nicht daran zu stören. Dann zählte ich die Demütigungen auf, denen sich unsere birmanischen Nachbarn tagtäglich in unserem Land des Lächelns ausgesetzt sahen. Danach fügte ich sogar noch das Märchen von den Sklavenschiffen und der angeblichen Hinrichtung der Meuterer hinzu. Als ich alles preisgegeben hatte, waren sämtliche Augen auf mich gerichtet, und nur ich hatte noch einen vollen Teller.

»Geschieht ihnen recht«, sagte Opa Jah.

»Wieso?«, fragte ich.

»Sich einfach gegen die Briten aufzulehnen«, sagte er.

Ich staunte, dass sich der alte Herr in Heimatkunde auskannte.

»Halt dich an die Briten«, fuhr er fort, »und du hast eine Königsfamilie als Rückhalt. Es geht doch nichts über einen König, um politische Stabilität herzustellen.«

Ich überlegte, ob ich ihn darauf hinweisen sollte, dass Thailand seit 1932 nicht weniger als neununddreißig Premierminister gehabt hatte, von denen siebzehn jeweils nach einem Militärputsch eingesetzt worden waren. Aber bei einer Diskussion mit Opa zog man immer den Kürzeren, selbst wenn man recht hatte.

»Die Malaysier haben zu den Briten gehalten«, sagte er. »Die Inder. Die Australier. Und guck sie dir an. Demokratie ist die Herrschaft des Volkes. Diese Länder werden nicht von Hampelmännern mit Helm regiert, die ihre Länder der natürlichen Ressourcen berauben und ihre Bürger wie unbezahlte Kulis behandeln. Hätten sie an den Briten festgehalten, hätten wir hier in Thailand keine Birmanen. Keinen einzigen. Wir würden unsere Arbeiter da rüberschicken, um Wolkenkratzer und Straßen zu bauen.«

Normalerweise war Opa jemand, dessen Worte eher tröpfelnd herauskamen. Wenn er dann gelegentlich die Schleusen öffnete, wünschte man sich die tröpfelnden Momente zurück.

»Das ist wirklich traurig«, sagte Mair.

»Man muss nur Augen und Ohren offen halten, um aus der Geschichte zu lernen«, sagte Opa.

»Die können nicht mal zählen«, sagte Mair.

Wir alle stutzten.

»Wer kann nicht zählen, Mair?«, fragte Arny.

»Die birmanischen Kinder«, antwortete sie. »Und dabei sind sie so liebenswert mit ihren kleinen Kleidern und den bemalten Wangen. Mir war gar nicht bewusst, dass sie nicht zur Schule gehen. Ich werde ihnen eine bauen.«

»Mair, du hast nicht mal im Ansatz genug Beziehungen für einen Nobelpreis. Könntest du bitte damit aufhören, Geld auszugeben, das wir nicht haben?«, flehte ich. »Wir können es uns nicht mal leisten, den Laden wiederherzustellen oder die Latrine vor dem Meer zu retten, ganz zu schweigen davon, eine Schule zu bauen.«

»Das kann nicht so viel kosten«, sagte sie und sah vor ihrem inneren Auge schon die lächelnden Gesichter in der ersten Reihe, die schnipsenden Hände, die Schlange vor dem Bleistiftanspitzer. »Wir könnten einen kleinen Lehrer einstellen. Ein Birmane kann nicht viel kosten. Und wir könnten rüber nach Ranong fahren und Bücher kaufen, und ich könnte einmal die Woche Thailändisch unterrichten, oder Nähen.«

Sie war nicht zu bremsen, beschrieb ihre birmanische Schule, während die Noys lächelten und Vorschläge machten. Opa Jah grummelte vor sich hin, nie würde jemand auf ihn hören, und räumte dabei die Teller zusammen, während Arny lächelte wie ein kleiner Junge, dessen Mutter drei vaterlosen Waisenkindern hübsche Märchen erzählte. Und ich – ungewürdigt – trug die Sorgen der Welt auf meinen Schultern. Ich griff in meine Tasche, nahm zwei Stimmungsaufheller und spülte sie mit dem Rest meiner

Cola herunter. Und zu meiner größten Überraschung hörte ich – während meine Mutter links von mir über Tafelkreide plapperte – ein vertrautes Geräusch aus Mairs Hütte nebenan. Es war das Klappern eines Kopfbretts, das gegen eine Holzwand schlug.

KAPITEL SIEBEN

They say love is more or less a
Gibbon thing

»I'm A Believer«
Neil Diamond

Hast du den Verstand verloren?«, fragte ich und wusste gleich, dass es eine dumme Frage war. Natürlich hatte sie das.

Opa Jah und ich saßen Mair gegenüber, die auf ihrem Bett hockte, mit dem Affen auf ihrem Schoß.

»Was um alles in der Welt hat dich dazu bewogen, einen Affen zu entführen?«, fragte Opa.

»Sie brauchte mich«, sagte Mair.

»Hat sie das gesagt?«

»Nicht mit Worten.«

»Na, da bin ich aber erleichtert.«

»Sie hat es mir *damit* gesagt«, erklärte Mair. Sie hob das linke Bein der Äffin an und rollte sie herum. Ihr Rücken war von Striemen überzogen, manche noch frisch. Ihr Fell hatte kahle Stellen, und sie war am ganzen Körper wund. Ari, der Affenmann, kam einmal im Monat mit ihr zu uns, um Kokosnüsse von den Palmen zu pflücken. Als sie das erste Mal kamen, habe ich mich noch über die Geschicklichkeit des Tiers amüsiert. Doch danach war sie nicht mehr als ein angeleinter Affe, und ich kann nicht behaupten, dass ich ihm größere Aufmerksamkeit gewidmet hätte. Wenn alles getan war, ging ich zu Aris Wagen, zählte die Kokosnüsse und nahm unseren Anteil am Gewinn entgegen. Anscheinend hatte nur Mair das Tier wahrgenommen.

»Mair«, sagte ich. »Hier waren sieben Polizisten, und du hattest einen entführten Affen in deinem Zimmer.«

»Ich habe sie nicht entführt. Ich habe sie gerettet. Und warum sollte die Polizei mein Zimmer durchsuchen? Schließlich waren wir die Opfer, oder nicht?«

»Warum hast du uns nichts davon erzählt?«, fragte ich.

»Ich dachte, ihr würdet mir verbieten, sie in meinem Zimmer zu halten. Aber es war wahrscheinlich sowieso kein großes Geheimnis. Sie hat einen solchen Aufstand gemacht. Bestimmt habt ihr den Krach gehört.«

»Ja, aber ich dachte, das wäre …«

»Was?«

»Ach, egal.«

»Was hast du mit ihr vor?«, fragte Opa.

»Es gibt da ein Rehabilitationsprojekt für Gibbons in Phuket«, sagte sie. »Ich hatte überlegt, sie dorthin zu schicken.«

Opa Jah stand auf, ließ ein paar Knöchel knacken und trat näher, um sich die Äffin genauer anzusehen, die ihre Zähne fletschte. Mair flüsterte ihr etwas zu, und das Tier sank auf ihrem Schoß zusammen. Vermutlich hat sie es mit mir genauso gemacht, wenn ich als Zweijährige die Zähne fletschte.

»Erstens«, sagte Opa, »ist das kein Gibbon, sondern ein Makak. Und zweitens ist Phuket sechs Stunden Fahrt von hier. Willst du das Tier in den Bus setzen?«

»Bisher bestand noch keine Eile, sich darüber Gedanken zu machen, Vater«, sagte sie. »Sie ist noch nicht wiederhergestellt, und ich schicke sie erst weg, wenn es ihr besser geht. Und jetzt hack nicht weiter auf mir rum.«

Den Rest der Auseinandersetzung überließ ich meiner Mutter und meinem Großvater. Ich konnte sowieso nichts machen. Wir hatten einen Affen. Im Stillen verfluchte ich das Tier dafür, dass es unter Vortäuschung falscher Tatsachen meine Libido stimuliert hatte. Mit dem Klappern des Kopfbretts hatte in jener ersten Nacht ein unumkehrbarer Vorgang eingesetzt, sodass mich jetzt ein Juckreiz quälte, den ich wegkratzen musste. In ganz Maprao gab es nur einen Mann, der in etwa so ähnlich aussah wie mein »Typ«. Drei Jahre lang war ich mit einem Mann verheiratet gewesen, der kein bisschen mein »Typ« war. Ich bin mit Horden von Männern ausgegangen, die nicht mein »Typ« waren. Und ich war zu dem Schluss gelangt, dass mein »Typ« und meine »realistischen Optionen« so weit auseinanderklafften, dass ich möglicherweise Kompromisse eingehen musste.

Ed, der Rasenmähermann, führte das Feld auf meiner Kompromissliste an. Er war jünger als ich, was möglicherweise auf eine Fantasie hindeutete, die ich mir nie eingestehen würde. Er hatte verträumte Schokoladenaugen und … nein, Moment mal. Ich habe nicht vor, eine Liebesschmonzette zu schreiben. Vergessen wir einfach, wie der große, schlanke Muskelmann aussah. Ich war verzweifelt. Er war geschieden. Und es war kein Zufall, dass Ed, der Rasenmähermann, in meinen erotischen Träumen vorkam. Warum eigentlich nicht? Als ich mich auf die Suche nach ihm machte, war mir noch gar nicht in den Sinn gekommen, wie wenig diese potenzielle Verführung meinem Charakter, meiner Kultur und dem gesunden Menschenverstand entsprach. Mich trieb eine Macht, die stärker war als mein Gehirn. Ich hatte mir das Fahrrad genommen, um Ed zu suchen. Ich dachte mir, das ganze Pedaltreten würde meinen Eifer vielleicht ein wenig eingebremst haben, wenn ich ihn dann fand. Bedürftig zu wirken machte keinen guten Eindruck. Lust mochte meinen Geist vernebelt haben, doch mein gesunder Menschenverstand hatte noch keinen Schaden genommen. Ich hatte sogar ein Kondom in meiner Tasche. Ich kam mir damit richtig unanständig vor. Diese Begegnung würde ich sicher nie vergessen, auch wenn ich vermutlich nicht bis an mein Lebensende tagtäglich daran denken würde, beim Windelwechseln, Schuluniform-Anpassen und bei den Besuchen im Jugendknast.

Ich traf Ed weder zu Hause an noch auf der Bootswerft oder im Obstgarten, in dem das frisch gemähte Gras seine ordentliche Handschrift trug. Schließlich fand ich ihn in einem menschenleeren Neubau, wo er einen Kleiderschrank einbauen sollte. Er war wirklich ein vielseitiger junger Mann. Die Maurer und Elektriker und Betonmischer hatten ihr Werk getan, sodass Ed nun die Holzarbeiten ausführen konnte. Das Schicksal hatte dafür gesorgt, dass er mir in einem angehenden Schlafzimmer gegenüberstand.

»Ed?«, sagte ich, und im Geiste sah ich uns schon übereinander herfallen, in inniger Umarmung. Unsere Lippen aufeinandergepresst. Er blickte von seinem Schnitzwerk auf und wischte sich den Schweiß von der Stirn.

»Jimm?«

Es lief wie am Schnürchen. Ich setzte mich auf den Koffer einer Schleifmaschine und schlug die Beine übereinander. Ich trug Shorts. Nichts Aufreizendes, aber er war ein Mann. Der bloße Anblick von nackter Haut machte die doch schon verrückt.

»Was willst du?«, fragte er.

»Nur mal reinschauen«, sagte ich.

»Woher wusstest du, dass ich hier bin?«

»Ich hab am Anleger nach dir gefragt. Die haben anzüglich gelacht, als sie es mir sagten. Mal ehrlich. Männer!«

Es entstand eine lange Pause.

»Das wird ein hübscher Schrank«, sagte ich. »Ich wusste gar nicht, dass du so geschickte Hände hast.«

Er nickte.

»Möchtest du Pause machen?«, fragte ich.

»Ich weiß nicht. Bis um vier muss ich mit den Rahmen fertig sein. Dann bringen sie die verspiegelten Türen.«

»Nur kurz«, sagte ich und leckte über meine sinnliche Oberlippe. »Eine … unvergessliche Pause.«

Endlich ließ er seinen Meißel sinken.

»Wieso unvergesslich?«

»Unvergesslich wie der Moment vor nicht allzu langer Zeit, als du mit einem Vorschlag zu mir kamst.«

»Als ich dich fast gefragt hätte, ob du mit mir ausgehen willst?«

»Fast, ja. Rüde unterbrochen von mir. Verstehst du? Es war zu früh, Ed. Da kannte ich dich noch nicht. Ich kannte mich ja kaum selbst!«

»Das ist sieben Wochen her.«

»Zeit genug, meinen Widerstand zu überdenken. Es war so offensichtlich, dass du mich leiden mochtest. Ich war noch nicht bereit. Aber, Ed …«

»Was?«

»Jetzt bin ich bereit.«

»Wofür?«

»Für dich.«

Ich streckte meine Hände nach ihm aus. Das war der Moment. Unsere Finger würden sich berühren, und es würde knistern. Es kribbelte jetzt schon.

Er stand nur da.

»Ich bin verlobt«, sagte er.

»Wie bitte?«

Meine Hände sanken herab.

»Ich habe jemanden kennengelernt. Wir sind verlobt.«

Der Betonboden unter meinen Füßen gab nach, und ich stürzte fünfzehn Stockwerke tief in den Atombunker. Ich landete auf der Schalttafel des strategischen Verteidigungssystems und löste einen Krieg aus.

»Wie bitte?«

»Das sagtest du bereits.«

»Ich weiß, aber ... vor nicht mal zwei Monaten hast du noch gelitten, weil deine Frau mit einem Glaser durchgebrannt war und du mich haben wolltest.«

»Aber du wolltest nicht.«

»So leicht gibst du auf? Wie kannst du so ... so wahllos sein?«

»Ich wollte nicht allein sein.«

»Und dann klapperst du deine Liste ab, bis eine ja sagt?«

»Es ist ein bisschen komplizierter, aber – ja – so ungefähr. Trotzdem danke, dass du an mich gedacht hast.«

»Danke, dass ...?«

Ich verbrannte einiges von meinem Frust, als ich in die Pedale trat und das halb fertige Haus hinter mir ließ, aber dennoch konnte ich nicht verhindern, dass eine Diashow von männlichen Filmstars aus Taiwan und Hongkong vor meinen Augen ablief. Ich drehte mich sogar nach einem ältlichen Bauern ohne Hemd um, der am Straßenrand eine Kuh hinter sich herzog. Möglicherweise hätte ich sogar angehalten und ein wenig mit ihm geplaudert, hätte mein Handy nicht den Refrain von »Mamma Mia« herausgeplärrt. Ich hielt unter einem Baum und sah mir das Display an. Es war Sissi.

»Bist du noch gar nicht unterwegs?«, fragte ich.

»Jimm, hör zu. Du darfst auf keinen Fall die Testpackung mit den Antidepressiva aufmachen, die ich dir geschickt habe.«

Ich war genau in der richtigen Stimmung für die Teenager im Internetcafé von Pak Nam. Offenbar waren sie sich darüber im Klaren, dass ich ihnen meine Maus über den Schädel ziehen würde, falls jemand verhindern wollte, dass ich meinen Stamm-Computer bekam. Selbst der Ladenbesitzer mit dem zerklüfteten Gesicht sparte sich sein übliches: »Wissen Sie denn nicht, dass es bei uns der Reihe nach geht?« Als er mir beim letzten Mal damit gekommen war, hatte ich ihm gedroht, die Schulbehörde anzurufen und denen von den kleinen Jungs zu erzählen, die ihre Zeit, die sie mit Hausaufgaben verbringen sollten, damit vergeudeten, nach mangaäugigen, japanischen Bikinimodels zu surfen. Das brachte ihn zum Schweigen. Fast alles, wofür ich einen Computer brauchte, war wichtiger als das. Und an diesem Abend hatte ich gleich zwei sehr gewichtige Gründe, online zu gehen.

Zuerst schickte ich meinem Freund Alb in Bangkok eine E-Mail. Er leitete eine Art inoffiziellen, australischen Nachrichtendienst. Er machte einen Haufen Geld mit australischen Skandal-Promis, die in thailändischen Ferienanlagen verhaftet wurden. Er hatte sich auf Drogenorgien spezialisiert, besaß aber ein Näschen für alle möglichen Verfehlungen. Wir waren uns zum ersten Mal begegnet, als wir beide einem pädophilen Popsänger auf der Spur waren, der sich in einem Fünfsternehotel in Chiang Mai versteckt hielt. Wir stöberten ihn gemeinsam auf und pflegten den Kontakt während des darauf folgenden Prozesses und als der Mann dann Selbstmord beging. Wir wurden gute Freunde.

Alb, schrieb ich. *Was weißt du über Sklavenschiffe im Golf von Thailand?*

Ich drückte Senden. Er war E-Mail-süchtig. Selbst wenn er nicht am Schreibtisch saß, vibrierte sein iPhone beim Eingang einer Mail. Er trug es in einem kleinen Beutel am Gürtel, wie diese Felltasche, die in Schottland vor dem Kilt getragen wird, sodass eigentlich nur was Sexuelles dahinterstecken konnte. Während ich auf seine Antwort wartete, googelte ich FLIBANSERIN. Sofort bekam ich etwa achtzigtausend Treffer. Die erste Seite, die ich anklickte, hatte die Überschrift VIAGRA FÜR FRAUEN. Ich sagte elfmal »Scheiße« auf Englisch, aber offensichtlich stand das Wort auf der Vokabelliste der Highschool, denn alle starrten mich an. Ich las weiter.

> NACH ERSTEN TESTS ZEIGTE SICH DIE BOEHRINGER INGELHEIM CORPORATION ENTTÄUSCHT, DASS IHR WEITHIN BEWORBENES ANTIDEPRESSIVUM FLIBANSERIN KEINERLEI ANTIDEPRESSIVE WIRKUNG BESASS. IHRE CHEMIKER NAHMEN KLEINE ÄNDERUNGEN VOR UND SCHICKTEN DAS MEDIKAMENT FLIBANSERIN II IN EINE WEITERE VERSUCHSPHASE. DOCH UNERWARTETES FEEDBACK KA…

Alb hatte geantwortet. Das konnte warten.

… UNERWARTETES FEEDBACK KAM VON FRAUEN, DIE FLIBANSERIN I GETESTET HATTEN. SIE BEHAUPTETEN, SEIT SIE DAS MEDIKAMENT REGELMÄSSIG NAHMEN, HÄTTEN SIE REGELRECHT EINEN SEXUELLEN HEISSHUNGER ENTWICKELT.

»Wem sagst du das?«

SELBST FRAUEN IM ALTER VON 76 JAHREN …

Ich konnte nicht weiterlesen. Ich schämte mich so sehr. Ich war ein Liebesjunkie. Ich hatte mich einem schwulen Polizisten, einem glücklich Verheirateten und vor wenigen Stunden erst einem Rasenmähermann an den Hals geworfen. Bestimmt machte die Geschichte schon im ganzen Dorf die Runde. Man schrieb Sachen über mich an die Wände öffentlicher Toiletten. Väter würden mir ihre pubertierenden Söhne bringen, damit sie ihre ersten Erfahrungen machen konnten. Ich würde als alte Vettel mit Netzstrümpfen und Wonderbra vorbeifahrende Männer ins Motel locken. Was hatte ich getan?

Ich klickte Alb an.

Einiges, schrieb er. *Was möchtest du genau wissen?*

Ich tippte *Alles* und schickte es ab.

Ich sah mich im Internetcafé um. Einige Jungen wandten sich verlegen ab. Sie hatten schon von mir gehört. Mich rührte man nicht mal mit spitzen Fingern an.

»Gestern Abend haben wir die Dorfdirne im Internetcafé gesehen«, würden sie am Morgen ihrem Lehrer berichten.

Alb antwortete: *Wir sollten chatten.*

Und dann chatteten wir eine halbe Stunde über G-Mail.

Alb hatte dieselben Gerüchte gehört wie ich. An der Andamanischen Küste im Westen kam es nachweislich zu Entführungen und ausbleibenden Lohnzahlungen. Er meinte, es gäbe da eine Insel, auf die sich einige birmanische Fischer geflüchtet hätten. Seit sechs Monaten waren sie dort. Niemand wusste, was man mit ihnen machen sollte. Sie hatten keine Papiere. Sie waren illegal im Land. Die birmanische Junta würde sicher keinen Ausflugsdampfer schicken, um sie abzuholen. Keiner wollte Verantwortung für sie übernehmen. *Also, wenn sie Schweden wären*, schrieb er, *dann hätten wir eine Geschichte. Aber hier haben wir es mit Wegwerfmenschen zu tun. Es ist wie bei dem großen Tsunami, der Thailand 2004 traf. Hätte er nur Thais und Bangladescher verschlungen, wäre das im Westen kaum zwei Tage lang ein Thema für die Medien gewesen. »Hunderttausend? Wie tragisch. Weiß jemand, wie das Kricketspiel steht?« Aber derselbe Tsunami traf auch Fünfsternehotels und tötete deutsche Sportler und blonde Models und italienische Vorstandsvorsitzende. Und ein Aufschrei ging um die Welt. Millionen Dollar wurden gespendet. »Es hätte auch uns treffen können«, riefen sie. Jemand wollte sogar den lieben Gott verklagen.*

Also, fünfzig Birmanen auf einer Insel? Sklaven auf Hochseetrawlern? Schnelljustiz an kleinen, braunen Männern mit einer Kultur und Religion, die uns fremd ist? Kollateralschäden in der harschen bäuerlichen Welt, meine Liebe. Sie zu untersuchen wäre teuer, und was hätte man davon? Zwei Spalten in The Age, *die achtzig Prozent der Leser überfliegen würden, auf der Suche nach den Comics. Nein, Jimm. Wir kriegen manche Hinweise, aber ehrlich gesagt, interessiert sich dafür keine Sau.*

Ein Zwölfjähriger mit einer pinken Pseudozahnspange, die mysteriöserweise unter Teenies Mode war, beugte sich über mich und winkte mit seinem Nummernzettel. Ich war so aufgebracht, dass ich ihm meinen Platz überließ. Jetzt war ich wirklich deprimiert, und ich hatte nichts mehr, was ich dagegen einnehmen konnte. Aber das Schlimmste war, dass dieses Viagra für Frauen in seiner Wirkung noch zunahm. Wie lange musste ich denn warten, bis sie nachließ? Vorerst war kein Mann vor mir sicher.

An diesem Abend hatten wir zwei neue Gäste zum Essen. Das Wasser war so weit zurückgegangen, dass man die Küche wieder betreten konnte, also kochte ich Spaghetti mit Meeresfrüchten. Einer unserer Bambustische war weggespült worden. Nicht weit weg. Wir sahen ihn draußen dümpeln. Es sah aus, als versuchte Robinson Crusoe vergeblich, von seiner Insel zu fliehen. Mair wollte Arny nicht erlauben, hinzuschwimmen und den Tisch zurückzuholen. Sie sagte, sie könnte es nicht ertragen, noch einen Neffen ertrinken zu sehen. Die anderen vier Tische standen noch da, wo wir sie hingestellt hatten. Von Tisch zwei hatte man einen guten Ausblick auf die Latrine, die umgekippt im Sand lag. Opa Jah hatte einen Scheinwerfer darauf gerichtet, was mindestens so spektakulär aussah wie Pak Nams Betonschlachtschiff. Es war ein ruhiger Abend. Sterne standen am Himmel. Im Dunkeln wirkte der Strand fast malerisch.

Arnys Verlobte Gaew war aus Hongkong zurück und gesellte sich zu uns. Würde man ein Dia von Miss Thailand World auf einen Backsteinofen projizieren, bekäme man eine ungefähre Vorstellung von ihrer Erscheinung. Noch hatte kein Sturm genug Wind aufgebracht, um sie von den Beinen zu reißen. Aber wir alle liebten ihr sprudelndes Wesen und ihren Sinn für Humor, besonders meine Mutter. Und Gaew schien sich mindestens genauso zu freuen, Mair wiederzusehen, wie sie sich freute, wieder bei ihrem Arny zu sein. Mein Bruder grinste wie ein liebeskranker Esel bei allem, was sie sagte. Noy merkte, was vor sich ging, und war den ganzen Abend über bedrückt. Gaew bemerkte Noys Stimmung, stellte die unschuldige Anmut des Mädchens in Rechnung und kam zu dem Schluss, dass es keine schlechte Idee wäre, den ganzen Abend über mit meinem Bruder Händchen zu halten und ihn gabelweise mit getrocknetem Tintenfisch zu füttern.

Der andere Gast an diesem Abend war Captain Waew, ehemals Polizist in Surat Than. Er war so rund, wie Opa Jah mager war, so klein wie ich und besorgniserregend zappelig. Er hatte so viele Ticks, dass mir Zweifel kamen, ob er eigentlich jemals still saß. Er aß kaum, sprach wenig und lächelte über alles. Er war die Verstärkung, die mein Großvater gerufen hatte. Ich fühlte mich schon viel besser, wenn er nicht mehr allein war.

Der Handgranatenangriff auf unsere Kühltruhe hatte den gefrorenen Fisch und den Großteil unserer Biervorräte vernichtet. Die Flaschen waren zerbrochen, aber die Dosen waren nur einmal quer durch den Raum geflogen. Das Bier, das wir zu unseren Meeresfrüchten aus dem Supermarkt tranken, kam daher aus Salvador-Dalí-Dosen, die beim Öffnen wie verrückt Schaum spritzten. Nach einer Stunde stanken wir alle nach Bier. Daher merkten wir kaum, dass ein feiner schwarzer Wolkenvorhang über unseren Himmel zog. Während sich die anderen volllaufen ließen, nutzte ich meine übermenschliche Fähigkeit, nicht auf Alkohol zu reagieren, wenn ich einer guten Geschichte auf der Spur war.

Da sich die Blasen rasch füllten und ihre Besitzer nach und nach davoneilten, um sie zu entleeren, arbeitete ich mich wie ein schlauer Pac-Man um den Tisch herum und rutschte auf freie Plätze, bis ich mich neben meiner Beute wiederfand: Noy.

»Amüsierst du dich?«

»Sie wirken so glücklich«, nuschelte sie mit Blick auf Arny und Gaew. Sie war betrunken.

»Liebe. Was soll man sagen? Blind wie ein Beefburger.«

Sie lachte nicht.

»Sie ist …«

»Älter als deine Mutter?«

»Ja.«

Noy schwankte. Ich weiß nicht, wie viele abstrakte Bierdosen sie intus hatte, aber ich war mir sicher, dass sie kurz davor war, Dinge zu sagen, die sie bereuen würde. Ich beugte mich zu ihr.

»Ehrlich gesagt, wäre es mir lieber, wenn er mit einer Jüngeren zusammen wäre«, sagte ich. »Aber sie ist so weltgewandt. Sie war schon überall. Kannst du glauben, dass sie in Amerika studiert hat?«

Das war gelogen. Ich mochte Lügen.

»Na, das hab ich auch«, lallte Noy.

Bingo.

»Was du nicht sagst. Er liebt Frauen mit Auslandserfahrung.«

»Hab ich«, sagte sie. »Ich hab Lauslandserfahrung. Und was für eine. Weißt du … weißt du, was ich war?«

Betrunken, das war sie. Kurz davor, umzukippen. Ich brauchte noch ein paar Hinweise mehr, bevor sie mir verloren ging.

»Was warst du?«

»Ich war …« Sie wandte sich um, starrte ins Leere, sah vielleicht nur ihre Erinnerung.

»Ich hab mich mieten lassen.«

»Wie ein Mietwagen?«

»Ge… ge… …nau so. Getreten, verbeult und stehen gelassen. Benutzt. Das war ich.« Sie legte einen Arm um mich und rülpste. »'schuldigung«, sagte sie.

»Macht nichts.«

»All used up«, sang sie. Es würde nicht mehr lange dauern. Mir blieben höchstens noch zwanzig Sekunden, bevor bei ihr das Licht ausging. »Und was … was hätten sie mit mir gemacht, wenn kein Sprit mehr im Tank gewesen wäre? Mich verschrottet. Und weißt du was, Jimm? Deshalb.«

»Was deshalb?«

Mamanoy hatte gesehen, dass ihr kleines Mädchen mit mir sprach, und kam zu uns herüber.

»Wieso was weshalb?«, fragte Noy.

»Nein, du sagtest: ›Deshalb.‹«

»Stimmt. Deshalb.« Langsam kam sie auf die Beine und hob eine Faust. »Deshalb hab ich mich gewehrt. Deshalb hab ich ihnen gesagt, dass das nicht richtig ist. Eigen… eigentlich hätte *ich* es sein sollen.«

Dann sagte sie auf Englisch: »Der Waran hatte keinen Schimmer.«

Ihre Mutter fing sie gerade noch auf, als sie in sich zusammensank.

»Alkohol verträgt sie nicht so gut«, sagte Mamanoy. »Wenn sie Bier trinkt, redet sie Unsinn. Ich sollte sie lieber auf unser Zimmer bringen.«

Excaptain Waew sah die Gelegenheit, einer heiratsfähigen Vierundzwanzigjährigen unter die Arme zu greifen, und hob eine Seite an, während ihre Mutter die andere übernahm. Ich sah ihnen hinterher, als sie im Dunkel verschwanden.

»Na, wenn das nicht verwirrend war«, sagte ich zu mir selbst. Ich konnte nicht denken. Bier machte mein Hirn ganz matschig. Hätte ich chilenischen Roten getrunken, hätte ich inzwischen eine Erleuchtung gehabt. Casa de Easter mochte mir einen ausgewachsenen Kater bescheren, wirkte aber Wunder, was meine Fantasie anging. Noy hatte mir etwas Wichtiges mitgeteilt, aber ich wusste nicht, was.

Als der Captain von Noys Hütte wiederkam, gesellte er sich zu Opa Jah an einen anderen Tisch, und ich wusste, dass die beiden nichts Gutes im Schilde führten. Das durfte ich nicht zulassen. Ich ging zu ihnen und quetschte mich zwischen die beiden alten Knaben.

»Jimm«, sagte Opa. »Geh irgendwo anders spielen. Wir führen hier ein Erwachsenengespräch.«

Manchmal vergaß er, dass ich auch schon erwachsen war.

»Okay, ihr alten Polizisten«, sagte ich. »Folgendes Angebot.«

»Jimm!«, sagte Opa mit knurrendem Unterton.

Ich wollte Opa nicht vor seinem Kollegen bloßstellen, aber bei mir war einiges los, nicht zuletzt das Gefühl von Captain Waews starken Unterarmen an meiner Seite. Diese Pillen waren das Allerletzte.

»Ich weiß, was ihr zwei vorhabt«, sagte ich.

»Jimm, misch dich nicht in etwas ein, das dich nichts angeht«, sagte Opa.

»Wenn ihr den Rattenbrüdern irgendwas antut, gehe ich auf direktem Weg zur richtigen Polizei. Ich erzähle ihnen alles, auch das mit der Waffe.«

Entschuldigend sah Opa Jah seinen Freund an. »Sie ist jung«, sagte er.

»Ich mag jung sein«, stimmte ich zu, »aber ich bin nicht

blöd. Ich weiß, warum dein Co-Rächer hier ist. Aber ich brauche eure gemeinsamen Fachkenntnisse in einem viel größeren Fall. Ich will wissen, wem dieser Kopf an unserem Strand gehört hat. Es wäre möglich, dass der Mann von Sklaventreibern geköpft wurde und sie davongekommen sind. Wahrscheinlich kommen sie immer wieder davon. Ich möchte, dass ihr euch auf etwas Wichtigeres konzentriert als die Rache an ein paar Nichtsnutzen. Ich weiß, dass ihr die Birmanen nicht mögt, aber das sind auch Menschen. Sie haben Rechte. Und sie glauben, dass sich hier in Thailand keiner für sie interessiert. Was daran liegt, dass sich keiner für sie interessiert. Das finde ich unfair. Ich fordere Gerechtigkeit für unsere Tagelöhner. Aber ich sag euch was: Die Ratten haben irgendwas damit zu tun. Und sobald wir die Hintermänner enttarnt haben, könnt ihr mit ihnen machen, was ihr wollt. Oder vielleicht seid ihr ja einem großen Verbrechen nicht gewachsen.«

Eine Weile schwiegen die beiden alten Männer. Böiger Wind wehte den Regen vom Golf herein. Große Tropfen trafen das Strohdach über dem Tisch, und die Servietten flogen davon. Eilig räumten Mair und Gaew den Tisch ab.

Captain Waew lächelte Opa an. »Mein Freund«, sagte er, »sie ist ein Kind deiner Lenden, ohne jeden Zweifel.«

»Alles, was sie weiß, hat sie von mir«, sagte Opa.

Das war der Beginn unserer Task Force und eines Wolkenbruchs.

Es war Donnerstagmorgen, und ich musste zum Markt, um Essen zu besorgen. Der überdachte Markt von Pak Nam, einst das Herz dieser Metropole, in dem sich Liebespärchen trafen und am Wochenende Filme gezeigt wurden, war inzwischen eine riesige, verwahrloste Halle mit wenigen Ständen, die ums Überleben kämpften. Es folgte keiner Logik, welches Obst und Gemüse sie im Angebot hatten. Wie der Hochseefisch vom Abend zuvor war die reichlich vorhandene Ware für die Vielfraße in Bangkok gedacht, die sie mit großen Kühllastwagen wegschafften, noch bevor wir am Morgen die Augen aufschlugen. Wie Tempelhunde durften wir uns an den Resten gütlich tun. Oft genug kam ich mit einem Strunk nach Hause, der von irgendeinem Kraut stammte, und einem Beutel voll mit irgendwas Verdrecktem aus der Gegend.

Ich hatte in der Nacht zuvor kaum geschlafen, weil ich unter Entzugserscheinungen litt. Das Bier hatte mich bis etwa zwei Uhr ruhiggestellt, da saß ich plötzlich aufrecht im Bett, schweißnass, wie im Film. Ich griff nach meinen Antidepressiva, aber die hatte ich in die Toilette geworfen. Ich lehnte mich zurück und baute darauf, dass meine Willenskraft mir über die kommenden vier Stunden hinweghelfen würde. Ich dachte viel nach, schlief jedoch kein bisschen. Ich überlegte, was wohl passieren würde, wenn ich versuchte, die weggespülten Pillen mit einem Pümpel zurückzuholen. Ich fragte mich, ob Eds Freunde wohl Streichhölzer zogen, wer mich zuerst haben konnte. Ich lauschte dem Regen, der auf mein Betondach pladderte, bis es hell wurde.

Ich fuhr mit unserem bescheidenen Lebensmittelvorrat durch den strömenden Regen und bemerkte, dass aus dem kleinen Graben hinter unserer Ferienanlage ein reißender Fluss geworden war. Es sah ganz malerisch aus. Jetzt verstand ich auch, warum da eine Brücke war. Bis jetzt hatte sie noch keinem Zweck gedient. Ich konnte mir direkt vorstellen, wie da ein rehäugiges, japanisches Bikinimodel unter einem Regenschirm stand. Diese Möglichkeit sollten wir touristisch nutzen. Touristen liebten so was. Ich parkte vor unserem ausgebrannten Laden und staunte, wie viele Frauen aus dem Dorf Mair um sich versammelt hatte. Die Damen der Kooperative feudelten wie wild und trennten das Rettbare vom Hoffnungslosen. Trotz des Dauerregens saß Käpt'n Kow im weiten roten Plastikponcho draußen auf seinem Motorrad. Er sah aus wie der junge Morgen. Ich brauchte einen erfahrenen Seemann, der mir die Politik der Hochseefischerei erklären konnte. Es kam mir vor, als stünde Kow, der Tintenfischfischerkapitän, ungewöhnlich lange vor unserem Laden, um von seinem Beiwagen aus Fischfrikadellen zu verkaufen. Ich überlegte, ob »Käpt'n« vielleicht nur sein Vorname war. Er wirkte überrascht, als ich auf ihn zuging. Hätte er mehr Zähne gehabt, wäre sein Lächeln vielleicht ganz nett gewesen. Seine Nase war krumm, aber seine Augen waren rauchgrau, und Zeit und Wetter hatten ihm ein ausdrucksvolles Gesicht beschert.

»Käpt'n Kow«, sagte ich und salutierte, wie es meine lustige Art war.

Er salutierte ebenfalls, auf seine Art.

»Schönes Wetter für Delfine«, sagte er.

Aus unerfindlichem Grund musste ich an die vielen Tiere denken, die keine Trockenheit kennen. Das muss man sich mal vorstellen: immer nass zu sein. Was mich wiederum an gestrandete Wale erinnerte, Lebewesen, für die Trockenheit gleichbedeutend mit dem Tod war. Bei uns wurden viele Fische angespült. Alle hatten sie diesen Gesichtsausdruck, als wollten sie sagen: »Wer hat diesen Strand hier aufgeschüttet?« Und trotzdem rannte niemand mit feuchten Decken los, um eine Makrele zu retten. Es gab keine Sticker RETTET DIE MAKRELEN. Meine Philosophie ist: Wenn du zu dumm bist, zu merken, dass du auf dem Trockenen schwimmst, ist es egal, ob du riesengroß oder gefährdet bist. Mutter Natur weiß, wie man mit Dummköpfen verfährt. Mittlerweile lamentierte Käpt'n Kow über die Wetterbedingungen. Irgendwas von Regen und zwei Wochen und Überschwemmungen. Ich unterbrach ihn.

»Käpt'n Kow? Hätten Sie unter Umständen etwas Zeit für mich? Ich habe da ein paar Fragen zu Fischerbooten.«

Seine grauen Augen leuchteten. »Es wäre mir eine Ehre«, sagte er.

Ich verabredete mich mit ihm um zehn Uhr in meinem Zimmer.

Gerade war ich dabei, mein Obst und Gemüse abzuladen, als ich spürte, dass jemand hinter mir stand. Ich drehte mich um und sah Noy unter einem grünen Regenschirm. Sie sah mitgenommen aus, verquollen, mit roten Augen. Ich sah mir gern diese Paparazzi-Fotos von schönen Frauen an, wenn sie im Supermarkt genauso aussehen wie du und ich. Noy gehörte zu den Menschen, die lieber die Finger vom Bier lassen sollten.

»*Pee* Jimm«, sagte sie.

Pee. Große Schwester. Gut. Respekt. Das gefiel mir.

»Ja?«

»Ich …«

Der Satz war vermutlich noch nicht zu Ende, also wartete ich.

»Ich wollte dich was fragen … wegen gestern Abend.«

»Ja?«

»Ich … meine Mutter meinte, wir hätten miteinander geredet … lange.«

»Du erinnerst dich nicht?«

»Ich hab viel Bier getrunken. Das bin ich nicht gewohnt.«

»Hat man gemerkt.«

»Habe ich … habe ich irgendwas erzählt?«

Hier merkt man nun vielleicht, wieso ich zu den besten Gerichtsreportern im ganzen Land gehöre. Das war meine Chance.

»Du hast so einiges erzählt«, sagte ich.

»Was denn?«

Ich wurde nass. Ich nahm sie beim Arm und führte sie unter die Plastikmarkise.

»Alles«, sagte ich.

»Nein.« Ihr Gesicht erstarrte. »Ich … das würde ich nicht tun.«

»Georgetown. Naturwissenschaften. Das Examen.«

Sie war ein weißes Mädchen. Die Art von weißem Mädchen, die von Geburt an vor den schädlichen Strahlen der Sonne geschützt wird. Ständig eingecremt. Darf nie im Garten spielen. Aber ich schwöre, dass dieses weiße Mädchen direkt vor meinen Augen noch drei Stufen weißer wurde.

»Das ist unmöglich«, sagte sie.

»Dann kann ich wohl Gedanken lesen. Hör zu, du hast es mir erzählt. Du bist hier am sichersten Ort des Landes. Wir alle mögen dich und deine Mutter. Wir wollen dir helfen. Ihr könnt hier so lange bleiben, wie ihr wollt. Was in Amerika passiert ist, stört uns nicht. Alles lässt sich klären.«

»Du verstehst nicht …«

Wohl wahr. Tat ich nicht. Ich wusste, *was*, aber nicht, *warum*. Aber das wollte ich ihr nicht verraten.

»Ich denke, es ist doch offensichtlich«, sagte ich.

»Nein, Jimm. Es ist schlimm. Da geht es nicht um eine umgekippte Latrine. Diese Leute sind gefährlich. Wenn die rausfinden würden, dass ihr uns helft, könnten sie … euch alle auslöschen. Es wäre, als hättet ihr nie gelebt.«

Ich spürte ein erregendes Kribbeln. Eigentlich war ich nicht mal sicher, ob ich im letzten Jahr überhaupt gelebt hatte, aber das jetzt war wirklich ergreifend. Ich nahm ihre zitternde Hand. Sie hatte wirklich schreckliche Angst.

»Bpook«, sagte ich.

»Ich habe dir gesagt, wie ich heiße?«

»Nur das. Keinen Nachnamen. Keine Hinweise auf dein echtes Leben. Die Identität deiner Familie ist immer noch geschützt. Und nur ich kenne die Wahrheit. Ich habe niemandem davon erzählt. Und jetzt heißt es: du und ich … gegen die. Und jemanden wie mich möchte man gern zum Verbündeten haben.«

Sie wusste über mich nur, dass ich Köchin in einer heruntergekommenen Ferienanlage am Ende der Welt war. Aber sie brauchte dringend eine Freundin. Sie sank nach vorn, schlang die Arme um mich und schluchzte an meiner Schulter. In meinem momentanen Zustand war selbst das leicht erregend. Doch je länger wir dort standen, desto mehr breitete sich ihre Not in mir aus wie ein Computervirus. Es war überwältigend. Was um alles in der Welt mochte diesem armen kleinen Ding nur zugestoßen sein?

»Ich sehe es gern, wenn Mädchen sich mögen«, hörte ich jemanden sagen.

Ich blickte auf, und da stand der dürre Bigman Beung mit verschränkten Armen an eine Kokospalme gelehnt. Seine Uniform war triefnass. Es war so eine Art archaische Polizeikluft. Noy trat zurück und wischte sich mit beiden Händen die Tränen weg.

»Was wollen Sie?«, fragte ich.

»Erinnert mich an ein Video, das ich mal gesehen habe«, sagte er. »Nur dass die weniger anhatten und mehr Babyöl im Spiel war.«

»Ich habe Sie gefragt, was Sie hier wollen.«

»Das fragen Sie mich, wo ich doch offensichtlich meine Sanitär-Uniform trage?«, sagte er.

Ich lächelte Noy an.

»Wir reden später«, sagte ich. »Bestell deiner Mutter, dass es wirklich keinen Grund gibt abzureisen.«

Sie erwiderte mein Lächeln, nahm ihren Schirm und trat in den Regen hinaus. Bigman Beung musterte ihren Hintern.

»Will abreisen, was? Wie schade. Aber vielleicht stelle ich mir in einem stillen Stündchen noch mal vor, wie ihr zwei beim Knutschen seid. Nachdem ich ein bisschen was getrunken habe. Vorher jedoch gilt es, eine ökologische Katastrophe abzuwenden.«

»Unsere Latrine?«

»Wie hast du das erraten?«

»Ach, ich weiß nicht. Tonnen von menschlichen Exkrementen, die aus unserem Drei-Kabinen-Klo in den Golf fließen? Könnte es vielleicht darum gehen?«

»Ich habe eine Kamera dabei. Es locken staatliche Zuschüsse. Die Verknüpfung von Naturkatastrophe und Sondermüll. Es könnte eine Million Baht geben, wenn ich die Fotos aus der richtigen Perspektive aufnehme. Willst du mitkommen und vor den Rohren posieren?«

»Die liegen unter Wasser.«

»Stimmt genau. Es wäre ein Fotoshooting im Badeanzug.«

»Nein.«

»Schade. Wie du meinst.« Er stapfte zum Strand hinunter.

Ich rief ihm hinterher: »Beung.«

»Hast du es dir noch mal überlegt?«

»An diesem Tag, als ich den Kopf gefunden habe … wen haben Sie da angerufen?«

»Code M?«

»Ja.«

»Neuer Mann im Revier Pak Nam. Zuständig für alles Birmanische. Lieutenant Egg. Er hat alle Dorfchefs zusammengerufen und uns die Hotline vorgestellt. Sämtliche Leichen oder Leichenteile, die bei uns angespült werden und die wir für birmanisch halten, sollen ihm direkt gemeldet werden.«

»Wofür steht das M eigentlich?«

»Maung.«

KAPITEL ACHT

Our love is like a chip on the ocean

»Rock the Boat«
Waldo Holmes

Maung war die allgemeine Bezeichnung ungehobelter Thais für die Birmanen. Als würde man alle Australier Bruce nennen. Es war nur ein weiterer Ausdruck der Verachtung. Ich setzte mich mit meiner Task Force zusammen, und zu dritt gingen wir alles durch, was wir über birmanische Fischer zu wissen glaubten. Das dauerte nicht lange. Wir brauchten professionellen Input, um zu begreifen, was da draußen auf dem Golf vor sich ging. Zehn Minuten später traf dieser Input ein. Es klopfte an der Tür. Ich machte auf und sah Käpt'n Kows lückenhaftes Lächeln vor mir. Ich merkte, dass sich Opa Jah wie bei einem tollwütigen Hund die Nackenhaare aufstellten, also sollte ich an dieser Stelle meiner Erzählung vielleicht anmerken, dass Opa und der Tintenfischfischerkapitän normalerweise nicht miteinander sprachen. Ich habe keine Ahnung, wieso. Natürlich konnte Opa Jah seine Freunde an einem einzigen Finger abzählen, wohingegen man ein Fußballstadion bräuchte, um alle unterzubringen, denen er auf die Nerven ging. Was also auch zwischen den beiden vorgefallen sein mochte, vermutlich hatte er es sich selbst zuzuschreiben. Käpt'n Kow war ein ausgesprochen entspannter Typ, und die meisten Leute schienen ihn zu mögen. Im Grunde war

Opa der Einzige, der ihn nicht mochte. Die beiden in einem Raum zusammenzubringen würde eine Herausforderung an meine schiedsrichterlichen Fähigkeiten werden.

Im Laufe der folgenden halben Stunde bewies der Käpt'n, dass er mindestens genauso viel von maritimen Angelegenheiten verstand wie Opa Jah vom Straßenverkehr. Das hinderte Opa nicht daran, zu streiten und dumme Sprüche zu klopfen. Käpt'n Kow war jedoch nicht anzumerken, ob es ihn überhaupt ärgerte. Er ignorierte die Unterbrechungen einfach und beruhigte uns alle mit seiner sanften Singsang-Stimme. Mir entging nicht, dass seine Aufmerksamkeit in erster Linie mir galt, als wären wir allein im Raum. Vielleicht neigte er ein wenig zu übertriebenen Details, aber im Wesentlichen sagte er Folgendes: Der Golf von Thailand ist dreihundertfünfzigtausend Quadratkilometer groß und bis zu achtzig Meter tief. Bis in die Sechzigerjahre hinein war er reich an vielerlei Arten von Fischen. Auf den Märkten in der Gegend gab es Unmengen von Sardellen und Makrelen. Dann kam die industrielle Hochseefischerei … sofortige Riesenprofite, die eine Überfischung mit sich brachten. Der durchschnittliche Fang sank von dreihundert Kilo pro Stunde im Jahr 1961 auf fünfzig Kilo in den Achtzigern und zwanzig Kilo heute. Zurück blieb nur »Abfallfisch«, der an Fabriken geliefert wurde, denen es egal war, was sie kriegten. Betroffen waren vor allem Krebse, Haie, Rochen, Hummer und alle großen Fische. Mit dem Niedergang dieser Räuber nahmen der Abfallfisch und die Tintenfische und Garnelen zu, die Planktonfresser am Meeresgrund. Kommerzielle Trawler verwendeten meist Taschennetze, mit denen man die Schwärme einkreiste, oder Keschernetze. Mit starken Scheinwerfern lockte man die Tintenfische an die Oberfläche, sodass man sie leichter fangen konnte.

In den Siebzigern wurden verschiedene Regelungen eingeführt, wann die Boote rausfahren, welche Netze sie benutzen durften und welche Laichplätze sie zu meiden hatten. Alles über sieben Meter musste eine Lizenz beantragen und eine jährliche Gebühr entrichten. Momentan durften die großen Boote in den ersten drei Monaten des Jahres nicht rausfahren, und alles über vierzehn Meter musste für den Rest des Jahres außerhalb der Drei-Kilometer-Zone bleiben. Allerdings wurden diese Gewässer nur schlecht überwacht, und die meisten größeren Boote ignorierten diese Regelung.

»Mit anderen Worten sagen Sie also: Je größer das Boot, desto eher können die machen, was sie wollen«, sagte Opa Jah, wenn auch nur, weil er seit gut zehn Minuten nichts mehr gesagt hatte. »Nichts von dem, was Sie hier erzählen, hilft uns weiter.«

»Es hilft immer, wenn man das Gesetz kennt, damit man weiß, wie weit es gebeugt wurde«, sagte Käpt'n Kow.

Es folgte ein kurzes Frage-Antwort-Spiel über Informationsaustausch, Mannschaftsgröße und Lizenzvoraussetzungen, das Kow gut bewältigte. Da der Tintenfischfischerkapitän nicht unserer Task Force angehörte, dankte ich ihm für seine Hilfe und begleitete ihn hinaus. Auf der Veranda nahm er meinen Arm, lächelte mit den Augen, aber auch mit dem Mund, und trat in den Wolkenbruch hinaus, als hätte er noch gar nicht gemerkt, dass es regnete. Ich konnte ihn mir gut vorstellen, wie er an Deck seines schwankenden Boots stand und die Netze einholte. Es war eine romantische, wenn auch glücklicherweise keine erotische Vorstellung.

Als ich wieder in die Hütte kam, flüsterten die beiden Männer, als hätten sie was zu verbergen. Sie blickten auf wie Hasen, die sich überraschend im Lichtkegel eines Autoscheinwerfers wiederfanden. Das war ein schlechtes Zeichen. Ich musste sie aufhalten.

»Was ihr auch vorhabt, lasst es sein«, sagte ich.

»Es war nichts weiter«, sagte Opa. »Wir waren uns nur gerade einig, dass diese SRM-Burschen einiges zu erzählen hätten, wenn wir ihnen ein bisschen Druck machen würden.«

»Ihr werdet die Rattenbrüder nicht foltern«, erklärte ich.

»Es würde uns am Ende viel Zeit ersparen.«

»Nein.«

»Und was sollen wir dann machen?«, fragte er.

»Hört zu«, sagte ich. »Wir wissen, dass Egg ein ausgeklügeltes System eingerichtet hat, um die Leichen von den Stränden zu holen. Als er die Dorfältesten zu sich bestellt hat, sprach er speziell von Birmanen. Warum sollte er das tun? Er verkauft ja keine Ersatzteile. Er lässt sie von den Leichendieben zur SRM schaffen und in einem Besenschrank verstauen. Es gibt keinerlei Ermittlungen. Die Opfer bleiben namenlos. Warum sollte er das tun? Es sei denn, er wollte Sklaventreiber schützen, die ihre unerwünschten Birmanen über Bord werfen. Bei Unfällen auf legalen Schiffen würden die Kapitäne vermisste Besatzungsmitglieder melden. Sie müssten für die Birmanen, die sie anheuern, Rechenschaft ablegen. Ich glaube, ihr beide solltet euch mal mit den thailändischen Schiffseignern unterhalten. Ich meine damit nicht *verhören*. Findet raus, wo sie essen und trinken oder Billard spielen, und verstrickt sie beiläufig ins Gespräch. Vielleicht schnappt ihr ein paar Gerüchte über Hochseetrawler auf. Einige …«

»Du brauchst uns nicht zu erzählen, wie man an Informationen rankommt«, brummelte Opa Jah.

Stimmt. Die zahllosen Vernehmungen von Falschparkern haben ihn sicher für solche Situationen gestählt.

»Du hast recht, Opa. Entschuldige. Ich finde raus, was es bei der Polizei rauszufinden gibt, und versuche mein Glück noch mal bei den Birmanen. Ich glaube, je mehr ich ihr Vertrauen gewinne, desto weiter werden sie sich mir gegenüber öffnen.«

Bevor die Sitzung beendet wurde, beschloss ich, den beiden alten Knaben alles zu erzählen, was ich über die Noys herausgefunden hatte. Ich dachte, ihre langjährige Erfahrung könnte mir vielleicht helfen, auch dieses Geheimnis zu lüften. An dieser Geschichte zeigten sie erheblich mehr Interesse als daran, ein paar Birmanen am Leben zu halten. Aber sie stimmten mir zu, dass wir mit Umsicht vorgehen mussten, um die beiden Frauen nicht zu verschrecken. Die alten Männer schnappten sich jeweils ihren Regenschirm und machten sich auf den Weg zum Pick-up. Ich sammelte mein Regenzeug zusammen, weil ich mit dem Motorrad nach Pak Nam fahren wollte. Opa hatte mir in Erinnerung gerufen, dass ich jung war und es erheblich besser vertragen konnte, klatschnass zu werden. Thema Lungenentzündung. Gerade schloss ich meine Tür, als ich durch den Regen Arny vor seiner Hütte entdeckte. Er saß auf einem Liegestuhl, flankiert von den Hunden.

»Hallo, kleiner Bruder«, sagte ich.

»Du heckst was aus«, sagte er.

»Ich hecke immer was aus«, erinnerte ich ihn.

»Du und Opa Jah und der alte Polizist. Ihr heckt was aus. Ich will wissen, was das ist.«

»Wieso?«

»Wieso?«

Ich joggte zu seiner Hütte hinüber, schüttelte meine nassen Haare und setzte mich auf das Geländer. Wie immer wandte Gogo mir den Rücken zu. Ich wusste gar nicht, was ich diesem Hund eigentlich getan hatte.

»Ja, wieso?«, sagte ich. »Wieso willst du das wissen? Wenn ich dir sage, dass es nicht wichtig ist, regst du dich auf, weil du davon ausgehst, dass ich lüge. Wenn es doch wichtig ist, regst du dich auf, weil … na ja, weil es wichtig ist.«

»Das klingt, als wäre ich ein emotionales Wrack.«

Ich hielt es für das Beste, darauf nicht einzugehen.

»Geht es um die Granate?«, fragte er.

»Indirekt.«

»Den Kopf am Strand? Die birmanischen Sklaven?«

»Möglich.«

»Warum willst du es mir nicht erzählen?«

Ich wusste nicht, wie ich es ihm sagen sollte. Ehrlichkeit hatte ihre guten Seiten, aber in den falschen Händen konnte sie auch grausam sein. Ich wollte nicht, dass der zerbrechliche Arny darin verwickelt wurde. Allein schon dafür, wie er aussah, würde er unten am Hafen wahrscheinlich ein Messer zwischen die Rippen bekommen. Ich wählte den Pfad der Aufrichtigkeit.

»Arny, du bist ein Weichei.«

Zu meinem Entsetzen brach er in Tränen aus. Es war schrecklich. Selbst die Hunde wichen peinlich berührt zurück. In all den Jahren, die ich seine Schwester war, hatte ich ihm bestimmt schon schlimmer wehgetan. Hier ging es um etwas anderes. Ich kniete nieder und legte einen Arm um seinen dicken Hals.

»Arny?«

»Ich glaub … ich glaube, sie wird mich verlassen«, sagte er unter Tränen.

»Gaew?«

»Ja.«

»Sei nicht albern. Ihr zwei passt gut zusammen. Ihr seid doch verlobt, oder?«

Mit dem Handrücken wischte ich seine Tränen ab und bereute, dass ich kein Taschentuch für seine triefende Nase dabeihatte. Zweiunddreißig Jahre hatte er auf seine erste Liebe gewartet. Er war zu alt dafür, zum ersten Mal im Leben sitzen gelassen zu werden.

»Es fühlte sich … so gut an, am Anfang«, sagte er. »Ich habe sie geliebt. So oft hätten wir fast Sex gehabt.«

»Ich kenn dich doch … *Was* hattet ihr? Ich dachte, du sagtest …?«

»Wir haben das ganze Vorspiel gemacht. Sie wollte … du weißt schon … aber ich habe nein gesagt. Es muss doch alles perfekt sein, oder? Weißt du?«

»Natürlich.«

»Aber ich glaube … ich spüre, dass sie mehr von mir braucht. Sie wünscht sich, ich wäre …«

»Männlicher.«

»Ja.«

»Hat sie das gesagt?«

»Nein, aber …«

»Du spürst es.«

»Genau. Sie ist ein großer Jackie-Chan-Fan.«

Das überraschte mich.

»Weißt du, dass er nur siebenunddreißig Zentimeter groß ist?«, fragte ich.

»Aber er ist ein Macho.«

»Also hast du das Gefühl, du solltest ein Zeichen setzen.«

»Genau.«

»Indem du dich an unserem Kampf gegen die Sklaventreiber beteiligst.«

»Wäre das okay?«

Ich war nicht sicher.

»Es könnte sein, dass du – ich weiß nicht – Leute schlagen musst. Kugeln ausweichen. Der Gefahr ins Auge blicken.«

Er wurde bleich.

»Das kann ich«, sagte er wenig überzeugend.

Wider besseres Wissen gab ich nach. »Na gut«, sagte ich. »Du gehörst zur Task Force. Aber enttäusch mich nicht.«

Wieder fing er an zu weinen. Diesmal vor Glück.

Noch bevor ich beim Motorrad war, bekam ich einen Anruf von Sissi.

»Hey, Siss.«

»Ich habe das Haus verlassen.«

»Gut gemacht.«

»Ich sitze in einem Taxi.«

»Ich wusste, dass du es schaffst.«

»Es riecht.«

»Das ist der Duft der Realität.«

»Ich wollte dich nur daran erinnern, dass du eine Woche auf meine Dienste verzichten musst.«

»Ich werde es überleben.«

Es folgte eine Pause.

»Bist du sicher?«

»Mehr oder weniger. Wie fühlst du dich?«

»Ich bin überraschend aufgeregt. Und du guck lieber auf die Straße, du Lüstling!«

Ich ging davon aus, dass das nicht mir galt.

»Eines solltest du noch bedenken, bevor du das Land verlässt«, sagte ich.

»Und zwar?«

»Du hast nie aufgehört, schön zu sein.«

Wieder folgte eine längere Pause, und ich wusste, dass sie lächelte.

»Ich ruf dich aus Seoul an«, sagte sie.

»Bon voyage.«

Manchmal fragte ich mich, wieso man das eigentlich noch sagte. Die Zeit der großen Schiffspassagen war doch längst vorbei. Endlich schaffte ich es bis zum Motorrad und wollte gerade losfahren, als Mair aus dem Laden gerannt kam, mit etwas im Arm, das wie die rosa Blase eines Fußballs aussah, dem die Luft ausgegangen war.

»Monique«, sagte sie. »Wo willst du hin?«

»Pak Nam.«

»Du musst für mich über Lang Suan fahren.«

»Hm, nur dreißig Kilometer Umweg im strömenden Regen. Warum nicht?«

»Es ist ein Notfall«, sagte sie. »Ich möchte, dass du bei Dr. Somboom vorbeifährst und ihn bittest, sie sich anzusehen.«

Sie hielt ihr kleines Bündel hoch, und da war es. Ein Etwas.

»Was ist das?«

»Ein Welpe.«

»Nicht schon wieder. Lebt er noch?«

»Meinst du, ich würde dich bitten, mit einem Kadaver zum Tierarzt zu gehen?«

»Mair, wir haben jetzt schon zu viele Hunde.«

»Kind, jedes Gesetzbuch hat eine letzte Seite. Doch der Bus des Erbarmens kennt keine Endstation.«

Sie legte den Hund in die abnehmbare Kapuze meines Regenponchos, die ich gerade daran befestigen wollte. Das Tier war haarlos und offensichtlich krank.

»Woher um alles in der Welt hast du den?«

»Sie ist zu mir gekommen, Liebes. Wie alle Kreaturen dieser Welt. Wie Mohammed schwamm sie auf dem Schilf den Fluss entlang. Ich habe sie aus dem Wasser gezogen und wiederbelebt.«

Ich krümmte mich bei der Vorstellung, dass Mair einen fast toten Hund durch Mund-zu-Mund-Beatmung wiederbelebt haben könnte.

»Und sieh sie dir an«, fuhr Mair fort. »Sie hat überlebt. Alle kranken Kreaturen dieser Erde werden ihren Weg zu mir finden.«

Ich hatte keine Wahl. Ich stopfte das Tier samt Kapuze in meine Ponchotasche und ließ Mutter Noah im Regen stehen, wo sie auf die Ankunft der Giraffen wartete. Auf der Brücke hielt ich an und staunte, wie schnell das kleine Rinnsal zu einem reißenden Strom angewachsen war. Da wünschte ich mir, ich hätte mir ein iPhone gekauft, als ich in Chiang Mai noch ein Einkommen hatte. Der Discovery Channel zahlte gut für Privatvideos von Naturkatastrophen, und mir schien, dass das *Gulf Bay Lovely Resort* bald von einer solchen Katastrophe heimgesucht werden würde.

»Was bewegt sich da in Ihrer Tasche?«, fragte Aung.

»Hund«, sagte ich.

Für einen sterbenskranken Welpen war »Beer« erstaunlich furchtlos. Sie wehrte sich gegen die vielen Spritzen, mit denen Dr. Somboom sie zerstochen hatte, und gegen die Pillen, die er ihr in den Rachen zwang. Ich konnte es ihr nicht verdenken. Ich hatte ihr den Namen Beer gegeben, weil der Tierarzt gerade eine Dose Singha trank, als ich bei ihm ankam. Ich glaube, er hatte schon ein paar davon intus. Es war nur ein behelfsmäßiger Name. Ich konnte mir nicht vorstellen, dass sie die Nacht überleben würde. Nicht bei diesem Wetter. Ich musste Aung wohl zugutehalten, dass er nicht fragte, wieso ich einen Hund in der Tasche hatte. Heute war er bekleidet, aber nass bis auf die Haut, und sein T-Shirt klebte an den Muskeln wie aufgemalt. Ich rang den Drang nieder, es ihm mit den Zähnen vom Leib zu reißen.

»Aung«, sagte ich. »Ich weiß, dass Sie mir nicht trauen.«

Sag das zu einem Thai, und er fällt auf die Knie, um es abzustreiten. Aungs Miene sagte: Sie haben es erfasst.

»Aber ich glaube Folgendes«, fuhr ich fort. »Ich glaube, dass Birmanen entführt und auf Hochseetrawler gebracht werden, wo man sie wie Sklaven hält, quält und tötet, wenn sie zu viel Ärger machen. Ich glaube, der Kopf, der an unseren Strand gespült wurde, war nur einer von vielen. Ich glaube, Sie und Ihre Leute wissen davon, aber Sie fühlen sich machtlos, weil Sie nichts dagegen unternehmen können. Ich glaube, Sie leben in Angst, dass man eines Tages auch Sie oder Ihre Frau verschleppt.«

Langes Schweigen folgte.

»Und?«, sagte er.

»Mehr haben Sie nicht dazu zu sagen? Nur ›und‹?«

»Hören Sie. Selbst wenn Sie es sicher wüssten. Selbst wenn Sie Beweise hätten. Selbst wenn Sie da draußen auf einem dieser Schiffe wären und Fotos machen würden. Was meinen Sie denn, was Sie damit erreichen könnten? Welches thailändische Gericht würde sich denn die Mühe machen, Thais wegen Verbrechen gegen die Maung anzuklagen? Wir sind entbehrlich.«

»Na, das zum Beispiel könnten wir erreichen. Dass Sie weniger entbehrlich werden. Wir könnten den Sklaven Namen und Gesichter geben und sie Familien zuordnen. Mit den Hinterbliebenen sprechen. Zeigen, dass wir …«

»Niemand würde Ihnen irgendwelche Namen nennen.«

»Okay, dann denke ich mir einen aus. Bastel mir mit Photoshop eine Witwe. Wer will denn wohl herkommen und mir nachweisen, dass ich gelogen habe? Aung, wir sind hier in Thailand. Hier wird die öffentliche Meinung ständig manipuliert. Die Masse findet, was Channel Nine ihr sagt. Wenn ich keine Woge des Mitgefühls für geknechtete Galeerensklaven ins Rollen bringen könnte, dann wäre ich doch wohl keine brauchbare Journalistin, oder?«

»Für wen schreiben Sie?«

Verdammt, der Mann wollte sich einfach nicht vom Glanz meiner Rhetorik blenden lassen. Und schon wieder hatte er einen Nerv getroffen.

»Ich arbeite frei. Was bedeutet, dass ich für jeden schreiben kann.«

»Oder für niemanden.«

Langsam dämmerte mir, warum wir die Birmanen nicht leiden konnten.

»Okay. Ich sage Ihnen, wie es aussieht: Meine Familie wird nicht lockerlassen. Man hat uns eine Granate ins Haus geworfen, weil wir den Schlägern nicht nachgeben wollten. Wenn Sie für Menschenrechte nichts übrighaben – meinetwegen. Irgendwie werden wir Beweise finden, und irgendwie werde ich darüber schreiben, und irgendwie wird die Welt davon erfahren. Und das mache ich mit Ihnen oder ohne Sie.«

Clint hätte diesen Monolog mit Musik unterlegt. Geigen, die sich zu einem Crescendo von Celli und Pauken aufschwingen, würde ich mal vermuten. Mir blieb zur Untermalung nur das Tröten eines Schlepperhorns. Ich hoffte, Aung merkte trotzdem, dass es mir ernst war.

»Viel Glück.«

»Mehr nicht?«

»Sie werden es brauchen. Sie wissen nicht, was Sie sich da vorgenommen haben.«

»Dann kann ich also nicht mit Ihrer Hilfe rechnen?«

»Das habe ich nicht gesagt. Wenn ich kann, gebe ich Ihnen Informationen. Solange es inoffiziell bleibt.«

»Wie nobel von Ihnen. Okay. Informationen. Am besten geben Sie mir gleich welche. Erklären Sie mir, wie Ihre Leute am helllichten Tag auf offener Straße verschwinden können, ohne dass jemand es mitbekommt.«

»Ist das Ihr Ernst?«

»Kann man so sagen.«

»Wie kommen Sie denn darauf, dass keiner was mitbekommt?«

»Die Thais hier unten mögen stur und schrecklich stolz sein, aber sie besitzen einen Sinn für Gerechtigkeit. Wenn die sehen würden, wie jemand gefesselt in ein Auto gestoßen wird, würden sie was dagegen unternehmen.«

»Nicht, wenn dieses Auto beige-braun wäre, mit einem blinkenden Blaulicht auf dem Dach.«

»Was hast du da in deiner Tasche?«

»Hund.«

»Was du nichts sagst. Wie kriegt er da drinnen Luft?«

»Ich mach sie hin und wieder auf.«

»Wenn es ein Shih Tzu ist, nehme ich ihn dir ab.«

»Du magst Shih Tzus?«

»Wer nicht? Diese eingedrückten kleinen Schnäuzchen. Die eitrigen, verkniffenen Augen. Und junge Männer stehen drauf. ›Ach, was für ein süßes kleines Hündchen!‹«

Ich saß mit Chompu zum Mittagessen in Pak Nams berühmtem Hühnchen-Reis-Restaurant namens The

Chicken and Rice Restaurant. Hühnchen und Reis waren eher mittelmäßig, aber die Soße – nach alter Yunnan-Tradition – lockte reichlich Kundschaft an. Man kam sogar von Lang Suan extra zum Essen hierher. Der Laden war nie leer.

»Trotzdem scheint er mir doch ziemlich aufgeregt«, bemerkte Chompu.

»Könntest du vielleicht mal aufhören, über den Hund zu lamentieren? Er wird es überleben. Ich frage dich, ob Polizeibeamte aus Pak Nam Birmanen von der Straße holen.«

»Passiert ständig.«

»Ha! Du gibst es also zu.«

»Es lässt sich nicht bestreiten. Stichprobenartige Ausweiskontrollen. Arbeitsgenehmigungen. Es ist Vorschrift.«

»Sie zu schikanieren?«

»Weißt du was? Mit dem richtigen Innenarchitekten könnte man aus diesem Laden richtig was machen. Ich würde auf Japanisch machen. Mit Bambus an den Wänden. Niedrige Tische mit ...«

»Chom!«

»Vielleicht schikanieren wir sie ein bisschen. Aber auf die nette Tour.«

»Wieso?«

»Na ja, wer ohne Genehmigung arbeitet, zahlt eine Strafe.«

»Die selbstverständlich quittiert, auf dem Revier abgegeben und dem Ministerium in Bangkok überwiesen wird.«

»Die direkt in die Brieftasche des schikanierenden Beamten wandert, um damit niedrige Bedürfnisse wie Karaoke zu befriedigen.«

»Und das findest du in Ordnung?«

»Wir werden nicht sonderlich gut bezahlt, weißt du? Und

für die Birmanen ist es besser, als ins Gefängnis zu wandern. Wenn sie nicht die legalen Wege gehen, entscheiden sie sich bewusst dafür, die Strafe zu zahlen. Sie kennen das Risiko.«

»Ich habe Zeugenaussagen, dass Birmanen auf offener Straße angehalten und von der Polizei mitgenommen wurden, woraufhin sie nie wieder gesehen wurden.«

»Ho, ho! Immer langsam mit den jungen Pulitzern. Auch das ist nicht wirklich ein Geheimnis. Es passiert jeden Tag. Nach unseren Stichproben werden die Migranten, die keine Arbeitserlaubnis besitzen und nichts zu unserem Vergnügungsfonds beisteuern wollen, aufgefordert einzusteigen, um dann auf direktem Weg zur Einwanderungsbehörde in Ranong gebracht zu werden. Wir haben eine Quote zu erfüllen. Wir würden uns doch verdächtig machen, wenn es hier keine Illegalen gäbe, oder etwa nicht?«

»Wie viele?«

»Sechs bis zwölf pro Woche.«

»Und was würdest du dazu sagen, wenn ich beweisen könnte, dass diese verschwundenen Birmanen Arbeitsgenehmigungen und Bürgen hatten?«

»Ich würde sagen: ›Bring mir die Zeugen.‹ Und du würdest sagen: ›Ach, die gehen nicht so gern zur Polizei.‹ Und ich würde sagen: ›Mmh, das überrascht mich nicht, wenn ich bedenke, dass sie allesamt Hirngespinste deiner Fantasie sind.‹«

»Sei dir nicht so sicher.«

»Aber ich bin mir sicher. Wenn es Thais wären, könnten sie nicht beurteilen, ob die Birmanen, die wir eingesammelt haben, illegal hier wären oder nicht. Damit bleiben also nur die Birmanen selbst. Und sollte einer von denen vortreten und die Königlich Thailändische Polizei beschuldigen, seine Landsleute zu entführen, müsste er geisteskrank sein. Und in dem Fall wäre seine Aussage unzulässig. Tadaa! Mehr habe ich dazu nicht zu sagen.«

»Na gut, also – und das ist jetzt rein hypothetisch – wenn ich beweisen könnte, dass ein legaler Birmane von der Polizei entführt und auf einen dieser Hochseetrawler verschleppt wurde, würdest du darüber einen Bericht schreiben?«

»Wollen wir doch mal sehen. Du fragst, ob ein gewitzter, lebenslustiger, junger Polizeibeamter, alias ich, der mit einer sexuellen Bürde so sehr belastet ist, dass seine Dienstfähigkeit bei der Polizei am seidenen Faden hängt, Anzeige gegen seine Freunde und Kollegen erstattet, um den Bürgern eines Landes, das keiner von uns sonderlich mag, Gerechtigkeit widerfahren zu lassen?«

»Ja.«

»Nachdem ich die negativen Aspekte einer solchen Dummheit umrissen habe, bleibt nur noch zu erörtern, was es – wenn überhaupt – Positives daran geben sollte.«

Ich erzählte ihm von dem Stolz, den man empfinden könnte, wenn man sich an moralische und professionelle Standards hielt, und als das nichts brachte, erklärte ich ihm, dass er dadurch möglicherweise Egg loswerden und seine Farne zurückbekommen könnte.

»Ohne Job hätte ich kaum Verwendung für ein Büro«, sagte er. »Und hast du diesen hypothetischen Zeugen denn?«

»Noch nicht.«

»Dann muss ich meine Karriere auch nicht hypothetisch ruinieren, oder? Komm wieder, wenn die Realität kühn aus dem Dunkel hervortritt.«

»Du meinst, ich schaff das nicht, oder?«

»Ich meine, du solltest es lassen.«

»Warum?«

»Nur so eine Ahnung. Aber wenn wir hier über Sklaverei, Mord und Enthauptung sprechen, kommen mir doch Zweifel, ob wir es mit einem Ableger des örtlichen Häkelklubs zu tun haben. Eure Feinde haben schon eine Handgranate nach euch geworfen.«

»Möchtest du mein Leben sicherer machen?«

»Womit könnte ich das tun?«

»Ich habe vor, mir Lieutenant Eggs Akten anzusehen. Ich wette, er hat einen Metallschrank gleich neben seinem Schreibtisch.«

»Mit einem Schloss.«

»Okay. Ich schleich rein und finde raus, dass alle seine Akten mit vermissten Birmanen zu tun haben. Also stehle ich sie.«

»Und was müsste ich tun, um dein Leben sicherer zu machen?«

»Den Schrank selbst aufbrechen.«

Er quiekte laut, und die anderen Gäste drehten sich um.

»Im Leben nicht«, sagte er. »Er ist ein Unhold. Er würde mich totschlagen.«

»Chom. Du sitzt doch sowieso in diesem Büro. Er würde es nie erfahren. Jeder Polizist, der was auf sich hält, könnte so einen Aktenschrank mit einer Haarklammer aufkriegen.«

»Du meine Güte. Eine Haarklammer habe ich seit den guten alten Zeiten nicht mehr getragen.«

»Ich leih dir eine von Mairs. Warte den richtigen Moment ab, wenn er nicht im Büro ist. Nimm die Akten mit runter in den Kopierraum. Aber leg die Originale zurück, bevor er wiederkommt. Kein Mensch wird je erfahren, dass du was damit zu tun hast.«

»Er sagt mir nie, wohin er geht oder wie lange er wegbleibt. Er könnte jederzeit reinkommen.«

»Dann lenke ich ihn eben ab.«

»Wie willst du das denn anstellen?«

»Sissi?«

»In voller Blüte.«

»Bist du noch im Lande?«

»Ja. Aber ich denke daran, in Korea politisches Asyl zu beantragen.«

»Warum? Was ist passiert?«

»Weißt du noch, dass du meintest, es würden keine dauergewellten Fregatten zum Flughafen rausmarschieren, um sich meinem Jumbo in den Weg zu werfen?«

»Ja.«

»Vielleicht solltest du beruflich nicht unbedingt auf Wahrsagerei umschwenken.«

»Was du nicht sagst.«

»Ich bin in Suvarnabhumi. Die sind hier überall. Pensionierte Piloten, gesetzte Frauen in weiten Jogginghosen, Besitzer von Zoohandlungen für tropische Fische. Es scheint, als hätten die Yuppie-Gelbhemden unseren Nationalflughafen mit Beschlag belegt. Bangkoks Mittelklasse macht Randale. Ein furchterregender Mob. Während ich hier spreche, wird weiter hinten gerade eine Partie Backgammon ausgefochten.«

»Blockieren sie irgendwelche Flüge?«

»Noch nicht. Seoul steht immer noch auf der Abflugtafel. Aber mich verlässt der Mut. Ich habe eine Karma-Attacke.«

»Das würden sie nicht tun. Ich meine, das tun sie nicht. Keine Sorge. Wie sind sie überhaupt reingekommen?«

»Genauso wie ins Regierungsgebäude. Sie haben die schwer bewaffneten Polizisten an den Eingängen mit warmen Worten eingelullt. Bestimmt haben sie ihnen erzählt, wer den ganzen Einsatz eigentlich finanziert. Und sie an den Eid erinnert, den sie in der Schule abgelegt haben, und dann sind sie einfach reinspaziert. Der durchschnittliche Polizist richtet seine Waffe nicht gern auf einen Terroristen, der genauso aussieht und auch genauso klingt wie sein ehemaliger Grundschullehrer – und es wahrscheinlich sogar ist.«

»Wie lange dauert es denn noch bis zu deinem Flug?«

»Irgendwas zwischen vierzig Minuten und der Ewigkeit.«

»Könntest du vielleicht was brauchen, was dich etwas ablenkt?«

»Nichts lieber als das.«

»Kannst du online gehen?«

»Selbstverständlich. Ich reise erster Klasse. Die würden Bill Gates einfliegen, wenn ich es wollte.«

»Offenbar bist du schon eine Weile nicht mehr erster Klasse geflogen. Aber hättest du vielleicht Zeit, mir einen kleinen Gefallen zu tun?«

»Mehr als genug.«

»Meinst du, du könntest dir Zugang zu Bpooks Klassenlisten aus ihrer Zeit in Georgetown verschaffen?«

»Das ist alles?«

»Ja.«

»Das könnte ich wahrscheinlich mit meinem iPhone, mit geschlossenen Augen.«

»Angeberin.«

»Was soll das bringen?«

»Ich weiß nicht. Ich frage mich, ob es da vielleicht ein Beziehungsproblem gab. Was wäre, wenn sie einen Freund gehabt hätte? Einen Kommilitonen, der sie ausgenutzt hat?«

»Ist das nicht ganz normal? Ich bezweifle, dass es da Querverweise zu Beziehungen in der Public Domain gibt.«

»Aber wir können sehen, welche Namen in ihren Klassen oft vorkommen. Sie sagte, sie habe sich mieten lassen, getreten, gebraucht und stehen gelassen.«

»Möchtest du, dass ich mir Callgirl-Agenturen in D. C. ansehe?«

»Du glaubst doch nicht …?«

»Sie wäre nicht die Erste.«

»Na gut. Okay. Aber ich bezweifle, das sie ihren richtigen Namen benutzt hätte.«

»Die zeigen auf ihren Websites heutzutage Fotos von ihren Mädchen. In der Prostitution hat sich einiges getan.«

»Sie meinte: ›Der Waran wusste von nichts.‹«

Sissi lachte. Ich wusste, wieso. Das thailändische Wort für Waran ist *heea*, und seltsamerweise ist es das schmutzigste Wort, das wir in unserer Sprache haben.

»Männlich oder weiblich?«

»Könnte beides sein. Aber irgendwer ist ihr auf den Schlips getreten. Wenn diese Callgirl-Sache stimmt, könnte sie durch einen Freund oder Verwandten damit in Kontakt gekommen sein. Vielleicht hat ihr Freund sie auf den Strich geschickt. Aber ich weiß nicht. Sie ist hübsch, aber ihr fehlt die nötige Härte. Sie wirkt so unschuldig.«

»Dafür zahlen die extra.«

»Ich weiß.«

Ich klopfte an die Tür des Büros, das früher Lieutenant Chompu allein gehört hatte.

»Herein«, hörte ich eine barsche Stimme, die nicht seine war.

Ich trat ein und sah Lieutenant Egg an Chompus altem

Schreibtisch sitzen, der vorn mit Stickern von Einschusslöchern dekoriert war. Chompu saß etwas abseits an einer Art Kartentisch und arbeitete sich durch einen Aktenberg. Das nervige Funkgerät lief, und zwar viel zu laut.

»Ich bin auf der Suche nach Lieutenant Egg«, sagte ich.

»Der bin ich«, sagte er.

Ich habe noch nie verstanden, wie es möglich ist, dass Männer mit schlecht sitzenden Toupets nicht merken, wie lächerlich sie damit aussehen. Ich frage mich, ob sie sich selbstverliebt im Spiegel betrachten und finden, dass sie wieder aussehen wie vor zwanzig Jahren, bevor der Kahlkäfer anfing, die Haarwurzeln anzunagen. Lieutenant Egg sah aus, als hätten kleine Vögel ein Nest auf seinem Kopf gebaut. Ansonsten bestand er nur aus Muskeln, sodass vermutlich niemand wagte, sich über ihn lustig zu machen. Er sah aus wie ein grober Mensch, mit dem man nichts zu tun haben wollte.

»Mein Name ist Jimm Juree«, sagte ich. »Ich bin Journalistin und schreibe an einem Artikel für die Zeitschrift *Thai Rat* über die Polizei und ihr Verhältnis zu den Birmanen.«

»Warum kommen Sie zu mir?«, fragte er.

»Major Mana meinte, Sie seien zuständig für alles, was mit Birmanen zu tun hat.«

»Und?«

Er sah zu Chompu hinüber, der noch nicht aus seiner Aktenflut aufgetaucht war.

»Und ich sehe mir offizielle Stellen auf allen Ebenen an, vom Dorfobersten bis zum medizinischen Notfallpersonal. Ich möchte gern wissen, wie die Haltung der Polizei ist.«

»Ich glaube kaum …«

»Der Major ist der Ansicht, es könnte für das Revier von einigem Nutzen sein, wenn diese Geschichte erzählt würde.

Er meint, es könnte den weit verbreiteten Mythos zerstreuen, dass es bei der Polizei antibirmanische Tendenzen gibt.«

»Das hat der Major gesagt?«

Bestimmt hätte er es gesagt, wenn er denn hier gewesen wäre und nicht mit seinem Pajero unterwegs, um aus dem Kofferraum Haarkuren auf Kräuterbasis zu verkaufen.

»Ja.«

»Na gut. Aber keine Namen. Und ich habe nicht viel Zeit. Nehmen Sie sich einen Stuhl und bringen Sie …«

»Ich wäre dabei lieber mit Ihnen allein.«

»Soll mir recht sein. Luu-tenant Chompu kann kurz rausgehen und irgendwo Gänseblümchen pflücken. Stimmt's nicht, Lulu? Hast du nicht irgendwo was zu häkeln?«

Chompu wurde rot.

»Der Major hat mir Anweisung gegeben, mein Aufnahmegerät im Konferenzraum aufzustellen«, sagte ich. »Da stehen auch Erfrischungen.«

Lieutenant Egg schlug mit der flachen Hand auf den Tisch.

»Wehe, es dauert lange«, sagte er mit knurrendem Unterton.

»Zehn Minuten, Viertelstunde. Höchstens«, sagte ich.

Der Lieutenant knallte die Akte zu, an der er gerade arbeitete, nahm sein Radio und stampfte an mir vorbei zur Tür hinaus.

Mit hochgezogenen Augenbrauen sah ich Chompu an. »Viertelstunde, höchstens«, sagte ich lautlos und warf ihm ein Päckchen Haarklammern zu, bevor ich dem Lieutenant den Flur entlang folgte.

Nachdem ich mir Zeit damit gelassen hatte, mich einzurichten und das Aufnahmegerät zu testen, das hin und wieder seine Macken hatte, fragte ich Egg schließlich, welche Rolle er im Umgang mit den Birmanen spielte. Ich hätte ihn gern gebeten, seinen Funk auszustellen, aber ich wollte ihn nicht verärgern. Er fasste seine Aufgaben in vier Sätzen zusammen und stützte sich auf den Tisch, als wollte er aufstehen.

»Ist das alles?«, fragte er.

Mir wollten keine weiteren Fragen einfallen, aber ich wusste, dass er gehen würde, wenn ich nichts sagte.

»Warum Sie?«, fragte ich.

»Was bitte?«

»Warum hat man Sie zum Repräsentanten der Birmanen gemacht? Es gibt viele Polizisten mit demselben Rang. Warum Sie?«

»Ich bin Experte«, sagte er.

»Für …?«

»Probleme der Birmanen. Ich spreche ihre Sprache. Ich weiß mehr über ihre Geschichte und Kultur als die meisten ungebildeten Bauern, die hier rumlaufen. Man könnte vielleicht sagen, dass ich so was wie ein Botschafter bin.«

Ohne jeden Sinn für Diplomatie. Er wurde von einer Bewegung in meinem Regenponcho abgelenkt, der an der Tür hing.

»Was ist das?«, fragte er.

»Hund«, sagte ich.

Mir schien, er dachte, ich würde lügen.

»Dann hatten Sie auch mit Birmanen zu tun, als Sie in Pattani stationiert waren?«, fragte ich.

Finster funkelte er mich an. »Woher …?«

»Major Mana.«

»Ja. Ich habe interkulturelle Veranstaltungen organisiert. Bewusstseinstraining für Neuankömmlinge. Solche Sachen.«

»Ach, wie schön. Ich bewundere Menschen, denen ethnische Probleme am Herzen liegen.«

»Anderen Polizisten … denen ist das egal. Aber mich berühren die Probleme, mit denen sich die Maung hier herumschlagen müssen.«

Zehn Minuten. Die Uhr lief.

»Und Sie sprechen fließend Birmanisch. Wow. Wo haben Sie das gelernt? Ich habe Lehrbücher gesehen. Es ist mir unergründlich. Da muss man wohl ein Genie sein.«

Damit entlockte ich ihm kurz so etwas wie hämische Freude.

»Ach, wissen Sie, ich habe es hier und da aufgeschnappt«, sagte er. »Manch einer hat eben ein Ohr dafür. Was soll ich sagen?«

»Ich hoffe, Sie haben nichts dagegen, wenn ich sage, dass Sie ein ganz besonderer Mensch sind, Lieutenant. Hüter des Gesetzes. Sprachgenie. Sozialarbeiter. Am liebsten würde ich den ganzen Artikel über Sie schreiben.«

Fehler.

Ich war zu schnell zu weit gegangen. Ich sah ihm an, dass bei ihm eine Klappe fiel. Er stand auf und ging zur Tür.

»Nichts dergleichen werden Sie tun.«

»Ich muss ja nicht Ihr Foto verwenden.«

»Meinen Namen auch nicht. Ich brauche keinen Artikel.«

»Wieso nicht?«

Er war schon halbwegs zur Tür hinaus.

»Ich möchte meine Menschenliebe für mich behalten. Da bin ich bescheiden.«

»Könnten Sie nicht …?«

Aber er war schon weg. Ich sah auf meinem Handy nach, wie viel Zeit vergangen war. Zwölf Minuten. Je nachdem, wie lange Chompu gebraucht hatte, um den Schrank zu knacken, nach unten zu rennen, alle relevanten Akten zu kopieren, wieder raufzurennen und sie zurückzulegen, dann den Aktenschrank wieder in seinen ursprünglichen Zustand zu versetzen und seine Frisur zu richten, dachte ich, es müsste gerade so gereicht haben. Vorausgesetzt, alles lief nach Plan.

Ich ging den Flur entlang zu ihrem Büro, wo Egg mit den Händen an den Hüften dastand und seinen Aktenschrank betrachtete, an dessen Ecke eine Nylonjacke hing, wie Chompu sie zum Mittagessen getragen hatte, eingeklemmt in die oberste Schublade des Metallschränkchens. Chompu saß an seinem Schreibtisch, mit einem Lächeln, das schon bessere Zeiten gesehen hatte.

KAPITEL NEUN

We will iron each other

»Islands in the Stream«
The Bee Gees

Der Fluss hinter unserer Ferienanlage war über die Ufer getreten und breitete sich weitflächig aus. Langsam stieg das Meer an und kroch unter die Tür von Hütte Nummer eins. Aus grauem Himmel kam ein stetiger Sprühregen auf uns herab. Es war eine stille Invasion, aber früher oder später würde sie uns ertränken. In Chiang Mai baute unsere Landbevölkerung klugerweise Häuser auf Stelzen, damit sie es im Sommer kühl und in der Regenzeit trocken hatte. Im Süden bauten alle auf dem Boden und lachten der Flut ins Gesicht. Es war eine Rambo-Reaktion. »Komm doch und hol mich, Natur!« »Es ist nur Wasser«, sagt man hier. »Nächste Woche sind wir wieder trocken.« Sie mochten ja recht haben, aber ich hatte schon mit ansehen müssen, wie ein Tisch/eine Bank/ein Strohdach-Floß dem Horizont entgegenschwamm. Unsere Toiletten hatten Schiffbruch erlitten, mein Gemüsebeet fraßen die Fische, und unser neues Zuhause, unser einziger Lebensunterhalt, stand auf einer Landspitze zwischen dem wilden Fluss und dem weiten grauen Meer.

Ich musste das Motorrad oben an der Straße neben dem von Käpt'n Kow lassen, weil unser Carport überflutet war. Noys Honda stand bis zu den Reifen im Wasser, aber wenigstens war er noch da. Was bedeutete, dass sie auch noch da sein mussten. Mair und Gaew standen im Laden. Es war ein beeindruckender Anblick. Die Damen der Kooperative hatten erstaunliche Arbeit geleistet. Sie hatten geputzt und repariert und frisch gestrichen. Sie hatten die zertrümmerten Holzregale durch Bambusborde ersetzt, und der Laden sah mindestens so gut aus wie vor dem Anschlag. Wobei ich zugeben muss, dass er vorher nicht sonderlich gut ausgesehen hatte. Und das alles hatten sie ohne Elektrizität geschafft. Im gesamten Bezirk war der Strom ausgefallen. Beim kleinsten Tropfen Regen knallt gleich der Transformator durch. Ich ging zu Mair und griff in die Tasche meines Ponchos. Vorsichtig holte ich die kleine Beer hervor. Ich schwöre, sie wollte mich gerade anspucken, da bemerkte sie Mair. Und direkt vor meinen Augen wurde der Hund liebenswert. Ich hielt ihr das Tier in meiner Plastikkapuze hin, aber meine Mutter nahm den Welpen mit nackten Händen und drückte ihn an ihre Brust. Sie streichelte seinen Kopf und gab ihm einen Kuss. Ich musste mich abwenden. Ich fragte mich, ob Mutter Teresa vielleicht eine Tochter hatte, der Lepra nichts ausmachte. Wohl eher nicht.

»Braves Hündchen«, sagte Mair. »Siehst du? Sie wird wieder gesund. Möchtest du sie ihrem Bruder und ihrer Schwester vorstellen?«

Ich konnte mir nichts Schlimmeres vorstellen. Wahrscheinlich würden sie die Kleine anfeinden und dann fressen. Mair hatte zu viel Vertrauen in die natürlichen Bande zwischen Hunden.

»Nein, Mair. Für heute habe ich meine Pflicht getan. Verfüttern kannst du sie selbst.«

»Wie du meinst.«

Sie gab mir einen Kuss auf die Stirn, mit demselben

Mund, der den Hund-der-Lebenden-Toten geküsst hatte. Aber was konnte ich sagen?

»Dein Polizeifreund hat angerufen«, sagte sie. »Zwei Mal.«

Mir war entfallen, dass Chompu Mairs Handynummer kannte. Mein Telefon hatte ich sofort abgestellt, als ich aus dem Revier von Pak Nam kam. Es schien mir doch ein gutes Zeichen zu sein, dass er die Ziffern noch eingeben konnte. Es bedeutete, dass nicht alle seine Finger gebrochen waren. Ich weiß, ich hätte ihm zur Seite stehen sollen. Ich hätte Lieutenant Egg sagen sollen, dass ich Chompu angestiftet hatte, seinen Aktenschrank aufzubrechen. Aber ich musste journalistische Distanz wahren. Der Kriminalredakteur bei der *Chiang Mai Mail* hatte mir – als er noch nüchtern war – gesagt: »Man kann nur über einen Goldraub berichten, wenn man ihn nicht selbst begangen hat.« Es wäre vorstellbar, dass er es wörtlich meinte, aber ich war jung und leicht zu beeindrucken und sah in ihm lieber den weisen Propheten, der in Fabeln sprach. Die Lektion, die daraus zu lernen war, lautete: Ein Journalist musste Distanz wahren, mit Enthusiasmus über das Verbrechen berichten, aber nicht so sehr, dass man selbst Teil der Ermittlungen wird. Es war einer der tiefschürfendsten Momente meiner journalistischen Ausbildung, und seine Bedeutung war auch dadurch nicht zu schmälern, dass der Bruder des Redakteurs einen Goldhändler überfallen hatte. Sein maskierter Komplize war offenbar entkommen. Der Redakteur ließ mich den Artikel schreiben. Es war der erste, unter dem mein Name stand. Ein Moment und eine Moral, die ich nie vergessen werde. Ich vertraute darauf, dass mein schlauer Chompu eine brauchbare Ausrede dafür gefunden hatte, warum seine Jacke in Lieutenant Eggs Aktenschrank klemmte. Die Wahrheit lag vermutlich irgendwo zwischen Missgeschick und Ungeschicklichkeit. Aber darauf hatte ich keinen Einfluss.

»Ist Opa noch nicht wieder da?«, fragte ich.

»Du meine Güte«, sagte Mair. »Der ist schon vierzig Jahre tot. Was ist das denn für eine kranke Frage?«

»Ich meinte MEINEN Opa.«

»Ach, der. Nein.«

»Hast du unsere beiden Noys seit dem Frühstück schon gesehen?«

»Also, da muss ich dir was erzählen«, sagte sie. »Normalerweise bleiben sie immer in der Nähe ihrer Hütte. Bei dem Wetter kann man es ihnen nicht verdenken. Aber es ist doch schön zu sehen, dass sie etwas unternehmungslustiger werden. Heute haben sie es ganz bis nach Pak Nam geschafft.«

Sie wollten weg?

»Mair, bist du sicher?«

»Selbstverständlich bin ich sicher. Boung aus der Bank hat mich angerufen. Die hatten da auch keinen Strom, und der Geldautomat ging nicht. Weißt du? Ohne Elektrizität ist eine Bank auch nur ein Stück Seife. Die ganzen nutzlosen Geräte. Ich wette, die meisten dieser Mädchen da können nicht mal kopfrechnen.«

»Und die Noys?«

»Sie konnten ihre Kreditkarten ja nicht benutzen. Und es war nicht ihre Bank. Sie hätten unsere Bank bitten können, ihre Bank anzurufen, um eine Bestätigung zu bekommen, aber ich denke, unsere Noys sind bestimmt vorsichtig, wenn es um Kontakte zu ihrem richtigen Leben geht, meinst du nicht? Ein abgehörtes Telefongespräch, und schon rattern Hubschrauber über Pak Nam Lang Suan, und Männer in Schwarz schweben an Fallschirmen herab.«

»Warum hat die Bank dich angerufen?«

»Ich sollte bestätigen, dass ich sie kenne und für ihre Kreditkarte bürge.«

»Moment! Wie sind die beiden nach Pak Nam gekommen? Ihr Auto steht da unten im Carport.«

»Das ist eine andere Geschichte. Boung hat gesehen, wie sie vor der Bank hinten vom Trinkwasserwagen geklettert sind.«

»Der Mann, der die Flaschen liefert?«

»Supachai.«

»Also wollten sie wirklich weg.«

»Weißt du, ich glaube, sie wollten einfach ihre Rechnung nicht begleichen.«

»Mair, mit der Kaution, die sie hinterlegt haben, könnten wir Arny ein Jurastudium finanzieren. Nein, sie hatten Angst, dass sie hier nicht mehr sicher sind.«

»Wegen der Latrine?«

Ich hatte Mair die Details von Noys seltsamer Ausbildung in D. C. verheimlicht.

»Sie trauen uns nicht«, sagte ich.

»Wenn ich ehrlich sein soll, kann ich es ihnen nicht verdenken«, sagte sie. »Ich traue uns auch nicht.«

»Na, das ist jetzt auch egal, oder? Inzwischen sind sie bestimmt längst über alle Berge.«

»Das bezweifle ich.«

»Warum?«

»Ich habe mich geweigert, für sie zu bürgen.«

»Ach so?«

Sie grinste, als hätte sie etwas spektakulär Unanständiges getan.

»Mair, warum?«

»Sie stecken offensichtlich in irgendwelchen Schwierigkeiten. Sie sind so verzweifelt, dass sie ein tadelloses Auto stehen gelassen haben und lieber eingeklemmt zwischen Wasserflaschen mitgefahren sind. Sie waren so weltfremd, dass sie dachten, sie könnten im Überlandbus mit ihrer Kreditkarte bezahlen. Ha! Ich sehe Visits Gesicht förmlich vor mir.«

»Der Fahrer?«

»Durfte ich denn wirklich zwei so liebenswerte Menschen in die Welt hinausschicken, wenn sich ihre Zukunft kaum schwärzer malen ließe? Nicht mal mit Dispersionsfarbe? Mattschwarz? Nein. Es ist ja offensichtlich, dass sie Verbündete brauchen. Ich habe Boung gebeten, das Telefon an die Mutter weiterzureichen, und wir haben ein wenig geplaudert.«

»Und wo sind sie jetzt?«

»Auf dem Weg hierher. Ich habe Nat vom Postamt gebeten, sie mitzunehmen, wenn er die Post bringt.«

»Kennst du eigentlich jeden in Pak Nam mit Namen?«

»Sei nicht albern.«

»Und du glaubst wirklich, dass sie einfach so zurückkommen?«

»Die Welt kann ein entmutigender Ort sein, wenn man kein Geld hat. Frag mal die armen Leute da unten in Bangladesch. Besonders wenn es regnet.«

»Hat Nat ein Auto?«

»Motorrad mit Beiwagen. Eine der Noys wird hinten sitzen müssen, mit dem Postsack auf dem Rücken.«

Ich war richtig traurig, dass die Noys vor uns fliehen wollten. Ich dachte, wir hätten so etwas wie eine Vertrauensbasis aufgebaut.

»Sie werden bis auf die Haut nass sein«, sagte Mair. »Sei so gut und bereite ihnen was hübsches Heißes zum Mittag. Bestimmt haben sie seit dem Frühstück nichts mehr gegessen.«

So war sie. Meine Mutter. Ihr Verstand schien direkt in ihr Herz zu sickern. Während Ersterer schrumpfte, schwoll Letzteres an. Oder vielleicht war sie schon immer so gewesen, und ich war nur zu sehr mit mir selbst beschäftigt, um es zu merken. Sie wirkte überrascht, als ich meine Arme um ihren Hals schlang und das süße Parfüm an ihr einatmete. Das Tier in ihren Armen knurrte.

»Ich habe ihn übrigens auf den Namen Beer getauft«, sagte ich. »Den Hund.«

»Was für ein hübscher Name!« Sie lächelte. »So sprudelig.«

In der Küche zauberte ich was Leckeres und versuchte, Sissi über meine Freisprechanlage anzurufen. Multitasking hat schon immer den Mr. Bean in mir geweckt. Sobald ich auch nur zwei Sachen gleichzeitig mache, führt das unweigerlich zu einer unglücklichen Vermischung des einen mit dem anderen. Das Telefon klingelte, bevor ich fertig gewählt hatte. Ich sah gar nicht erst aufs Display.

»Nicht zu viel Glutamat«, sagte ich.

»Guter Tipp.«

»Chompu?«

»Überrascht, dass ich noch lebe?«

»Ich bin hocherfreut, Chom. Was ist passiert?«

»Du bist einfach abgehauen. Das ist passiert.«

»Ein kontrollierter Rückzug. Ich habe spontan entschieden, dass diese Vorgehensweise uns beiden am meisten nützen würde. Es war Instinkt. Komm schon. Ich weiß, dass dir bestimmt eine hübsche Geschichte eingefallen ist, wie sich deine Jacke im Aktenschrank verklemmt hat. Du bist genial mit so was.«

»Es war nicht meine Jacke.«

»Siehst du? Darauf kommt kein Mensch.«

»Nein. Ich meine, es war nicht meine Jacke. Ihr wart kaum eine Minute weg. Ich hab den Schrank problemlos aufbekommen und kniete gerade davor, um die Schubladen zu durchsuchen, als ich den Türgriff hinter mir quietschen hörte. Zitternd habe ich mich umgedreht, weil ich dachte, ich würde in die Mündung von Lieutenant Eggs Pistole blicken. Aber es war Sergeant Major Tort, der die Konten sämtlicher Reviere im Bezirk führt. Der Sergeant Major hat es normalerweise eilig, weil seine Barschzucht viel Zeit in Anspruch nimmt. Er kann nie warten, bis die Beamten wieder da sind und ihre Abrechnungen einreichen, also hat er Zugang zu sämtlichen verschlossenen Schränken. Der diensthabende Sergeant gibt ihm einen Schlüsselbund, wenn er kommt. Eggs Stundenzettel lagen bei seinen Akten. Ich nahm die Papiere, die ich für relevant hielt, mit runter zum Kopierer, und als ich wiederkam, war der Sergeant immer noch dabei. Ich habe die Originalakten zurückgelegt und die Kopien in meinem babyblauen Nok-Airways-Rucksack versteckt. Manöver erfolgreich ausgeführt. Ich habe mir sogar ein kleines, selbstgefälliges Grinsen auf meinem knabenhaften Gesicht gegönnt. In diesem Moment blieb der Sergeant mit seiner Jacke in der Schublade hängen. Er hatte die Abrechnung zurückgelegt und dann die Schublade zugeknallt, und irgendwie hat sich da der Reißverschluss darin verklemmt. Er hatte nicht mal abgeschlossen. Er riss daran herum, kriegte seine Jacke aber nicht wieder raus. Das war ganz in meinem Sinne. Wäre er nur dageblieben und hätte weiter daran herumgezerrt. Aber zu meinem Entsetzen zog er die Jacke aus, bezeichnete sie als »typisch billigen Scheiß, den sich die Polizei so andrehen lässt« und ging. Eine Minute später kam Egg herein, und du bist weggerannt.«

»Ich dachte …«

»Dass ich Inspektor Clouseau bin?«

»Also hast du sie?«

»Die Akten? Aber natürlich, *chérie*.«

»Und Egg hat dir die Reißverschlussgeschichte abgekauft?«

»Absolut. Du nicht?«

»Doch, natürlich … Moment! Stimmt sie denn?«

»Ist das wichtig?«

»Genau dafür liebe ich Sie von Herzen, Lieutenant.«

»Ach, wärst du doch nur ein neuseeländischer Rugbyspieler. Soll ich dir die Akten bringen?«

»Nein, ich möchte, dass du sie zuerst liest. Wenn da irgendwas Verdächtiges drinsteht, wird es dir eher auffallen.«

»Also gut.«

»Chom, du warst sensationell.«

»Ich weiß.«

Noch ein Anruf erwartete mich. Es war Sissi, die mir mitteilte, dass sie die Klassenlisten hatte und sie mir per E-Mail schicken würde. Der Flug nach Seoul hatte eine Stunde Verspätung. Der Sprecher der Gelbhemden hatte verkündet, es handle sich um eine provisorische Maßnahme, bis seine Leute endgültig die Kontrolle über den Flughafen hätten.

»Ich weiß nicht, wie viel Vertrauen ich in einen Tower habe, der mit Bekleidungsgroßhändlern besetzt ist.«

Ich konnte sie gut verstehen, und mir wollten keine Trost- oder Beruhigungssprüche mehr einfallen.

»Kannst du nicht ein bisschen Stunk machen?«, fragte ich.

»Das wird nicht nötig sein, kleine Schwester«, sagte sie. »Die Polizei hat nicht auf die Rebellen geschossen, aber du solltest mal sehen, wie die genervten Passagiere sie unter Beschuss nehmen. Es geht doch nichts über einen Flughafen voll genervter Ausländer, wenn man die Einheit einer aufständischen Armee auf die Probe stellen möchte. Es ist eine Freude. Gerade sehe ich, wie ein Trupp britischer Dartspieler einer armen Baronin die Finger auf die Brust setzt.«

»Du nimmst das alles sehr gelassen«, bemerkte ich.

»Gegen das Schicksal kann ich nichts ausrichten, Jimm. Wenn die Sterne einem nicht wohlgesinnt sind, kann man sich nur zurücklehnen und die Show genießen.«

»Hör mal, Sissi. Ich komm im Moment nicht an meine Mails ran. Da du noch ein bisschen Zeit hast, bevor dein Flug geht, könntest du doch vielleicht …«

»Hab schon angefangen. Ich sehe acht thailändische Namen auf den Listen. Es sieht so aus, als könnte es sich um ein Stipendienprogramm handeln. Bisher stand nur einer der Namen auf allen Listen. Ein gewisser Chaturaporn – männlich. Aber ich bin noch ganz am Anfang. Und ich habe so das Gefühl, als hätte ich noch ein paar Stunden Zeit für die Recherche. Eben wurden Tischtennisplatten reingetragen. Diese Leute sind verdächtig gut vorbereitet.«

»Weißt du was? Wenn alles schiefgeht, könntest du immer noch herkommen und ein paar Tage Ferien machen.«

»Um am Strand durch stinkenden Müll zu waten und über Leichenteile zu stolpern? Das wäre doch mal eine Attraktion. Man wundert sich, dass Club Med noch nicht darauf gekommen ist.«

»Ein schlichtes ›Nein‹ hätte auch genügt.«

»Ja, entschuldige. Aber ich glaube, das wird wohl eher

nichts. Außerdem kann ich hier unter Umständen miterleben, wie thailändische Geschichte gemacht wird. Davon kann ich später meinen Enkeln erzählen.«

»Halt dich lieber aus allem raus.«

»Ganz bestimmt nicht. Ich komme gerade aus der Einzelhaft. Ich beabsichtige, so viel auf die Beine zu stellen wie möglich. Ich habe gelesen, dass sich Pärchen bei der Besetzung des Regierungsgebäudes ineinander verliebt und auch gleich vor Ort geheiratet haben. Überleg doch mal. Ich bin umgeben von Männern, die mir nicht entkommen können. Nach ein paar Wochen gefalle ich ihnen vielleicht sogar.«

»Das klingt für mich, als wäre dir Korea gar nicht so wichtig.«

»Korea? Natürlich ist es mir wichtig. Aber das hier könnte sogar noch besser werden. Der ausländische Ehrengast der Gala als Geisel verzweifelter Terroristen bei einer Flughafenbesetzung. Die zünden für mich Kerzen an. Ich werde zur Märtyrerin des Selbstbetrugs. Man wird eine Sorte Kimchi nach mir benennen. Am Ende überreichen sie mir noch den Schlüssel der Stadt Seoul.«

»Wenn du dabei nicht zu Tode kommst.«

»Zu Tode kommen kann man hier nur beim Gedränge auf der Damentoilette.«

»Na, wenn das so ist, hoffe ich, sie sagen deinen Flug ab.«

»Danke. Bis später.«

Zum ersten Mal, seit wir in Maprao wohnten, bekam ich zwei Anrufe gleichzeitig. Es war wie in der guten alten Zeit. Aung hing in der Warteschleife. Ich überlegte, ob er sich wohl mit mir verabreden wollte, bevor die Wirkung des Antidepressivums nachließ.

»Aung?«

»Wollen Sie wirklich helfen?«

»Absolut.«

»Shwe. Sie haben ihn mitgenommen.«

Ich saß in Aungs winzigem Wohnzimmer, mit Opa Jah, Arny und dem Expolizisten Captain Waew. Es schien Aung nicht geheuer zu sein, dass so viele Thais bei ihm zu Hause waren. Fast wäre er zur Hintertür hinausgeflüchtet, als er uns im Pulk vor seiner Tür stehen sah.

»Aung, ich bin's«, hatte ich gerufen. »Das ist meine Familie. Wir kommen, um zu helfen.«

Als wir uns auf Matten am Boden eingerichtet hatten und man lauwarmes Wasser in sechs verschiedenen Trinkgefäßen gereicht hatte, ließ uns Aungs Frau Oh allein. Es lag keineswegs daran, dass sie das Ganze nicht für Frauensache hielt. Auch ohne ihre Sprache zu verstehen, spürte ich, wie angespannt sie war. Mir schien, sie würde ihrem Mann den Wok um die Ohren hauen, sobald wir gingen. Sie war Mutter von fünf Kindern, und die Entscheidung ihres Mannes, Siamesen hinzuzuholen, würde nur Schwierigkeiten bringen.

»Also, was ist passiert?«, fragte ich Aung.

Einmal mehr warf der Birmane einen nervösen Blick auf Opa Jah, der noch kein einziges Mal den Mund aufgemacht hatte, seit wir hier waren. Ich hatte ihn nicht als Expolizisten vorgestellt, also schien er es wohl auszudünsten.

»So gegen ein Uhr«, begann Aung, »war Shwe auf dem Weg zurück zu seiner Unterkunft. Der Regen wollte nicht aufhören, also konnten die Fischtrockner nichts machen. Shwe lief allein an der Straße bei der Obstplantage entlang, als neben ihm ein Polizeiwagen hielt. Das kannte Shwe schon. Er blieb stehen, *wai*-te – die Polizisten mögen es, wenn wir *wai*-en – und wollte seinen Ausweis zeigen. Einer der Polizisten zog seine Waffe, also ist Shwe auf die Knie gefallen und hat die Hände an den Kopf genommen. Wir lernen …« Er sah Opa Jah an. »Wir lernen, durch jeden Reifen zu springen, den uns die Polizei hinhält. Normalerweise ist es nur ein Spiel, bei dem von uns erwartet wird, dass wir es verlieren. Aber diesmal haben sie Shwe hinten auf die Rückbank gestoßen. Sie wollten seinen Ausweis nicht mal sehen. Und sie fuhren nicht in Richtung Westen zur Einwanderungsbehörde in Ranong, sondern nördlich über die Küstenstraße nach Sawee. Da haben sie ihn aus dem Wagen gezerrt, ihn durchsucht und zu sechs anderen Birmanen in einen Betonschuppen gesperrt. Keiner von denen sprach Thai, also wussten sie auch nicht, weshalb man sie verhaftet hatte. Fünf von ihnen hatten gültige Arbeitsgenehmigungen und Bürgen. Genau wie Shwe waren sie am helllichten Tag auf offener Straße verschleppt worden. Irgendwie hatte Shwe das Gefühl, dass das Ganze mit den Sklavereigerüchten zu tun hatte.«

»Woher wissen Sie das eigentlich alles?«, fragte ich.

»Shwe hat sein Handy an der Wade festgeklebt«, sagte Aung. »Ständig hat die Polizei seine Telefone konfisziert. Die Rückseite der Beine wird bei Durchsuchungen meist übersehen. Er hatte also sein Handy dabei. Damit hat er mich angerufen und erzählt, was passiert ist.«

»Und er ist immer noch in Sawee?«, fragte Captain Waew.

»Ja«, sagte Aung.

»Wissen wir, wo man sie festhält?«

»Nein. Eine der Verhafteten hat die Gegend wiedererkannt, weil sie früher schon mal da war. Aber nicht den genauen Ort.«

»Es sind auch Frauen dabei?«, fragte ich.

»In dieser Gruppe zwei.«

Ich wollte fragen, wieso, fürchtete die Antwort aber.

»Haben Sie noch Kontakt zu ihm?«, fragte ich.

Aung schüttelte den Kopf. »Es gibt da ein Problem«, sagte er. »Shwes Akku ist fast leer. Wegen des Stromausfalls konnte er ihn noch nicht wieder aufladen. Er hat … ich weiß nicht … höchstens noch ein paar Minuten. Ich habe ihm gesagt, er soll sein Handy ausstellen und mich nur anrufen, wenn er genau weiß, wo sie sind.«

»Das war schlau, Junge«, sagte Opa zur allgemeinen Überraschung.

»Aber es bedeutet auch, dass wir nur rumsitzen und warten können«, sagte Waew.

»Stimmt«, sagte Opa. »Und was machen wir dann? Selbst wenn wir wissen, wo sie festgehalten werden … Sollen wir den Schuppen etwa stürmen? Wir?«

Aungs Miene schien mir die Hoffnungslosigkeit der ganzen Angelegenheit zu bestätigen. Er hatte es schon befürchtet. Was konnten wir tun? Wem sollten wir das alles melden? Es kam mir vor, als würde ich ihn im Stich lassen.

»Shwe hat gesagt, da waren zwei Polizisten im Wagen?«

»Ja.«

»Hat er sie beschrieben?«

»Das war nicht so wichtig. Er hatte nur ein paar Minuten Zeit am Telefon.«

»Natürlich.«

Aber es bedeutete, dass noch weitere Polizeibeamte darin verwickelt waren. Egg war nicht der einzige. Wenn die Entführung um eins stattgefunden hatte, konnte Egg nicht dabei gewesen sein. Da saß er mit mir im Konferenzraum. Langsam fragte ich mich, ob das ganze Revier darin verwickelt war. Außerdem fragte ich mich, ob überhaupt jemand aussagen würde, dass er gesehen hatte, wie ein Polizeifahrzeug durch Maprao gefahren war, kurz bevor unser Laden in die Luft flog. Standen wir allein gegen die versammelte Polizeimacht?

Aung versprach, mich anzurufen, sobald er von Shwe hörte. Insgeheim hofften wir, das würde sich noch etwas hinziehen, weil wir auf die meisten Eventualitäten noch nicht vorbereitet waren.

KAPITEL ZEHN

Something in the way she moos

»Something«
George Harrison

Da wir schon in Pak Nam waren, drängte ich auf einen kleinen Abstecher zum Internetcafé. Leider war es die denkbar ungünstigste Zeit dafür. Der Laden war voll mit Zelda-Kriegern, Online-Autodieben und Leuten auf der Suche nach mangaäugigen Japanerinnen. Wir brauchten einen Trick, und meine Task Force brauchte Übung. Opa Jah marschierte rein wic ein wütender Wolf, zeigte seinen Ausweis und steckte ihn schnell wieder ein, bevor jemand erkennen konnte, dass es sich um seine Rabattkarte für den Supermarkt handelte. Arny und Waew fächerten hinter ihm aus, sodass es nach einer Razzia aussah.

»Okay. Alle Mann Finger weg von den Computern!«, sagte Opa.

Stuhlbeine scharrten, und Kinder hoben ihre Arme.

»Wer sind …«, setzte der Besitzer an.

»Hat man dich nicht gewarnt, Söhnchen?«, fragte Opa und blätterte rüde durch die Papiere auf dem Tisch des jungen Mannes. Waew fing an, die Kinder mit dem Gesicht zur Wand aufzustellen. Arny … sah aus, als wäre ihm das Ganze nur peinlich.

»Meinst du, wir kriegen nicht mit, was in Läden wie dem hier vor sich geht?«, fragte Opa. »Möchtest du eine Liste der illegalen Websites sehen, die von hier aus besucht wurden? Weißt du nicht, dass es Gesetze gibt, die verhindern sollen, dass Minderjährige sich Schmutz und radikales Geschwätz ansehen?«

»Ich habe keine …«, setzte der Besitzer an.

»Nein, hast du nicht. Aber Unwissenheit schützt nicht vor dem Gefängnis, mein Junge. Kommt schon! Raus mit euch, alle, wie ihr da seid!«

Selbstverständlich hatte Opa nie behauptet, er käme von offizieller Stelle, aber er besaß so eine Ausstrahlung. Während alle vor die Tür marschierten, kaperte ich einen Computer, der schon online war.

Alb, schrieb ich. *Ich suche eine Nichtregierungsorganisation, die sich um Birmanen kümmert und genügend politische und finanzielle Schlagkraft besitzt. Am besten auslandsfinanziert. Dringend.*

Während ich wartete, druckte ich Sissis Klassenliste auf dem Netzwerkdrucker aus. Während ich sie überflog, fiel mir an den Namen etwas Sonderbares auf. Hinter den meisten stand ein »m« oder »w«, um das Geschlecht anzuzeigen. Im ersten Semester wurde der Chaturaporn, den Sissi auf allen Listen von Noy gefunden hatte, als männlich bezeichnet. Doch im zweiten und in allen folgenden Semestern änderte man das in »weiblich«. Angesichts meines Familienhintergrunds war es nicht undenkbar, dass sich Mr. Chaturaporn zu einer Geschlechtsumwandlung entschlossen hatte, aber ich bezweifelte, dass es jemanden aus dem Land mit den weltweit besten Geschlechtsumwandlungskliniken ausgerechnet nach Washington ziehen würde, um den entscheidenden Schnitt zu machen. Es konnte sich um einen kleinen bürokratischen Irrtum handeln, aber ich wollte Sissi später bitten, sich noch mal darum zu kümmern. Ich sah mir gerade die Wettervorhersage für den Golf an, als Albs Antwort kam.

Wende dich an Piper Porterfield bei Hope For Myanmar, schrieb er. *Soweit ich weiß, vögelt sie George Soros, den Philanthropen. Das bringt ordentlich Hilfsgelder für die birmanische Sache. Und hübsche Titten hat sie auch.*

Männer. Gab es überhaupt noch Hoffnung für sie? Zum Glück hatte er statt der BH-Größe ihre Telefonnummer beigefügt. Ich rief sie an. Sie meldete sich fast sofort.

»Piper.«

Ich sagte ihr, wer ich war, wo ich war und worum es ging. Ich wusste nicht, ob sie Thai sprach, also griff ich auf mein aussprachebehindertes Englisch zurück. Die ganze Zeit über schwieg sie, und ich fragte mich schon, ob sie den Hörer auf den Schreibtisch gelegt hatte und zum Abendessen gegangen war. Aber ich redete immer weiter, bis ich zu Sawcc und den sieben eingesperrten Birmanen kam.

»Können Sie mich überhaupt hören?«

Es folgten eine Pause und ein Geräusch, das klang, als tippte sie auf eine Tastatur ein.

»Nur die sieben?«, fragte sie.

Ich glaube, sie war mir lieber, wenn sie den Mund hielt.

»Ja.«

»Das sind doch kleine Fische.«

Sie hatte einen Akzent wie Lady Di.

»Wie viele Leute müssen denn gekidnappt und ermordet werden, damit die Größe der Fische in Ihren Augen zunimmt?«, fragte ich.

»Tausende verschwinden jedes Jahr«, sagte sie. »Flüchtlinge werden auf ihrem Weg zu den Lagern in Thailand von der Junta massakriert. Kinder aus Baustellen-Slums entführt. Und so weiter und so fort. Berichte wie Ihren bekomme ich jeden Tag. Die Situation ist selbstverständlich tragisch, aber die Ressourcen, die man bräuchte, um zu helfen, würden den Nutzen weit übersteigen.«

Ich wusste nicht, ob ich ihre Ehrlichkeit bewunderte oder sie dafür hasste.

»Mit ›Nutzen‹ meinen Sie offenbar etwas, das wichtiger ist als Menschenleben«, vermutete ich.

»Hören Sie, es tut mir leid. Bei dieser Arbeit neigt man dazu, den Tod zu trivialisieren. Es hilft. Der Nutzen, von dem ich rede, sind die Faktoren, die dazu beitragen, die Weltmeinung zu beeinflussen. Birma besitzt keine natürlichen Ölvorkommen, die man vor einem Tyrannen retten müsste, also bleibt uns nur, mit der Zeit die Empörung auf sozialer Ebene zu schüren, bevor wir auf eine internationale Intervention hoffen dürfen. Haben wir erst politische Unterstützung, können wir vielleicht mehr Menschen retten als mit kleinen Polizeiaktionen im abgelegenen Süden.«

»Ich dachte, Sie hätten ein Budget für solche Aktionen.«

»Haben wir auch. Aber wir haben Anweisung, die Wirkung unserer Aktionen so weit wie möglich zu maximieren. Ein Problem auszuwählen und es auf internationaler Ebene zu humanisieren. Um so viele Herzen wie möglich zu erreichen. Einmal haben wir eine Rettungsaktion auf See durchgeführt, aber sie fand so weit draußen statt und war so schnell vorbei, dass wir in der Weltpresse damit kaum Wellen geschlagen haben. Es war ein sehr teurer Fehler.«

Ein paar Sekunden lang war ich wie bewusstlos. Als ich zu mir kam, fragte ich: »Arbeiten Sie mit Leuten im Thailändischen Polizeiministerium zusammen?«

»Sicher. Wir fördern deren Sektion für internationale Tagelöhner.«

Bei dem vielen Geld sollte man doch meinen, dass ihnen was Schmissigeres einfallen würde als SIT.

»Und was machen die?«, fragte ich.

»Sie geben Informationen an die Presse. Sammeln relevante Berichte aus der Polizeidatenbank.«

»Sind die auch bewaffnet?«

»Wie meinen Sie das? Es sind alles ausgebildete Polizeibeamte.«

»Ich meine, gehen die los und erschießen Leute?«

»Nein … nein, erschießen nicht. Einige Beamte der Einheit haben auch konkrete Fälle zu bearbeiten.«

»Und an die könnte man sich wenden, wenn ein massiver öffentlicher Aufschrei zu erwarten wäre? Sie würden zum Tatort eilen, wenn er im Blick der Öffentlichkeit stünde und weltweites Publikum garantiert wäre?«

»Ich vermute … ja.«

»Gut. Dann war dieses Gespräch doch keine Zeitverschwendung. Ich melde mich bei Ihnen.«

Das Problem bei Handys ist, dass man den Hörer nicht aufknallen kann, ohne sich den Unterkiefer zu brechen. Je größer die Organisationen, desto weniger schienen sie mit den echten Menschen zu tun zu haben. Und von der UNO will ich da lieber gar nicht erst anfangen. Ich brauchte doch nur ein paar Tausend Dollar für Schusswaffen, dann könnten wir den Rest allein erledigen. Diese Sklaventreiber aus dem Golf bomben. Aber nein, wahrscheinlich wusste die blöde Kuh nicht, wie sie das in ihrem Jahresbericht unterbringen sollte.

Ich sammelte meine Ausdrucke und meine Familie samt Captain Waew ein, ließ die Nerds, die nun auf der Straße herumlungerten, hinter mir und kehrte zu unserem Pick-up zurück. Wir waren auf uns allein gestellt, taktisch gesehen, aber ich wagte nicht, es meiner Task Force mitzuteilen. Ich fühlte mich damit schrecklich einsam. Aufzugeben schien mir plötzlich gar keine schlechte Idee zu sein. Während Opa uns ganz langsam durch den Nieselregen nach Hause fuhr, sah ich mir meine Truppe an. Arny machte mit, weil er seine Freundin beeindrucken wollte. Opa und Waew waren an Bord, weil sie sich an ein paar Schlägern rächen wollten. Keiner von uns konnte die Birmanen besonders leiden. Und sobald das Viagra nachließ, hätte ich vielleicht nicht mal mehr ein persönliches Interesse. Was war es also? Wieso konnte ich diesen Drang nicht abschütteln, etwas Selbstmörderisches zu tun? Regentropfen rannen über meine Seitenscheibe, und ich starrte ins Leere. Vor meinem inneren Auge sah ich das Gehabe der Rattenbrüder und die homophobe Schikane von Lieutenant Egg, und ich dachte daran, warum ich Kriminalreporterin geworden war. Wenn die Guten genauso böse waren wie die Bösen, wer brachte dann noch Gerechtigkeit in unsere korrupte Welt? Wen konnte man noch respektieren? Wo war die Stimme der Vernunft, die auf das Gewissen der unentschlossenen Jugend einwirkte? Wer sonst trat dafür ein, dass die Worte *Hinterlist* und *Unaufrichtigkeit* und *Selbstsucht* nicht inspirierend wirkten? Wer anders als die Presse? Deshalb war ich Journalistin geworden, und deshalb habe ich mich der Kriminalreportage verschrieben. Um unseren wackligen Status quo zu stützen. Um der Ansicht entgegenzuwirken, dass die größten Verbrecher immer ungeschoren davonkommen.

Menschen, die von Sklavenhändlern mit dem Tod bedroht wurden, sollten nicht allein auf der Welt sein, ohne Hoffnung auf einen Helden, der angeflogen kommt, um sie zu retten. Aber da draußen auf dem Meer wurden nur Möwe und Krabbe Zeugen des Verbrechens. Es war eine endlose, gesetzlose Weite und schwer vorstellbar, dass sich ein Verbrecher dort nicht unangreifbar fühlte. Wer interessierte sich schon dafür, was er tat?

Ich.

Ich bin mir nicht sicher, ob irgendwer diese Eruption moralischer Würde bemerkte, die den Mighty X erschütterte. Ich hatte das Gefühl, es wäre an der Zeit, den Teamgeist ein wenig zu stärken.

»Okay, Leute«, sagte ich. »Jetzt wird's ernst. Wie ist der Stand der Dinge?«

Ich hatte die alten Knaben und ihr detektivisches Tagwerk ganz vergessen. Weil sie nichts erzählten, ging ich davon aus, dass sie bei den thailändischen Bootsbesitzern kein Glück gehabt hatten. Daher war ich überrascht, als Captain Waew – mit einem Zucken – sagte: »Allgemeine Meinung ist, dass die Boote aus Bangkok für die Schandtaten verantwortlich sind. Im letzten Jahr wurden überraschend zwei neue Konzessionen ausgegeben, durch Senatorenerlass oder wie man das nennt. Jedenfalls gibt es immer wieder einflussreiche Leute, die trotz gültiger Vereinbarungen mit der Fischereibehörde zur Begrenzung der Lizenzen diesem oder jenem Verwandten eine Genehmigung zuschanzen. Die pachten Schiffe und bringen sie weit raus auf den Golf. Dann machen sie so viel Profit wie möglich, bis zur nächsten Wahl, bis der neue Minister ihnen dann die Lizenz entzieht und sie seiner eigenen Sippschaft zukommen lässt.«

»Habt ihr irgendwelche Namen von diesen Schiffen rausgekriegt?«, fragte ich.

»Der Kontaktmann wusste nichts Genaueres, also habe ich die Fischereibehörde angerufen. Die faxen mir eine Liste von allen neu registrierten Booten der letzten Jahre. Die lokalen Bootsbesitzer sind nicht glücklich, dass die Fremden herkommen, die Schutzzonen ignorieren und sich in jeder Hinsicht wie Arschlöcher aufführen. Die Kapitäne der größeren Schiffe aus dem Süden sind auch keine Heiligen, aber sie wissen aus Erfahrung, wie sich die Überfischung auf ihre Industrie ausgewirkt hat.«

»Es mag ja eine blöde Frage sein«, sagte ich, »aber gibt es denn überhaupt gar keine polizeiliche Aufsicht auf dem Meer?«

»Ich habe einen alten Seemann gefunden, der mir alles über die Küstenwache erzählt hat«, sagte Opa. »Nur dass er sie Büstenwache nannte. Sie haben zwei Boote, um ein Gebiet von zweitausend Quadratkilometern zu bewachen. Und sie haben kaum Geld für Benzin, also sind sie auf Spenden angewiesen.«

»Sag es nicht«, sagte ich. »Von den Besitzern der großen Schiffe.«

»Das wäre die korrekte Antwort.«

»Aber wenn sie die großen Schiffe nicht im Auge behalten, was machen sie dann?«

»Nach allem, was man hört, tuckern sie im flachen Wasser herum und schikanieren die kleinen Fischer. Belegen sie mit Bußgeldern für geringfügige Verstöße.«

»Während die großen Schiffe ungestraft das Gesetz brechen«, sagte Waew.

»Das scheint mir alles … ich weiß nicht … zu groß für uns«, sagte Arny, der keine Gelegenheit ausließ, seinen Pessimismus unter Beweis zu stellen.

»Ich glaube, es wäre machbar«, sagte ich.

»Wie denn?«, fragte Opa, drehte sich um und funkelte mich mit seinem finsteren Opa-Jah-Blick an, obwohl er Auto fuhr.

Der Mighty X hatte im Grunde gar keine Rückbank. Die

Bezeichnung »Viersitzer« war nur ein Verkaufstrick. Wenn man zwei Minenopfer mitnehmen wollte, wäre es sicher das perfekte Fahrzeug. Aber alle, die Beine hatten, mussten diese um den Vordersitz schlingen. Da Arny den halben Innenraum einnahm, waren wir in der Enge zu viert miteinander geradezu intim. Man konnte die mangelnde Zuversicht riechen.

»Ich weiß noch nicht, wie«, sagte ich. »Aber ich weiß, dass es eine Möglichkeit geben muss.«

Als wir zu unserer Ferienanlage kamen, hatte sich das Meer etwas zurückgezogen, aber der Neo-Mekong hinterm Haus war breit genug, dass Schaufelraddampfer ihrem Gewerbe hätten nachgehen können. Nur die Seitenwände der Brücke waren noch zu sehen. Vor hundert Jahren hätte das viele Wasser seinen Weg ungehindert ins Meer gefunden, aber Idioten wie unsere Vorfahren hatten ihre Häuser mit Meeresblick gebaut und Land aufgeschüttet, und der Abfluss von den Hügeln war auf neunzig Zentimeter dicke Rohre beschränkt, die unter Wegen und Palmenplantagen und Häusern hindurchflossen. Den Monsunfluten mangelte es an Geduld. Wenn's schnell gehen muss …

Wir parkten den Wagen auf dem Buckel der Straße, fünfzig Meter von der Anlage entfernt, und ich hetzte hinunter zur Küche. Schließlich hatte ich Küchendienst. Da Ebbe war, musste ich nicht mehr zwischen Speisekammer und Herd hin- und herwaten. Den ganzen Tag über hatten wir keinen Strom gehabt, also kam auf die Speisekarte, was im dunklen Kühlschrank am besten roch. Das meiste stand kurz vor der Verwesung. Die Ereignisse dieses Tages hatten dazu geführt, dass ich nicht da gewesen war, als die Noys mit dem Postmotorrad zurückkamen. Ich hatte Mair von unterwegs angerufen, und sie hatte mir erzählt, dass die beiden kaum was essen wollten. Es tat ihnen leid, dass sie weggelaufen waren. Also beschloss ich, ein Abendessen zuzubereiten, das sowohl nahrhaft als auch wohlschmeckend war. Glücklicherweise war unsere Gasleitung nicht den Schrullen der Natur ausgeliefert, und so hatte ich mein berühmtes scharfes Ingwer-Hühnchen schon halb fertig, als Sissi anrief.

»Wie sieht's aus?«

»Ich stehe im Halbfinale des Tischtennisturniers. Anscheinend gehört das zu den Fähigkeiten, die man nicht verlernt.«

»Ich dachte, deine Muskeln wären nach all den Jahren vorm Computer verkümmert.«

»Du bist vielleicht altmodisch. Seit sechs Monaten sitze ich auf einem Hometrainer vor dem Rechner. Wahrscheinlich bin ich inzwischen schon nach Schanghai und wieder zurück geradelt. Ich musste mich doch für Seoul in Form bringen.«

»Hast du Langeweile?«

»Es ist nicht ganz so spannend, wie ich es mir erhofft hatte.«

»Ist dein Flug gecancelt?«

»Alle Flüge sind gecancelt.«

»Darfst du den Flughafen verlassen?«

»Die Gelbhemden haben eine Flotte von Shuttlebussen organisiert. Man kann sich innerhalb Bangkoks hinbringen lassen, wo man will, kostenlos.«

»Und warum bist du dann noch da?«

»Was soll ich in Bangkok? Da ist es fürchterlich.«

»Du baust immer noch darauf, dass irgendwas passiert, was du deinen Enkelkindern erzählen kannst, stimmt's?«

»Ich mache mir Notizen. Das einzig Aufregende waren bisher die Rempeleien und das Gebrüll der entnervten Passagiere – und meine Pingpong-Siege. Da gäbe es vielleicht noch ein bisschen was auszuschmücken.«

»Also hättest du jetzt Zeit?«

»In zwanzig Minuten habe ich mein nächstes Match. Ein Gepäckverlader. Kräftige Handgelenke. Süßes Lächeln.«

»Na gut. Pingpong ist nicht so wichtig. Erinnerst du dich an die Berichterstattung aus dem Irak-Krieg? Ein Journalist sitzt mitten in der einsamen Wüste. Weit und breit kein Sendemast in Sicht. Trotzdem fährt er sein Notebook hoch und gibt einen Livebericht. Die Bilder sind wacklig, und manchmal fehlen halbe Sätze. Aber man kann ihn sehen, live aus dem Niemandsland.«

»Seitdem hat sich in der Technik einiges getan.«

»Aber würde es auch funktionieren, wenn man – sagen wir – mitten auf dem Meer wäre?«

»Dasselbe Prinzip. Solange du in einem BGAN-Netzwerk mit mehreren Interfaces bist, in dem du auch eine WLAN-Verbindung hast.«

»Okay. Ich habe keinen Schimmer, was du da eben gesagt hast. Ich brauche keine Seriennummern und Lagerbestandszahlen. Wo kriege ich ein Gerät her, das so was kann?«

»Könntest du nicht einfach aufzeichnen?«

»Nein, es muss live sein.«

»Dann brauchst du ein Satellitentelefon mit ausgeweitetem Funktionsbereich für mehrere Anwender. Von Thrane & Thrane gibt es da …«

»Schon gut. Woher krieg ich so ein Ding?«

»Man spaziert nicht einfach in ein Kaufhaus und nimmt eins mit. Und ganz bestimmt steht so was nicht im Regal bei Tesco in Lang Suan. Normalerweise muss man es bestellen. Wann brauchst du es?«

»Morgen. Vielleicht schon eher.«

»Ich spüre menopausale, heterosexuelle Unrast. Hol tief Luft und erzähl deiner großen Schwester mal, was du eigentlich vorhast.«

Das Abendessen wurde mit einem sehr guten Karton von chilenischem Roten im Zimmer unserer Freundinnen aus Bangkok serviert. Da ich sie nicht mit allzu vielen störenden Besuchern überfordern wollte, hatte ich dem Rest meiner Familie gesagt, er sei nicht eingeladen. Das war *mein* Ding. Im zitternden Licht einer Öllampe – während der Regen gegen die Scheiben prasselte – sahen die Noys aus, als hätte man sie ihrer natürlichen Schönheit beraubt. Ohne Strom hatten sie weder duschen noch sich föhnen oder überhaupt von den Strapazen des Tages erfrischen können. Es war nicht zu übersehen, wie hilflos sie wirkten, wie die letzten beiden Eisbären auf der allerletzten Scholle. Sie machten sich nicht mit dem Heißhunger über ihr Ingwerhühnchen her, den dieses meiner Ansicht nach verdient hatte. Mir kam es vor, als würde ich für drei essen.

Zwischen den Bissen fragte ich: »Wohin wolltet ihr denn eigentlich von hier aus?«

Keine von beiden antwortete.

»Ich denke, ihr wisst, wie verletzend euer kleines Drama heute war, oder?«, fügte ich hinzu. »Es war etwas zu spät, um uns nicht mehr zu vertrauen. Wenn wir euch verraten wollten, hätte man euch schon längst abgeholt.«

»Das war nicht der Grund«, sagte Noy. »Wir tun es ja. Wir vertrauen euch. Wir mögen euch wirklich. Wir fühlen uns hier sicher. Wir wollten nicht weg.«

»Dann … wieso?«

»Wir hatten Angst um euch«, sagte Mamanoy. »Wir hatten Angst, dass sie uns finden und euch etwas antun, weil ihr uns beschützt habt.«

Ich wollte dringend wissen, wer »sie« waren, aber angeblich kannte ich die ganze Geschichte ja schon. Wenn ich meine Ahnungslosigkeit zugab, würden sie kein Wort mehr sagen.

»Die sind nicht so mächtig, wie ihr glaubt«, mutmaßte ich.

»Woher willst du das wissen?«, fragte Mamanoy.

Gute Frage.

»Weil Macht eine Illusion ist. Die meisten Menschen, die hart tun, die … tun nur so.«

»Die nicht. Sie haben Leute, die uns suchen. Profis.«

»Wie könnt ihr das so genau wissen?«

»So funktionieren mächtige Menschen. Wer sein Gesicht verliert, muss seine Partner wissen lassen, dass er das Problem ›gelöst‹ hat. Es nicht zu tun wäre ein Zeichen von Schwäche.«

»Du meinst also, wegzurennen und sich zu verstecken, wäre eine Lösung? Wie lange soll das gut gehen?«

»Bis jemand sterben muss«, sagte Noy leise.

Keiner von uns aß noch.

»Meinst du wirklich …?«

»Ich weiß, was sie von mir wollen. Wenn ich mich weigere, haben sie keine andere Wahl.«

Was da drüben in den Staaten auch passiert sein mochte, es hatte sie bis nach Hause verfolgt und traumatisiert.

»Sie haben uns schon eine Nachricht geschickt«, sagte Mamanoy.

»In welcher Form?«

»Wir haben zwei Katzen zurückgelassen. Bevor wir geflüchtet sind, haben wir unsere Nachbarn gebeten, sie zu nehmen. Wir dachten, sie wären in Sicherheit. Aber irgend… irgendjemand war im Haus der Nachbarn und hat unsere Katzen umgebracht.«

»Was? Aber das könnte doch auch die wahllose Tat eines Psychopathen gewesen sein«, sagte ich.

Ich kannte unendlich viele Leute, die liebend gern Katzen foltern würden.

»Die Nachbarn hatten selbst drei Katzen. Denen ist nichts passiert. Am nächsten Tag kamen ein paar Männer zu ihnen, die behauptet haben, sie wären Polizeibeamte, die wegen der Katzenmorde ermittelten. Aber die Nachbarn hatten es gar nicht gemeldet. Sie haben den Männern gesagt, dass sie uns nicht kennen. Sie hätten nur gesehen, dass die Katzen nicht gefüttert wurden, und sie deshalb bei sich aufgenommen. Die Beamten haben eine Telefonnummer hinterlassen und gesagt, sie sollen sich melden, wenn sie von uns hören.«

»Woher weißt du das alles?«

»Wir kennen unsere Nachbarn sehr gut. Der Mann hält E-Mail-Kontakt mit meinem Mann. Er schreibt ihm vom Büro aus.«

»Und von wo aus schreibt dein Mann?«

»Er geht in Internetcafés«, sagte Noy. »Jeder von uns hat ein Notebook, aber wir haben vereinbart, dass wir sie nicht mit Handy-Dongles benutzen. Und unsere Smartphones benutzen wir auch nicht. Alle zwei Tage rufen wir ihn von einer Telefonzelle aus an. Hier haben wir die am Ende der Straße genommen. Inzwischen steht sie unter Wasser. Normalerweise rufen wir ihn unter einer Festnetznummer in …«

»Schscht«, machte Mamanoy und lief sofort rot an.

Ich lächelte.

»Sei mir nicht böse«, sagte sie.

»Kein Problem«, gab ich zurück.

Wenn die Paranoia erst mal da ist, kann man sie nur schwer beherrschen.

»Wir wussten, dass sie nach Mutter, Vater und Tochter suchten, also sind wir in unterschiedliche Richtungen gefahren«, sagte Noy. »Wir haben den Highway 41 genommen. Hinter Hua Hin sind wir dann lieber nachts über die Landstraßen gefahren, um den Highway-Kameras zu entgehen. Wir haben uns kleine Motels wie eures gesucht, um uns tagsüber auszuruhen. Wir sind vorbeigefahren, haben die Nummernschilder abgenommen und sind zurückgefahren. Wir wollten nicht, dass irgendjemand unser Kennzeichen melden konnte. Wir blieben nur dort, wo man unsere Ausweise nicht sehen wollte. An dem Tag, als wir hier ankamen, waren wir die ganze Nacht durchgefahren. Wir hatten an zwei Motels gehalten, wo die Leute meinten, sie müssten unsere Ausweisdaten notieren. Sie meinten, es sei Vorschrift.«

»Na, jetzt seid ihr ja hier«, sagte ich. »Und ich möchte nicht, dass ihr noch öfter solche Sachen macht wie heute. Jetzt überlegt mal. Habt ihr in Pak Nam irgendwas getan, womit ihr Aufmerksamkeit erregt haben könntet?«

»Nein«, sagte Noy.

»Erzähl mir genau, was ihr da gemacht habt.«

»Wir haben auf den Überlandbus gewartet und festgestellt, dass wir kein Geld mehr hatten. Den Rest hatten wir deiner Mutter für das Zimmer gegeben. Das Auto haben wir stehen gelassen, weil wir das Benzin nicht mehr bezahlen konnten.«

»Wo habt ihr zum letzten Mal eure Kreditkarte oder einen Geldautomaten benutzt?«

»In Hua Hin.«

»Das ist vierhundert Kilometer weit weg. Im Prinzip könnten sie eure Spur bis dahin verfolgen. Sie bräuchten nur jemanden bei der Bank, der sich die Kontobewegungen ansieht. So oder so gehen sie wahrscheinlich davon aus, dass ihr Richtung Süden gefahren seid. Und seit Hua Hin?«

»Alles in bar.«

»Wir haben die Kosten für Essen und Benzin unterschätzt«, sagte Mamanoy. »Wir hätten mehr mitnehmen sollen. Genug, um bis nach Malaysia zu kommen. Wir hatten gehofft, wir könnten heute Geld aus dem Automaten ziehen und in irgendeinem Bus sitzen, bevor sie uns aufspüren.«

»In Pak Nam habt ihr es also mit dem Automaten probiert, aber der ging nicht. Ihr habt versucht, Geld über eure Kreditkarte abzuheben, aber die wollten einen Bürgen. Die Bank hat bei uns angerufen. Ganz bestimmt hat niemand eure Kartennummer notiert oder um persönliche Angaben gebeten?«

»Niemand«, sagte Noy.

»Gut.«

»Nicht in der Bank.«

Ich stöhnte auf.

»Woanders?«

»Ich habe einen Brief per Express geschickt, während wir darauf gewartet haben, dass man uns hierher zurückbrachte.«

»Wie habt ihr dafür bezahlt?«

»Haben wir nicht. Ich habe dem Postbeamten gesagt, ich hätte meine Brieftasche bei euch im Motel liegen lassen. Als wir herkamen, habe ich mir das Geld von deiner Mutter geliehen. Wir zahlen es zurück.«

»Ich hoffe, du hast nicht deinen richtigen Namen als Absender angegeben.«

»Das Feld habe ich auf dem Formular freigelassen.«

»Gut. Expresspost kann man nämlich zurückverfolgen. Deshalb kostet es extra. Sobald wir wieder Strom haben, geben sie die Details ins System ein.«

Langsam wurde ich genauso paranoid wie die beiden. Ich meine, wer würde denn die Sendungsinformationen der Eilpost hacken?

»Bitte sag, dass du nicht unser Motel als Absender angegeben hast.«

»Natürlich nicht«, sagte Noy. »Ich habe c/o Postamt hingeschrieben.«

»Na, das ist schon mal gut, glaube ich.«

»Mair!«, rief ich. Ich konnte mich selbst kaum hören. In zwanzig Metern Entfernung grub ein Bagger einen breiten Entlastungsgraben für den entfesselten Fluss. Die Ortsverwaltung hatte beschlossen, dass mein Gemüsegarten dafür genau die richtige Stelle war. Ich sah Mair auf der Veranda ihrer Hütte, von Tieren umringt wie eine nette Dame in einem alten Disneyfilm. Die drei Hunde rangelten mit ihr. Sticky hatte die kleine Beer gleich in sein Herz geschlossen und schien nicht zu merken, wie krank sie war. Selbst die ungesellige Gogo raufte mit Mair. Der Affe lümmelte auf dem Tisch herum und schälte kleine Zuckerbananen. Eine Kröte hüpfte unbehelligt über die Planken. Zwei wagemutige Sittiche hockten auf dem Geländer gegenüber und warteten darauf, dass etwas Banane herunterfiel, und eine ganze Kohorte von Geckos klebte an der Decke, in der Hoffnung, dass jemand das Licht anknipste. Die Petroleumlampe lockte Insekten an und frikassierte sie, sobald diese es heil durch den Nieselregen geschafft hatten.

»Mair!«

Gogo knurrte. Die anderen ignorierten mich.

»Ja, Kindchen?«

»Hast du die Nummer von deinem Freund beim Postamt?«

»Nat? Natürlich habe ich die.«

»Kannst du sie mir geben?«

»Sie ist in meinem Telefon.«

»Wo ist dein Telefon?«

»In Phuket.«

»In Phuket?«

»Davon gehe ich aus. Ich habe Kontakt zum Rehabilitationszentrum für Gibbons in Bang Pae aufgenommen. Ich hatte ein paar Fotos von unserer kleinen Elain gemacht und wollte, dass sie sich die mal angucken. Um zu sehen, ob sie sie aufnehmen können.«

»Und da hast du kurzerhand das Telefon in einen Umschlag gesteckt, damit sie sich die Fotos ansehen können.«

»Bestimmt gibt es eine Möglichkeit, nur die Bilder zu schicken, aber ich konnte sie ums Verrecken nicht aus dem Handy rauskriegen. Sollen die in Phuket ihr Glück versuchen.«

»Hast du es denn wenigstens ausgemacht?«

»Das Telefon? Selbstverständlich. Hältst du mich denn für völlig unselbstständig? Tierschutzaktivisten wissen bestimmt, wie man ein Telefon anstellt.«

Sticky paarte sich mit Mairs Fuß. Für einen so kleinen Burschen hatte er eine beeindruckende Erektion. Ich musste mich abwenden.

»Mair, ich glaube, die Hunde regen sich etwas zu sehr auf.«

»Nun, da hat wohl ein gewisser Jemand heute keinen Abendspaziergang mit ihnen gemacht, was?«

»Mair, ich habe im Moment ziemlich viel um die Ohren.«

»Ich verzeihe dir, Schätzchen.«

»Hast du Käpt'n Kow irgendwo gesehen?«

Sie zuckte zusammen. »Nein. Wieso sollte ich?«

»Ich wollte nur mit ihm reden.«

»Er wird dir nichts erzählen.«

Eins kann ich sagen: »Schräg« ist ein Zustand, der sich nur schwer vermitteln lässt. Sollte ich jemals Jahre an eine Dissertation vergeuden, würde ich wahrscheinlich untersuchen wollen, welche frühen Anzeichen auf die Unabwendbarkeit von Alzheimer hindeuten. Mair war schon immer so eigen gewesen. Es ging ihr genau wie mir. Ihre Mitschüler und Kommilitonen hatten sie bestimmt gemocht. Sie war lustig, freundlich, aber zu anders, um sich so einer Clique anzuschließen, die auch später im Leben noch zusammenhält. Im alten Schülernetzwerk war kein Platz für Jitmanat Gesuwan. In ihren Jahren als kommunistische Partisanin im Dschungel hatte sie Außenseiter mit ähnlicher Gesinnung gefunden, von denen die meisten auf gesellschaftliche Anerkennung aus waren, sobald sie den Waffenstillstand unterschrieben hatten.

Mair war nie scharf auf gesellschaftliche Anerkennung gewesen. Das mochte ich an ihr. Ihre vollkommene Missachtung der thailändischen Etikette. Dass es ihr egal war, was die Leute von ihr dachten. Sie war so ganz anders als alle anderen Mütter. Zu Elternabenden kam sie in Shorts, mit T-Shirt und Boots. Ungeschminkt. Schmucklos. Unbeschwert von oberflächlichen Bedenken. Ohne jede Show.

Und wenn die Schulleiterin etwas Dummes sagte – und das taten sie alle, und jeder im Saal merkte es –, dann hob Mair die Hand. Und Mair sagte, was alle dachten. Verdammt, habe ich sie geliebt an diesen Abenden. Es war mir egal, dass ich die Tochter einer sonderbaren Frau war. Ich trieb es auf die Spitze. Mein stets dunkelbrauner Nagellack zum Beispiel. Hätte irgendjemand anders das versucht, hätte man ihn vor die Direktorin gezerrt. Aber ich? Ich war »die Tochter«. Ich brauchte Toleranz. Wahrscheinlich gab es Lehrerkonferenzen, bei denen es nur um mich ging. Ich war in den meisten Fächern sehr gut, sodass das Mutter-Tochter-Verhältnis mir offenbar nicht schadete. Es machte mich nur kulturell zweifelhaft. Wäre Mair Chinesin oder *farang* – eine weiße Ausländerin – gewesen, hätte die Schule kein Problem gehabt, mich einzuordnen. Prahlerei war unter Ausländern verbreitet. Mein Defekt bestand darin, dass ich Thai war, ein Kind thailändischer Eltern aus einer unerschöpflich langen Reihe von thailändischen Vorfahren. Sie schoben das Malheur, das ich darstellte, auf meine Mutter. Wir passten beide nirgendwo dazu. Wir waren unsere eigenen Wege gegangen. Ich in die unerschöpfliche Wissbegier. Sie in die … wo immer sie inzwischen gelandet sein mochte. Hin und wieder kam sie zurück und besuchte uns auf der Erde, aber ich wusste, sie kannte einen besseren Ort. Ich fragte mich nur, ob ich auch auf dem Weg dorthin war.

Die Äffin, alias Elain, kletterte vom Tisch und fing an, meiner Mutter imaginäre Läuse aus dem Haar zu pulen.

»Ich habe einen Raum gemietet«, sagte Mair.

»Wofür?«

»Unsere birmanische Schule.«

»Mair, wir haben kein …«

»Keine Sorge. Es sind nur hundert Baht im Monat.«

»Ach? Was für einen Raum kriegt man denn für den Preis von drei Rollen Klopapier?«

»Na ja, als ich Raum sagte, meinte ich vielleicht eher Platz. Es ist die ungenutzte hintere Ecke der Eisfabrik unten am Hafen.«

Dieselbe Fabrik, die ich besucht hatte.

»Wäre das nicht etwas zu laut?«

»Es ist ein Anfang. Und schlecht anzufangen ist besser, als überhaupt nicht anzufangen.«

Das stimmte natürlich so was von überhaupt nicht.

Ich bezweifelte, dass mein Fernseher sehr viel unterhaltsamer gewesen wäre, hätten wir denn Strom gehabt. Ich lag auf meinem Bett und starrte ihn trotzdem an. Auf dem Bildschirm spiegelte sich das matte Leuchten der glimmenden Moskito-Spirale neben mir am Boden. Die Dunkelheit hinter dem Fenster hatte etwas Endgültiges. Das passte mir gut. Ich brauchte eine leere Tafel.

Der Reihe nach.

Die Noys. Eine Familie der oberen Mittelklasse. Vater erfolgreicher Geschäftsmann. Mutter Leiterin einer großen Vorstadtschule. Tochter ein kleiner Einstein. Sie bekommt ein Stipendium für ein Studium in den USA. Nur mit Ach und Krach schafft sie es bis ins letzte Jahr, doch dann macht sie das beste Examen von allen. Statt jedoch begeistert zu sein, rennt sie weg, ohne ihr Zeugnis abzuholen, und taucht irgendwann in Thailand wieder auf. Daraufhin muss ihre ganze Familie fliehen, weil irgendwelche Leute hinter ihnen her sind. Hätte ich nicht solche Probleme mit Klischees, hätte ich mir an dieser Stelle vielleicht gesagt, dass mir offensichtlich Informationen fehlten. Also ließ ich es sein. Obwohl es stimmte. Ich überlegte, ob vielleicht die Spielschulden des Vaters etwas damit zu tun hatten. Aber wieso sollte dieses Problem Noy bis in die Staaten verfolgen? Ich fragte mich, ob Noy tatsächlich auf den Strich gegangen war, um ihre Ausbildung zu bezahlen. Was wäre, wenn es ihr mit dem Studium plötzlich ernst geworden war und sie – ich weiß nicht – einen Termin mit einem saudischen Ölscheich sausen ließ? Aber wie viele Luden aus D. C. besaßen ein Netzwerk, das die Noys bis ganz nach Thailand verfolgen konnte? Und was war mit diesem mysteriösen Freund und der Geschlechtsumwandlung? Wie konnte dem Sekretariat einer der angesehensten Universitäten des Landes ein solcher Fehler unterlaufen? Genau da wollte ich ansetzen.

Ich knipste meine wiederaufladbare elektronische Sturmlampe an – made in Taiwan. *Garantiert acht Stunden tagähnliches Licht.* Auf dem Karton war Saddam Hussein mit seinen Offizieren abgebildet, die in einem unterirdischen Bunker im Licht des Shinomax Pläne schmiedeten. Das Ding tauchte mein Zimmer einen Augenblick lang in eindrucksvoll warmes Licht, bevor es nur noch ein dämmriges Glimmen von sich gab. Es reichte gerade, um den Stapel von Ausdrucken durchzublättern, die Sissi mir aus Chiang Mai gemailt hatte. Sie hatte sich zu fast allen Akten in Georgetown Zugang verschafft. Da gab es Geschäftsakten, Kursanmeldungen und das, wonach ich suchte – die Studentenlisten. Ich fand den Namen Chaturaporn auf den Listen sämtlicher Seminare, die Noy belegt hatte. Tatsächlich begann er seine akademische Laufbahn als Mr., bevor er im zweiten Semester als Miss geführt wurde. Das wäre mir wohl ein Rätsel geblieben, wäre ich nicht auf eine Liste von Einzahlungsbelegen der Auslandsstudenten gestoßen. Ich staunte nicht schlecht, als ich sah, was ein Auslandsstudium kostet. Kein Wunder, dass man mich auf die Sydney Tech geschickt hat. Geschäftsunterlagen interessierten mich nur selten, aber diese eine Liste hatte zwei faszinierende Entdeckungen zu bieten, bei denen ich ganz weiche Knie bekam.

Die erste war der Grund, wieso das Sekretariat unsere Miss Chaturaporn ursprünglich als Mann eingestuft hatte. Man war stillschweigend davon ausgegangen, dass Thailänder nicht buchstabieren konnten. Zugegebenermaßen können wir das auch nicht. Doch das war bei Chaturaporns Zahlungsbeleg nicht der Fall. Der Name lautete nicht MR Chaturaporn, sondern ML Chaturaporn. Das Sekretariat hatte sich die Freiheit genommen, die Buchstabierung zu berichtigen, aber jeder, der in unserem Land aufgewachsen ist, wüsste, dass es kein Irrtum war. ML war ein wichtiger Hinweis. Es ließ die ganze Sache in einem völlig neuen Licht erscheinen.

Gerade wollte ich die Details der Überweisungen beiseitelegen und mich wieder der Liste widmen, als ich auf die zweite erstaunliche Information stieß. Den Belegen nach zu urteilen, hatte ML Chaturaporn ihre Studiengebühren über die Bangkok Bank Corporation erhalten. Das warf die Frage auf, von wem eigentlich das Geld für Noys Studium stammte. Allerdings hatte ich nicht erwartet, was ich finden würde. Die Überweisung kam vom selben Konto. Die Bankdaten der beiden Mädchen waren identisch. Und wie damals bei meinem allerersten Orgasmus von einem gänzlich unerwarteten Spender sah ich in diesem Moment Sterne. Ich wollte schreien. Ich wollte die *Chiang Mai Mail* anrufen und sie daran erinnern, was für eine großartige Leitende Kriminalreporterin ich gewesen wäre. Aber ich durfte natürlich nicht hinausposaunen, was ich herausgefunden hatte. Allerdings konnte ich die Übeltäter damit konfrontieren.

Mein Shinomax hatte kaum mehr als eine graue Pfütze von Licht zu bieten, der ich zu den Noys folgte. Es kam mir vor wie Mitternacht in Transsylvanien, aber mein Handy zeigte, dass es erst 20:37 Uhr war. Kerzen flackerten hinter den Vorhängen der Noys. Ich wusste, was sie angestellt hatten, und ahnte, wer hinter ihnen her war. Ich musste zugeben, dass sie erledigt waren. Ich sparte mir die Mühe anzuklopfen. Die Noys lagen auf ihren Betten und lasen im Kerzenschein. Da der Ventilator ohne Strom nicht ging, trugen sie nur hauchdünne Leibchen. Allerdings ließ ich mich von ihrem bezaubernden Äußeren nicht ablenken. Es schien sie nicht einmal zu überraschen, dass ich kam.

»Tut mir leid, Ladys«, sagte ich und setzte mich ans Ende von Mamanoys Bett. Beide kannten sie die Geschichte, also bestand meine Aufgabe an diesem Abend darin, ihnen zu bestätigen, dass auch ich sie kannte.

»Ich glaube, das Drama war folgendes«, begann ich. »Eine hochbegabte Schülerin wird von einer Familie engagiert, um deren ältester Tochter im Ausland als Studienfreundin zu dienen. Wobei sie dich sicher nicht wegen deiner zwischenmenschlichen Talente eingestellt haben. Du solltest die Kurse gemeinsam mit deiner neuen Freundin belegen. Vielleicht nennen wir sie … die Baroness. Zuerst war ich verwirrt, weil das Sekretariat sie im ersten Semester als männlich geführt und dann im zweiten das Geschlecht in weiblich geändert hat. Es kam mir seltsam vor, dass Universitätsangestellten ein solcher Fehler unterlaufen sein sollte. Aber eigentlich hatte unsere Miss Chaturaporn ML schreiben wollen. Wie ihr wisst, hat das nichts mit dem Geschlecht zu tun. Es ist die Abkürzung für *Mom*

Luang. ML Chaturaporn war ein Mitglied der königlichen Familie. Ich könnte mir vorstellen, dass ihr Vater ein sehr mächtiger Mann ist, aber das weißt du sicher selbst. Du warst der Schatten der kleinen Baroness. Und dafür, dass du ihrer Tochter freundlicherweise Gesellschaft leisten wolltest, haben sie sich bereit erklärt, die Spielschulden deines Vaters zu begleichen, die Hypothek auf euer Haus zu übernehmen und euch vor der drohenden Verarmung zu retten.«

»Jimm, ich glaube nicht …«, begann Noy.

»Ihr musstet vor den Tests oder bei der Abgabe nur eure Ausweise tauschen. Es würde mich nicht wundern, wenn ihr eure Namen die ganze Zeit über getauscht hättet. Ihr saht euch ziemlich ähnlich. Und für die Westler sehen wir Asiaten sowieso alle gleich aus. Okay, beim Rest könnt ihr mich bremsen, falls ich danebenliege. Deine Baroness war eine mittelmäßige, unmotivierte Studentin. Aber ihre Familie erwartete hervorragende Leistungen. Dieses System gibt es schon lange. So viele ihrer Vorfahren sind schon denselben Weg gegangen. Die superschlaue Studienfreundin. Absolut risikolos. Die Tochter macht ihren Abschluss mit Auszeichnung. Der Schatten fällt am Ende entweder durch, oder wenn er Glück hat, besteht er gerade eben mit schlechten Noten. Man muss nur dafür sorgen, dass der Schatten bis zum letzten Semester an der Uni bleibt. Vorher darf er nicht in allzu vielen Kursen durchfallen, weil sonst auch die reiche Mitstudentin nach Hause geschickt wird. Aber im letzten Semester braucht sie ihren Schatten nicht mehr, also kann sie, wenn ihr danach zumute ist, einfach nicht mehr zum Unterricht erscheinen. Am Ende fliegt der Schatten ohne Abschluss nach Hause. Kein Problem. Wen interessiert's?«

Die Noys sagten nichts. Ihre Gesichter verzerrten sich im Flackern des Kerzenscheins.

»Aber, Noy …«, sagte ich. »Dich hat es interessiert. Du warst eine ausgezeichnete Studentin. Der Stoff fiel dir leicht. Du gingst gern hin. Du warst in deiner Welt. Und am Ende jedes Semesters hast du ihr widerwillig deinen Studentenausweis ausgehändigt und dich mit der Zensur abgefunden, die sie freundlicherweise für dich hingepfuscht hat. Und was hat sie gemacht, während du gelernt hast? Sie war nachts in den Klubs unterwegs, stimmt's? Ist mit ihren High-Society-Freunden im BMW herumgegondelt. Und ich wette, sie hatte keinen Funken Respekt vor dir. Kein Wort des Danks nach den guten Noten. Du warst ihre Dienerin. Ihre Angestellte. Für dich und deine Familie war gesorgt. Wofür also sollte sie dankbar sein? – Aber es hat sich in dir angestaut«, fuhr ich fort. »Die ganze Ungerechtigkeit. Du wusstest, dass die Baroness dich abservieren wollte. Im letzten Semester kam sie kaum noch zum Unterricht. Du warst eine fabelhafte Studentin, aber die Leute sahen auf dich herab, weil du als Niete dastandst. Und nach drei Jahren warst du ein Vulkan. Die Erniedrigung blubberte in dir hoch, und du bist explodiert. Du bist in den Prüfungssaal marschiert, vorbei an der Baroness, die dir ihren Ausweis hinhielt. Und in diesem letzten Semester hast du alles gegeben, genau wie du es die ganze Zeit schon getan hattest, nur diesmal unter deinem Namen. Du hast die Untersuchung des studentischen Ehrengerichts mitgemacht, die mündliche Prüfung bestanden und die Schmach eines Lügendetektortests über dich ergehen lassen. Und all das, weil deine unkluge Courage völlig umsonst gewesen wäre, wenn man dir den Abschluss verweigert hätte. Du hast rotgesehen. Warst wie im Blutrausch. Und erst als alles vorbei war, hast du gemerkt, was du angerichtet hast. In welche Gefahr du deine Familie gebracht hast. Da hast du wahrscheinlich deine Eltern angerufen und ihnen alles gebeichtet. Es war keine kleine Sache. Du hast den Vertrag gebrochen. Entscheidender aber ist, dass eine ganze Dynastie ihr Gesicht verloren hat. Du hast eine jahrhundertealte Tradition der Lächerlichkeit preisgegeben. Und, Noy, weißt du was?«

»Was?«

»Gut gemacht. Scheiß auf die Tradition. Du bist eine echte Heldin. Das war ein Schlag ins Gesicht der Klasse, die glaubt, es sei ihr Erbrecht, das Gesetz zu brechen. Auf sich allein gestellt, ist die kleine Baroness vermutlich durchgefallen, und man versucht immer noch rauszufinden, woran sie eigentlich gescheitert ist. Die Uni weiß nur, dass sie eine herausragende Studentin war, die plötzlich versagt hat. Man wird ihr anbieten, die letzten Prüfungen noch einmal abzulegen, aber aus Gründen, die wir beide kennen, wird sie ablehnen müssen. Sie hat ihren Abschluss immer noch nicht, oder?«

Noy wurde rot und seufzte.

»Sie haben mich im Wohnheim besucht«, sagte sie. »Zwei thailändische Schläger mit Safarihemden … mitten in Washington. Sie haben mich gefragt, ob ich wollte, dass meinen Eltern etwas zustieß. Sie meinten, es wäre doch schade, wenn sie einen Unfall hätten. Die Typen gingen ganz nüchtern damit um. Sie meinten, ich müsste nur zum Dekan gehen und gestehen, dass ich meinen Ausweis mit *Mom Luangs* vertauscht hätte. Sie selbst hätte es gar nicht gemerkt, und alle meine Zensuren im letzten Semester seien eigentlich ihre. Natürlich wäre ich unehrenhaft aus Georgetown entlassen worden. Mein Name … der Name meiner Familie wäre beschmutzt. Also bin ich einfach weggelaufen. Ich bin per Greyhound-Bus Richtung Süden gefahren. Ich weiß nicht, warum. Es war alles ein bisschen zu viel für mich. Nach einer Weile wurde ich richtig paranoid. Ich war mir sicher, dass es Möglichkeiten gab, die Passagierlisten von Auslandsflügen einzusehen, also habe ich beschlossen, auf dem Landweg auszureisen. Ich habe mich einer Reisegruppe von taiwanesischen Studenten angeschlossen und bin im Durcheinander an der Grenze übersehen worden, weil der unterbezahlte Beamte der Einwanderungsbehörde mit der großen Gruppe überfordert war. So bin ich per Bus nach Mexiko eingereist. Es gab keinen Beleg für meine Einreise. Von Mexico City bin ich dann nach Hause geflogen. Ich glaube, dadurch haben wir gerade genug Zeit gewonnen, um untertauchen zu können. Die haben mich noch in den Staaten gesucht.«

»Ich respektiere, was sie getan hat«, sagte Mamanoy.

»Ihr habt eure Jobs und euer Zuhause verloren«, sagte ich.

»Das war alles schon verloren«, sagte sie. »Die Schulden meines Mannes … durch Noys Aufenthalt in Amerika wurde uns nur eine Galgenfrist gewährt. Mehr nicht. Als Teil der Vereinbarungen haben sie unsere Rechnungen beglichen, aber seitdem haben sie immer mehr Druck ausüben können. Mein Mann wird nie wieder in seiner Branche arbeiten. Er hat die volle Verantwortung übernommen.«

»Welch wundervoller Mensch. Ehrlich gesagt, staune ich, dass ihr noch zusammen seid.«

»Liebe ist …«

»Ja. Schon gut.«

»Eine Familie zu sein, ist alles, was wir haben.«

»Eine Familie zu sein, wird euch das Leben bestimmt erleichtern, wenn ihr auf der Flucht seid und euch bis ans Ende eurer Tage verstecken müsst.«

»Weißt du was Besseres?«

»Ich kann das wieder in Ordnung bringen«, sagte ich zuversichtlicher, als ich in Wahrheit war.

»Wie?«

Gute Frage.

»Was das angeht, gebe ich euch noch Bescheid«, sagte ich. »Wir haben Zeit. Vorerst seid ihr hier sicher. Wir können uns gemeinsam eine Strategie überlegen.«

Sie wirkten nicht gerade inspiriert. Nach wie vor sahen sie in mir die Köchin. Sie wussten nicht, dass ich Kontakte besaß, die über Maprao hinausgingen. Ich besaß gewisse Fähigkeiten. Aber noch wollte ich meine Geheimidentität nicht enthüllen. Wenn die Zeit reif war, würden sie mein Super-Ich schon kennenlernen.

KAPITEL ELF

Give me my porpoise
When you get home

»Respect«
Otis Redding

Die Ereignislosigkeit des folgenden Morgens machte es nur noch umso bemerkenswerter. Seit drei Uhr früh hatten wir wieder Strom, und alle Lampen, die wir nicht gelöscht, und die Geräte, die wir nicht ausgestellt hatten, sprangen an. Woraufhin sie erst mal alle wieder ausgemacht werden mussten. Als wir dann später aufwachten, herrschte zaghafte Normalität. Als Folge der natürlichen Erosion, ausgelöst durch den Bagger, hatte sich unser Garten in den Grand Canyon verwandelt. Das Wasser war quer über den Strand ins Meer abgelaufen und der reißende Fluss hinterm Haus somit gezähmt. Die Flut hatte sich gelegt, und das eine Ende unseres Latrinenblocks ragte aus dem Sand, als wäre er vom Himmel gefallen. Die Sonne schien, und allein ein frischer Wind vom Golf erinnerte noch an den Monsun. Die Noys aßen auf ihrer Veranda und spielten vor dem Frühstück eine Partie Mah-Jongg mit Opa und Captain Waew. Mair und die Damen der Kooperative setzten ihre vorbildliche Renovierung des Ladens fort. Arny trainierte, indem er das angespülte Holz zu großen Haufen aufschichtete, die eines Tages gewaltige Freudenfeuer abgeben würden, sofern sie denn jemals trockneten.

Käpt'n Kow verkündete, heute würden die kleinen Boote rausfahren. Da sie während des Sturms im Hafen bleiben mussten, gab es keine frischen Fischfrikadellen, die er vom Beiwagen seines Motorrads aus hätte verkaufen können. Nichtsdestotrotz stand er früh am Morgen strahlend vor unserem Laden, mit einem ehrlichen Schild, auf dem stand: DREI TAGE ALTE FISCHFRIKADELLEN – NICHT GANZ SO LECKER. Es überraschte nicht, dass er keine einzige davon verkaufte. Ich hatte ihn eingeladen, sich zum Frühstück zu uns zu gesellen. Wie immer fühlte er sich geschmeichelt. Opa Jah schäumte wie das Alphamännchen an unserem Tisch, sagte aber nichts. Und als alle anderen satt und weg waren, führte ich den Käpt'n zu meiner Veranda. Er bewunderte meine Sammlung von Muschelmobiles.

»Wie weit können die kleinen Boote eigentlich rausfahren?«, fragte ich.

»Kommt auf die Wellen an«, sagte er. »Für die meisten von uns dürfen sie höchstens zwei Meter hoch sein.«

»Und wenn es ruhig ist?«

»Bis nach Vietnam oder bis sie keinen Diesel mehr haben. Warum?«

In der Nacht zuvor hatte ich beschlossen, dem Käpt'n alles zu erzählen, vom Kopf am Strand bis zu den Sklavenschiffen und meiner Vermutung, dass die Polizei von Pak Nam darin verwickelt war. Er lauschte aufmerksam, wirkte aber nicht sonderlich überrascht.

»Das ist nicht nur hier so«, sagte er, als ich fertig war.

»Was nicht?«

»Das mit der Sklaverei. Gibt es überall an der Küste. Nur dass drüben im Westen Agenturen die Rekrutierung übernehmen. Sie stellen Mannschaften zusammen, kassieren deren Vorschüsse und machen Versprechungen, dann verschwinden sie. Die Birmanen arbeiten drei Monate, und wenn sie dann in der Schlange stehen, um ihren Lohn abzuholen, erklärt man ihnen, dass die Entlohnung über die Agentur abgewickelt wird. So steht es im Vertrag – auf Thailändisch. Da die Agentur den Laden dichtgemacht hat und abgetaucht ist, heißt das für die Birmanen, dass sie drei Monate umsonst gearbeitet haben und ihren Familien kein Geld nach Hause schicken können. Passiert dauernd.«

Mehr oder weniger gebe ich dem Buddhismus die Schuld. Eine sanfte Religion kann so gut wie alles verzeihen. Keine Scham. Keine Schuld. Buße tue ich im nächsten Leben. Keine Sorge. Ich überlegte, ob Käpt'n Kow wohl auch so ein *Mai-pen-rai*-Mensch war. Einer der vielen, die sich lieber nicht allzu sehr über Kleinigkeiten aufregen wollten.

»Mir scheint, Sie würden gern was dagegen unternehmen«, sagte er und lächelte.

Verdammt. Wie gern hätte ich seine Zahnreihen aufgefüllt. Es hätte ein prachtvolles Lächeln sein können, wäre es nicht so lückenhaft gewesen.

»Ich bräuchte Hilfe«, räumte ich ein.

»Ich könnte etwa zehn, vielleicht fünfzehn Männer mit kleinen Booten zusammenbekommen.«

»Das würden Sie tun? Aber wieso sollten die mitmachen?«

»Sie mögen die großen Boote nicht besonders. Und sie sind mir noch was schuldig.«

»Und wieso sollten Sie mitmachen wollen?«

»Ich?« Er lachte. »Ich mag Ihre Art, Jimm. Ich mag Ihren Mumm. Sie machen Ihrer Mutter alle Ehre. Ich wäre stolz, an Ihrer Seite zu stehen.«

Nur allzu gern geht man davon aus, dass alte Männer flirten, wenn sie es mit der Rhetorik übertreiben, doch

Käpt'n Kows Augen funkelten, und mir schien, dass er sich auf das Abenteuer freute.

»Haben Sie einen Plan?«, fragte er.

»Mehr oder weniger«, antwortete ich. »Den muss ich Ihnen jetzt wohl erzählen, was?«

»Daran führt kein Weg vorbei.«

Es war fast Mittag, als Lieutenant Chompu mich vom Revier aus anrief.

»Endlich«, sagte ich. »Wie lange kann es denn dauern, ein paar Dokumente durchzulesen?«

»Wie dominant«, sagte er. »Ich mag energische Frauen. Wären es nur Worte gewesen, hätte ich vielleicht schon gestern Abend fertig sein können. Aber so einfach war das leider nicht. Unser Lieutenant Egg bedient sich einer ganz eigenen Kurzschrift, wie ich sie noch nie gesehen habe. Es läuft darauf hinaus, dass er alle Vokale und Tonzeichen weglässt. Also war jedes Wort ein Puzzle.«

»Das du aber gelöst hast?«

»Mir eilt der Ruf voraus, mit meinem Dietrich üblicherweise verriegelte Schlösser zu knacken.«

»Und die Akten?«

»Ja, die auch. Ich bin in seine miese Welt eingedrungen, kleine Jimm.«

»Und hast du was gefunden?«

»Nicht wirklich.«

»Chom!«

»Es war kein völliger Fehlschlag. Ich habe nicht weniger als elf offizielle Berichte über angespülte Leichen und Leichenteile in normaler Schrift gefunden. Das waren die Fälle, die er persönlich übernommen hatte. Seine Erfolgsquote im Auffinden von Verwandten und Lösen der Fälle lag – soweit ich es sehen konnte – bei null. ›Fall abgeschlossen, vermutlich häusliche Gewalt unter Birmanen.‹«

»Aber er ist doch erst einen Monat in Pak Nam.«

»Stimmt. Diese Berichte liegen bis zu einem halben Jahr zurück, als er noch in Pattani stationiert war. Der Kopf von eurem Strand ist Nummer elf. Es ist sein erster Fall hier oben.«

»Falls er hinter jemandem aufräumt, folgt er offensichtlich einem Schiff.«

»Oder einer Flotte. Ich habe mir die Verlegungen der Hochseetrawler von Pattani nach Lang Suan zur Zeit seiner Versetzung angesehen. Insgesamt vier haben ihre Lizenz und die Fangzone geändert. Eins war ein Makrelentrawler, den ein Mischkonzern in Prajuab übernommen hat. Aber die anderen drei blieben zusammen. Derselbe Besitzer. Dieselben Fangnachweise. Inzwischen operieren sie von Pak Nam aus, aber sie bleiben die meiste Zeit draußen auf See und verladen ihren Fang auf kleinere Boote. Diese Hochseeflotte hat fünf lokale Boote angeheuert, die abholen und liefern. Nach allem, was man hört, laufen die Geschäfte gut.«

»Irgendwo da draußen gibt es also drei Schiffe, die nicht oft nach Hause kommen. Ich wette, das sind sie. Ich hatte mir ein einzelnes Sklavenschiff vorgestellt, an das man sich bei Nacht und Nebel anschleichen könnte, um die schlafende Mannschaft zu überraschen. Aber drei? Das ändert die Lage grundlegend.«

»Du meinst von ›Vergiss es‹ zu ›Vergiss es ein für alle Mal‹?«

»Warum werde ich das Gefühl nicht los, dass es hier an polizeilicher Kooperation mangelt?«

»Da schwimmen drei Schiffe auf dem Meer, fünfzig

Kilometer entfernt vom nächsten unvoreingenommenen Zeugen. Auf den Decks patrouillieren stämmige, unrasierte Exsträflinge mit Schnellfeuergewehren. Wahrscheinlich haben sie schon so viele Birmanen massakriert, dass sie Mord gar nicht mehr als etwas Schlimmes betrachten. Sie haben Scheinwerfer an Bord, vielleicht sogar Radar. Ich weiß nicht, wie du dich an sie ranschleichen willst, ohne dabei einen Kopf kürzer gemacht zu werden. Meine Liebe für dich bleibt unsterblich, aber meine Kooperation endet mit diesem Bericht.«

»Du willst es nicht mal deinem Chef melden?«

»Was soll ich ihm denn melden?«

»Dass …«

Nein. Er hatte recht. Keine Spur. Kein Beweis. Kein Sinn.

»Chom. Ist es dir denn gar kein Anliegen, dafür zu sorgen, dass Gerechtigkeit geschieht?«

»Es ist nicht annähernd so ausgeprägt wie das Anliegen, an meinem vierzigsten Geburtstag noch im Vollbesitz meiner Gliedmaßen zu sein.«

»Dann tu es für mich.«

»Tapferkeit, meinst du? Ritterlichkeit?«

»Erzähl mir nicht, sie wäre tot.«

»Im Grunde deines Herzens weißt du, dass es so ist.«

»Gut. Meinetwegen. Dann sterbe ich eben ohne einen Helden an meiner Seite. Ohne jemals zu erfahren, wie es ist, wenn ein Mann sich für mich starkmacht und aus Liebe sein Leben aufs Spiel setzt.«

»Dann bin ich also entschuldigt?«

»Scheint so.«

»Gut. Ach, und dann kam noch eine Nachricht vom Postamt.«

»Wie? Jobbst du jetzt nach Feierabend für die Königlich Thailändische Post?«

»Die haben meine Nummer, weil ich per FedEx oft schlichte braune Päckchen mit Beweismitteln bekomme, wenn du verstehst, was ich meine. Und sie wissen, dass wir miteinander befreundet sind.«

»Im romantischen Sinn?«

»Selbstverständlich. In einem Ort wie Pak Nam halten sie treu an der Hoffnung fest, dass Leute wie ich die Unsinnigkeit ihres Treibens einsehen.«

»Und?«

»Und Nat vom Postamt meinte, er hätte verdächtigen Besuch gehabt. Eine Frau. Sie suchte ihre Schwester, die das Postamt von Pak Nam als Absender angegeben hatte. Er hat ihr gesagt, die Absender könnten das Mädchen und die Mutter sein, die in eurem Motel wohnen.«

»Na, super.«

»Als sie weg war, fiel ihm ein, dass die Information erst um acht Uhr früh ins System eingegeben worden war und das Päckchen erst am nächsten Tag ankommen würde. Also konnte er sich nicht erklären, woher irgendwer davon wissen konnte. Er hat versucht, deine Mutter zu erreichen. Als er sie anrief, klingelte im Haufen der rausgehenden Post ein Handy. Er legte auf und versuchte es noch mal. Es klingelte wieder. Er fand einen Umschlag von deiner Mutter, in dem ein Handy steckte. Er war nicht sicher, ob sie es vielleicht versehentlich hineingelegt hatte.«

»Wann war diese Frau da?«

»Kurz bevor ich dich angerufen habe.«

»Vor zehn Minuten?«

»Ungefähr.«

»Verdammt. Wir brauchen Hilfe.«

Wie um alles in der Welt konnten sie das alles so schnell zurückverfolgen und schon hier sein? Die Fahrt von Pak Nam zu unserem Motel dauerte eine Viertelstunde, sofern man sich nicht verfuhr. Die meisten verfuhren sich. Aber darauf konnte ich nicht bauen. Ich lief zur Veranda der Noys und unterbrach das Mah-Jongg-Turnier.

»Okay, ich möchte nicht, dass jemand in Panik gerät«, sagte ich.

Meine Hände zitterten, und die Knie schlotterten. Neugierig starrten mich die Mah-Jongg-Spieler an. Ich war die Einzige, die hier in Panik geriet. Aber mein Verstand war klar.

»Noy und Noy«, sagte ich. »Möglicherweise gibt es eine Sicherheitslücke in unserem Postamt.«

Die Uhr in Mairs Hütte schlug Mittag. Mit der Ruhe war es nun vorbei. Jetzt brach der chaotische Teil des Tages an.

»Sie haben uns gefunden«, sagte Mamanoy.

»Uns bleiben etwa fünf Minuten«, sagte ich. »Ich möchte, dass alle Folgendes tun …«

Nachdem sie mich angehört hatten, machten sie sich ans Werk. Die Noys entschuldigten sich bei den alten Männern für die Unterbrechung der Partie und sammelten in aller Ruhe die Spielsteine ein. Ich lief zum Laden hinüber, suchte mir zwei Damen der Kooperative und bugsierte sie mit Mair zusammen zu den Hütten. Kaum war ich wieder zurück und stand hechelnd am Laden, als ein metallicgrauer BMW auf dem Parkplatz hielt. »Mamma Mia« tönte aus meiner hinteren Hosentasche. Ich zückte mein Handy. *Anrufer – Aung*. Nicht jetzt. Bitte mach, dass es nicht um Nachricht von Shwe geht. Ich stellte mein Handy aus und ging unseren Neuankömmlingen entgegen. Die vier Türen flogen gleichzeitig auf, und nicht mehr ganz junge Männer in grauen Safarianzügen und eine junge Frau in Rock und Bluse sprangen heraus. Es sah aus wie eine Razzia.

»Kann ich Ihnen hel…«, setzte ich an, aber die Besucher hatten keinen Sinn für Höflichkeit. Mair trat dazwischen und fing sie ab.

»Wo wollen Sie eigentlich hin?«, fragte sie und stellte sich dem fleischigsten der Männer in den Weg. Er packte ihre Hand und wollte sie beiseiteschleudern. Offenbar hatte er bei seiner übereilten Entscheidung Mairs Dschungeltraining nicht einkalkuliert. Mit angeborener Zielstrebigkeit fand ihr Knie das Nest seiner Hoden. Langsam sank er zu Boden, mit einem Laut wie ein undichtes Furzkissen. Seine Kollegen ließen sich davon jedoch nicht beirren. Sie stürmten weiter zu den Hütten. Zwei von ihnen hatten kurze Eisenstangen dabei, mit denen sie Hütte Nummer eins aufhebelten, dann Nummer zwei. Staunend standen wir da. Aus Hütte Nummer drei zerrten sie zwei kreischende Frauen auf die Veranda. Die beiden waren nur halb bekleidet, doch niemand erhörte ihr Flehen.

Die Eindringlinge gingen zur hinteren Reihe der Bungalows und brachen mit ihren Stangen die Türen unserer Familienhütten auf, obwohl keine davon abgeschlossen war. In einem der Räume fanden sie zwei klapprige, alte Männer, und auch die wurden auf die Veranda von Hütte drei gezerrt. Das alles dauerte keine zwei Minuten. Man trieb uns zusammen wie Vieh und durchsuchte alle Zimmer. Lautlos und professionell. Nicht mal die einheimischen Frauen unten am Ufer, die ihre Muschelharke durch den Sand zogen, hatten etwas davon mitbekommen.

Ich hatte gehofft, die junge Frau sei der Kopf dieser Invasionsarmee. Ich sehe es gern, wenn mein Geschlecht eine dominierende Rolle spielt, auch bei illegalen Aktivitäten. Aber sie sagte kein Wort, also musste ich annehmen, dass sie die »Terror Pretty« der Gruppe war. Im Thailändischen beschrieb die Bezeichnung »Pretty« Frauen, die ihren Sex-Appeal benutzten, um Männern ihre Jämmerlichkeit vorzuführen. Der fleischige Kerl, dessen Kronjuwelen meine Mutter geschändet hatte, erklomm mit wackligen Beinen die Veranda. Er war um die fünfzig, hatte kurze Haare und etwas Militärisches an sich. Wie alle anderen auch. Er sah Mair finster an, die ihm einen leisen Anflug ihres *Titanic*-Lächelns schenkte.

»Davon hab ich noch mehr auf Lager«, sagte sie.

»Mair!«, stieß ich zwischen zusammengebissenen Zähnen hervor. »Verärgere unsere Gäste nicht.«

»Okay«, sagte der Fleischklops. »Wo sind die beiden?«

»Verzeihung«, sagte ich. »Aber wer genau sind Sie eigentlich?«

»Die beiden Frauen, die hier wohnen. Wo sind sie?«

»Na, da sind sie doch«, sagte ich und deutete auf Ning und Somjit, denen es nicht im Geringsten peinlich zu sein schien, in Unterwäsche dazustehen.

»Das Mindeste wäre, dafür zu sorgen, dass ihre Würde gewahrt wird«, sagte Mair.

Sie schob sich an einem der grauen Safarimänner vorbei in die Hütte und kam mit zwei Laken wieder heraus, die sie den grinsenden Damen der Kooperative um die Schultern legte. Ein weiterer Safarimann kam vom Carport zurück und flüsterte dem Fleischklops etwas ins Ohr.

»Es reicht«, sagte der Boss. Er war offenbar daran gewöhnt, Angst und Schrecken zu verbreiten. Zum Glück war Arny im Fitnessstudio und stemmte Gewichte, sonst hätte er angesichts der allgemeinen Aggression vor Angst geschlottert. Wir anderen waren nicht sonderlich beeindruckt, fühlten uns aber bemüßigt, die unterwürfige Rolle der ahnungslosen Landbevölkerung einzunehmen.

»Ich will die Besitzerin von diesem Honda, und zwar sofort!«, schrie der Fleischklops.

Zur Bekräftigung trat er gegen den Zaun vor der Hütte. Der Pfosten splitterte in Hunderte Stücke. Da die Termiten ihn zerfressen hatten, sah es eindrucksvoller aus, als es eigentlich war. Aber das Krachen weckte die Hunde, und sie wetzten von hinten auf den Fleischklops zu. Ihr Angriff kam lautlos. Er bemerkte sie erst, als sie schon bei ihm waren. Er sah auf die kleinen Hunde herab, die um ihn herumwetzten und albern kläfften. Sie waren nicht gerade eine furchterregende Meute, und er ignorierte sie zu Recht. Als sie ihr Versagen spürten, legten sie sich in den Sand und kratzten sich.

»Sollten Sie die Frauen kennen, sind Sie hier genau richtig, Mister«, sagte Opa. »Wenn das Freunde von Ihnen sind, können Sie auch deren Rechnung bezahlen.«

»Ganz meine Meinung«, sagte Mair mit bemerkenswert südlichem Akzent.

»Bitte?«, sagte der Fleischklops.

»Die eingebildeten Schnepfen fahren hier vor mit ihrem feinen Akzent und ihrer arroganten Art, bleiben vier Nächte, lassen sich durchfüttern, schlafen in unseren Luxushütten, und kaum dreht man sich mal um, sind sie schon verschwunden. Haben nicht einen Baht bezahlt und auch noch den Fernseher demoliert.«

Zeig's ihnen, Opa!

»Wann war das?«, fragte er.

»Sonntagmorgen«, sagte ich. »Als wir aufwachten, waren sie weg.«

»Warum haben die beiden den Wagen nicht mitgenommen?«

So weit hatte ich nicht überlegt.

»Kolbenfresser«, sagte Opa. »Kommt hier unten öfter vor, liegt am Salzwasser. Japaner. Was soll man sagen? Die können einfach keine Autos bauen.«

»Und wer sind *Sie*?«, fragte der Fleischklops.

»Automechaniker im Ruhestand«, sagte Opa. »Teilhaber an diesem Etablissement.«

»Ich wette, sie haben den Bus zum Flughafen in Surat genommen«, sagte ich. »Bestimmt sind sie längst über alle Berge.«

»Dann erklären Sie mir mal, wieso die beiden gestern noch in Pak Nam waren?«, fragte der Fleischklops.

»Die Biester«, sagte Mair. »Wahrscheinlich nehmen sie ein Motel nach dem anderen aus. Könnte ich doch nur …«

In diesem Moment tippte einer der Safarimänner seinem Boss an die Schulter und deutete zur Straße. Mein Held in Braun bog auf seinem Polizeimotorrad auf unseren Parkplatz ein und fuhr auf uns zu. Chompu hätte lieber vor dem Laden halten sollen, denn der Sand bei den Hütten war weich, sodass seine Ankunft nicht so eindrucksvoll ausfiel, wie sie hätte sein können. Er fuhr sich im Sand fest und kippte um. Die Typen in den Safarianzügen tauschten Blicke, während er aufstand.

»Diese Männer sind Vandalen, Officer«, sagte Mair. »Sehen Sie sich an, was die mit unseren Türen gemacht haben! Verhaften Sie sie!«

»Was ist hier los?«, fragte Chompu mit betont männlicher Stimme.

Der Fleischklops musterte ihn und überlegte wahrscheinlich, ob er ihn erschießen sollte.

»Kommen Sie mit, Lieutenant«, sagte er und ging zum Küchenblock hinüber. Chompu gab nicht nach.

»Warum sollte ich von Ihnen Anweisungen entgegennehmen?«, fragte Chompu.

»Weil Sie es bereuen würden, wenn Sie es nicht tun.«

Klugerweise – wie ich fand – ging Chompu ein paar Meter und stellte sich zu dem Fleischklops, der offenbar etwas aus seiner Tasche holte. Sie standen von uns abgewandt und steckten die Köpfe zusammen, während der Dicke leise sprach. Chompu nickte, dann *wai*-te er. Als der Mann wieder zu uns kam, blieb Chompu zurück.

»In welcher Hütte waren die Frauen?«, fragte er ruppig.

»Zwei«, sagte ich. Und einer der Safaris ging unaufgefordert direkt in die Hütte.

»Haben sie irgendwas dagelassen?«, fragte der Fleischklops.

»Einen kaputten Fernseher«, sagte Mair.

Der Safarimann trat aus der Hütte und schüttelte den Kopf.

»Wir kommen wieder«, sagte der dicke Mann. »Sie werden nichts unternehmen. Erzählen Sie niemandem von diesem Besuch. Sollten die Frauen zurückkommen, um ihr Auto abzuholen, rufen Sie sofort diese Nummer an.«

Er reichte mir eine Karte, auf der nur eine Handynummer stand.

»Mr. …?«

Der unerwünschte Besucher drehte sich um und ging eilig zu seinem Wagen.

»Wer bezahlt uns den ganzen Schaden?«, rief Mair.

Ich drückte ihren Arm. Die Autotüren knallten, die Reifen sprühten Kies, und schon waren sie weg. Bald ging das Brummen des Motors im Rauschen der Brandung unter. Ich lächelte und drückte allen die Hand. Das war eine glaubwürdige Ensemble-Leistung gewesen. Chompu gesellte sich zu uns.

»Mein Ritter«, sagte ich. »Vielen Dank, dass du gekommen bist, Chom.«

»Ich weiß nicht, ob ich überhaupt eine Hilfe war.«

»Weiß ich auch nicht. Schaurige Typen. Wer war das?«

»Ich bekam Anweisung, euch nicht zu verraten, dass sie von der Staatspolizei kommen. Eine Eliteeinheit, die sich um – wie er sagte – Angelegenheiten von höchster Dringlichkeit kümmert.«

»Dann behalt es lieber für dich.«

»Klingt nach der Grauen Garde«, sagte Opa. »Die kommen nur, wenn was besonders Schwerwiegendes anliegt. Um Banken und Postämter zu überprüfen braucht man einigen Einfluss. Was genau haben deine beiden Damen denn angestellt?«

»Von welchen beiden Damen ist hier eigentlich die Rede?«, fragte Chompu.

Ich hatte nur sehr wenig Zeit, ihm die Details des kleinen Problems mit unseren Gästen zu erläutern.

»Ich nehme an, dass es nichts mit den Birmanen zu tun hat, oder?«

Da fiel mir Aung ein.

»Die Birmanen. Stimmt«, sagte ich und stellte mein Handy wieder an. »Wie wäre es, Captain Waew, wenn Sie den Lieutenant kurz auf den neuesten Stand bringen würden? Wir dürfen jetzt keine Geheimnisse voreinander haben. Ich schätze, uns bleiben höchstens zwei Stunden, bis sie sämtliche Motels abgegrast haben und zum zweiten Versuch wieder hier auftauchen. Wir müssen die Noys an einen sicheren Ort bringen.«

»Wir haben eine kleine Hütte hinterm Haus«, sagte Somjit von der Kooperative. »Da hat meine Großmutter gewohnt, bis sie unter die Kuh geraten ist. Ganz komfortabel. Man muss nicht sehr weit laufen bis zum Außenklo.«

»Sie könnten sich verkleiden«, sagte Ning.

Die Damen wussten nicht, was los war, begriffen aber schnell, worum es ging. Schon als wir sie aus dem Laden gezerrt und ihnen erklärt hatten, dass die Noys in Gefahr waren, hatten sie sich ohne Weiteres ihrer Kleider entledigt.

»Holt sie her«, sagte Opa.

Waew stieß einen beeindruckenden Pfiff aus, ohne seine Finger zu Hilfe zu nehmen, und zwei der Muschelsammlerinnen blickten unter ihren breiten Cowboyhüten auf. Er winkte sie heran. Die Noys kamen durch den Sand gestapft, in den Sarongs und T-Shirts, die vorhin noch die Damen der Kooperative getragen hatten. Ihre Muschelharken waren Wahlplakate aus Pappe. Die Ausbeute war eher kärglich, aber sie hatten überlebt. Jetzt mussten sie nur noch ihre Sachen aus Hütte Nummer drei holen und ihre Flucht vorbereiten. Mair hielt Wache für den Fall, dass die Safaris zurückkamen. Ich rief Aung an.

»Aung. Was gibt's?«

»Wo warst du?«, fragte er. »Ich habe …«

»Du bist nicht mein einziger Notfall. Geht es um Shwe?«

»Er hat angerufen. Sein Akku ist sehr schwach. Man hat sie auf ein kleines Boot getrieben«, sagte er. »Ich bin nicht sicher, aber ich glaube, er meinte, dass auf der einen Seite das Wort AMOR stand. Das Thai-Wort auf der anderen Seite konnte er nicht lesen.«

»Hat er gesagt, wie viele es sind?«

»Siebzehn. Vier Frauen. Es kamen noch Leute aus einem anderen Gefängnis dazu.«

Damit hatten sie ihre neue Mannschaft beisammen. Ich fragte mich, was mit der vorherigen passiert war.

»Kannst du helfen?«, fragte er.

»Ich hoffe es«, sagte ich. »Lass dein Handy an.«

Und ich legte auf.

Ich war noch nicht so weit. Ich brauchte mindestens noch einen Tag. Ich brauchte mehr Leute. Ich brauchte … ich brauchte ein Wunder. Ich rief Käpt'n Kow an.

»Wie sieht's aus?«, sagte er. Seine Stimme klang wie Rost, weit hinten im Telefon.

»Wo sind Sie?«, rief ich.

»Nam Jeud«, sagte er.

»Es geht los. Ich weiß, es ist sehr kurzfristig, aber haben Sie schon jemanden erreicht?«

»Ha! Geht schon los, ja? Ich habe noch nicht alle zu fassen bekommen. Ich habe mich vor allem um Fischer in der Gegend von Sawee bemüht, wie verabredet. Mein Bruder ist da oben.«

»Sind gerade irgendwelche Boote draußen?«

»Um diese Uhrzeit? Nicht viele. Nur die Tintenfischfischer kontrollieren ihre Fallen.«

»Haben die Walkie-Talkies?«

»Brauchen sie normalerweise nicht. Funk benutzen sie nur, um sich gegenseitig Bescheid zu geben, wo die Schwärme sind. Die Fallensteller arbeiten immer an denselben Orten, aber die anderen müssen den Tintenfischen folgen.«

»Aber?«

»Aber – na ja – da ist diese Karaoke-Sache …«

»Karaoke?«

»Die Nächte können schrecklich lang werden, wenn man auf den Tintenfisch wartet. Und unter den Fischern gibt es viele, die gern singen. Vor einem Jahr ungefähr haben wir angefangen, uns aus Spaß gegenseitig über Kurzwelle was vorzusingen. Und dann kam jemand auf die Idee, Kassettenrekorder mitzubringen. Also haben sie …«

»Kow! Siebzehn Leute warten darauf, geköpft zu werden. Gibt es davon auch eine Kurzversion?«

»Tut mir leid. Bin fast fertig. Also war jeder jede Nacht irgendwann mit dem Singen dran. Und die Leute von diesem Energy Drink M-150 haben davon erfahren und einen CB-Funk-Karaoke-Wettbewerb ausgeschrieben, mit Geldpreisen. Die Ausscheidung findet nächste Woche statt, und alle üben schon. Tag und Nacht sind wir auf Empfang. Und singen uns was vor. Holen uns ein Feedback von den anderen.«

»Damit wollen Sie mir also sagen, dass die Fallensteller auf Sendung sind.«

»Könnte man so sagen. Die und die Nachtfischer.«

»Können Sie die erreichen?«

»Mein Bruder Daengmo kann.«

Daengmo? Wieso kam mir der Name bekannt vor?

»Okay«, sagte ich. »Fragen Sie sie, ob jemand gesehen hat, wie am Vormittag ein kleines Boot Sawee verlassen hat. Möglicherweise heißt es *Amor*. Das steht da jedenfalls auf Englisch … oder Französisch. An Bord waren siebzehn Birmanen. Auf einem kleinen Boot kann man siebzehn Leute nicht verstecken, also muss es irgendwem aufgefallen sein. Wir müssen wissen, in welche Richtung es gefahren ist. Und irgendwer muss hinterher.«

»Bin schon unterwegs«, sagte er.

»Wohin?«

»Wenn ich von Daengmo und den Karaoke-Sängern in Erfahrung bringe, in welche Richtung sie gefahren sind, kann ich Kurs nehmen und sie abfangen.«

»Sind Sie allein?«

»Ja.«

»Seien Sie vorsichtig bei diesen Leuten. Wie weit können Sie rausfahren, bis Sie keinen Empfang mehr haben?«

»Dreißig Kilometer ungefähr, es sei denn, ich fahre zu den Inseln.«

»Und wie halten wir dann Kontakt?«

»Ich gebe Ihnen Daengmos Nummer. Ich bleibe am Funk. Von ihm kriegen Sie dann meine Position.«

»Kow?«

»Ja?«

»Das werde ich Ihnen nie vergessen.«

»Ich kann Ihnen wirklich gar nicht sagen, was für ein Vergnügen es mir ist.«

»Wir kriegen da draußen bald Verstärkung. Machen Sie keine Dummheiten.«

»Aye-aye.«

Man sagte ernstlich »Aye-aye«?

Als ich mich zu Mair in den Laden gesellte, fuhr Captain Waew gerade mit unserem Pick-up los. Die beiden Noys lagen auf der Ladefläche, die Damen der Kooperative saßen vorn. Elain war hinten auf der Pritsche angeleint. Mair stand allein da und winkte dem Äffchen hinterher.

»Wo sind die anderen Damen geblieben?«, fragte ich.

»Die habe ich nach Hause geschickt«, sagte sie. »Ich fürchte, es wird gefährlich. Dein Polizist meinte, er will sich später melden. Ich habe Arny angerufen und ihm gesagt, dass er nach Hause kommen soll.«

»Arny? Wunderbar! Wen sollte man im Augenblick der Gefahr auch sonst anrufen?«

»Mach dich nicht über deinen Bruder lustig. Er wird schon für dich da sein, wenn du ihn brauchst.«

»Und wo ist Opa?«

»Zuletzt habe ich ihn unten am Strand gesehen. Er hat das Treibgut umarrangiert.«

»Wozu …?«

Ein Motor heulte auf. Vor meinem inneren Auge sah ich durchdrehende Räder. Wir rannten los und spähten am Strand entlang. Es war Ebbe, aber das Wasser stand immer noch kaum sechs Meter vor den Hütten. Opa Jah hatte eine lange Bambusbrücke quer über den Strand bis zum Flutsaum gebaut. Das schien mir doch eher nutzlos, angesichts der Tatsache, dass das auflaufende Wasser die Brücke weggespült hätte, bevor …

Ein kreischender Honda City schoss unter dem Carport hervor, fand Halt auf dem Bambus und bretterte die Brücke entlang ins Wasser. Ich sah Opa Jahs Grinsen vor mir, als der Wagen in einer Fontäne verschwand. Mit Schwung arbeitete er sich fünfzehn Meter weit durch den Morast, bis die Räder durchdrehten und der Honda zum Stillstand kam. Nur das Dach war in den Wellen noch zu sehen. Ich sprang in die Brandung, verwarf meine Wasserphobie als unmaßgeblich, verglichen mit der Liebe zu meinem Großvater. Doch als das Wasser gegen meinen Bauch schwappte, nahm die Angst zu und die Liebe ab. Je weiter ich mich durch die Strömung bis zum Honda vorkämpfte, desto bewusster wurde mir, dass ich ihn noch nie sonderlich gemocht hatte. Trotzdem kniff ich mir im Wahn die Nase zu und tauchte unter. Ich machte die Augen auf. Sie brannten vom Salz. Alles war verschwommen. Ich schob meinen Kopf ins offene Fenster. Der Wagen war leer.

Prustend kam ich wieder an die Luft und sah mich nach dem treibenden Leichnam meines geliebten Ahnen um. Er stand neben Mair am Strand, der Mistkerl. Ich war stinksauer. Am liebsten wäre ich schnurstracks auf ihn zumarschiert, aber das Wasser warf mich hin und her wie schmutzige Wäsche. Als ich schließlich an den Strand gespült wurde, hatte ich keine Puste mehr, um meinem Ärger Luft zu machen.

»Was«, keuchte ich, »was hatte das zu bedeuten?«

Er kam zu mir, die ich dort auf dem Rücken lag, und ging in eine tiefe Hocke, wie nur die Leute auf dem Land es tun. »Ich hatte eine Idee«, sagte er.

»Verrätst du sie mir?«

»Nun, in etwa einer Stunde haben wir Hochwasser. Dann wird das Auto vom Strand aus nicht mehr zu sehen sein. Wir haben die Telefonnummer von diesem Burschen von der Staatspolizei. Den rufen wir an und sagen ihm, dass das Auto weg ist. Wir erzählen ihm, dass die Noys hier waren und damit weggefahren sind. Und den Rest des Tages, vielleicht sogar den Rest der Woche, suchen sie das ganze Land nach diesem Auto ab. Damit sind wir aus dem Schneider.«

»Und was ist, wenn sie bei Ebbe wiederkommen, wenn das Auto zu sehen ist?«

»Wir können es mit Algen behängen, damit es so aussieht, als wäre da was angespült worden.«

»Und was ist damit, dass du – ein Exautomechaniker – ihnen erklärt hast, der Wagen hätte einen Kolbenfresser?«

»Ein Wunder ist geschehen. Der Fluss hat das Salz herausgespült, und schon lief die Kiste wieder.«

Es klang kein bisschen plausibel, aber Opa Jah wirkte leicht senil, sodass sie es wahrscheinlich auf seine Demenz schieben würden. Und es tat gut, einen Notfall vorübergehend zurückstellen zu können.

»Okay«, sagte ich. »Verrückt, aber meinetwegen.«

Während ich ihnen von den Birmanen in Sawee erzählte, kamen Arny und Gaew auf ihrer Harley an, sodass ich gleich wieder von vorn anfangen konnte. Als der Expolizist Captain Waew wiederkam, nachdem er die Noys versteckt hatte, musste ich es ihm auch gleich noch mal erzählen. Nach dreimaliger Darstellung der Lage wurde diese nicht eben hoffnungsvoller.

»Was machen wir denn jetzt?«, fragte Opa.

»Ich habe einen Plan«, sagte ich und erzählte ihm von Käpt'n Kow und den Tintenfischfischern.

»Der elende Nichtsnutz könnte nicht mal die Flusen in seinem Bauchnabel organisieren«, sagte Opa. »Ich werde mein Leben nicht in seine Hände legen.«

»Okay, Schluss, aus. Du hörst sofort damit auf«, sagte Mair. »Ich habe endgültig genug davon, dass du Kow ständig beleidigst. Entweder du hältst dich zurück, oder ich kleb dir eine.«

Sie sah richtig zornig aus, und ich hatte noch nie erlebt, dass mein Großvater ihr so nachgab wie in diesem Moment. Ich spürte eine gewisse Reibung zwischen Vater und Tochter. Im Moment war einfach zu viel los, um näher darauf einzugehen, aber im Stillen klebte ich ein gelbes Postit auf den Augenblick.

Es war Gaew, die uns zu den praktischen Fragen zurückholte.

»Wir brauchen ein Boot«, sagte sie.

»Das stimmt«, sagte Mair mit bösem Blick zu Opa.

Ein Boot. Genau. Das war ein Aspekt dieser Mission, den ich in meinem Unterbewusstsein hatte ertränken wollen. Als Anführerin konnte ich sie ja schließlich nicht alle raus aufs Meer schicken und ihnen vom Kai aus hinterherwinken. Allerdings erstarrte ich bei dem bloßen Gedanken daran, nur eine Holzplanke zwischen mir und dem nassen Grab zu wissen.

»Wir müssen so schnell wie möglich da raus und den armen Leuten helfen«, sagte Arny und pumpte seine breite Brust auf.

Eigentlich fürchtete sich Arny genauso vor Wasser wie ich. Beide hatten wir lebensbedrohliche Situationen erlebt, auf die ich hier nicht weiter eingehen möchte. Aber Arny hatte ein Image zu pflegen, und wenn er dafür mit Haien ringen musste, schien es für ihn kein Zurück mehr zu geben.

»Okay, kennen wir jemanden, der ein Boot besitzt?«, fragte Mair.

Eigentlich wohnten wir in einem Fischerdorf. Da hatten alle, die man kannte, ein eigenes Boot oder konnten eins besorgen. Im Grunde fragte sie, wer blöd genug war, uns eins zu leihen, damit wir es von Maschinengewehren durchlöchern lassen konnten.

»Ed«, sagte Arny.

»Nein«, sagte ich.

»Warum nicht?«, fragte Opa. »Er hat ein nagelneues Boot. Ist erst vor einer Woche damit fertig geworden.«

»Alle, nur nicht Ed, okay?«, sagte ich.

»Dann nenn uns eine Alternative«, sagte Opa.

Die Wirkung des Antidepressivums hatte etwas nachgelassen. Noch immer kribbelte es in mir, wenn ich an das Zucken männlicher Muskulatur dachte, aber ich war nicht mehr so läufig. Mir blieb nur die Scham meiner erotischen Träume, die mich zu unserem Rasenmähermann geführt hatten. Ich begriff die Drogensüchtigen, die eines Tages im Körper eines Fremden aufwachten und das Leben dieses Fremden mehr schlecht als recht leben mussten. Falls wir nicht allesamt durch die Hand von Sklaventreibern oder Regierungsbeamten zu Tode kamen, schwor ich, freiwillig in der örtlichen Drogenklinik auszuhelfen. Ich gab meine Sucht zu. Ich bin Jimm, und ich bin sexsüchtig.

Mair telefonierte mit Arnys Handy.

Als sie fertig war, fragte ich: »Wer war das?«

»Ed«, sagte sie.

»Mair, wir sind ein Team«, sagte ich. »Teams sprechen sich ab. Teams ignorieren nicht die Meinung ihrer Töchter. Was hat er gesagt?«

»Er ist schon unterwegs.«

»Chom, danke für heute Nachmittag. Kannst du sprechen?«

»Meinst du damit, ob ich das ABC beherrsche, oder ob ich in der Lage bin, über den Analphabeten zu sprechen, mit dem ich mein Büro teile?«

»Okay. Damit ist die Frage beantwortet. Wo bist du?«

»Ich sitze mit einer Zigarette auf dem Kinderspielplatz.«

»Du bist Nichtraucher.«

»Ich sage ja nicht, dass ich sie rauche. Ich halte sie nur an meine Lippen, damit es so aussieht, als würde ich rauchen. Damit ich eine Ausrede habe, wieso ich nicht im Büro bin.«

»Du versteckst dich.«

»Ich bin am Ende. Ich male mir aus, was ich alles mit ihm anstellen würde, wenn ich viermal männlicher wäre, als ich bin.«

»Du willst Rache nehmen?«

»Absolut.«

»Gut. Hast du seine Adresse?«

»Ich bin schon mehrmals daran vorbeigefahren und habe imaginäre Molotowcocktails geworfen.«

»Würdest du gern mal reingehen?«

»Würde es sich dabei um etwas handeln, das wir Polizisten als ›Einbruch‹ bezeichnen?«

»Genau das. Ich wette, das kannst du gut.«

»Aber was – abgesehen vom stimulierenden Adrenalinschub – wäre meine Motivation?«

»Wir sind Sklaventreibern auf der Spur. Selbst wenn wir sie stellen könnten, hätten wir immer noch keinen Beweis, dass Egg damit zu tun hat. In seinen Akten findet sich nichts Belastendes. Wir brauchen etwas, das eine Verbindung zwischen ihm und den Sklaven herstellt. Und wir müssen wissen, ob noch andere Polizisten daran beteiligt sind.«

»Andere Polizisten?«

»Die Birmanen, die man heute verschleppt hat, wurden von Polizeibeamten in Uniform verhaftet.«

»Hast du diesmal einen richtigen Zeugen?«

»Siebzehn insgesamt. Aber sie sind draußen auf dem Meer. Wir wollen sie zurückholen.«

»Du hast einen Plan?«

»So einfach ist das nicht.«

»Du hast keinen Plan.«

»Doch, hab ich. Er bildet sich gerade heraus. Und der Einbruch, den du machen solltest, gehört zu diesem Plan.«

Er sagte nichts.

»Überlegst du?«, fragte ich.

»Ich posiere elegant mit meiner Zigarette zwischen zwei Fingern, während ich mir vorstelle, wie erniedrigend es sein muss, aus der Polizeitruppe entlassen zu werden.«

»Es kann nicht viel schlimmer sein als die Erniedrigung, die du im Dienst erdulden musst.«

Wieder Schweigen.

»Du hast recht.«

»Dann machst du es also?«

»Niemand schubst Big Chom ungestraft herum.«

KAPITEL ZWÖLF

I was feeling kinda seasick
But the crowd called Arthur Moor

»A Whiter Shade of Pale«
Procol Harum

Normalerweise fahren die kleinen Boote vom Hafen in Jamook Prong aufs Meer hinaus, aber heute lag Eds neues Sieben-Meter-Tintenfischfischerboot neben dem Honda vor Anker. Es war Flut, und das Meer schwappte bis an die Hütten. Ich mied jeglichen Blickkontakt mit Ed, sogar als ich ihm von den Seeräubern erzählte. Ich war beeindruckt, wie bereitwillig er sein Boot und seine Hilfe zur Verfügung stellte. Er hatte einen Freund dabei, den Plastikmarkisenverkäufer und Teilzeitdetektiv Meng, der ihm als Mannschaft diente. Leider wuchs mit jedem neuen Rekruten die Gefahr, dass sich ein Doppelagent bei uns einschlich. Wenn es um Piraterie ging, war immer viel Schmiergeld im Spiel. Allerdings hatte ich schon mit Meng zu tun gehabt, und er schien jemand zu sein, dem das Lügen schwerfiel. Mit seinen vierzig Kilo bei einer Größe von einem Meter fünfzig konnte ich mir allerdings kaum vorstellen, dass er sonderlich viele bewaffnete Wachen niederringen würde.

»Und was genau ist jetzt der Plan?«, fragte Ed.

Fast hätte ich ihn angesehen.

»Das kann ich euch jetzt noch nicht verraten«, sagte ich.

»Ich warte noch darauf, dass der letzte Faktor ins Spiel kommt.«

»Also hast du noch gar keinen Plan.«

»Doch, habe ich«, begann ich. »Ich kann nur nicht …«

»Ho, ho, ho, was haben wir denn da?«, dröhnte eine Stimme über den Strand.

Bigman Beung stapfte durch den vollgemüllten Sand. Er trug eine Art Admiralsuniform mit mehr Schleifchen und Bändern als eine rhythmische Gymnastikgruppe. Es war ein denkbar ungünstiger Zeitpunkt. Das Letzte, was ich jetzt brauchen konnte, war Ärger mit unserem schmierigen Dorfoberhaupt.

»Beung«, sagte ich. »Was machen Sie denn hier?«

»Die Frage ist doch eher, was ihr hier macht«, sagte er. »Und im Übrigen muss ich sagen, wie ausgesprochen hübsch sich dein feuchtes T-Shirt an den kleinen Büstenhalter schmiegt.«

Ich war noch immer nass von meinem Versuch, Opa Jah zu retten. Wenn ich jetzt dazu noch schwitzte, handelte ich mir am Ende tatsächlich eine Lungenentzündung ein. Ich löste mein klebriges T-Shirt von der Haut, doch sein Blick blieb stur auf meine Brust gerichtet.

»Wir feiern ein kleines Fest zur Einweihung von Eds neuem Boot«, log ich. »Opa ist unterwegs, um Böller zu kaufen. Der Mönch musste schon wieder los.«

Ich warf einen Blick über meine Schulter und ging eigentlich davon aus, dass Ed und Meng mir den Rücken stärkten, aber die beiden schlenderten am Strand entlang.

»Ach so?«

»Ja.«

»Komisch nur, dass wir den Stapellauf schon vor drei Wochen gefeiert haben.«

»Ja, stimmt. Aber das hier ist eine private Familienfeier. Um ihm dafür zu danken, dass er unseren Rasen im letzten Jahr so gut gemäht hat.«

»Ach so?«

»Ja.«

Unter seinem Blick wurden meine Brüste immer schwerer, sodass ich richtig erleichtert war, als er mir in die Augen blickte.

»Einen Dorfältesten sollte man nicht belügen, Kleine.«

»Ich hab gar nicht wirklich …«

»Was glaubst du, weshalb ich hier bin?«

»Ich weiß nicht. Um die Latrinen zu inspizieren?«

»Sieht das hier für dich denn aus wie eine Kanalarbeiteruniform?«

Er hatte recht. Tat es nicht. Die Uniform sah aus, als stammte sie aus einer Operette von Gilbert und Sullivan.

»Ich bin gekommen, um mitzufahren«, sagte er.

»Wo wollen Sie denn hin?«

»Wo wollen *wir* hin?«

Ich schüttelte den Kopf.

»Käpt'n Kow hat mich angerufen.«

Ein Meteoritenbrocken fiel aus dem All herab und landete in meiner Magengrube.

»Warum …?«

»Guck nicht so überrascht, Kindchen. Der Käpt'n und ich, wir sind so.«

Er verdrehte die Finger wie zu einem Seemannsknoten. Plötzlich hasste ich Käpt'n Kow. Durch einen einzigen dummen Anruf war unser Projekt zum Scheitern verurteilt. Am liebsten hätte ich alles hingeworfen. Und als wäre das noch nicht schlimm genug, nahm Beung meine Hand. Seine Finger waren fettig.

»Ich bin hier in der Gegend der wichtigste Mann. Vergiss das nicht. Der Käpt'n und ich, wir haben diese Hochseefischer schon länger im Blick.«

»Ach ja?«

»Möglicherweise wirken wir wie ein unorganisierter Haufen, aber der Küstenalarmtrupp von Maprao hat immer den Finger am Puls der Zeit.«

Sein Daumen streichelte mein Handgelenk.

»Und?«

»Wir hegen schon lange den Verdacht, dass es da draußen nicht mit rechten Dingen zugeht. Was du herausgefunden hast, beweist, dass wir richtiglagen. Aber uns war klar, dass wir es mit einflussreichen Leuten zu tun haben. Wir wussten nicht, wie wir vorgehen sollten. Uns fehlte ein guter Plan.«

Ich wusste, was als Nächstes kam.

»Wie sieht unser Plan denn aus?«, fragte er.

»Eigentlich hab ich …«

Ein Schrei wehte vom Strand herüber. Mit rudernden Armen kam Mair angerannt, als wollte sie imaginäre Vögel vertreiben. Die ganze Mannschaft versammelte sich um sie und wartete, bis sie wieder Luft bekam. Als sie ihre Stimme wiederfand, flüsterte sie verschwörerisch. Wir verstanden kein Wort.

»Mair, du musst lauter sprechen«, sagte Arny.

Sie sah zum Laden hinüber.

»Ich darf nicht so laut sprechen. Er könnte mich hören.«

»Wer?«

»Er. Einer von den Leichendieben. Den Bombenlegern. Den Ratten. Er ist wieder da. Er parkt oben an der Straße und kommt den Weg herunter. Aber ich habe ihn gesehen. Vater, hol deine Pistole. Zeigen wir dem Mistkerl …«

»Mair«, rief ich. »Ganz ruhig. Bist du sicher, dass er es ist?«

»Den würde ich immer wiedererkennen.«

Uns blieb keine Zeit mehr für die Pistole. Alle liefen über den Strand und griffen sich aus dem Unrat alles, was man als Waffe benutzen konnte: Bambus, Schuhe, Injektionsspritzen. Wir legten uns hinter Mauern und Hütten auf die Lauer und warteten. Und warteten. Gerade wollte ich losgehen und mal nachsehen, als ein stämmiger Mann in der Uniform eines Flughafen-Gepäckverladers ungeniert über unseren Parkplatz spazierte.

»Schnappt ihn euch!«, rief Opa Jah.

Wir griffen an, kopflos, aber der Mann riss die Hände hoch, warf sich auf den Rücken und streckte die Beine in die Luft wie ein unterwürfiger Hund. Sticky erreichte den Eindringling als Erster und riss ihm erbarmungslos den Schnauzbart aus dem Gesicht. Alles hätte voller Blut sein sollen, aber davon war nichts zu sehen. Allerdings stieß das Opfer einen hohen Schrei aus, den ich sofort erkannte.

»Halt, Leute!«, rief ich. »Das ist Verwandtschaft.«

»Sissi?«, sagte Arny und half seinem Exbruder auf die Beine. Sie umarmten sich. Ich beteiligte mich am Gerangel. Mair war etwas schwerer von Begriff.

»Wer ist denn das?«

»Hallo, Mair«, sagte Sissi.

Es war kein Wunder, dass wir meine Schwester nicht gleich erkannt hatten. Neben der weiten Gepäckverlader-Uniform trug sie eine spitze Mütze und bis eben noch einen rötlichen Schnauzer. Für jeden, der sie nicht als Miss Pattaya World 1992 kannte, war sie so männlich, wie man nur sein konnte, lief wie John Wayne und hatte sich sogar Bartstoppeln geschminkt.

»Somkiet?«, kreischte Mair und rannte zu ihrem erstgeborenen Kind. Dann riss sie ihre Tochter von mir und Arny los und weinte hemmungslos. »Somkiet. Du bist zu uns zurückgekommen.«

Damit hatte ich alle entscheidenden Faktoren meines Plans beieinander.

»Okay, wo kann ich mich hier niederlassen?«, fragte Sissi. »Und hast du vor, in absehbarer Zukunft dein dämliches Grinsen abzulegen?«

»Entschuldige«, sagte ich. »Ich finde es einfach nur zum Schreien komisch.«

»Wäre es dir lieber gewesen, wenn ich die Landbevölkerung mit High Heels und prallen Brüsten verschreckt hätte?«

»Vielleicht hast du recht. Wo hast du sie denn eigentlich gelassen?«

»Abgeklemmt. Wenn auch ungern.«

»Hoffentlich platzen sie nicht. Du bist wirklich eine Augenweide. Und Mair ist so glücklich, dass du hier bist.«

»Sie sieht gesund aus. Das Meer und das einfache Leben tun ihr gut.«

»Zumindest ihrem Körper.«

Wir saßen auf meiner Veranda und begingen kurz unsere Wiedervereinigung, bevor mein Boot ablegte. Sticky saß zu unseren Füßen und kaute auf dem Schnauzbart herum. Ich hatte Sissi von dem Problem erzählt, das wir mit den Noys und der Staatspolizei hatten, und dass es vielleicht keine so gute Idee wäre, wenn sie ihre Gerätschaften bei uns aufbaute. Wir wollten ja nicht, dass die Typen wiederkamen und merkten, dass hier eine Online-Operation im Gang war.

»Okay«, sagte ich. »Falls du noch andere Rechner brauchst,

bleibt nur das Internetcafé in Pak Nam. Bevor die Online-Gamer von der Highschool den Laden besetzen.«

»Und warum sollte der Besitzer zulassen, dass ich seinen Laden übernehme?«

»Wir haben eine Art … Einverständnis. Er denkt, wir sind von der Internetpolizei. Eigentlich sollte er keine Probleme machen. Mair kann dir zeigen, wo das Café ist.«

Sissi griff in ihre Sporttasche und holte etwas hervor, das wie ein flaches Stück Plastik aussah.

»Na gut«, sagte sie. »Hier ist das Ding. Behandle es pfleglich.«

»Was ist es?«

»Es ist ein Heavy Duty XR2 Double …«

»Schon gut. Keine technischen Daten. Es gefällt mir.«

»Das sollte es auch. Die Navy Seals benutzen es im Einsatz. Es ist kugelsicher.«

»Wirklich? Die gibt es nicht zufällig auch in meiner Größe, oder?«

»Ich hatte keine Zeit mehr, dir externe Kameras oder Mikros zu besorgen, also wirst du deinen Kommentar direkt in dieses kleine Loch hier sprechen. Der Akku hält etwa vierzehn Stunden, aber du hast Ersatz für den Fall, dass ihr kentert oder abdriftet.«

Diese Vorstellung erschreckte mich mehr als die Sorge davor, mir eine Kugel einzufangen.

»Mehr brauche ich nicht?«

»Schön wär's. Was meinst du wohl, wieso ich eben auf eurem Boot war? Ich habe noch ein kleines Wunderwerk der Technik eingebaut. Ein ultraleichtes Explorer 700 mit …«

»Sag mir einfach, was es kann, okay?«

»Es stellt Satellitenverbindungen her. Das ist auf See nicht so einfach, weil der Empfänger normalerweise unbeweglich sein muss. In Ufernähe könntest du vielleicht mit einem Handysignal durchkommen. Ich wusste nicht, wie weit ihr raus aufs Meer wollt. Aber dieses hübsche Gerät sollte dir ein stabiles Signal garantieren, egal wo du bist.«

»Super, Sissi. Vielen Dank. Wie ich sehe, hast du dich mit dem Gepäckverlader gut verstanden, was?«

»Wie meinst du das?«

»Du hast ihn dazu bewogen, seine Uniform abzulegen.«

»Nein. Er war nicht mein Typ. Er hatte noch eine Ersatzuniform. Aber da wir gerade von ›gut verstehen‹ sprechen ...«

»Was?«

»Ed?«

»Was ist mit ihm?«

»Von dem würde ich mich auch gern mal durchkitzeln lassen. Ich kann gut verstehen, wieso du ein Auge auf dieses Prachtexemplar geworfen hast.«

»Hab ich gar nicht.«

»Oh, gut. Dann schnapp ich ihn mir.«

»Viel Glück. Soweit ich weiß, steht er auf schnauzbärtige Flughafenmitarbeiter.«

»Warte nur, bis ich den Fummel ausgezogen habe.«

»Ich werde mir Mühe geben, ihn für dich am Leben zu halten. Jetzt muss ich aber los.«

Wir umarmten uns, nahmen aber nicht Abschied voneinander.

»Bist du immer noch sicher, dass es klappt?«, fragte ich.

»Für die technische Seite kann ich garantieren. Alles andere, das Schippern und Schießen und Retten und Kentern, das überlasse ich ganz euch.«

Ich lief am Strand entlang. Alle waren schon an Bord und warteten auf mich. Sieben lange Gesichter. Ich war die

Teamleiterin und wollte nicht, dass sie mir ansahen, wie hoffnungslos ich das alles fand. Mit zuversichtlicher Miene watete ich hinaus. Ich hatte sogar eine Plastiktüte mit Wäsche zum Wechseln dabei, obwohl die normalen Tintenfischfischerboote keineswegs mit Umkleidekabinen ausgestattet waren. Käpt'n Ed, der Rasenmähermann, sprang von seinem kleinen Boot ins brusthohe Wasser. Das Hin und Her der Wellen schien ihm nichts auszumachen.

»Sind wir so weit?«, rief er.

Das Wasser stand mir schon bis zum Hals. Den Computer und die Plastiktüte hielt ich über meinem Kopf. Ed watete auf mich zu. Ich wusste, was er vorhatte.

»Ich bin absolut selbst in der Lage, ohne männliche Hilfe ins Boot zu steigen«, sagte ich.

Ich dachte, da gäbe es vielleicht irgendwo eine kleine Leiter, vielleicht einen Kran. Aber es gab nur eine glatte Wand aus Planken. Ich kam noch nicht mal mit der Hand oben an.

»Entschuldige«, sagte er. »Aber das stimmt nicht.«

Er duckte sich ins Wasser, schlang seine Arme um meine Oberschenkel und hob mich an, als wäre ich nicht schwerer als ein großer Hering. Offenbar hatte die Wirkung des Antidepressivums noch nicht ganz nachgelassen. Opa Jah und PI Meng nahmen meine Habe, dann packten sie mich bei den Handgelenken und hievten mich hoch. Mühelos landete Ed im selben Moment an Deck wie ich. Er startete den Motor, lichtete den Anker, und nachdem wir den Honda einmal kurz gerammt hatten, waren wir schon unterwegs. Ich überlegte, wie sie das der Autoversicherung beibringen wollten.

Mair stand am Strand und winkte mit einer weggeworfenen Plastiktüte.

LIEBER CLINT. FOLGENDER BERICHT UNSERER HOCHSEEAKTION UND DER GLEICHZEITIGEN ERMITTLUNGEN AN LAND IST EIN TRANSKRIPT DES LIVE GESENDETEN INTERNETMATERIALS UND VERSCHIEDENER INTERVIEWS. FÜR RECHT UND ORDNUNG SORGEN IN MAPRAO ZWEI UNABHÄNGIGE, WENN AUCH GLEICHWERTIGE PARTEIEN – DER STAB DES LOVELY RESORT, DER DIE ERMITTLUNGEN FÜHRT, UND DIE WENIGEN AUFRECHTEN BEAMTEN IM REVIER VON PAK NAM, DIE VERHAFTUNGEN VORNEHMEN UND HIN UND WIEDER TÄTER VOR GERICHT BRINGEN. DIES IST IHRE GESCHICHTE.

Sissi und Mair ließen die Hunde zurück, damit sie das *Lovely Resort* hüteten, und machten sich mit dem Mighty X auf den Weg nach Pak Nam. Sie hielten am Postamt und holten sich Mairs Handy und eine Entschuldigung von Nat, dem Postbeamten, weil er ihre Privatadresse so unüberlegt weitergegeben hatte.

Im Pick-up rief Mair mit ihrem Handy den Fleischklops von der Staatspolizei an.

»Ja?«

»Mein Name ist Mrs. Jitmanat Gesuwan. Ich bin die Inhaberin des *Gulf Bay Lovely Resort & Restaurant* in Maprao.«

Am anderen Ende blieb es still.

»Ich bin die Frau, die Ihnen heute Morgen in die Eier getreten hat. Ich …«

»Ich erinnere mich. Was wollen Sie?«

»Kurz nachdem Sie weg waren, kam ein Mann, um sich den Honda anzusehen. Er hat nichts weiter gesagt. Er hatte kurze Haare und ein mürrisches Gesicht, weshalb ich dachte, er wäre einer von Ihren Leuten. Er hat am Motor herumgespielt und ihn irgendwie wieder in Gang gebracht. Mein Vater war richtig beeindruckt. Und schon fuhr der Kerl damit weg.«

»Jemand hat das Auto abgeholt?«

»Das waren Sie gar nicht?«

»Nein.«

»Dann hatte meine Nachbarin vielleicht doch recht. Sie meinte, sie hätte zwei Frauen gesehen, die in einem silbernen Auto aus Richtung unseres Motels kamen. Das waren bestimmt die beiden Frauen, die Sie suchen. Ich wette, sie haben einen Mechaniker geschickt. Das würde auch erklären, wieso da eine Plastiktüte mit Geld unterm Carport hing. Es war viel mehr, als sie uns schuldig sind. Ich könnte mir vorstellen, dass sie …«

»Wann war das?«

»Ach, ich weiß nicht. So um zwei vielleicht?«

»Und in welche Richtung sind sie gefahren?«

»Nach Süden. Obwohl sie auch ohne Weiteres …«

Er legte auf.

»Erledigt«, sagte Mair und nahm ihren Sohn bei der Hand. »Schön, dich wieder zu Hause zu haben.«

»Du bist mir ja eine«, sagte Sissi.

»Danke für das Kompliment, mein Kind. Endlich ist meine Familie wieder beisammen. Mein Traum ist wahr geworden.«

Live Internet Feed. 17:00 Uhr. Golf von Thailand.

(KAMERA – CLOSE-UP VON JIMM JUREE)

JIMM: Ich berichte hier von einem bedrohlich schwankenden Tintenfischfischerboot, das durch den Golf von Thailand schaukelt. Sie hören und sehen eine Liveübertragung. Englisch ist nicht meine Muttersprache, also verzeihen Sie meinen Akzent. In diesem Augenblick fahren wir aufs Meer hinaus, wo mindestens siebzehn Birmanen als Sklaven auf drei Vierzig-Meter-Trawlern gefangen gehalten werden. Höchstwahrscheinlich zwingt man die Birmanen mit Waffengewalt zur Arbeit. Wir haben keine Ahnung, wie viele Wachen an Bord sind und was für Waffen sie benutzen. Wir sind nur ein kleines Boot gegen drei Schiffe. Wir sind eine Mannschaft von acht Leuten, die sich eine Pistole teilen müssen. Unter uns sind alte Männer, ein verlobtes Pärchen und eine Frau, die Angst vor Wasser hat. Keiner von uns weiß, ob er lebendig zurückkehren wird. Wir haben nur den Plan, die Schiffe zu finden und die Birmanen zu retten. Und während ich hier zu Ihnen spreche, fängt es an zu nieseln. (KAMERA BLICKT ZUM GRAUEN HIMMEL AUF: EIN REGENTROPFEN TRIFFT DIE LINSE.) Droht uns der nächste Sturm, der unser Unternehmen zusätzlich erschweren dürfte?

Ich bin Ihre Reporterin Jimm Juree, und ich habe die Absicht, Ihnen weiter online zu berichten, bis diese Sache geklärt ist – so oder so. Werden wir das Leben unserer geknechteten Nachbarn retten, oder werden wir im Hagel des Maschinengewehrfeuers untergehen? Wir können nur abwarten und hoffen, dass uns die chinesische Meeresgöttin Mazu gnädig ist.

»Auf diesem Ding sieht sie fett aus«, sagte Mair. Sie beugte sich über Sissis Schulter, während die beiden der Liveübertragung folgten.

»Sie ist etwas übergewichtig«, sagte Sissi.

»Aber doch nicht fett, mein Sohn. Sie hat kein Gramm Fett am Leib. Sie ist solide. Ein gutes, braves Mädchen aus Chiang Mai. Sie ist so hübsch. Wäre es nicht wundervoll, wenn jemand sie hier sehen und sein Herz an sie verlieren würde? Meinst du, es guckt überhaupt jemand zu?«

»Bis jetzt … zweitausendsiebenhundert.«

»Zweitausendsiebenhundert was?«

»Leute … die zusehen.«

»Nein.«

»Doch. Sieh dir den Zähler an. Das ist die Anzahl der Livezuschauer.«

»Das sind Leute?«

»Absolut.«

»Aber woher wussten die davon? Wir haben doch gerade erst angefangen.«

»Ich habe überall Links eingerichtet. Auf Websites Werbung gemacht. Facebook. Twitter. Und schon verbreitet sich die Nachricht wie ein Virus.«

»Das klingt eher unangenehm. Du glaubst also, es könnten noch mehr werden?«

»Da bin ich mir ganz sicher.«

»Oh. Dann kann man ja auch sicher sein, dass da draußen jemand ist, dem sie gefällt, oder?«

»Schräge Vögel gibt es im Internet mehr als genug, Mair.«

»Sei nicht so gemein. Sie ist ein attraktives Mädchen mit einem liebenswerten Charakter und Sinn für Humor. Könntest du sie nicht vielleicht etwas schlanker wirken lassen?«

»Ohne die Vorteile der plastischen Chirurgie zu nutzen?«

»Guck dir mal die ganzen Knöpfe und Schalter an. Da kann man doch mit Spezialeffekten bestimmt was verändern.«

»Mal sehen, was sich machen lässt.«

Live Internet Feed. 17:42 Uhr. Golf von Thailand.

(KAMERA – CLOSE-UP VON JIMM JUREE)

JIMM: Langsam wird es spannend. Gerade haben wir über die Funkverbindung unseres Boots erfahren, dass Käpt'n Kow, der Mann, der den entführten Birmanen auf der Spur ist, deren Boot gesichtet hat und sich zurückfallen lässt, um keinen Verdacht zu erregen. Er hat uns seine Position und seinen Kurs gemeldet, und wir haben unseren Kurs darauf eingestellt und fahren mit voller Kraft voraus, um uns mit ihm zu treffen. Unser Kapitän schätzt, dass wir Kow in etwas mehr als einer Stunde treffen werden. Auf einem Boot ohne Dach und Toilette kann einem die Zeit ziemlich lang werden. Doch wir wärmen uns an der Gewissheit, dass die Jagd begonnen hat.

Nachdem ich unsere tapfere Mannschaft bereits vorgestellt habe und niemand außer mir Englisch spricht, überlege ich, wie ich am besten …

GAEW: (OFF CAMERA) Ich spreche Englisch.

(DIE KAMERA SCHWENKT ZUR MANNSCHAFT UND ZOOMT AUF GAEW, DIE LÄCHELND EINE HAND HEBT.)

JIMM: (OFF CAMERA) Du sprichst Englisch?

GAEW: Wegen der internationalen Bodybuilding-Wettbewerbe.

JIMM: Na, dann komm her. Liebe Zuschauer, das ist die Gelegenheit für Ihre Reporterin Jimm Juree, das Mikrofon an eine Frau weiterzureichen, die aus der Gegend kommt und das Meer und die Nöte der Birmanen so gut kennt wie kaum jemand.

GAEW: Eigentlich hatten wir einen Reisladen. Ich war nur in den Ferien am Strand.

JIMM: Dann erzähl uns was über die … Nöte der internationalen Bodybuilding-Szene. Ich bin mir sicher, dass unsere Zuschauer eine kleine Pause von mir vertragen können.

Vor allem musste ich ganz dringend pinkeln, aber auch den Zuschauern einer Livesendung ist nicht alles zuzumuten. Selbst die Leute von *Big Brother* scheuen davor zurück, auf den Toiletten Kameras zu installieren.

»Wo ist das Klo?«, fragte ich Ed.

Ich wusste, dass es keinen abgetrennten Raum gab, aber ich ging davon aus, dass man einem bestimmten Protokoll zu folgen hatte. Viele Frauen fuhren mit ihren Männern aufs Meer hinaus. Die stellten sich bestimmt nicht so an, aber die hatten auch kein siebenköpfiges Publikum, zu dem nicht zuletzt der perverse Admiral Bigman Beung höchstpersönlich zählte. Ed erklärte es mir. Wieder einmal kamen die Wunder des Sarong ins Spiel. Ich will nicht alle Details beschreiben. Es war kein schöner Anblick, aber meine Sittsamkeit blieb gewahrt, und ich hatte eine weitere Fertigkeit erlernt, die ich in meinem Lebenslauf angeben konnte.

Während Gaew über Anabolika und die Kosten eines guten Körperöls plauderte, saß ich neben PI Meng, dem Privatdetektiv, und freute mich über die Pause in meiner Livesendung.

»Gut zu tun gehabt?«, fragte ich, wie immer begierig darauf, zu erfahren, was in der lokalen Verbrechensszene so los war.

»Ach was«, sagte er.

Das überraschte nicht.

»Nichts Aktuelles?«

»Na ja …«

»Kommen Sie schon. Sie können es mir erzählen. Morgen früh sind wir sowieso alle tot.«

»Das stimmt. Na ja, Ari hat mich engagiert.«

»Ari, der Affenmann?«

»Wenn ich sage, dass er mich engagiert hat, meine ich

damit, dass er mir einen Finderlohn zahlen will, falls ich seinen Makaken aufstöbern kann. Aber der ist schon seit Dienstag verschwunden, und ich glaube nicht, dass wir das Vieh noch mal wiedersehen.«

»Stimmt«, sagte ich. »Der ist sicher längst weg. Über die Grenze nach Malaysia. Sollte mich jedenfalls nicht wundern. Malaysia ist so was wie eine südasiatische Version von Kanada. Da unten gibt es eine ganze Gemeinde von makakischen Flüchtlingen, die sich vor dem Kokosnussdienst drücken und Freiheitslieder gegen die Sklaverei singen.«

»Wirklich?«

Er hatte keinen Schimmer, wovon ich redete. Das ging den meisten Leuten so. Gerade wollte ich mich unters Volk mischen, als mir etwas einfiel. Ich setzte mich wieder hin.

»Was sagten Sie, seit wann der Affe vermisst wird?«, fragte ich.

»Dienstag«, sagte er. »Jemand hat ihn vom Wagen losgebunden und ist einfach damit wegspaziert.«

»Und Sie sind sicher, dass es Dienstag war?«

»Ganz sicher.«

Ich war etwas verwirrt, aber das hatte jetzt keine Priorität. Ich ließ Bigman Beung aus und setzte mich neben meinen Bruder.

»Alles okay, Kleiner?«

»Ich glaube, ich werde seekrank«, sagte er mit grünlichem Gesicht.

»Du musst den Horizont im Auge behalten und dir vorstellen, dass du in dem Leuchtturm da drüben wohnst.«

»Da drüben ist kein Leuchtturm.«

»Ich sagte, du sollst ihn dir vorstellen.«

»Ich dachte, du meintest, ist sollte mir vorstellen, da zu wohnen.«

»Das meinte ich auch. Siehst du? Schon geht es dir besser, oder?«

»Ja, ein bisschen.«

»Du darfst nur nicht ans Meer denken. Konzentrier dich auf Wolkenformationen. Konzentrier dich auf ein Licht in der Ferne. Konzentrier dich auf Gaew. Du weißt, dass du sie beeindruckst, oder? Du hast alles so hübsch durchgeplant.«

»Es lief auch gut. Nur Sissi war keine Hilfe. So plötzlich aufzutauchen.«

»Warum nicht?«

»Jetzt hat Gaew meine Gene gesehen.«

»Nicht doch.«

»Jetzt weiß sie, aus was für einem Stall ich komme.«

»Es ist wissenschaftlich bewiesen, dass Transsexualität nicht erblich ist. Ich verkleide mich ja auch nicht als … okay. Schlechtes Beispiel. Tatsache ist, dass du ein Mann bist, Arny. Das weiß sie. Und wenn der richtige Moment gekommen ist, wirst auch du es wissen. Sieh dich an. Du bist auf einem Boot, weit draußen auf dem Meer. Meilenweit vom nächsten Ufer entfernt. Wer hätte das gedacht?«

Er blickte in den Himmel, auf der Suche nach einer Wolke.

»Mir wird schon wieder schlecht.«

»Das wollte ich nicht.«

Unbeholfen stand ich auf und boxte Opa und Captain Waew an die Oberarme, weil Sporttrainer im Fernsehen das auch machten. Es förderte den Kampfgeist. Beide beklagten sich. Sie meinten, es hätte wehgetan. Ich entschuldigte mich. Daraufhin widmete ich mich wieder meinem Computer und – wie ich hoffte – einem kleinen, aber treuen Kontingent von Fremden im Internet.

KAPITEL DREIZEHN

Some shy bruised eyes
Please go away

»I Wish It Would Rain«
Temptations

Auch als Lieutenant Chompu zum dritten Mal an Eggs Haus vorbeifuhr schien alles still und friedlich. Die Grundstücke zu beiden Seiten waren unbebaut und überwuchert. Der Vorgarten des Hauses war von einer niedrigen Mauer eingefasst und betoniert, was die Gartenarbeit sicher um einiges erleichterte. Eine kurze Auffahrt führte zum offenen Carport, eine andere beschrieb einen Bogen und führte ums Haus herum zum hinteren Teil des Grundstücks. Das Gebäude selbst war ein zweistöckiger Protzbau, dessen Prunk ins alte Griechenland gepasst hätte, in Pak Nam jedoch reichlich überzogen daherkam. So opulent es sein mochte, wirkte es doch wenig einladend.

Chompu hüpfte über die Seitenmauer und landete im Müll. Flaschen und Dosen und vollgestopfte Plastiktüten. Den Kakerlaken missfiel der unverhoffte Besuch. Eilig huschten sie über den Hof.

»Barbaren«, sagte er laut.

Er ging zur Hintertür und drückte die Klinke. Es war abgeschlossen. Hinter ihm endete der Beton, und der Dschungel begann. Dort gab es einen Trampelpfad. Diesem folgte Chompu um eine scharfe Biegung zu einem zweiten Carport, nicht mehr als eine Wellblechhütte, mit einem Tuch verhängt. Er schob das Tuch beiseite und sah im Dunkeln einen beige-braunen Polizeiwagen stehen. Der kam ihm bekannt vor. Er sah aufs Nummernschild. Chumphon 44619. Es war eines der drei Fahrzeuge, die auf das Revier von Pak Nam zugelassen waren. Der eine Wagen bekam gerade einen neuen Vergaser. Als Chompu zwanzig Minuten zuvor das Büro verlassen hatte, meldete sich der zweite Wagen gerade über Funk und berichtete, sie hätten einen Pick-up mit einem Elefanten auf der Pritsche angehalten. Sie wollten wissen, wie hoch das zulässige Gesamtgewicht eines Toyota Hilux war. Keiner wusste es. Moment mal! Hatte der dritte Wagen nicht vor dem Revier gestanden, als er rauskam? Das hatte er sich doch nicht eingebildet. War es möglich, dass Lieutenant Egg in der Zeit, die Chompu gebraucht hatte, um sich hier umzusehen, mit diesem Wagen nach Hause gefahren war? Stand Egg drinnen am Fenster und beobachtete ihn?

Chompu trat näher und legte seine Hand auf die Haube. Sie war nicht warm. Der Motor knackte nicht. Der Wagen war seit einer Weile nicht gefahren worden. Also war das dritte Fahrzeug vielleicht schon repariert und zurückgebracht worden und … er hatte einfach nur die Nummern verwechselt? Aber Chompu war kein Mensch, der drei Nummern durcheinanderbrachte, die er schon unzählige Male in Fahrbefehle eingetragen hatte. Da war doch irgendwas faul.

Er kehrte zum Haus zurück, blieb an der Tür stehen und versuchte es noch mal mit der Klinke. Es war immer noch abgeschlossen. Er suchte unter den Blumentöpfen mit den Pflanzenskeletten, aber da lag kein Schlüssel. Also blieb ihm nichts anderes übrig, als einzubrechen. Er hatte sogar daran gedacht, die kleine Brechstange mitzubringen, die zu seiner Motorradausrüstung gehörte. Die Tür sprang auf, und nicht zum ersten Mal dachte er, wie viel leichter sein Leben doch gewesen wäre, wenn er eine kriminelle Laufbahn eingeschlagen hätte. In der Unterwelt gab es keine Diskriminierung. Die Mafia machte einem nicht das Leben schwer, weil man Kylie Minogue mochte.

Die Erkundung des Erdgeschosses nahm gerade mal zwei Minuten in Anspruch. Abgesehen von einer geschmacklosen Sitzecke in der Küche, einer Spüle voll Geschirr und einem stinkenden Berg aus schwarzen Mülltüten, gab es dort nichts zu sehen. Die anderen Räume im Erdgeschoss standen leer.

Auf halbem Weg die Treppe hinauf hörte er das typische Rauschen eines Funkgeräts, nicht laut, aber offenbar auf derselben Frequenz, die auch die lokalen Rettungsstiftungen verwendeten. Momentan lief der Polizeifunk. Chompu zückte seine Pistole. Sie war bisher nur auf der Schießbahn zum Einsatz gekommen. Es handelte sich um eine alte Glock, die ordentlich Krach machte. Trotzdem hatte er Angst. Hinter dieser Waffe versteckte er sich eher, als dass er sie wirklich benutzen wollte. Er war kein Held. Er war ein Denker. Aus ihm wäre ein großer Detektiv geworden, hätte er nicht diesen Defekt gehabt.

Er kam an der ersten Schlafzimmertür vorbei. Ein Saustall. Überall lagen dreckige Klamotten. Schmutzige Hefte neben dem ungemachten Bett. Leere Flaschen. Aus dem Zimmer nebenan hörte er das Funkgerät. Mit pochendem Herzen schlich er über den gefliesten Treppenabsatz und blieb stehen, um sich zu sammeln, bevor er durch die nächste, halb offene Tür spähte. Die Jalousien waren geschlossen. Dort standen zwei Einzelbetten. Auf dem einen schlief ein Mann in Unterhosen. Er war kurz geschoren, ein sehniger, von Narben übersäter Muskelprotz. Die eine Wange sah aus wie eingefallen. Der Polizeifunk spielte ihm ein rauschendes Schlaflied aus Verkehrsmeldungen. Er schnarchte. Zwischen den Betten standen zwei Stühle, und über beiden hingen Uniformen.

Zwei …

… Stühle.

Schon spürte er die Messerspitze im Kreuz. Sie stach ihm in die Haut, sodass er wahrscheinlich blutete. Er heulte auf. Die Flecken gingen bestimmt nie wieder raus.

»Na, wie findest du mein neues Messer?«, ertönte eine heisere Stimme direkt an seinem Ohr. »Schön scharf, nicht? Die kleinste Bewegung, und du hast eine Niere weniger. An deiner Stelle würde ich die Knarre lieber fallen lassen.«

Klappernd fiel die Waffe auf die Fliesen und weckte den schlafenden Kerl, der sich als einer von den Rattenbrüdern entpuppte. Halb wach war dieser Ben ein unansehnlicher, reizbarer Junge.

»Was? Was ist passiert?«, fragte er und sprang von der Matratze.

»Wir haben Besuch«, sagte Socrates, die Stimme an Chompus Ohr. »Hielt es nicht mal für angebracht, unten zu klingeln. Und weißt du was? Ich glaube, als er dich da liegen sah, so nackt und verschwitzt … ich glaube, er wollte sich gerade an dir vergreifen.«

»Was? Wie meinst du das?«, fragte der Junge.

»Na ja, du weißt doch, wer das ist, oder?«, sagte die Ohrenstimme. »Das ist die Schwuchtel. Mit der Egg sein Büro teilen muss.«

»Was macht der hier?«

»Ich sag's doch. Er hatte es auf deinen Arsch abgesehen.«

Ben war aufgebracht. Er schien nicht zu wissen, wohin mit sich oder wie er reagieren sollte. Offenbar rang der Junge mit sich selbst. Er folgte einem Drang. Chompu wusste, was jetzt kam. Als Ben merkte, dass er kaum bekleidet war, griff er sich einen Thai-Manga-Comic vom Bett und hielt ihn vor seinen Schritt.

Nachdem der Anstand gewahrt war, wandte er sich Chompu zu und stach drohend mit dem Finger nach ihm. »Stimmt das?«, schrie er. »Deshalb bist du hier? Perverse Sau! Du bist tot!«

Der zweite Stich traf Chompus linkes Auge. Es tränte, aber er war zu benommen, um den Schmerz eigentlich wahrzunehmen. Die ganze Situation war so surreal wie damals, als Janet Jackson in der Halbzeit vom Superbowl ihre Brust rausholte, allerdings etwas lebensbedrohlicher. Er war wach und bei Sinnen, aber nicht wirklich beteiligt. Er war ganz klar im Kopf, wie beim Meditieren. Eine Mischung aus Buddhismus und Schockstarre. Es war, als klebte er mit den Geckos an den Wänden und beobachtete seine eigene bevorstehende Erniedrigung.

Der junge Ben bückte sich nach Chompus Waffe. Inzwischen bebte er. Im Wahn. Unkontrollierbar.

Chompu spürte, wie die kalte Mündung gegen seine Schläfe drückte, aber es fühlte sich immer noch nicht real an. Er hatte keine Angst. Fast hätte er gelächelt. Der Finger am Abzug war sieben Zentimeter von seinem Auge entfernt. Chompu sah einen langen, schmutzigen Fingernagel.

»Noch nicht«, hörte er Socrates' Stimme an seinem Ohr.

»Warum nicht?«

»Weil ich hinter ihm stehe, du Blödmann.«

Ben sah rot, und Chompu bezweifelte, dass die beschwichtigende Stimme der Logik je zu ihm durchdringen würde. Der Junge schüttelte sich, ließ die Waffe sinken und rotzte dem Polizisten ins Gesicht. Chompu betrachtete die Uniformen. Deshalb also stand ein falscher Streifenwagen hinterm Haus. Deshalb hörte Egg dauernd Kurzwelle. Er musste wissen, wo die echten Polizisten waren, damit er seine eigenen losschicken konnte, um Birmanen zu entführen. Sich als Polizist auszugeben war ein schwerwiegendes Delikt, und nachdem er nun Bescheid wusste, konnten sie ihn unmöglich wieder gehen lassen.

Live Internet Feed. 18:30 Uhr. Golf von Thailand.

(KAMERA – CLOSE-UP VON JIMM JUREE)

JIMM: *Wir sind jetzt anderthalb Stunden auf See. Endlich hat der Nieselregen nachgelassen, doch die Wellen werfen uns hin und her wie Pingpongbälle. Die Bedingungen fordern ihren Tribut.*

(KAMERA SCHWENKT NACH RECHTS ZU DEN HINTERTEILEN VON ARNY, WAEW UND BIGMAN BEUNG, DIE SICH ÜBER DIE RELING DES BOOTS BEUGEN. DAS BILD FÄNGT AN ZU WACKELN, UND WIR HÖREN WEIBLICHES WÜRGEN ABSEITS DER KAMERA.)

ED: (OFF CAMERA) Alles okay bei dir, Jimm?

JIMM: Was? Wieso denn nicht? Mir geht's gut.

ED: Du hast doch gerade …

JIMM: Schnauze, Ed.

(KAMERA KEHRT ZU JIMMS BLEICHEM GESICHT ZURÜCK.)

JIMM: So sind die Elemente. Sie verweisen eine Frau auf ihren Platz. Hier draußen sind wir Insekten, verglichen mit der Macht des Universums. Doch selbst auf unserem kleinen Ameisenhaufen verlangen wir Gerechtigkeit und fairen Umgang mit …

(KAMERA SINKT HERAB UND ZEIGT CLOSE-UP VON JIMMS FÜSSEN. WIR HÖREN WEITERES WÜRGEN.)

»Glaubst du, sie kommen zurecht?«, fragte Mair. Sie teilte sich mit Sissi einen Stuhl im Internetcafé und betrachtete das Geschehen auf dem Bildschirm.

»Sie sitzen auf einem Boot, auf hoher See, zur Monsunzeit«, antwortete Sissi. »Vielleicht kentern sie schon, bevor sie die Sklaventreiber überhaupt gefunden haben. Aber das ist ja gerade das Tolle daran.«

»Ach so?«

»Na klar. Ein besseres Drehbuch könnte man gar nicht schreiben. Wer steht denn da vom Computer auf? Das ist doch spannend!«

»Aber was ist, wenn sie … ich weiß nicht … sterben?«

»Genau. Darum geht es doch. Es ist der ultimative Trip. Da gibt es kein berechenbares Happy End. Die Spannung ist echt, weil die Darsteller tatsächlich sterben könnten. Und guck mal, Mair! Wir haben vierzehntausend Zuschauer online. Das sind mehr, als Susan Boyle an ihrem ersten Tag bei YouTube hatte.«

»Ich meine es ernst. Was ist, wenn sie es nicht schaffen?«

»Keiner von uns schafft es, Mair. Wir müssen alle sterben. Aber wer bekommt schon die Gelegenheit, es live im Internet zu tun?«

»Da hast du wohl recht.«

»Entschuldigen Sie …«

Überrascht blickten sie auf und fühlten sich vom pickligen Internetcafébesitzer gestört, der hinter seinem Tisch gesessen hatte und mit ansehen musste, wie seine Kundschaft vor der verriegelten Glastür kehrtmachte. Die fünftausend Baht, die Sissi ihm für die Benutzung seines Etablissements gegeben hatte, schienen ihn nicht zu befriedigen. Jetzt jedoch war er Feuer und Flamme für das, was da vor seinen Augen ablief.

»Was ist?«, fragte Sissi.

»Das ist alles echt, oder?«

»Zwei Stunden hast du gebraucht, um das rauszufinden?«

»Ich war beleidigt. Ich kann mich nicht konzentrieren, wenn ich beleidigt bin. Darf ich das twittern?«

»Je eher, desto besser«, sagte Sissi.

Live Internet Feed. 19:30 Uhr. Golf von Thailand.

(KAMERA – CLOSE-UP VON JIMM JUREE)

JIMM: Wir sind jetzt fast so lange auf See, wie unser letzter Premierminister im Amt war. Eben erreichte uns eine spannende Nachricht von Käpt'n Kow in dem Boot, das uns vorausfährt. Er ist jetzt da, wo die Übergabe stattfindet. Man hört das Gespräch unserer beiden Kapitäne im Funk. Ich übersetze, so gut ich kann.

(KAMERA ZOOMT AUF ED.)

KOW: Ich halte mich so weit abseits wie möglich. Die drei Trawler leuchten hell wie Bangkok. Auf meinem Boot ist alles dunkel. Mit dem Fernglas kann ich erkennen, dass sich die Trawler um das Zubringerboot versammelt haben. Sie … scheinen die Birmanen auf die drei Schiffe zu verteilen. Ich kann nicht erkennen, wie viele Wachen da sind. Sie sind weit weg, und die Sicht ist lausig. Aber … Augenblick mal. Da scheint es Streit zu geben. Ich kann das Gebrüll der Wachen hören. Es könnte … ich weiß nicht. Es könnte sein, dass sich jemand weigert, aus dem …

(IM FUNK SIND SCHÜSSE EINER AUTOMATISCHEN WAFFE ZU HÖREN.)

ED: Kow! Alles okay? Kow?

KOW: Ja. Die haben … die haben gerade einen von den Birmanen erschossen. Haben die Leiche einfach über Bord geworfen. Wahrscheinlich wollten sie zeigen, wer das Sagen hat. Ich … ja. (SCHWEIGEN) Das Zubringerboot kommt bald wieder in meine Richtung. Was schlagt ihr vor?

ED: Bleib unsichtbar, aber lass das Boot nicht aus den Augen.

JIMM: (OFF CAMERA) Tut mir leid. Ich war … ich hänge hier etwas mit dem Dolmetschen hinterher. Ich muss nur … ja. Oh, Mann. Diese Leute meinen es ernst. Ed, bist du sicher, dass Kow dem Boot folgen soll?

ED: Ja. Ich habe einen Plan.

KAPITEL VIERZEHN

The colours of the Rambo,
So pretty in disguise
»What A Wonderful World«
Bob Thiele/George David Weiss

Live Internet Feed, 19:55 Uhr, Golf von Thailand.

(CLOSE-UP VON JIMM JUREE, DIE SICH LANGSAM DEM DUNKLEN MEER ZUWENDET)

JIMM: (GEFLÜSTERT) Wir haben unsere Lichter gelöscht, weil das Zubringerboot auf dem Rückweg gleich bis auf fünfzig Meter an uns herankommt. Dahinter sehen wir das rote Licht von Käpt'n Kow. Wir hoffen, den Skipper des Fährbootes zu über…

(LAUTES KLICKEN VON SCHEINWERFERN, DIE ANGESTELLT WERDEN)

JIMM: Bei uns und auch bei Käpt'n Kow sind die Suchscheinwerfer angegangen. Jetzt ist das kleine Boot ganz gut zu erkennen. Mein Opa steht vorn neben Bigman Beung in seiner eindrucksvollen Uniform. Ich übersetze.

OPA JAH: (OFF CAMERA) Stellen Sie den Motor aus!

(SCHÜSSE FALLEN.)

JIMM: Wir hören, wie Opa Jah über den Kopf des Skippers hinwegschießt. Zumindest gehe ich davon aus, dass er ihn nicht treffen wollte. Ich schätze, mit den Scheinwerfern und der Uniform sieht das Ganze wohl aus wie eine Aktion der Wasserschutzpolizei. Er hat … er hat den Motor tatsächlich abge-

stellt und hält die Hände hoch. Unsere Maschine dagegen röhrt auf, und wir fahren direkt auf ihn zu. Ob er eine Waffe zieht, wenn er merkt, dass wir nicht von offizieller Stelle kommen?

BIGMAN BEUNG: (OFF CAMERA) Halten Sie Ihre Hände so, dass wir sie sehen können!

JIMM: Je näher wir kommen, desto deutlicher wird, dass der Skipper gar nicht in der Lage ist, irgendwas zu ziehen. Entweder ist er betrunken oder er steht unter Drogen. Jetzt sehen wir Käpt'n Kow, der neben ihm festmacht und an Bord springt. Bravo, Käpt'n. (CLOSE-UP VON KÄPT'n KOW GEHT IN DIE TOTALE UND ZEIGT DAS GEKAPERTE FÄHRBOOT.) Und da ist es. Das offene Boot, das den Trawlern siebzehn Sklaven gebracht hat, von denen einer direkt vor den Augen des Skippers ermordet wurde. Ich werde Sie mit an Bord nehmen, um Ihnen die haarsträubenden Bedingungen zu zeigen, unter denen die Birmanen aufs Meer verschleppt wurden. Hier. Zwei schmale Holzbänke. Eiserne Fußfesseln. Der Gestank von Erbrochenem. Nichts zu essen oder zu trinken. Mein Opa verhört unseren Kriegsgefangenen. Wie die meisten Fischer ist er bestimmt mit Amphetaminen vollgepumpt.

(ZOOM AUF DAS VERHÖR)

OPA JAH: Wie heißt du, alter Mann?

SKIPPER: Gute Frage.

OPA JAH: Bist du dir darüber im Klaren, dass du gerade gegen internationale Gesetze verstoßen hast?

SKIPPER: War das alles? Ich muss zur Nachtschicht.

OPA JAH: Du fährst nirgendwo mehr hin, mein Sohn. Du bist verhaftet.

SKIPPER: Ach, ja? Ich sehe hier gar keine Polizei. Nur Weiber und alte Säcke.

OPA JAH: Dann solltest du mal genauer hinsehen.

(CAPTAIN WAEW TRITT HINTER DEN SKIPPER UND LEGT IHM HANDSCHELLEN AN, WÄHREND OPA JAH DEN GEFANGENEN AUF EINE BANK MANÖVRIERT.)

SKIPPER: Das könnt ihr nicht machen. Ich habe Beziehungen. Ich hab 'ne Nummer, die ich anrufen kann. Mir kann keiner was!

OPA JAH: Ja? Wo hast du sie? Ich ruf für dich an.

SKIPPER: In meiner Hemdtasche.

OPA JAH: Danke. Das könnte uns nützen. Vor Gericht.

(KAMERA ROTIERT ZURÜCK ZU JIMM.)

JIMM: So weit, so gut. Unser erster Sieg. Jetzt haben wir drei Boote. Aber wie nutzen wir diesen Umstand zu unserem Vorteil? Bleiben Sie dran.

»Das ist das Größte, Mair. Das Allergrößte.«

»Ist es?«

»Absolut. Sieh dir den Zähler an.«

»Das sind wirklich viele.«

»Wir haben gerade einen mächtigen Satz gemacht. Uns fehlen nur noch fünfzigtausend bis zur halben Million. Und die Leute kommen von überall her. Guck dir das an!«

Sissi zerrte ihre Mutter zu einem anderen Computer.

»Siehst du das, Mair? Das ist ein StatCounter. Er zeigt dir an, von wo aus sich die Leute einloggen. Guck mal: London, Rio, Kapstadt. Guck dir die Zahlen an: Man sieht uns auf der ganzen Welt.«

»Das ist schön. Aber mir wäre es nicht so lieb, wenn sie einen Buschmann heiratet. Ein netter Engländer wäre gut.«

»Mair, das ist hier doch keine Dating-Agentur.«

»Ich weiß, aber du hast versprochen, dass du sie schlanker aussehen lässt.«

»Alle Männer auf der Welt werden sie begehren. Bald ist

sie prominent. Und wenn man prominent ist, kann es einem völlig egal sein, wie man aussieht.«

Mair betrachtete ihre Tochter und berührte den Bildschirm.

»Als Prominenter ist man kein normaler Mensch«, sagte sie. »Man ist nur ein weiterer zweidimensionaler Baustein im Entertainment-Imperium. Das hält nicht ewig. Ich möchte, dass sie jemanden findet, der sie will, weil sie ein gutes Herz hat.«

»Keine Sorge, die werden schon merken, dass sie ein Herz hat. Guck dir an, was sie da draußen macht. Bei der ganzen Aktion geht es doch schließlich darum, Herz zu zeigen.«

»Warum ist er nackt?«

»Ladyboys fühlen sich nicht gern – du weißt schon – entblößt. Ohne ihre schwulen Klamotten sind sie verloren, und ...«

»Aus was für einem Psychologiebuch hast du das denn?«

»Das weiß doch jeder.«

»Aha.«

Lieutenant Egg stand in der Tür und sah auf Chompu hinunter, der mit einer Hand ans Bettgestell gefesselt war. Es handelte sich um ein schlichtes, billiges Bett, sodass Chompu das Ding mit etwas gutem Willen und entsprechender Muskulatur hätte zertrümmern können. So lag er jedoch auf der Matratze, die eine Hand ans Bett gefesselt, die andere auf seinen Genitalien.

»Und die Prellungen?«, fragte Egg.

»Er wollte sich der Verhaftung widersetzen«, sagte Ben. Socrates saß auf dem anderen Bett und sah zu. Inzwischen trugen beide ihre falschen Polizeiuniformen.

»Normalerweise würde ich so etwas als übertriebene Gewaltanwendung bezeichnen«, sagte Egg. »Ich würde sagen: ›Wenn du einen Feind hast und ihn loswerden musst, mach es sauber und emotionslos. Es ist nur ein Job.‹ Aber hin und wieder gibt es Momente, da kommt einem jemand so quer, dass man seine Qualen einfach möglichst lange hinauszögern möchte.«

Egg setzte sich neben Chompu auf das Bett.

»Warum habt ihr ihn nicht geknebelt?«

»Er hat nichts gesagt«, meinte Ben.

»Bestimmt hat er Halsweh vom vielen Spermaschlucken«, sagte Socrates.

Egg griff sich Chompus Anstandshand und riss sie von seinem Geschlecht los.

»Holla! Für einen Ladyboy bist du aber gut bestückt, was?«, sagte Egg. »Die reine Verschwendung. Ich wette, deine Reporterfreundin hat ihn noch nie gesehen, stimmt's? Aber nachdem sie in eurer Beziehung die Eier in der Hose hat, würde es mich nicht mal wundern, wenn es ihre Idee gewesen wäre, dass du hier auftauchst. Allein kämst du doch gar nicht darauf. Und dann noch der Quatsch mit dem Aktenschrank. Meinst du, ich würde belastendes Material im Revier lassen? Ernsthaft?«

Egg schnippte mit den Fingern, und Ben reichte ihm sein Stilett.

»Und sein Handy«, sagte Egg.

Die Ratten durchsuchten die Kleidung am Boden und fanden ein Telefon. Egg scrollte durch die Nummern.

»Okay. Hier ist sie«, sagte er.

Er drückte die Nummer und reichte Chompu das Handy. Gleichzeitig schob er die rasiermesserscharfe Klinge unter den ganzen Stolz des Polizisten.

»Schaff sie so schnell wie möglich her«, sagte Egg. »Und lass es unverdächtig klingen. Sag ihr, du musst ihr was zeigen. Egal, wie du es machst. Aber eine dumme Bemerkung, und du verlierst auch noch den letzten Rest deiner nicht vorhandenen Männlichkeit. Wenn du verstehst, was ich meine.«

Chompu hielt sich das Handy ans Ohr und hustete.

»Hallo, Jimm? Ich bin's. Kannst du mich hören? … Ja, natürlich habe ich die DVD *Der Diamanten-Cop* bekommen, die du haben wolltest. Aber deshalb rufe ich nicht an. Ich habe gute Neuigkeiten. Ich bin in das Haus von unserem Flokatiträger eingebrochen.«

Das Messer hob sich ein paar Zentimeter, ebenso wie Chompus Stimmlage.

»Ich meine, Lieutenant Eggs Haus … Genau. Weißt du noch, wo es ist? … Drittes Gebäude nach dem Abbieger beim Krankenhaus. Liegt etwas zurück. Ich hab mich umgesehen und etwas gefunden, was du dir bestimmt selbst ansehen möchtest … Ja … ja … das stimmt. Kannst du schnell herkommen? Es ist wirklich dringend … Wo bist du? … Okay. Dann könntest du so in einer halben Stunde hier sein. Klingel an der Tür. Ich komm runter und lass dich rein. Okay. Ja, ich hab dich auch lieb.«

Er reichte Egg das Telefon.

»Weißt du was?«, sagte Egg. »Du bist echt ein Mädchen. Und ein Feigling dazu. Ich weiß ja nicht, an wem du rumgefummelt hast, um in unsere Polizei aufgenommen zu werden, oder wie du eigentlich zu deinem Rang gekommen bist, aber ich schäme mich, die gleiche Uniform zu tragen wie du.«

»Darf ich was sagen?«, antwortete Chompu.

Alle lachten.

»Sie ist so höflich«, sagte Socrates.

»Was?«, fragte Egg und zog die Messerklinge über Chompus Haut.

»Sie sollten das Vergnügen, mich zu töten, womöglich noch etwas verschieben. Sie will anrufen, wenn sie da ist. Sollte ich nicht antworten, kommt sie auch nicht rein.«

»Keine Sorge«, sagte Egg. »Es gibt so viele bessere Methoden, seine Zeit totzuschlagen, als dir den Hals umzudrehen. Das geht mir viel zu schnell.«

Er beugte sich vor und schlug Chompu dreimal mit voller Wucht ins Gesicht. Der dritte Schlag brach dem Lieutenant die Nase. Chompu gab keinen Laut von sich und ließ seinen Peiniger nicht aus den Augen.

Die Glockenspiel-Version von »Mamma Mia« störte Sissi und Mair.

»Was ist das?«, fragte Sissi.

»Das ist Jimms Handy.«

Sissi durchwühlte ihre Tasche.

»Warum ist es hier?«, fragte Mair.

»Jimm meinte, sie hätte da draußen sowieso keinen Empfang, also hat sie es mir gegeben, damit ich die Bodentruppen koordiniere. Kennst du jemanden namens *Lieu*?«

Der Name auf dem Display sagte beiden nichts. Sissi stellte das Telefon laut.

»Hier ist Jimms Telefon«, sagte sie.

»Hallo, Jimm? Ich bin's.«

»Wer ist *ich*?«

»Kannst du mich hören?«

»Ja, aber offensichtlich können Sie mich nicht hören. Hier ist nicht Jimm. Hier ist …«

»Ja, natürlich habe ich die DVD *Der Diamanten-Cop* bekommen, die du haben wolltest. Aber deshalb rufe ich nicht an. Ich habe gute Neuigkeiten. Ich bin in das Haus von unserem Flokatiträger eingebrochen.«

»Es klingt nach Chompu«, flüsterte Mair.

»Der schwule Bulle?«, fragte Sissi. »Jimm meinte, er wollte sich das Haus von diesem anderen Lieutenant ansehen.«

»Ich meine, Lieutenant Eggs Haus«, fuhr Chompu fort.

»Stecken Sie irgendwie in der Klemme?«, fragte Sissi.

»Genau. Weißt du noch, wo es ist?«

»Nein.«

»Drittes Gebäude nach dem Abbieger beim Krankenhaus. Liegt etwas zurück. Ich hab mich umgesehen und etwas gefunden, was du dir bestimmt selbst ansehen möchtest.«

»Ist jemand bei Ihnen?«

»Ja.«

»Okay. Deshalb können Sie nicht sprechen. Ist die DVD wichtig?«

»Ja.«

»Wie viele von denen sind da? Einer … zwei … drei?«

»Ja … das stimmt. Kannst du schnell herkommen? Es ist wirklich dringend.«

»Ich werd's versuchen.«

»Wo bist du?«

»Im Internetcafé in Pak Nam.«

»Okay. Dann könntest du so in einer halben Stunde hier sein. Klingel an der Tür. Ich komm runter und lass dich rein.«

»Hören Sie. Sagen Sie denen, ich rufe in fünfundzwanzig Minuten noch mal an, um sicherzugehen, dass alles okay ist. Das müsste Sie noch eine Weile am Leben halten.«

»Okay. Ja, ich hab dich auch lieb.«

»Das könnte dir so passen.«

Sissi stellte das Telefon ab und starrte ihre Mutter an. »Es scheint ernst zu sein.«

»Er steckt in der Klemme«, stimmte Mair zu. »Sagt dir diese DVD etwas?«

»*Der Diamanten-Cop*. Das war ein Martin-Lawrence-Film. Darin gibt er sich als Polizist aus.«

»Dann sollten wir also die echte Polizei rufen?«

»Nur wissen wir leider nicht, wer sich hier als Polizist ausgibt, Mair. Möglicherweise sitzt er sogar auf dem Revier. Es könnte auch eine Warnung sein, sich von der Polizei fernzuhalten. Ich werde allein gehen müssen.«

»Ganz sicher nicht.«

»Was nicht?«

»Allein gehen. Ich werde bestimmt nicht zulassen, dass ich meine Kinder und meinen Vater am selben Tag verliere.«

»Es wird gefährlich.«

»Habe ich dir nicht erzählt, wie mich mal ein Drogenabhängiger mit einem Messer bedroht hat und ich ihn mit einem Stuhl in die Flucht schlagen konnte?«

»Damals warst du jünger.«

»Das war letzten Oktober.«

»Trotzdem.«

»Du gehst nicht allein.«

»Na gut. Okay. Mal überlegen. Die sind zu dritt. Wahrscheinlich sind sie bewaffnet.«

»Chompu befindet sich in einem der oberen Zimmer.«

»Woher weißt du das?«

»Er wollte runterkommen, um uns reinzulassen.«

»Gut kombiniert. Wie lange bräuchten wir von hier zu diesem Haus?«

»Keine fünf Minuten.«

»Warum hat er dann gesagt …? Okay. Wir müssen uns schnell was einfallen lassen. In einer halben Stunde rechnen sie mit Jimm. Wenn wir früher da sind, können wir sie vielleicht überraschen.«

»Das wird ein Spaß.«

Angesichts des Streitgesprächs, das vor seinen Augen ablief, starrte der picklige Ladenbesitzer die beiden mit offenem Mund an.

»Du«, sagte Sissi.

»Ich?«, sagte Pickelface.

»Du hast hier das Sagen.«

»Hab ich?«

Er schien sich zu freuen. Sissi erklärte das Set-up und was zu tun war, damit es lief. Es gab da eine Externe, die er im Auge behalten sollte, falls sich jemand ins System hacken wollte, um die Website zu schließen. Darüber hinaus gab es ein Back-up, falls irgendwas schiefging. Sie erklärte es ihm in unverständlicher Nerd-Sprache, und er verstand. Mair saß daneben und staunte, wie fabelhaft sich ihr ältester Sohn gemacht hatte.

Piper Porterfield saß in ihrem Büro bei *Hope for Myanmar* und spielte auf ihrem Notebook *Spider Solitaire*. Sie hatte keinen einfachen Job und sie vermisste anständige Weinlokale und die zivilisierte westliche Kultur. Mae Hon Song war eine lebendige Stadt im Norden, aber doch eher ländlich. Es gab weder ein englischsprachiges Kino noch einen erwähnenswerten Feinkostladen. Stets zögerte sie es hinaus, nach Hause gehen zu müssen, weil sie nicht in ihrem ungemütlichen Wohnzimmer sitzen wollte, umzingelt von Geckos und den unheimlichen Lauten von Gott weiß was für Insekten, die draußen in den Bäumen zirpten. Noch sieben Monate bis zu ihrer Rückkehr in die Zivilisation.

In der Ecke ihres Bildschirms erschien eine Chat Box. Es war Pao. Sie war um sechs nach Hause gegangen, aber immer noch online bei der Büroarbeit.

Hast du das gesehen?, lautete die Nachricht, zusammen mit einer Webadresse: www.gulfslaverhunt.co.org.

Pao war süchtig nach Computerspielen. Schon wollte Piper den Link löschen, zusammen mit den anderen nervigen Spams, die das Mädchen ihr schickte. Die reine Langeweile ließ sie den Link kopieren und aufrufen.

Es war nur schwer zu erkennen. Das Bild war nicht besonders deutlich. Immer wieder gab es Pixel-Fehler. Aber offensichtlich handelte es sich um einen Blick übers Meer hinweg zum Horizont. In der Ferne sah man Schiffe. Und aus dem Off kam eine Stimme, die sie schon mal gehört hatte.

JIMM: (OFF CAMERA) Es dürfte vermutlich keine halbe Stunde mehr dauern, bis wir in Sichtweite der Sklavenschiffe sind. Im Schutz der Dunkelheit steigen unsere Chancen, unentdeckt zu bleiben. Vermutlich haben die Schiffe ihre grellen Scheinwerfer aufs Wasser gerichtet, um die Tintenfische anzulocken, und rechnen vermutlich nicht mit Besuch. Wir bemühen uns um Verstärkung. Käpt'n Kow sitzt schon seit einer Stunde am Funk. Aber das Karaoke-Finale steht bevor, und es scheint, als müsste das Leben entführter Birmanen zurückstehen, wenn luxuriöse Konsumgüterpreise winken.

Als Erstes warf Piper einen Blick auf den Zähler am oberen Seitenrand. Wenn man ihm Glauben schenken durfte, hatten fast eine halbe Million Menschen im Laufe des

Abends diese Seite angeklickt. Ein Logo zeigte an, dass sie etwas sah, das momentan live auf YouTube lief. Unten links gab es einen Button, der offenbar zur Homepage von *Slaver Hunt* führte. Als sie ihn anklickte, landete sie auf einer unspektakulären Website, wo zu lesen war, dass Jimm Juree mit ihrem kleinen Trupp von Helden um vier Uhr nachmittags in See gestochen war, um siebzehn entführte Birmanen von drei Sklavenschiffen zu befreien. Die Birmanen standen unter der Aufsicht schwer bewaffneter Wachen. Jimms Truppe besaß nur eine einzige Pistole. Sie waren allein auf sich gestellt, draußen auf dem Golf, im rechtsfreien Niemandsland. Ihre Chancen standen schlecht. Und so weiter und so fort.

Am Bildschirmrand gab es eine Spalte mit Zeitangaben. Man konnte einen beliebigen Zeitpunkt wählen und sich ansehen, was bisher passiert war. Wichtige Momente waren mit einem Totenkopf und gekreuzten Knochen gekennzeichnet. Das Ganze sah aus, als wäre es in aller Eile zusammengeschustert worden. Die Grafik war lausig, erfüllte jedoch ihren Zweck. Die Frau – Jimm – setzte etwas zu sehr auf Klischees und Dramatik, und ihr Englisch hatte einen schweren Akzent, doch an ihrer Entschlossenheit bestand kein Zweifel. Das Amateurhafte der ganzen Angelegenheit machte sie nur umso glaubwürdiger. Damit ließ sich was bewegen.

Piper griff nach ihrem Telefon.

Live Internet Feed. 20:24 Uhr. Golf von Thailand.

(COMPUTER IM NACHTSICHTMODUS)

JIMM: Gerade eben habe ich erst rausgefunden, wie man auf Nachtsicht stellt. Tut mir leid. In unserem Fahrwasser er-

kennt man zwei kleine Boote. Das eine gehört Käpt'n Kow, unserem Helden der Nacht, der tapfer dem Fährboot bis zu dessen Treffpunkt mit den Sklavenschiffen gefolgt war. Dahinter fährt das gekaperte Zubringerboot, an dessen Ruder nun PI Meng, der Privatdetektiv, steht, der mich gebeten hat, darauf hinzuweisen, dass er bereit sei, allen potenziellen Kunden, die sich diese Livesendung ansehen, einen zwanzigprozentigen Rabatt zu gewähren. Außerdem hat er vorzügliche Plastikmarkisen im Angebot. Und vermutlich wird es einige unter Ihnen geben, die sich fragen, wieso ich in einem derart angespannten Augenblick Werbung mache. Zum Teil liegt es sicher daran, dass seit einer halben Stunde nichts passiert ist, aber darüber hinaus stehe ich ein wenig unter Druck, weil …

OPA JAH: (OFF CAMERA) Jimm!

(KAMERA SCHWENKT UNBEHOLFEN ZUM BUG VON EDS BOOT, WO WIR WAEW, BEUNG UND OPA SEHEN, MIT FERNGLÄSERN VOR DEN AUGEN.)

OPA JAH: Das sind sie.

(KAMERA SUCHT DEN HORIZONT AB. ZOOMT AUF DREI LICHTPUNKTE.)

JIMM: Stimmt. Das müssen sie sein.

ED: Na gut. Ich gehe längsseits. Die beiden anderen Boote können hinter mir bleiben. Sollten die Sklaventreiber uns entdecken, sehen sie nur ein verirrtes Tintenfischfischerboot. Sie werden sich nicht viel dabei denken.

JIMM: Wieso nicht?

ED: Weil wir uns hier in einem Laichgebiet befinden, zwanzig Kilometer außerhalb der legalen Fischereizone. Hier draußen sind wir alle illegal.

(CLOSE-UP VON JIMM)

JIMM: Und somit haben wir unser Zielobjekt gefunden. Wolken verschleiern den Mond, und hier draußen ist es, als steckte man in einem Samthandschuh. Bald schon werden wir uns anschleichen. Möge die Macht mit uns sein.

Die Vibration einer lauten Türklingel ist in einem halb leeren Haus überall zu spüren.

»Das ist sie«, sagte die Ben-Ratte.

»Ist sie nicht«, sagte Egg. Er stand oben im dunklen Zimmer am Fenster und hatte einen freien Blick auf den betonierten Vorplatz, der vom Verandalicht beleuchtet wurde. »Da stehen zwei Nutten.«

Ben und Socrates kamen aus ihrem Zimmer gelaufen und stellten sich zu Egg ans Fenster.

»Habt ihr etwa …?«, fragte Egg.

»Nein«, sagte Socrates. Er sah Ben an. »Du?«

»Garantiert nicht«, sagte Ben entrüstet. »Dafür muss ich nicht bezahlen.«

Wieder klingelte es. Unten auf dem Hof war nichts zu sehen, bis eine der Nutten aus dem Schutz der Veranda trat. Sie blickte zum Fenster hinauf, und instinktiv wichen alle drei Männer einen halben Schritt zurück. Kurzer Rock. High Heels. Tief ausgeschnittenes Top. Peek-a-boo-Frisur. Hübsches Lächeln, rot umrahmt.

»Die würd' ich nehmen«, sagte Socrates.

»Ich auch«, sagte Ben. »Natürlich nur, wenn es umsonst wäre.«

Egg sah die beiden an.

»Seid ihr euch darüber im Klaren, dass jetzt kein besonders guter Moment für Vergnügungen ist?«, fragte er. »Unter Umständen müssen wir gleich zwei Menschen töten.«

»Ehrlich!«, sagte Socrates. »Wir haben zwar eine Nummer, aber die haben wir nicht angerufen. Nicht heute Abend.«

Die zweite Frau trat einen Schritt zurück und winkte zum Fenster. Sie war noch attraktiver als die andere, sofern das überhaupt möglich war. Beide riefen etwas zum Fenster herauf, doch dieses war doppelt verglast, damit es drinnen kühl und der Verkehrslärm draußen blieb.

»Vielleicht ist sie eine von den beiden«, sagte Ben. »Diese Jimm.«

»Also ehrlich«, sagte Egg. »Ihr habt sie doch gesehen. Sieht sie denn aus wie eine von den beiden?«

»Wäre schön, wenn es so wäre«, sagte Socrates.

»Macht nicht den Eindruck, als würden sie weggehen«, sagte Ben. »Lieutenant Egg, die eine zeigt auf Ihr Motorrad. Die weiß, dass Sie ein Bulle sind.«

»Mit denen werde ich mich wohl mal unterhalten müssen«, sagte Egg. »Wir wollen ja nicht, dass die sich hier rumtreiben, wenn das Mädchen kommt. Ihr zwei bleibt hier.«

Egg machte sich auf den Weg zur Haustür. Die beiden Nutten standen an sein Motorrad gelehnt. Sie waren viel älter, als sie weismachen wollten. Sie *wai*-ten freundlich.

»Runter von meiner Maschine«, sagte Egg. »Was wollt ihr hier?«

Sissi wandte sich zu Mair um.

»Siehst du, Deang? Ich hab doch gesagt, dass es ein Polizeimotorrad ist. Hab ich am Nummernschild erkannt.«

»Das ist mal wieder typisch, Noy. Immer musst du damit angeben, dass du recht hast.«

»Wer muss immer angeben? Ich sag ja nur, dass ich ein Polizeimotorrad erkenne, wenn ich eins sehe.«

»Weil du schon oft genug hintendrauf gesessen hast.«

»Mach nur. Setz noch einen obendrauf. Zieh alles in den Dreck. Ich kann nicht die kleinste Bemerkung von mir geben, ohne dass du daraus ein Drama machst.«

»Ich? Und was ist mit dir?«

»Ach, lass mich doch einfach …«

»Hey!«, rief Egg. »Maul halten! Was wollt ihr hier? Das ist Privatgelände.«

»Ach, wirklich?«, sagte Sissi. »Und dabei dachten wir, es wäre die städtische Turnhalle.«

»Werd bloß nicht frech, du Hure«, sagte Egg.

»Ooooooh«, machten die beiden Frauen.

»Wenn Sie da mal nicht voreilige Schlüsse ziehen«, sagte Mair. »Was – wenn ich fragen darf – führt Sie zu der Annahme, dass meine Kollegin hier eine Gunstgewerblerin ist?«

»Anständige Frauen laufen nicht rum wie ihr zwei, mit den Röcken bis zum Arsch. Und das wisst ihr auch«, sagte Egg.

Er hatte genug. Er zog seine Waffe.

»Oooooh«, machten die beiden Frauen.

»Es reicht Ihnen also nicht, uns zu beleidigen, jetzt wollen Sie uns auch noch erschießen«, sagte Sissi. »Wenn das die Brutalität der Polizei mal nicht auf die Spitze treibt.«

Sie winkte und warf den beiden Uniformierten oben am Fenster eine Kusshand zu. Der Jüngere winkte zurück.

»Und wie wollen Sie das dem Lions Club erklären?«, fragte Mair.

Egg lachte.

»Was für Verbindungen zum Lions Club könntet ihr zwei Schlampen wohl haben?«

»Wir sind Mitglieder«, sagte Mair.

»Wohl eher im Karnevalsverein«, sagte Egg.

»Ooooh«, machten beide Frauen.

»Jetzt reicht's«, sagte Sissi. »Ich werde Ihren Vorgesetzten anrufen.« Und damit stolzierte sie beleidigt auf die offene Tür zu.

»Stehen bleiben!«, rief Egg und rannte ihr hinterher. »Ihr zwei geht nirgendwo hin.«

Als er bei ihr ankam, stand sie schon unter dem Verandadach. Er packte ihren Arm und drückte ihr seine Pistole ans Ohr. Abrupt fuhr sie herum und hielt ihm einen Elektroschocker an den Hals. Er fiel zu Boden, wie ein Ei aus einem Hühnerhintern. Mair lächelte und schlenderte fröhlich auf die Veranda zu, wobei sie dem Jungen am Fenster noch mal eine Kusshand zuwarf. Sobald sie von oben nicht mehr zu sehen war, half sie Sissi, Lieutenant Egg ins Haus zu schleifen.

»In fünf Minuten kommt er wieder zu sich«, flüsterte Sissi und schloss die Haustür. Sie holte Kabelbinder aus ihrer Tasche und fesselte ihm die Arme hinter dem Rücken. Dann nahm sie einen großen Schaumstoffball und drückte ihm diesen in den Mund.

»Vielleicht sollte ich den Inhalt meiner Handtasche noch mal überdenken«, flüsterte Mair.

»Jetzt kommt der schwierige Teil«, sagte Sissi. »Bist du bereit?«

»Lass mich nur machen.«

Die Rattenbrüder hatten Egg und die beiden Nutten aus den Augen verloren. Unten war alles still.

»Was machen die da?«, fragte Ben.

»Mir scheint, ich hab wohl meine Röntgenbrille vergessen, was?«, sagte Socrates.

»Kein Grund, gleich …«

»Hey, Jungs!«, hörten sie eine Frauenstimme aus dem Erdgeschoss.

»Die sind im Haus«, sagte Ben.

»Wieso lässt er sie rein?«

»Vielleicht hat er … was arrangiert?«

»In zehn Minuten kommt dieses Mädchen. Er hat doch selbst gerade gesagt, dass wir keine Zeit für irgendwelche Arrangements haben.«

»Jungs? Könnt ihr mich hören?«, wurde die Stimme wieder laut. »Ich bin hier unten etwas einsam. Euer Lieutenant vergnügt sich mit meiner Freundin, und ich hab niemanden zum Spielen. Von euch beiden kann mir wohl keiner weiterhelfen, was?«

»Ich geh hin«, sagte Ben.

»Nein, warte.«

»Ich hab's zuerst gesagt.«

»Nein, ich meine, da stimmt doch was nicht.«

»Ich bin jünger, ich kann …«

»Hör zu, Blödmann. Ich meine, da stimmt irgendwas nicht. Egg fummelt doch nicht rum, wenn wir zwei Leute kaltmachen sollen. So sexy die beiden auch sein mögen.«

Er ging zur Schlafzimmertür.

»Egg? Egg?«, rief er.

»Der ist beschäftigt«, sagte Ben.

»Das glaub ich nicht. Hör zu. Du gehst zuerst runter. Guck nach, ob diese Nutten wirklich – du weißt schon – echt sind. Ich komm dir mit der Waffe hinterher. Kapiert?«

Sie gingen zum oberen Treppenabsatz, und Socrates rief: »Ist schon okay, Mann. Mach nur. Ich bleib hier oben und kümmere mich um unseren … kaputten Fernseher.«

Das war knapp. Fast hätte er gesagt: »Und kümmere mich um unseren Gefangenen.« Es war doch beruhigend, wenn der Verstand im letzten Moment noch ansprang. Ben nahm immer drei Treppenstufen auf einmal. Socrates zählte bis fünf, stellte sicher, dass der Ladyboy noch an sein Bett gefesselt war, und schlich langsam die Treppe hinunter. Auf halbem Weg blieb er stehen. Die Wohnzimmertür war zu. Dahinter vernahm man vertraute, weibliche Pornolaute. Er ging noch zwei Stufen weiter abwärts und hörte aus der Küche: »Was für ein hübscher Junge du bist. Komm doch näher.«

Socrates verzog das Gesicht. Ständig war er die gottverdammte Brautjungfer. Wieso hatten eigentlich immer die anderen Glück? Zwei Nutten ziehen von Haus zu Haus, um den Menschen Befriedigung zu verschaffen, aber Socrates kriegte mal wieder nichts ab. Typisch. Na, wenigstens konnte er spannen. Er nahm die letzten zehn Stufen auf Zehenspitzen und schlich lautlos zur Küchentür. Er spähte um den Türrahmen herum und erwartete eigentlich, jemanden auf dem Tisch liegen zu sehen. Doch da war niemand, nur leere Flaschen. Er sah zum Kühlschrank, zum Herd, dann machte er den Hals ganz lang, damit er die Spüle sehen konnte. Kaum hatte er die verdrehten Beine seines Partners auf dem Küchenfußboden entdeckt, da biss ihn eine scheißgroße, elektronische Python in den Nacken, und die ganze Welt war Ruß.

KAPITEL FÜNFZEHN

Old pirates, yes, they're rabbi

»Redemption Song«
Bob Marley

Und was machen wir jetzt mit ihnen?«, fragte Mair. »Meine letzten sadomasochistischen Erfahrungen liegen schon eine Weile zurück. Und die hatte ich mit dem Klerus.«

Sissi und Chompu drehten den Kopf, zogen die Augenbrauen hoch und starrten sie an. Mairs Kleider lagen hinten im Mietwagen, aber sie wollte ihre Rolle unbedingt weiterspielen. Für ihre achtundfünfzig Jahre hatte sie eine gute Figur und nicht oft Gelegenheit, diese herzuzeigen. Sissi dagegen hatte sich für ein praktisches, japanisches Strickensemble mit langem Rock entschieden. Chompu trug wieder seine Uniform, aber sein Gesicht sah schlimm aus.

»Dieser Elektroschocker macht richtig Spaß«, sagte er über die drei gefesselten Strolche gebeugt, die im Wohnzimmer auf dem Fußboden lagen.

»Wird schnell langweilig«, sagte Sissi. »Geht irgendwann allen so.«

»Neues-Spielzeug-Syndrom«, sagte der Polizist.

»Wisst ihr, was ich gerade denke?«, sagte Mair. »Wie schade, dass mein Vater nicht hier ist. Er hätte bestimmt seinen Spaß dabei, die Typen unter Strom zu setzen. Fast fühle ich mich selbst versucht, ihnen einen kleinen Schlag zu verpassen.«

»Du hattest schon genug Aufregung für einen Tag«, entgegnete Sissi.

»Wahrscheinlich hast du recht. Man soll aufhören, wenn's am schönsten ist. Aber mal ehrlich, was machen wir mit denen? Betonschuhe? Draußen auf hoher See?«

Chompu fiel es schwer, mit seinen geschwollenen Lippen zu grinsen.

»Zum einen sind da die beiden Schweinepriester, die sich als Polizeibeamte ausgegeben haben«, sagte er. »Hinterm Haus steht ein falscher Streifenwagen. Das ist bestimmt verboten. Und vielleicht finden wir Zeugen, die gesehen haben, wie die beiden in diesem Wagen an eurem Laden vorbeigefahren sind, kurz bevor er in die Luft flog. Da müsste sich eigentlich jemand finden lassen. Das Problem ist … der da.«

Er nickte zu Egg hinüber. Der Elektroschocker besaß einen Schalter, mit dem man dem Opfer kurze Einzelschläge versetzen konnte. Das hatte Chompu bei seinem Bürokollegen ausprobiert. Er wusste, wie unverantwortlich und kindisch es war, aber es machte einfach Spaß. Jede Berührung von Eggs Oberschenkel rief ein Winseln hervor. Die drei Männer waren mit Schaumstoffbällen geknebelt, und Chompu gab sich alle Mühe, etwaige sado-erotische Untertöne auszublenden. Schließlich wollte er ja nicht pervers werden. Nie im Leben. Er bemühte sich, die Ruhe zu bewahren.

»Wir haben immer noch nichts gegen unseren Lieutenant hier in der Hand. Möglicherweise können wir die beiden Schläger dazu bewegen, gegen ihn auszusagen. Wir haben jede Menge Indizien, aber uns fehlt … der Beweis.«

Er gestikulierte herum und setzte Egg versehentlich unter Strom.

»Ups, Verzeihung«, sagte er. »Das wollte ich nicht … ach, egal. Muss man dieses niedliche kleine Gerät eigentlich wieder aufladen?«

»Sie haben noch zwei Stunden«, sagte Sissi.

»Bemerkenswert. Wir beide sollten von Zeit zu Zeit Erfahrungen austauschen. Aber um Ihre Frage zu beantworten, Mair: Ich habe genug Material beisammen, um mein Revier zu benachrichtigen und die Bande abholen zu lassen. Ich fürchte nur, dass unser kleiner Wuschelkopf nicht allein operiert hat. Ich meine, falls sich herausstellen sollte, dass jemand seine schützende Hand über ihn hält, könnte er morgen schon wieder auf freiem Fuß sein. So was passiert ständig. Also, wenn das der Fall sein sollte …«

Er lächelte den Lieutenant an.

»… leg ich ihn um und verscharre ihn hier im Gebüsch.«

»Au, ja. Das machen wir«, sagte Mair. »Wir können uns doch unmöglich auf das System verlassen.«

Sissi blickte zwischen den beiden hin und her und fragte sich, wann sie wohl mit ihrem Böser-Bulle/Böser-Bulle-Theater aufhören würden. Und ob es eigentlich Theater war. Mordlüstern musterte Chompu den Lieutenant.

»Mair, ich glaube, Sie sollten sich lieber abwenden. Ich beabsichtige, unserem Gefangenen etwas eher Obszönes anzutun.« Er legte den Elektroschocker weg und nahm eines der scharfen Messer, die sie den Rattenbrüdern abgenommen hatten.

»Ich habe in meinem Leben schon einiges gesehen, mein Sohn«, sagte sie.

»So sei es.«

Chompu trat zu den drei Gefangenen und ging neben ihren Köpfen in die Hocke. Er hielt das Messer in der linken Hand und griff mit der rechten nach der Matte auf

Lieutenant Eggs Kopf. Dann riss er mit aller Kraft daran. Es gab ein leises Ratschen, ohne jeden Widerstand. Chompu hielt den Skalp hoch und betrachtete Eggs jämmerlichen Schädel. Er bot einen Anblick von rücksichtsloser Rodung. Von Kahlschlag und Verödung. Ein hoffnungsloses Haupt.

»Wie läuft's denn so?«, fragte Sissi. Mair und sie hatten das Internetcafé mit dem Schlüssel aufsperren wollen, den man ihnen gegeben hatte, doch die Tür stand offen. Etwa ein Dutzend Leute saß auf Hockern vor den Computern. Alle verfolgten die Vorgänge auf der Sklaven-Website.

»Wer … wer sind Sie?«, fragte der picklige Besitzer und stand von seinem bequemen Drehsessel auf.

»Lausiges Kurzzeitgedächtnis«, sagte Sissi mit seiner Gepäckverlader-Stimme. »Wie macht sich die Firewall?«

»Ach, Sie sind's«, sagte Pickelface und setzte sich wieder hin.

»Genau. Ich bin inkognito. Raus aus meinem Sessel! Und was machen diese Leute hier?«

Der Bursche verzog sich hinter seinen Schreibtisch.

»Das sind meine Twitter-Freunde«, sagte er. »Es ließ sich nicht verhindern.«

»Alle zwölf? Du bist beliebt.«

Sissi warf einen Blick auf den Zähler und lächelte Mair an.

»Achthundertneunzigtausend«, sagte sie. »Im Prinzip hat ganz Swasiland unser Sklavendrama in den letzten vier Stunden verfolgt. Nicht übel. Ganz und gar nicht. Selbst wenn man davon ausgeht, dass siebzig Prozent zu high oder zu müde sind, um überhaupt zu merken, dass es real ist, oder um sich dafür zu interessieren, gibt es doch immer einen kleinen Trupp von Aktivisten und Journalisten und Bloggern auf der Suche nach einer Pointe. Ein paar große Namen werden sich darüber empören, wie wenig sich seit dem 13. Jahrhundert bei uns getan hat.«

»Wen haben Sie denn da mitgebracht?«, fragte der Ladenbesitzer leise und lächelte Mair an, die keusch zurückflirtete.

»Vergiss es«, sagte Sissi. »Was passiert auf der Website?«

Widerstrebend riss sich der Besitzer von Mair los und kehrte an den Computer zurück.

»Es ist dunkel«, sagte der Mann.

»Das sehe ich«, sagte Sissi. »Das XR2 besitzt eine Nachtsichtfunktion. Warum ist die nicht aktiviert?«

»Jimm und Ed haben alle Lichter gelöscht«, sagte ein weicher Mann mit flaumigem Oberlippenbart.

»Das hat doch keinen …«, fing Sissi an.

»Diese Lichter da vorn«, sagte eine junge Frau mit bläulicher Haut, »das sind die Sklavenschiffe. Ed lässt sich mit der Strömung näher herantreiben. Alle an Bord von Eds Boot haben verabredet zu schweigen, bis auf Jimm. Sie flüstert ihren Bericht. Obwohl es sein könnte, dass ihre Stimme in der Nachtluft weit zu hören ist. Das Ganze ist … irre spannend.«

»Im Vergleich sieht das *Blair Witch Project* aus, als wäre es nicht echt gewesen«, sagte der Mann mit dem Bärtchen.

»Es war nicht echt«, sagte Sissi.

»Wenn Sie meinen …«, sagte der Besitzer und zwinkerte Mair zu.

»Ja. Okay.« Sissi hatte das Gefühl, als hielte sie das Heft nicht mehr in der Hand. »Mair, bist du sicher, dass du dich nicht umziehen möchtest?«

»Ja.«

»Okay, dann macht lauter. Wollen wir doch mal sehen, was Schwesterchen so erzählt«, sagte Sissi.

»Wird auch Zeit«, sagte Blauhaut.

Live Internet Feed. 21:44 Uhr. Golf von Thailand.

(CLOSE-UP JIMM)

JIMM: … und somit haben wir endlich einen Plan. Er ist riskant, aber uns bleibt nicht viel anderes übrig. Opa Jah und Waew haben den Skipper des Zubringerboots mit Rum abgefüllt. In Verbindung mit dem, was er schon vorher eingeworfen hatte, steht er inzwischen völlig neben sich.

(KAMERASCHWENK AUF DIE ALTEN MÄNNER, DIE DEN SKIPPER AUFFORDERN, AUS DER FLASCHE ZU TRINKEN. DIE KAMERA SCHWENKT WEITER UND ZEIGT ARNY UND GAEW HALB NACKT.)

JIMM: Unsere tapferen Freiwilligen, mein Bruder Arny und seine Verlobte Gaew, verkleiden sich als birmanische Bauern. Das da ist Arny, der sich gerade sein T-Shirt vom Leib reißt. Und das da ist Bigman Beung, der versucht, Gaew das T-Shirt vom Leib zu reißen. Und das da ist Gaew, die ihm in den Solarplexus boxt. Das ist viel leiser, als ihm eine zu kleben. Die Spannung steigt. Arny und Gaew werden mit dem betrunkenen Skipper und PI Meng als Kapitän auf dem Zubringerboot fahren. Ich selbst werde mich unter einer Plastikplane verstecken. Ed und Bigman Beung nehmen östlichen Kurs und kreisen. Käpt'n Kow und Waew und Opa Jah tun dasselbe westlich von uns. Da wir die Sklaventreiber nicht mit Waffengewalt bezwingen können, müssen wir dieselbe Taktik anwenden, mit der wir auch das Zubringerboot geentert haben. Wenn wir sie davon überzeugen können, dass wir in offizieller Funktion unterwegs sind, gibt uns das vielleicht genügend Zeit, um an Bord zu gelangen und sie zu entwaffnen. Zumindest theoretisch.

(DIE KAMERA WIRD IN DAS KLEINE BOOT GEBRACHT. WIR SEHEN DEN SKIPPER AN DIE KAJÜTE GELEHNT UND PI MENG AM RUDER.)

JIMM: *Los geht's. Heute ist ein schöner Abend zum Entern. Der Regen hat inzwischen aufgehört, aber hoffen wir, dass uns die Wolkendecke erhalten bleibt. Irgendwo da oben scheint ein voller Mond, und in klarer Nacht kann man in seinem Licht meilenweit sehen. Wenn sich dieses Boot den drei Sklavenschiffen nähert, werden sie unweigerlich ihre Scheinwerfer auf uns richten. Von da an muss ich diese Sendung unter der Plane fortsetzen.* (ZOOM AUF DIE PASSAGIERE) *Vorerst jedoch sitze ich noch im offenen Boot bei meinem mutigen Bruder und seiner Verlobten. Wie geht es dir, Gaew?*

GAEW: *Es fühlt sich an wie vor einem großen Bodybuilding-Turnier. Dieses Kribbeln im Bauch, nicht zu wissen, wie es ausgeht. Nur ohne Anabolika. Aber heute Nacht bin ich stolz.*

JIMM: *Stolz worauf?*

GAEW: *Stolz auf meinen Mann. Er hat sich als Erster freiwillig gemeldet. Ohne zu zögern. Das gefällt mir. Kühn und entschlossen. Ein ganzer Kerl. In Situationen wie diesen merkt man erst, wie Menschen wirklich sind.*

(CLOSE-UP EINES SEHR BLASSEN ARNY)

JIMM: *Und wie geht es dir, kleiner Bruder?*

ARNY: *Okay.*

JIMM: *Mehr nicht?*

ARNY: *Nein.*

JIMM: *Da habt ihr's. Er ist ein Mann der Tat, kein Freund großer Worte. Viel Glück euch beiden. Bald werden wir wissen …*

PI MENG: *Jimm, runter!*

(KAMERA WIRD VON STARKEM LICHTSTRAHL GEBLENDET. WIR

SEHEN EIN WILD WACKELNDES BILD UND HEKTISCHES TREIBEN. LAUTE STIMMEN IM HINTERGRUND. SCHÜSSE FALLEN. DER BILDSCHIRM WIRD SCHWARZ. WIR HÖREN SCHWERES ATMEN, ALS KÄME ES VOM COMPUTER SELBST. FAST EINE MINUTE BLEIBT ES SO. SCHLIESSLICH SEHEN WIR EINE EXTREME NAHAUFNAHME VON JIMM UNTER DER PLANE. IHRE NASE LÄUFT. NACHTSICHT. EIN ANGSTVERZERRTES GESICHT)

JIMM: (GEFLÜSTERT) Sie … sie haben uns entdeckt. Das kam (ATMET) viel schneller als erwartet. Ihre Scheinwerfer sind auf uns gerichtet. Ich war kurz im Licht. Ich … ich weiß nicht. Eine der Wachen hat auf uns geschossen. PI Meng hat den Motor ausgemacht und hält die Hände hoch. Sie wollten wissen, was wir hier zu suchen haben. Sie … Moment, ich kann kaum was verstehen hier unter der … Okay, PI Meng erzählt denen die Geschichte, die wir uns ausgedacht haben. Er ist der Neffe vom Skipper. Der Skipper ist so breit, dass er seinen Neffen angefunkt hat, er soll ihn nach Hause bringen. Aber auf dem Boot hat der Neffe dann zwei Birmanen gefunden, die sich unter der Plane versteckt hatten. Augenblick mal. Ich kann hören, dass eines der Schiffe die Maschine anwirft. PI Meng lügt ganz überzeugend, aber ich weiß nicht, ob die Sklaventreiber es ihm abkaufen. Ich kann nichts sehen. Ich hoffe, sie können die Motoren unserer anderen beiden Boote nicht hören.

Es klingt, als hätte eins der Sklavenschiffe neben uns festgemacht. Die Stimmen scheinen direkt über mir zu sein. Ich muss … ich muss vorsichtig sein. Ich bete zu Clint, dass sie nicht an Bord kommen.

(UNDEUTLICHES GEBRÜLL)

JIMM: Der Sklaventreiberboss scheint wütend zu sein. Er schreit den Skipper an, kriegt aber keine Antwort. Was nicht überrascht, angesichts der Unmengen von Rum, die sie ihm eingeflößt haben. Ich übersetze.

BOSS: Du solltest uns siebzehn bringen. Stimmt doch, oder? So hat man es uns ... Der Kerl hört überhaupt nicht zu. Schmeißt ihn über Bord.

SKIPPER: Brahhhl'tppaabbrrr.

PI MENG: Er übertreibt es öfter mal, Sir. Ich kümmere mich um ihn.

BOSS: Der Penner interessiert mich einen Dreck. Ich will wissen, ob die Zahlen stimmen. Siebzehn, hat man uns gesagt. Einer wollte aus der Reihe tanzen und hat sich ein paar Kugeln eingefangen. Wenn ich mich nicht täusche, macht das sechzehn. Stimmt das etwa nicht? Findet hier jemand, dass daran irgendwas nicht stimmt? Und diese sechzehn haben wir auch gekriegt. Das hier gefällt mir nicht. Wer bist du? Wie kommt es, dass du rein zufällig im richtigen Moment auf hoher See rumschwimmst?

PI MENG: Ich bin nicht geschwommen, Sir. Ich habe mein eigenes Boot. Mein Bruder und ich. Wir waren in der Nähe, und als er gefunkt hat, sind wir hingefahren und haben uns mit ihm getroffen. Da haben wir die blinden Passagiere gefunden.

BOSS: Wer ist als Wache auf dem Zubringer mitgefahren? Su, komm her!

SEEMANN 2: Ja, Boss?

BOSS: Weißt du irgendwas davon?

SEEMANN 2: Wovon, Boss?

BOSS: Dieser Mann da behauptet, dass zu dieser Lieferung noch zwei Birmanen mehr gehören.

SEEMANN 2: Echt?

BOSS: Echt? Was soll das heißen – echt? Du solltest sie abzählen, wenn sie an Bord gehen. Waren es siebzehn oder neunzehn?

SEEMANN 2: Als ich sie gezählt habe, waren es siebzehn, Boss.

BOSS: Und du hast sie gezählt, als sie aufs Boot gingen?

SEEMANN 2: Ja, als sie im Boot saßen.

BOSS: *Also, was jetzt? Als sie an Bord* gingen *oder als sie an Bord* waren?

SEEMANN 2: *Da war so viel los. Boote kamen rein und fuhren raus. Überall rannten Leute rum. Wir mussten sie in aller Eile an Bord bringen. Und es waren ziemlich viele. Also musste ich helfen, ihnen Beine zu machen. Dann habe ich den beiden Polizeijungs geholfen, sie an den Knöcheln zusammenzuketten. Danach habe ich sie gezählt.*

BOSS: *Und haben die Polizeijungs gesagt, dass da zwei mehr waren als vorgesehen?*

SEEMANN 2: *Wir reden kaum miteinander. Wir sind nicht gerade beste Freunde. Das sind Bestien.*

BOSS: *Dann wäre es also möglich, dass sie uns zwei Birmanen mehr gebracht haben?*

SEEMANN 2: *Gut möglich, Boss. Sehr gut möglich.*

BOSS: *Und wie wahrscheinlich ist es, dass sich zwei so große Menschen unter einer Plane wie der da drüben versteckt halten, ohne dass jemand es merkt?*

SEEMANN 2: *Ich denke, wir waren wohl so damit beschäftigt, die anderen anzuketten, dass wir nicht daran gedacht haben, nachzusehen.*

BOSS: *Meine Fresse. Und für solches Personal zahlen wir eine Menge Geld.*

SEEMANN 2: *Ein einziger bewaffneter Wachmann für alle …*

BOSS: *Halt die Klappe. Halt einfach die Klappe. Moo, geh da runter.*

(EIN RUMPELN, SCHWERE SCHRITTE, GANZ NAH)

JIMM: *Einer von denen ist an Bord gekommen. Bitte, bitte guck nicht unter die Plane. Nur hier kann sich auf diesem kleinen Boot jemand verstecken. Nein. Okay. Okay. Er ist vorn. Er … er will wissen, wieso der Skipper an den Poller gefesselt ist.* PI *Meng erklärt, wenn der Skipper besoffen ist, geht er ständig über Bord. Seine Familie muss ihn dann immer stundenlang suchen. Nur so kann man ihn vor sich selbst schützen.*

SKIPPER: *Shmmoou tttepbluappat.*

JIMM: *Der Wachmann lacht. Das könnte ein gutes Zeichen sein. Oh … oh, Scheiße. Er spricht Birmanisch mit Arny und Gaew. Das geht schief. Ich muss die Plane etwas anheben, um nachzusehen, was … Oh, nein.*

(KAMERA ZEIGT VORN HANDGREIFLICHKEITEN ZWISCHEN ARNY UND DER WACHE. IRGENDWO FÄLLT EIN SCHUSS.)

JIMM: (CLOSE-UP, AUSSER ATEM) *Ich kann's nicht glauben. Arny ist auf den Wachmann losgegangen. Hat ihn zu Boden gerungen. Hat ihm sogar die Waffe abgenommen. Dann hat jemand auf dem Boot neben uns geschossen.* PI *Meng ist rüber zu Arny gelaufen, mit einer großen Machete in der Hand. Er hat Arny gepackt, und es sieht so aus, als hätte er ihm den Griff an den Kopf geschlagen. Arny ging zu Boden wie ein Sack nasser Mäuse.*

(KAMERA KEHRT ZUM HANDGEMENGE ZURÜCK. ETWAS UNSCHARF SEHEN WIR, WIE GAEW AUFSPRINGT UND SICH AUF PI MENG STÜRZT. DER DETEKTIV VERSETZT IHR EINEN TRITT, SODASS SIE ZU BODEN GEHT. DANN RAGT ER ÜBER IHR AUF, ALS WOLLTE ER SIE MIT SEINER MACHETE TÖTEN.)

BOSS: *Warte. Warte.*

(KAMERA KEHRT UNTER DIE PLANE ZURÜCK. CLOSE-UP VON JIMM)

JIMM: *Jetzt sind wir von Trawlern umzingelt. Ich glaube, die anderen beiden wollen sich die Show ansehen. Das ist zu viel. Es geht zu schnell. Wo zum Teufel sind Kow und Ed? Wessen Idee war das alles? O mein Gott. Der Boss meint, es sollten nur siebzehn sein. Niemand hätte was von neunzehn gesagt. Er müsste das Hauptquartier anrufen. Es klingt, als führte er Selbstgespräche. Die Mannschaft macht andere Vorschläge.*

SEEMANN 1: Ich sage, legt sie um. Die machen jetzt schon Ärger.

SEEMANN 2: Aber die sehen kräftig aus. Guck dir die Muskeln an. Die könnten 'ne Menge Arbeit wegschaffen.

BOSS: Keiner macht hier irgendwas, bevor die Sache nicht mit Lang Suan abgeklärt ist. Wenn ich definitiv siebzehn bestätigt bekomme, erschießen wir die beiden.

JIMM: Der Boss funkt mit jemandem an Land. Es klingt wie ein offener Kanal. Wenn wir Glück haben, ist die Antwort laut genug, dass wir hören können, mit wem er spricht und was gesagt wird. Aber … ich weiß nicht. Es rauscht ziemlich.

BOSS: R2 an Zentrale. R2 an Zentrale. Bitte kommen.

(LÄNGERE STILLE)

(RAUSCHEN)

EMPFÄNGER: Kriegt ihr Typen eigentlich auch was alleine hin? Wisst ihr nicht, dass ich Besseres zu tun habe, als die ganze Nacht am Funk zu sitzen?

JIMM: Die Stimme kenne ich.

BOSS: Es ist dringend.

EMPFÄNGER: Es ist immer dringend.

BOSS: Ich muss Ihren Vater sprechen.

EMPFÄNGER: Der ist bei einem Dinner. Was willst du?

BOSS: Können Sie ihn nicht kurz vom Dinner wegholen?

EMPFÄNGER: Nein. Was glaubst du eigentlich, mit wem du redest? Kaum kriegst du dein eigenes, kleines Boot, schon hältst du dich für …

JIMM: Der Funk ist abgestellt. Der Boss ist wütend.

BOSS: Okay, teilt sie auf. Bringt Shrek auf mein Boot und Mrs. Shrek auf Dans. Du da! Verschwinde hier, und nimm deinen Onkel mit! Wenn er wieder nüchtern wird, kannst du ihm sagen, dass er gefeuert ist und von Glück sagen kann, dass nicht auf ihn gefeuert wird. *Und ihr beide werdet zu niemandem ein Wort sagen. Wir wissen, wo ihr wohnt.*

PI MENG: Was ist mit mir?

Boss: Was soll mit dir sein?

PI MENG: Ich könnte seinen Job übernehmen. Ich hasse Birmanen.

BOSS: Verzieh dich.

PI MENG: Ich habe eine Lizenz und …

BOSS: Verzieh dich, oder ich drück ab!

PI MENG: Jawohl, Sir.

JIMM: Meng versucht, Zeit zu schinden, bis unsere anderen beiden Boote eingreifen. Aber es funktioniert nicht. Und wir können hier auch nicht weg. Ich höre noch andere Schritte auf unserem Boot. Sie brauchen mehrere Leute, um Arny und Gaew voneinander zu trennen. Das darf ich nicht zulassen. Das ist der Moment. Falls diese Livesendung in den nächsten Minuten endet – und falls das irgendwen auf der Welt interessiert –, wurden wir von thailändischen Sklaventreibern vor der Küste von Chumphon ermordet. Lasst sie damit nicht durchkommen. Ruht erst, wenn diese Leute gefunden und bestraft sind. Die ganze Operation mit den entführten Birmanen wird von der Southern Rescue Mission Foundation *in Lang Suan gesteuert. Eine Stimmprobe der Frau, die wir gerade am Funk gehört haben, wird bestätigen, dass sie deren Empfangsdame ist, vermutlich mit dem Gründer verwandt. Ich werde jetzt aufstehen, in der Hoffnung, dass ich die Gesichter dieser Mörder mit der Kamera einfangen kann. Da draußen sind bewaffnete Wachen. Alles Mögliche könnte passieren. Bewahrt in euren Herzen, dass ich … dass wir alle unser Leben für unsere birmanischen Nachbarn geopfert haben, die diesem Terror tagtäglich ausgesetzt sind.*

»Ach, komm schon, Schwesterchen«, sagte Sissi. »Es reicht. Du klingst wie Miss World.«

»Schscht!«, machte der Chor der Tweeter.

»Du hast gesagt, sie kann nicht sehen, wie viele Menschen ihr zuhören«, sagte Mair.

»Kann sie auch nicht. Nicht mit ihrem Gerät. Aber sie wird es spüren. Man kann nicht von zwei Millionen Augen beobachtet werden, ohne dass sich einem die Nackenhaare aufstellen.«

»Das geht zu weit«, sagte Mair. »Wir hatten auch einen Fernseher.«

»Seid doch mal leise«, sagte der Mann mit dem Bärtchen.

»Willst du wissen, wie es ist, wenn man sich eine Webcam aus dem Nasenloch entfernen lassen muss?«, sagte Sissi. »Mair? Was meintest du mit dem Fernseher?«

»Nur, dass wir einen hatten. Jarooat und ich.«

»Wer zum …? Wer ist Jarooat?«

»Du erinnerst dich nicht mal an den Namen deines eigenen Vaters?«

»Meines …? Warum sollte ich? Ich war höchstens vier oder fünf, als er uns verlassen hat. Du hast nie von ihm gesprochen. Ich kann mich kaum erinnern, wie er aussah.«

»Manchmal saßen wir zusammen und haben uns spannende Filme wie den hier angesehen.«

»Das ist kein Film, Mair. Es ist …«

»Und wir haben uns bemüht, uns nicht allzu sehr aufzuregen. Ich habe mir die Tränen verkniffen. Denn wir wussten ja, dass der Film von Suzuki oder irgendeiner Fußpilzcreme gesponsert wurde. Und wir wussten, dass alles gut ausgehen würde, weil die Sponsoren ja nicht wollen, dass jemand zu Tode kommt. Sie wollen Happy Ends. So verkauft man Fußpilzcreme. Und wir wurden nie enttäuscht. Welchen Sponsor konnten wir für unseren Film gewinnen, Margaret?«

»Das ist doch …« Sissi lächelte ihre Mutter an. »Weißt du was? Ich glaube, irgendwann stand jemand von Coca-Cola vor der Tür.«

»Oh, gut. Dann müssen wir uns ja keine Sorgen machen.«

»Wo ist denn dann das Logo?«, fragte die Blauhaut. Sissi ignorierte sie.

»Ich denke, wir sollten nach Hause fahren«, sagte Mair. »Irgendwer muss die Hunde füttern.«

»Du hast jemanden von der Kooperative gebeten, es zu tun«, sagte Sissi.

»Bist du sicher? Das ist gut. Dann bin ich ja wenigstens zu irgendetwas nütze. Als Mutter war ich keinen Pfifferling wert.«

»Mair, du …«

»Könnte mal jemand die alte Frau zum Schweigen bringen?«, sagte ein schlaksiges Essstäbchen von einem Teenager.

Sissi schob ihren Sessel zurück, packte den Bengel beim Kragen, warf ihn raus und schloss von innen ab. Danach kam von den Tweetern keine Widerrede mehr.

»Ich habe meine einzigen beiden Kinder zur Adoption freigegeben«, sagte Mair.

»Ruhe jetzt.«

»Ja, du hast recht. Der Film fängt an.«

Live Internet Feed. 21:48 Uhr. Golf von Thailand.

JIMM: 3 … 2 … 1 … Los geht's.

(DIE KAMERA BLICKT INS GRELLE LICHT DER TINTENFISCH-FISCHERBOOTE, SODASS DER BILDSCHIRM VORÜBERGEHEND BLENDET. ALS WIR WIEDER WAS ERKENNEN KÖNNEN, SEHEN WIR DIE ÜBERRASCHTEN GESICHTER DER WA-

CHEN. FÜR DIE DARAUF FOLGENDE SZENE GIBT ES KEINE ÜBERSETZUNG.)

JIMM: Alle Mann lächeln! Ihr seid im Internet – live. Auf ungefähr einer Milliarde Bildschirmen.

BOSS: Wer zum Teufel ist das?

(KAMERA SCHWENKT HOCH ZUM DECK DES GRÖSSTEN TRAWLERS UND ZOOMT AUF DAS GESICHT EINES PASSABEL AUSSEHENDEN MANNES AUS DEM SÜDEN, DER EINE NARBE AN DER WANGE HAT. SIE SIEHT SCHIEF AUS, ALS HÄTTE MAN DIE BEIDEN TEILE NICHT RICHTIG HINGESCHOBEN, BEVOR SIE ZUSAMMENGENÄHT WURDEN. ÜBER DER RELING TAUCHEN EIN PAAR BIRMANISCHE KÖPFE AUF.)

SEEMANN 2: (OFF CAMERA) Sie hat eine Waffe.

(ALLGEMEINES GESCHREI)

JIMM: Hab ich nicht. Das ist keine Waffe. Nicht schießen! Das ist ein Computer!

(JIMM DREHT SICH EINMAL LANGSAM UM SICH SELBST UND FILMT DIE DREI BOOTE UND DIE DREI MANNSCHAFTEN HALB VERHUNGERTER BIRMANEN. DIE WACHEN HABEN GEWEHRE, NUR DER BOSS HAT EINE MASCHINENPISTOLE. ALLE STEHEN WIE ANGEWURZELT DA UND STARREN JIMM AN.)

BOSS: Steht nicht blöd rum! Schnappt euch die kleine Schlampe, und nehmt ihr dieses Ding weg!

JIMM: (OFF CAMERA AUF ENGLISCH) Das war perfekt. Eine Großaufnahme des Bandenchefs. Macht euch ans Werk, ihr Computerzauberer, und findet raus, wer das ist.

(EINER AUS DER MANNSCHAFT MARSCHIERT DIREKT AUF DIE KAMERA ZU.)

JIMM: Okay. Okay. Ich stell es weg. Vorsicht! Das ist ein echt teures …

(DOCH DIE KAMERA LÄUFT WEITER. DAS NOTEBOOK LANDET AUF DER SEITE. DIE PIXEL HÜPFEN HERUM, DOCH DANN

ZEIGT DAS BILD, WIE JIMMS UNTERE HÄLFTE ÜBERS DECK GEZERRT WIRD, BIS SIE DIREKT UNTERHALB VOM BOSS STEHT.)

JIMM: (SCHREIT) Jetzt wäre der richtige Moment für unsere Verstärkung. Hallo!

BOSS: (OFF CAMERA) Was redest du da? Wer bist du?

JIMM: Ich bin Jimm Juree, die weltberühmte Kriminalreporterin. Diese ganze Aktion wurde digital aufgenommen und ins World Wide Web eingespeist … live.

BOSS: Wir sind mitten auf dem Meer.

JIMM: Na und?

BOSS: Hier draußen gibt es keine Sendemasten. Für wie dumm hältst du mich?

JIMM: Offenbar sind Sie noch dümmer, als ich dachte.

(ES FOLGT EINE PAUSE, DANN EIN DUMPFER SCHLAG, UND JIMM FÄLLT AUFS DECK, INS BILD. MAN HÖRT, DASS ES AN BORD ZU EINEM HANDGEMENGE KOMMT.)

ARNY: Jimm!

BOSS: Haltet die beiden fest.

(JIMM KOMMT LANGSAM ZU SICH UND BLICKT IN DIE KAMERA – SPUCKT AUS.)

JIMM: (AUF ENGLISCH) Ich wurde gerade mit dem Lauf einer AK-47 niedergeschlagen. Möglicherweise habe ich einen Zahn verloren. Das ist …

BOSS: Genug von dem neumodischen Kram. Bring mir einer diesen Computer!

(DÜRRE BEINE IN SHORTS NÄHERN SICH DER KAMERA, UND ALS DAS BILD WIEDER AUFGERICHTET WIRD, SEHEN WIR DIE EXTREME NAHAUFNAHME EINES BEMERKENSWERT HÄSSLICHEN SEEMANNS. FASZINIERT BETRACHTET ER SEIN GESICHT AUF DEM BILDSCHIRM. DER BLICKWINKEL WECHSELT ZU DEM GUT AUSSEHENDEN, WENN AUCH ENTSTELLTEN BOSS. ER LÄCHELT.)

JIMM: Moment! Was glauben Sie eigentlich …

(DIE KAMERA SEGELT DURCH DIE LUFT, UND ES FOLGT EIN MOMENT, DER SPÄTER IN ZEITLUPE SPEKTAKULÄR AUSSEHEN WIRD, WENN DAS NOTEBOOK INS WASSER TAUCHT, SICH MIT DER STRÖMUNG DREHT, DANN WIEDER AUFTAUCHT WIE EIN GUMMIBOOT. DAS HECK DES SKLAVENBOOTES IST DEUTLICH ZU ERKENNEN.)

»Das ist genau der Grund, wieso die Navy Seals das XR2 verwenden«, sagte Sissi. »Wasserdicht. Stoßfest. Raketensicher. Verschickt E-Mails mit Lichtgeschwindigkeit. Ich liebe dieses Ding.«

»Es ist weit weg vom Schiff«, rief jemand. »Kann man es nicht irgendwie lauter stellen?«

»Ja, Schlaumeier«, sagte Sissi. »Es gibt da eine neuartige Erfindung namens Lautstärkeregler. So ein Ding habt ihr alle an euren Computern. *Voilà*.«

»Er hat sie geschlagen«, sagte Mair gestresst, geschockt, verstört.

»Nur mit dem Lauf, Mair. Viel schlimmer wäre es gewesen, wenn er den Schaft genommen hätte.«

»Und wo bleibt jetzt die Verstärkung?«, fragte der Ladenbesitzer.

»Ja«, riefen alle im Chor. »Wo bleibt die Verstärkung?«

Live Internet Feed. 22:02 Uhr. Golf von Thailand.

(KAMERA SCHWANKT AUF DEN WELLEN. ES FÄLLT SCHWER HINZUSEHEN. HIN UND WIEDER KOMMEN DIE BOOTE INS BILD. DIE KLANGQUALITÄT IST GUT. ALLES OFF CAMERA.)

BOSS: So viel zu deinem Beweismaterial. Jetzt müssen wir nur noch dich und deine Leutchen loswerden. Vielleicht kriegen wir dann endlich mal was geschafft hier draußen.

JIMM: Sie wissen aber schon, dass wir nicht allein gekommen sind, oder?

BOSS: Ach, ja, richtig. Der Trick mit dem »Guck mal hinter dich!«. Niedlich. Tötet sie.

(KAMPFGERÄUSCHE)

ARNY: Lass sie in Ruhe, sonst kriegst du Ärger!

BOSS: Für einen Birmanen sprichst du erstaunlich gut Thai. Na dann. Die müssen alle weg. Wir machen Folgendes: Wir erschießen die ganze Bande. Den Onkel und den Neffen auch. Binden die Leichen an ihr Boot und versenken es. Bis sie gefunden werden, sind wir über alle Berge. Ihr Zeitungsleute meint, ihr könnt eure Nasen überall reinstecken. Für wen hältst du dich eigentlich, Schätzchen? Und was hat es dir gebracht? Hier draußen ist mein Reich. Hier bin ich Gott. Ich gebe und nehme. Aber meistens nehme ich. Und jetzt bist du dran.

(WÄHREND EINER IHRER DREHUNGEN ZEIGT DIE KAMERA DIE SILHOUETTE VOM BOSS, DER MIT ERHOBENER WAFFE DAS GANZE ZUBRINGERBOOT ENTLANGLÄUFT.)

SEEMANN 2: Boss, guck mal!

BOSS: Was?

SEEMANN 2: Da ist ein Licht.

SEEMANN 1: Da drüben ist noch eins.

(STILLE)

BOSS: Was? Das ist alles? Das ist eure Verstärkung? (ER LACHT, BIS ER HUSTEN MUSS.) Zwei süße, kleine Boote? Zwei kleine Makrelenbötchen, die wir abhängen und abschießen können, ohne auch nur ins Schwitzen zu kommen? Dass ich nicht lache. Soll ich dir was sagen? Ich hasse Frauen wie dich. Das richtige Wort für dich ist arrogant. Ich tue der Welt hier einen Gefallen.

JIMM: Ich wette, ohne Waffe schaffen Sie das nicht.

BOSS: Was?

JIMM: Ich wette, Sie könnten mich nicht mit bloßen Händen töten, wie ein richtiger Mann.

SEEMANN 2: Hör mal. Hörst du das?

BOSS: Halt's Maul.

JIMM: Kleine Männer wie Sie reden nur.

SEEMANN 2: Das ist Musik.

BOSS: Was zum …? Das ist doch scheißegal. Auf einem von den kleinen Booten läuft ein Radio. Die wollen uns weichspülen. Kann ich das jetzt vielleicht mal hinter mich bringen?

SEEMANN 1: Nein, Boss. Das kommt nicht von den beiden Booten. Das kommt irgendwie von … überall.

BOSS: Was ist heute eigentlich los? Sind denn alle verrückt geworden?

SEEMANN 2: Er hat recht, Boss. Es kommt von überall her.

SEEMANN 1: Und es wird lauter.

SONG: Friday nigh and de ligh are low

BOSS: Sei nicht blöd. Das ist nur der Schall, der vom Wasser reflektiert wird. Das Meer spielt uns einen Streich.

SONG: Lookin ow for a play to go

SEEMANN 2: Nein. Das ist kein Streich, Boss.

SEEMANN 1: Und das ist auch kein Radio. Das ist live.

SEEMANN 2: Und es ist nicht nur eine Stimme.

SONG: Where dey play the righ music
Gettin in de swing
You cummin to loo for king

BOSS: Wer ist das?

SEEMANN 1: Das ist ABBA, Boss.

BOSS: Nein, ich meine, wo kommt das her?

SEEMANN 2: Schweden.

BOSS: Hör zu, Blödmann. Ich …

SONG: Anybody cou be dat guy
Nigh is young and de music high

SEEMANN 1: Da drüben, Boss. Da ist noch ein Licht.

BOSS: Na und? Drei Boote. Keine große Sache.

SEEMANN 2: Eher vier. Da, hinter dir!

SONG: Wiv a bidda rock music, everythin is fai
You in de moo for dan

SEEMANN 2: Die sind richtig schlecht.

SEEMANN 1: Noch mehr Lichter, Boss.

BOSS: Mein Gott, die sind überall.

SONG: And when you get de chan

SEEMANN 1: Das müssen zwanzig … dreißig sein. Wir sind umzingelt.

BOSS: Schnauze. Okay. Steckt die Waffen weg, Jungs. Das klären wir morgen. Lasst mich mal telefonieren, dann sind wir mit der nächsten Flut wieder hier draußen.

SONG: You are de dancin quee
Young an swee, only sewentee
Dancin quee, feel de bea
From de tambolee

BOSS: Nichts, worum man sich Sorgen machen müsste.

SONG: O yeah …

KAPITEL SECHZEHN

Start spreading manures

»New York, New York«
John Kander, Fred Ebb

Und sie wurden verhaftet?«

»Jeder Einzelne. Die Bundespolizei erwartete sie schon im Hafen von Pak Nam. Fernsehteams. Interviews. Hubschrauber. Medienauflauf. Man hat sie gleich mit nach Bangkok genommen.«

»Aber du glaubst, dass sie trotzdem davonkommen?«

»Ich wünsche es mir natürlich nicht. Aber was den Nachrichtenwert angeht, wurden wir bereits von der Flughafenbesetzung auf Seite drei verbannt. Und die Leute haben ein schlechtes Gedächtnis.«

Ich saß mit Noy und Mamanoy in ihrer schlichten, aber komfortablen Hütte hinter Somjits Haus. Sie waren gut versorgt und die Leute von der Staatspolizei nicht mehr aufgetaucht, seit Mair sie auf die falsche Fährte geschickt hatte. Elain schien Gefallen an den Noys zu finden. Sie versteckte sich scheu hinter Noys Beinen.

»Hinzu kommt, dass sie einflussreiche Leute kennen«, sagte Mamanoy.

»Na ja, im Moment sieht es so aus, als hätten wir die vielleicht auch am Wickel«, sagte ich.

»Wie das?«

»Wir wussten, dass die *Rescue Foundation* darin verwickelt war. Wir hatten Beweise, Audioaufnahmen. Es gab eine Razzia, und man fand Dokumente, die sie mit der Sklaverei in Verbindung bringen. Oder zumindest mit den Sklavenschiffen. Der Chef der Stiftung ist der ältere Bruder des Erziehungsministers im momentanen Schattenkabinett. Ein treues Mitglied der Demokraten aus einer alten Familie hier im Süden. Er ist als Eigner der Sklavenschiffe eingetragen. Unser Premierminister und sein Kabinett würden das alles nur allzu gern publik machen und Druck auf das Polizeiministerium ausüben, um zu einer schnellen Verurteilung zu kommen. Das verkürzt die Zeit, die unserem Abgeordneten aus dem Süden bleibt, um Zeugen zu bestechen und die birmanischen Sklaven verschwinden zu lassen. Aber ihr wisst ja, wie so was läuft. Wenn morgen die Regierung wechselt, gibt es plötzlich nichts mehr anzuklagen. Positiv ist, dass die große ausländische Aufmerksamkeit möglicherweise etwas bewirkt. Die Polizei steht unter Druck, in diesem Fall Verurteilungen vorzuweisen. Und da ihnen die ganze Arbeit abgenommen wurde … von uns … könnte die Königlich Thailändische Polizei auf der Weltbühne gut dastehen, ohne dafür besonders viel tun zu müssen. Zumindest wird man die Verbrecher verurteilen können, deren Familien keine Beziehungen haben: der Sklavenboss mit seiner Mannschaft und die Leute, die an Land geholfen haben.«

»Ihr Lieutenant Egg?«, fragte Mamanoy.

»Kommt vor Gericht. Die Rattenbrüder sind bereit, Beweise gegen ihn zu liefern. Sie sagen, sie wären nur bezahlte Handlanger gewesen. Es war alles seine Idee. Und dann ist da dieser falsche Polizeiwagen in seiner Garage. Sein Angriff auf Chompu. Ich glaube, das könnte mal ein Polizei-Fall sein, der nicht im System versackt.«

»Hat es wirklich was gebracht?«, fragte Noy.

»Was?«

»Die Übertragung. Das Internet. War das nicht nur oberflächliche Unterhaltung? Ein Strohfeuer? Und morgen zieht die Cyberwelt weiter zur nächsten Sensation?«

Unserer Noy mangelte es an Optimismus. Es wurde Zeit, meine geheime Identität preiszugeben.

»Das Internet ist nicht nur Twitter und Facebook und hirnloses Surfen«, sagte ich, obwohl es das mehr oder weniger war. »Was da draußen auf dem Golf passiert ist, wurde von der internationalen Presse aufgegriffen. Ich war Stellvertretende Kriminalreporterin der *Chiang Mai Mail*, bevor ich hierhergezogen bin.« Ich sah nur zweifelnde Blicke. »Ich war ständig online, immer auf der Suche nach guten Geschichten. Die Zeitungen holen sich viele ihrer Inhalte aus dem Netz. Man wüsste doch gar nicht, wo man anfangen sollte, wenn man sich ganz allein im Internet zurechtfinden müsste. Die Zeitungen sind wie die Damen in der Schulkantine. Sie geben einem die Lunchbox schon fertig gepackt, mit Apfel und allem, was dazugehört. Den Inhalt kriegt man in der Mittagspause konsumiert.«

»Und man weiß immer nur so viel, wie die Zeitungen einen wissen lassen«, sagte Mamanoy.

»Man kann sich seine Zeitung ja aussuchen«, sagte ich. »Die kaufen, der man vertraut.«

»Ich weiß nicht, ob ich überhaupt einer traue«, sagte sie.

»Dann sollst du Gelegenheit bekommen, deine Zweifel der *New York Times* zu unterbreiten«, erklärte ich ihr.

»Der *New York Times*?«

»Die kommen heute Nachmittag für ein Interview ... mit dir. Nur ein Journalist aus Bangkok mit seinem Fotografen. Wahrscheinlich ist es ihnen zu langweilig, auf dem Flughafen rumzulatschen und die Menschen nach ihrem Befinden zu fragen. Da das *Lovely Resort* noch nicht sicher ist vor der Staatspolizei, hat Somjit freundlicherweise angeboten, das Interview in ihrer Gartenlaube durchzuführen.«

Die Noys sahen sich an, dann lachten sie. Das waren doch alles nur Hirngespinste. Langsam ging mir ihr mangelndes Vertrauen auf die Nerven.

»Hört zu«, sagte ich. »Ich habe einen halben Zahn verloren, was meiner Model-Karriere nicht gerade förderlich sein dürfte. Ich habe mich ein paar Mal übergeben … und zwar heftig. Ich habe achtundvierzig Stunden nicht geschlafen, und meine Nerven liegen blank. Ich hätte heute einen überaus erfolgreichen Tag haben können, wenn ich die Energie aufgebracht hätte, das ganze Drama aufzuschreiben und es den Zeitungen zu schicken. Jede einzelne thailändische Tageszeitung hat Kontakt zu mir aufgenommen. Ich könnte richtig hoch im Kurs stehen. Ich muss nur die Zeit finden und … tippen, tippen, tippen. Meine Karriere steht auf der Startbahn und wartet auf die Erlaubnis abzuheben. Und wo bin ich? Ich bin hier bei euch. Und warum bin ich hier? Weil ich mit euch noch nicht fertig bin.«

»Ich verstehe nicht«, sagte Noy.

»Ich muss eure Geschichte abhaken, bevor ich selbst Ruhe finde. Ich hätte heute ein paar Stunden schlafen können, als ich um fünf Uhr früh vom Medienzirkus nach Hause kam, aber ich lag auf meiner klumpigen Matratze und konnte an nichts anderes denken als an euch beide.«

»Es tut mir leid, wenn wir dir schlaflose Nächte bereiten«, sagte Noy, »aber das ist eine Geschichte, die sich nicht abhaken lässt.«

»Ja, mir tut es auch leid. Aber so bin ich nun mal. Ich kann erst aufhören, wenn ich euch beide rausgepaukt habe.«

»Weißt du, ich glaube, es wäre eine gute Idee, wenn wir ausziehen würden, bevor der Reporter hier ist«, sagte Noy.

»Na, das wäre aber wirklich schade, wenn man bedenkt, dass der Mann nicht den ganzen Weg hierherfährt, um mich zu fotografieren. Er hat eine noch viel bessere Geschichte. Und zwar exklusiv. Ich habe ihm alles von euch erzählt und auch das, was in Amerika passiert ist.«

Beide Noys standen auf, als hörten sie von irgendwo die Nationalhymne.

»Du hast *was*?«, sagte Mamanoy. Ihr Gesicht war rot vor Zorn.

»Die halten das für eine tolle Story«, fuhr ich fort. »Du wirst deine Geschichte der *New York Times* erzählen.«

Noys Kinn sank herab und traf beinah den Affen am Kopf.

»Du hast den Verstand verloren, weißt du das?«, sagte Noy.

»Das höre ich öfter. Aber wieso? Was ist denn los?«

»Was los ist? Ich will dir sagen, was los ist. Abgesehen davon, dass ich das nie im Leben tun würde, musst du doch verrückt sein, wenn du glaubst, eine Zeitung mit Büro in Bangkok würde es auch nur in Erwägung ziehen, diese Geschichte zu bringen. Es hätte schwerwiegende Folgen, und zwar nicht für die Politik.«

»Ich denke, das hängt davon ab, wie du sie erzählst«, sagte ich.

»Da gibt es mehrere Möglichkeiten?«

»Zumindest eine fällt mir ein.«

»Raus damit!«

»Fiktion.«

Sie lachte. »Du willst, dass ich lüge?«

»Nur wenn du eine gewisse Begabung dafür hast. Es gibt nichts Peinlicheres als einen schlechten Lügner.«

»Und was schlägst du vor, wie meine Tochter sich aus dem Sumpf herauslügen soll, in dem wir stecken?«, fragte die Mutter.

Mit dramatischer Geste griff ich in meine Schultertasche und holte drei vollgeschriebene Seiten hervor. Diese reichte ich Noy.

»Als ich heute Morgen nach Hause kam, war ich viel zu überdreht, um einschlafen zu können. Sobald die Sklavengeschichte öffentlich wurde, haben sämtliche Agenturen angerufen. Justin von der *New York Times* bat mich um ein paar Zitate. Ich kenne ihn, weil wir schon zusammen an einigen Artikeln gearbeitet haben. Netter Typ. Etwas ernst. Aber als ich ihm von dir erzählt habe, Noy, und von der Klemme, in der du steckst, war er gleich fasziniert. Er ist ganz schnuckelig und – nebenbei bemerkt – zu haben. Wir haben eine Lösung gefunden. Wir gehen nicht davon aus, dass die Zeitung die Geschichte übernehmen wird, aber die haben eine lange Liste von Ablegern, Zeitschriften, Websites. Also habe ich mir die Freiheit genommen, deine Presseerklärung aufzusetzen. Ich bin richtig ein bisschen stolz darauf. Aber lies sie erst mal. Sprich mit deiner Mutter darüber. Wenn du der Meinung bist, dass sich damit nicht alle Probleme lösen lassen, gebe ich euch unseren Pick-up und etwas Geld, und ihr könnt weiter auf der Straße leben, immer mit der Polizei im Nacken. Und alles trotz der Tatsache, dass du im Grunde gegen kein Gesetz verstoßen hast. Soweit ich weiß, ist es nicht verboten, jemandem die Maske vom Gesicht zu reißen. Lies es!«

Noy entschied sich dafür, laut vorzulesen, damit auch ihre Mutter es hörte.

»Die arme Studentin, die sagte: ›Amerika, ich komme!‹«, begann sie, dann blickte sie wütend auf.

»Lies es einfach«, sagte ich.

»Mein Name ist Thanawan, und ich war eine der wenigen Glücklichen. Aufgrund meiner guten Noten und eines großzügigen Förderprogramms bekam ich ein Stipendium für ein Studium in den USA. Es war ein naturwissenschaftliches Studium an der Georgetown University in Washington D. C., einer der führenden Lehranstalten des Landes. Und vom ersten Tag an fühlte ich mich angesichts der vielen begabten Studenten aus der ganzen Welt überfordert. Plötzlich kam mir mein Schulwissen so unzureichend vor. Und als wäre das noch nicht schlimm genug, hatte ich viele meiner Kurse gemeinsam mit ML Chaturaporn, einer jungen Dame von aristokratischer Abstammung, aus einer Familie, die ich schon mein Leben lang bewunderte. Ich durfte sie bei ihrem Spitznamen nennen, Goong. Es überraschte mich, wie aufgeschlossen sie war, wie freundlich und hilfsbereit. Sie war nicht nur eine hinreißend schöne Frau, sondern auch eine hochbegabte Studentin.«

Noy ließ das Blatt sinken.

»Ist das die Stelle, wo ich mich übergebe?«, fragte sie.

»Lies einfach weiter«, forderte ich.

Sie seufzte. »… eine hochbegabte Studentin. Während ich mich mit den Lehrbüchern plagte und mit schwachen Leistungen durchschlug, erntete sie nur Bestnoten und Auszeichnungen. Und aus Gründen, die ich noch heute nicht verstehe, behandelte sie mich dennoch wie eine Freundin. Sie half dabei, mir schwierige Fragen verständlich zu machen. Sie betrachtete mich als ebenbürtig. Sie half mir sogar über eine gescheiterte Beziehung zu einem amerikanischen Jungen hinweg, auf den ich mich naiverweise eingelassen hatte. Sie hielt meine Hand, wenn ich weinte. Sie … Okay, her mit dem Eimer.«

Zu meiner Überraschung sagte diesmal Mamanoy, dass sie weiterlesen sollte.

Noy sah ihre Mutter an, dann wieder mich. Sie begriff, dass es kein Spiel war.

»Ich kann gar nicht sagen, wie nah wir einander standen«, las Noy. »Ich, die Tochter einer Lehrerin. Sie, von edler Herkunft. Ich konnte mein Glück kaum fassen. Doch dann nahten die Abschlussprüfungen, und ich geriet in Panik. Ich dachte daran, wie am Boden zerstört meine Eltern sein würden, wenn ich durchfiele. Wie enttäuscht mein Umfeld von mir wäre. Wie sollte ich weiterleben, wenn ich keinen Abschluss hatte? Meine Freundin Goong spürte meine Angst und stellte sich der Herausforderung, mich durch Nachhilfe zu Höchstleistungen zu treiben. Sie meinte, ich hätte ein solides Grundwissen. Es mangelte mir nur an Zutrauen. In der studienfreien Zeit vor dem letzten Semester arbeiteten wir jeden Tag bis spät in die Nacht. Kannenweise Kaffee. Kein Schlaf. All die Theorien, die mir ein Rätsel waren, wurden mir durch sie klar. Sie war eine großartige Lehrerin. Und dann kamen wir ins letzte Semester, und ich war voller Zuversicht. Ich merkte kaum, wie blass und fahl meine Freundin in den letzten Monaten geworden war. Sie fehlte im Unterricht. Verspätete sich mit ihren Hausarbeiten. Und trotzdem half sie mir immer weiter. Erst vor den allerletzten Prüfungen gestand sie mir ihren schlechten Gesundheitszustand. Sie hatte einen viel zu niedrigen Blutzuckerspiegel und musste Medikamente nehmen. Unsere Nachtsitzungen forderten ihren Tribut. Am Abend vor einer wichtigen Prüfung sank ihre Körpertemperatur stark ab. Ihr Arzt sagte, sie leide an schwerer Hypoglykämie, und empfahl ihr, sofort in ein Krankenhaus zu gehen. Aber es war die Prüfungswoche. Auch sie fühlte sich ihrer Familie verpflichtet. Und so saßen wir in diesen Examen. Ich, mit meinem neuen Selbstvertrauen. Sie, müde und sediert, kaum in der Lage zu lesen, was da auf dem Papier stand. Angesichts der Umstände ist es unglaublich, dass sie in diesem Semester überhaupt einen Kurs bestand.« Noy seufzte nicht zum ersten Mal. »Na, da ist endlich mal was Wahres dran.«

»Letzter Absatz«, sagte ich. »Hab Geduld.«

»Ich dagegen glänzte ganz genau so, wie sie es vorhergesagt hatte«, las Noy. »Ich kam mir vor, als erntete ich den Ruhm, der ihr gebührte. Es war mir so unangenehm. Ich wusste, dass sie niemals einen Groll gegen mich hegen würde. Sie ist so ein gütiger Mensch. Sie kommt aus einer feinen, aufrechten Familie. Ich kann nur hoffen und beten, dass die Georgetown University Herz zeigt und ihr eine zweite Chance gibt. Ihr gestattet, noch einmal an den letzten Kursen teilzunehmen und der Welt zu beweisen, was für eine hochbegabte Studentin sie ist.« Noy lachte. »Wow«, sagte sie. »Was für ein Haufen Krötenscheiße.«

»Sosehr es auch stinken mag«, sagte ich, »behältst du auf diesem Wege deinen Abschluss, die Baroness behält ihre Würde, und wenn ihr Glück habt, könnt ihr wieder nach Hause fahren und euer früheres Leben weiterleben.«

»Ich finde es perfekt«, sagte Mamanoy.

»Mama, das ist doch nicht dein Ernst, oder?«

»Doch. Es ist genau das, was Jimm sagt. Es ist eine Ausstiegsklausel. Eine Ehrenrettung. Wenn die *New York Times* es in einer ihrer Zeitschriften bringt, werden sämtliche Medien in Thailand es übernehmen. Die werden dafür sorgen, dass Goong dich im Staatsfernsehen umarmt. Je größer es ist, desto sicherer sind wir.«

»Dann geht sie aus dieser Sache als Heldin hervor«, sagte Noy.

»Na und?«

»Sie ist ein Arschloch.«

»Das ist egal«, sagte ich. »Es ist ein bisschen spät, sich jetzt noch Sorgen um die Ehre zu machen. Letztendlich hast du einen Abschluss von Georgetown in der Tasche. Das allein zählt. Sobald die Geschichte nicht mehr in den Medien ist, wird niemand mehr dein Gesicht mit dieser Farce in Verbindung bringen. Die Arbeitgeber werden Schlange stehen, um dich einzustellen.«

»Du erwartest von mir, dass ich ein Interview gebe und diesen … Scheiß erzähle?«

»Nein. Ich möchte, dass du es erzählst, als wäre es wirklich so gewesen. Als hättest du es genau so in Erinnerung. Ich möchte, dass du kleine, persönliche Details hinzufügst. Wie ihr euch zuckersüße E-Mails geschrieben habt. Wie ihr Fotos in einem Passbildautomaten gemacht habt. Wie ihr spätabends im Pyjama Marshmallows gegessen habt. Je kitschiger, desto besser. Ich möchte, dass das alles wirklich passiert ist. Und wenn es dir damit besser geht, stell dir einfach vor, wie unangenehm es der Baroness sein wird, wenn die Familie sie dazu zwingt, das Spielchen mitzuspielen. Die werden am Ende gut dastehen, wenn ihre Tochter mitspielt. Ich könnte mir vorstellen, dass du bei dem Fernsehinterview deinen Spaß hast.«

Noy starrte ihre Mutter an. Mamanoy lächelte und zuckte mit den Schultern.

KAPITEL SIEBZEHN

And all the lettuce was alone

»Papa Was A Rolling Stone«
Norman Whitfield & Barret Strong

Es war eine sehr diskrete Gegeneinladung. Meine Einladung zu unserer Party war dagegen laut und pathetisch gewesen.

»Aung, das wird toll«, hatte ich gesagt und mich in der Metallwerkstatt über ihn gebeugt, während seine thailändischen und birmanischen Kollegen mich von ihren Drehbänken her anstarrten. Der Chef saß hinten an einem Schreibtisch und zählte die Minuten, die er Aung für den Produktionsausfall abziehen konnte.

»Es wird eine Party«, fuhr ich fort. »Ich möchte, dass Sie Oh und die Kinder und alle Birmanen mitbringen, die Sie auftreiben können. Das wird der historische Moment, in dem Thais und Birmanen ihre Differenzen vergessen und sich auf neutralem Boden begegnen. Vergessen sind alle Invasionen und Massaker unserer gemeinsamen Vergangenheit. Wir trinken zusammen und teilen den Reis, und die Welt wird ein schönerer Ort sein.«

Aung blickte kurz zu mir auf. Der Chef notierte eine weitere Minute.

»Jimm, es tut mir leid«, sagte er. »Wir haben an dem Tag eine religiöse Zeremonie geplant.«

Ich verstand den Wink. Ich hatte ihm noch gar nicht gesagt, wann die Party steigen sollte. Aber ich verstand. Hunderte betrunkener Thais? Eher würden die Birmanen wagen, sich mit der Militärjunta in Rangun anzulegen.

Die Gegeneinladung erreichte mich per Fahrradkurier in Form eines schönen, langhaarigen Mädchens mit beschmierten Wangen. Als sie nach mir fragte, sprach sie »Jimm« aus wie den westlichen Männernamen. Ohne die Stimme anzuheben. Sie wandte sich ab, als ich den Zettel von ihr entgegennahm. Darauf stand: *18:30 heute Abend. Birmanische Party. Bringen Sie niemanden mit.*

Es war auf Thailändisch geschrieben, von Kinderhand. Ich wusste nicht, wie ich mir eine birmanische Party vorstellen sollte. Sie fand am Vorabend unserer eigenen Party statt. Ich dachte, ich könnte vielleicht doch ein paar von ihnen überreden, zu uns zu kommen. Ich wollte wissen, was aus Shwe und den anderen sechzehn Sklaven geworden war – fünfzehn, wenn man den Toten nicht mitzählte. Jeden Morgen sah ich am Strand nach, ob er schon angespült worden war. Trotz der deutlichen Bitte hatte ich Arny als Beschützer dabei. Wir bahnten uns einen Weg durch die kleinen Straßen von Pak Nam, bis Aungs Hauseingang seinen gelben Lichtschein auf die Gasse vor uns warf. Diesmal hob niemand mein Kleid an, als ich in der Tür stand, und zu meiner Überraschung war das kleine Wohnzimmer voller Menschen. Von außen deutete nichts auf so viele Leute hin. Die Schuhe standen woanders. Es gab keine Musik, und alle flüsterten. Die Birmanen hatten gelernt, nicht aufzufallen.

Aung hieß uns willkommen und schuf Platz auf einer der kleinen Matten in einem Kreis scheuer Birmanen. Oh brachte uns beiden ein Glas warmes Bier, dessen Kühlung einem einzelnen Eiswürfel anvertraut war. Arny und ich schienen die einzigen Biertrinker zu sein. Alle anderen Gäste nippten Tee oder hatten Wassergläser vor sich auf dem Boden stehen. Ich sah mich um und entdeckte Shwe und seine Frau in einer anderen Runde. Ich winkte ihm zu, und er nickte, um zu zeigen, dass er mich erkannt hatte.

»Ich dachte, man hätte alle ins Auffanglager der Einwanderungsbehörde geschickt«, erklärte ich Aung. »Was macht Shwe hier?«

»Er ist gekommen, um seine Familie abzuholen«, sagte Aung. »Morgen fährt er wieder nach Myanmar.«

»Wie ist er da rausgekommen?«

Aung lächelte.

»Es ist doch kein Gefängnis«, sagte er. »Die Türen sind nicht verriegelt. Wir haben ihm Geld geschickt, und er ist zur Bushaltestelle getrampt und wieder in den Süden gekommen.«

»Aber was ist mit …?«

»Dem Prozess?« Seine Augen funkelten. »Jimm, es ist Ihr Land, also verstehen Sie das System sicher besser als wir. Strafprozesse brauchen ihre Zeit. Besonders wenn es um Verurteilungen von Polizisten geht. Die Zeugen müssten weitere vier Monate im Lager bleiben, bis die Vorwürfe gegen den Abgeordneten und seinen Bruder verhandelt werden. Außerdem sind sie im Lager nicht sicher, weil es ganz in deren Sinn wäre, wenn wir abhauen würden. Ohne Zeugen kann man keine Anklage erheben. Und mal ehrlich, welcher Birmane sitzt freiwillig vier Monate in einer Zelle? Ohne Verdienst. Ohne dass er seiner Familie Geld schicken kann. Für den Rest der Welt sieht es so aus, als wären die Zeugen unzuverlässig. Die Thais können sagen, sie hätten alles getan, was in ihrer Macht stand, um die verdammten Maung …«

Ich war nicht wirklich überrascht.

»Sie haben recht. Völlig sinnlos.«

»Oh, nein, es ist nicht sinnlos, Jimm.« Er trank von seinem Tee und sah sich im Wohnzimmer um. »Immerhin haben sechzehn von siebzehn Leuten überlebt. Shwe kann eines Tages seinen Enkelkindern davon erzählen. Die anderen bekommen zumindest eine Chance auf ein besseres Leben.«

»Sind alle zurück nach Birma gegangen?«

»Die Überlebenden?«

»Ja.«

Aung lächelte zum ersten Mal.

»Sehen Sie sich um«, sagte er. »Erkennen Sie sie nicht?«

»Sie nehmen mich auf den Arm.«

Dann sah ich mich um. Natürlich erkannte ich niemanden außer Shwe. Es war mitten in der Nacht gewesen. Ich hatte keine Zeit gehabt, mir Gesichter einzuprägen. Und die Birmanen? Na ja, die sehen sich alle ziemlich ähnlich.

»Die sind alle hier?«, fragte ich.

»Jeder Einzelne. Alle haben das Auffanglager verlassen und sind hierhergekommen, um diesen dunklen Teil ihres Lebens abzuschließen und zum nächsten Elend weiterzuziehen.«

Arny beugte sich zu meinem Ohr und sprach einen Gedanken aus, der mir auch schon gekommen war. »Man sollte meinen, sie würden sich mehr freuen, dich zu sehen«, sagte er.

Wir blieben eine Stunde dort. Man nickte mir zu. Shwe übte mit mir sein Englisch. Aber größtenteils unterhielten sich Birmanen mit Birmanen. Wenn wir nicht bald gingen, liefen Arny und ich Gefahr, uns in Luft aufzulösen. Als ich jedoch demonstrativ auf meine Uhr sah und Aung erklärte, wir müssten langsam los, entging mir nicht, dass doch der eine oder andere zu mir herübersah. Mehr Aufmerksamkeit wollte man mir nicht widmen.

Als Arny und ich zurück zum Mighty X liefen, der an der Hauptstraße parkte, stieß mir übel auf, dass sich niemand bei mir bedankt hatte. Es gab keine Blumenkränze, keine Wangenküsse, keine überschwänglichen Versprechen ewiger Freundschaft. Keine thailändischen *wais*, keinen Tausch von Visitenkarten. Nicht mal eine Grußkarte mit sechzehn Unterschriften. Als wir jedoch in den Pick-up kletterten, merkte ich, dass sich die Party hinter uns aufgelöst hatte. Die Gäste schlichen im Schutz der Dunkelheit nach Hause. Manche würden eine Stunde laufen müssen. Und da begriff ich das Geschenk, das sie mir gemacht hatten: Sie waren da. Am liebsten hätte jeder von ihnen dieses durchgeknallte Land so schnell wie möglich hinter sich zurückgelassen, und doch waren sie geblieben. Sie hatten an dieser Nicht-Party teilgenommen, um mir ihren Respekt zu erweisen. Sie drückten ihren Dank nicht in Worten aus, weil es schwer sein muss, Dank für etwas zu zeigen, was alle Welt für selbstverständlich hält. Freiheit. Menschenrechte. Aber sie waren … *meinetwegen* gekommen. Arny fuhr nach Hause und sparte sich klugerweise jede Bemerkung darüber, dass ich mir neben ihm die Augen ausweinte. Er musste selbst ein bisschen schniefen.

Im *Lovely Resort & Restaurant* ist es Tradition, das Glück mit einer Party zu feiern. Im letzten Jahr hatten wir insgesamt … eine Party, mit der wir die Verlobung von Arny und Gaew begingen. Das war es schon. Unsere zweite Party dagegen war etwas ganz Besonderes. Weil alle es eilig hatten, sich von der Polizei verhören zu lassen oder den Polizeiverhören aus dem Weg zu gehen, da Sissi von einem Studio in Bangkok aus Telefonkonferenzen mit Korea führte und Mair drüben in Pak Nam die Wände ihrer zukünftigen birmanischen Schule strich, mussten wir fünf Tage warten, bis wir unseren Sieg auf hoher See mit einer Party feiern konnten.

Da wir total pleite waren, konnten wir es uns nicht leisten, einen auszugeben. Das wäre unser Ende gewesen. Also verkündeten wir, es sollte eine traditionelle Bottleparty werden, bei der jeder seine Getränke selbst mitbrachte. Das war einer der wenigen brauchbaren Bräuche, die ich während meines Aufenthalts in Australien aufgeschnappt hatte. Man verkündet, dass man eine Party schmeißen will, öffnet seine Pforten, und die Gäste kommen mit allem, was das Herz begehrt. So viel zur Theorie. Ich hatte meine Zweifel, ob das in Maprao funktionieren würde. Thais erwarteten, dass sie auf Partys bedient wurden. Da es sich jedoch um einen kulturellen Themenabend handelte, warfen sie die Destillierapparate an, stiegen in ihre Bierkeller und tauchten mit einer beängstigenden Auswahl abenteuerlicher Alkoholika auf. Zum Glück hatte ich noch was von meinem chilenischen Roten. Langsam fragte ich mich, ob mein Vorrat, den ich mir aus Chiang Mai mitgebracht hatte, eigentlich jemals zu Ende gehen würde.

Glücklicherweise hatte die Wirkung des Damen-Viagras nachgelassen, und es war unwahrscheinlich, dass ich einen Mann hier aus der Gegend attraktiv finden würde. Bestimmt nicht den verlobten Ed, der seine Braut zu Hause gelassen hatte. Es standen reichlich andere Singlemänner zur Wahl, wenn Geschmack keine Rolle spielte. Das ganze Dorf war da, und die überschäumende Atmosphäre stand unserer kleinen Ferienanlage gut zu Gesicht. Ich beschloss, dass wir öfter mal Bottlepartys veranstalten sollten. Der Monsun hatte seinen freien Abend, sodass wir am Strand Freudenfeuer aus Treibgut abbrennen konnten, ohne die Hütten einzuräuchern. Der Fluss hinter dem Haus war so gut wie ausgetrocknet. Der Wasserpegel hatte sich normalisiert. Es standen sogar Sterne am Himmel.

Die Noys waren nicht da. Der Reporter von der *New York Times* hatte versucht, die Geschichte unterzubringen. Es bestand nie wirklich Hoffnung, dass die *Times* sie veröffentlichen würde, aber wir hatten auf einen Artikel in einer der verlagseigenen Zeitschriften gehofft. Mittlerweile hatte es der Artikel samt Fotos immerhin bis auf deren Website geschafft. Nachdem thailändische Tweeter darauf gestoßen waren, hatten verschiedene Radiostationen die Geschichte übernommen, und Noy hatte ihr Geständnis gegenüber einem halben Dutzend Tageszeitungen wiederholt. Es gab ein Zitat der Baroness, in dem sie sagte, sie hege keinen Groll gegen die arme Studentin und würde sich gern mit ihr treffen – »um die Freundschaft zu erneuern«. Channel Five arrangierte das Wiedersehen live. Ein Sprecher der Georgetown University wurde mit den Worten zitiert, man würde liebend gern die medizinischen Akten der Studentin einsehen, die zu krank war, um ihr Examen abzulegen. Eine weitere gute Nachricht war, dass die Noys und ihr Vater wieder in ihrem Haus wohnten und in ihrem Viertel am Stadtrand eine gewisse Prominenz genossen. Die große Aufmerksamkeit verschaffte ihnen zumindest vorübergehend Schutz. Die Zeit allein würde zeigen, wie vergiftet das adlige Blut tatsächlich war. Doch das reichte uns noch nicht. Zur Sicherheit schickten Sissi und ich eine anonyme E-Mail von einem US-amerikanischen Konto an den Vater der Baroness, unter der

Überschrift *Erpressung*. Darin stand: *Wir haben Fotos Ihrer Tochter bei einer Drogenparty in Washington, D. C. Akzeptieren Sie diese Version der Wahrheit, oder wir geben die Fotos der Presse und erzählen, was in den Staaten wirklich passiert ist.* Wir hatten keinen Beweis, dass die Tochter an einer Drogenparty teilgenommen hatte, aber angesichts ihres Lebensstils konnte man wohl davon ausgehen. Die Tatsache, dass Sissi sich in den privaten E-Mail-Account des Vaters gehackt hatte, sollte ihm zeigen, dass es keine leere Drohung war.

Unsere Party war schon seit ein paar Stunden in vollem Gange. Alle hatten Meeresfrüchte mitgebracht, sodass genug zu essen da war. Weder Bigman Beung noch Käpt'n Kow waren aufgetaucht, und mein liebster Lieutenant Chompu würde etwas später kommen, direkt aus Phuket, wo er seine Nase einer Schönheitsoperation unterzog. Der Arzt hatte beschlossen, da sie ohnehin gebrochen sei, wäre jetzt eine gute Gelegenheit, sie zu richten. Offenbar waren krumme Nasen nur bei denen beliebt, die in schwulen Beziehungen die Männerrolle übernahmen. Chompu hatte es eher auf den Audrey-Hepburn-Look abgesehen.

Der Rest Mapraos war dagegen vollzählig angetreten. Darunter mischten sich immer noch Nachrichten- und Radioreporter, um Zitate von Leuten zu bekommen, die die Sklavennacht komplett verschlafen hatten. Bei der letzten Zählung gab es in Maprao einen einzigen Computer. PI Meng war da, aber auch ein ganzer Haufen Leute, die ich noch nie gesehen hatte. Und der picklige Typ aus dem Internetcafé. Und Ari, der Affenmann, den wir von Mairs Hütte fernhalten mussten. Die Hunde waren da – vierbeinige Geier, die ihre Nummer »Meine Besitzer geben mir nichts zu fressen« abzogen und gegrillte Meeresfrüchte in sich reinschlangen.

Ich behielt Mair im Auge, damit sie keinen Alkohol zu sich nahm. Einmal dran gerochen, und schon wäre sie die Marquise de Sade. Das leichteste Mädchen auf dem Planeten. Ich wusste, dass ich sie nicht die ganze Nacht im Auge behalten konnte. Sie würde heimlich am Whisky nippen und auf dem Bambustisch *Coyote Ugly* tanzen. Aber vorher musste ich sie noch sprechen, allein und nüchtern.

»Mair«, sagte ich.

»Ja, Sissi, Schätzchen?«

Hab ich's nicht gesagt? Sie brauchte keinen Schnaps. Wir waren in der Küche, tauten Mini-Tintenfische auf und wippten zu einer ihrer alten Boney-M.-Kassetten. Jawohl, sie hatte noch Kassetten. Die bewahrte sie in einem Karton auf, zusammen mit ihren Keulen und Faustkeilen.

»Ich bin Jimm.«

»Das weiß ich doch. Sei nicht albern.«

»Mair? Wir waren in den letzten Tagen alle etwas beschäftigt. Aber ich wollte dich die ganze Zeit schon etwas fragen.«

»Schieß los.«

»Der Affe …«

»Nun, das war ja wohl kaum eine Frage. Und außerdem heißt sie Elain. Zeig etwas Respekt.«

Toll, dass sie sich an den Namen eines Affen erinnern kann, meinen aber vergisst.

»Elain, entschuldige. Sie ist am Dienstag verschwunden.«

»Wenn du es sagst.«

»Das war der Tag, nach dem …«

»Wonach?«

»… nach dem dein Bettgestell zum ersten Mal gegen die Wand deiner Hütte rumpelte. Die Nacht, in der Opa und ich zu dir kamen, um nachzusehen, was los war. Die Nacht, in der du das ganze Motel zusammengeschrien hast.«

»Da verwechselst du wahrscheinlich was.«

»Nein.«

»Dann muss es wohl der Wind gewesen sein.«

»Bist du dir darüber im Klaren, dass Mütter, die ihre eigenen Kinder belügen, Warzen auf der Zunge kriegen und ihnen Klauen wachsen?«

Sie lachte. »Das war nur ein Märchen, Kind. Inzwischen seid ihr alle erwachsen.«

»Aber deshalb ist es nicht weniger wahr. Zeig mir deine Zunge.«

»Mach dich nicht lächerlich.«

»Zeig sie mir.«

Sie funkelte mich an. Ich funkelte zurück. Sie streckte ihre Zunge raus.

»Mein Gott. Mair!«

»Was?«

»Wie kannst du denn essen mit den vielen Warzen? Deine Zunge sieht aus wie Dinosaurierhaut.«

»Ich hatte schon befürchtet, dass so was passiert.«

»Wer war das, Mair?«

»Das kann ich dir nicht sagen.«

»Aber es war ein Mensch, oder?«

»Hältst du mich etwa für pervers?«

»Oh, Mair. Es stimmt. Du hattest Sex.«

»Wieso schreist du es nicht gleich in die Welt hinaus?«

»Warum denn nicht? Ich finde es toll.«

»Wirklich?«

»Natürlich. Du bist fast hundert Jahre alt und immer noch aktiv.«

Sie lachte.

»Wer war es noch gleich?«, fragte ich in der Hoffnung, ihre Senilität anzapfen zu können.

»Du kennst ihn eigentlich nicht.«

»Gib mir einen Tipp.«

»Ich meine es ernst.«

»Okay. Ich finde es selbst raus. Es muss jemand sein, der uns vertraut ist, denn ein Fremder wäre niemals in der Lage, sich in unsere neugierige kleine Sippe einzuschleichen, ohne entdeckt zu werden. Ach, du jemine!«

»Was?«

»Es ist Bert. Der Junge, der die Datteln sammelt.«

»Kind, der ist gerade mal zwölf Jahre alt.«

»Er ist neunzehn und auf der Balz.«

»Er hat nur eine Augenbraue.«

»Aber die reicht für beide Augen. Und ich möchte bezweifeln, dass du das im Dunkeln sehen kannst.«

»Deine Mutter hat sehr wohl noch ihren Stolz, weißt du?«

»Nun, dein Stolz hat uns frühmorgens um zwei geweckt, also scheint er gut in Form zu sein. Unermüdlich – dem Klappern nach zu urteilen. Und für meine Ohren hörte es sich nicht so an, als würdest du etwas vortäuschen.«

»Okay. Das reicht jetzt. Es war ein Traum. Ich habe zu Indra gebetet, dass der verdammte Regen aufhören soll. Belassen wir es dabei.« Sie blickte zum Fenster hinaus. »Dein Polizist ist hier«, sagte sie.

Ich stand neben ihr und sah mir an, wie Chompu sein Motorrad auf dem Parkplatz abstellte. Seine Nase war bandagiert, sodass er wie ein Papagei aussah. Ich rechnete es ihm hoch an, dass er bereit war, unter Leute zu gehen. Ich war schon mit einem Tintenfisch-Tablett zur Tür hinaus, als mir etwas einfiel.

»Mair, sollte ich dich trinken sehen …«

»So etwas würde ich nie tun.«

Ich reichte mein Tablett an eine unserer Damen der Kooperative weiter und ging zu Chompu, um ihn zu umarmen. Seine Reaktion zeigte mir, dass ihm seine Blessuren noch zu schaffen machten.

»Ich hatte bisher gar keine Gelegenheit, dir zu sagen, wie großartig du warst«, sagte ich.

»Ich gebe zu, ich besitze einiges Talent, wenn es darum geht, Schläge einzustecken. Ich kann mich gut abrollen.«

»Komm schon. Du hast es geschafft. Du hast den Fall gelöst.«

»Ohne deine Mutter und deine Schwester würde mir dieses Lob posthum zuteilwerden.«

»Lächeln«, sagte ich und machte ein Foto mit meinem Handy.

»Muss das sein? Nicht gerade meine Schokoladenseite.«

»Aber so farbenfroh. Diese hübschen Rot-, Braun- und Grüntöne – die neuen Herbstfarben. Und dieser süße kleine Schnabel. Du würdest es auf ewig bereuen, wenn du deinen Enkeln kein Foto von den Folgen deiner ersten richtigen Prügelei zeigen könntest. Ich wünschte, man hätte mich damals auch fotografiert.«

Wir begaben uns in den Hexenkessel der Party und hielten schon bald unidentifizierbare Drinks in Händen.

»Irgendwas Neues über Egg?«, fragte ich.

»Er sitzt in Lang Suan ein.«

»Meinst du, er kommt raus?«

»Vermutlich. Solche Verhaftungen sind meist nur Show. Ich soll gegen ihn aussagen, aber es gilt als schlechter Stil, wenn Polizisten sich gegenseitig in den Knast bringen. Ich möchte bezweifeln, dass er bereit ist, mir zu verzeihen, wenn er wieder draußen ist.«

»Glaubst du, dass irgendjemand bestraft wird?«

»Sie werden diejenigen wegsperren, die nicht genug Geld

haben. Die Wachmänner. Die Rattenbrüder. Vielleicht sogar den Sklaventreiberboss. Der Rest wird sich freikaufen. Ohne Zeugen und Beweise wird es keine Mordanklagen geben. Käpt'n Kow hat gesehen, wie einer der Birmanen erschossen wurde, konnte aber nicht erkennen, wer abgedrückt hat. Und bisher gibt es noch keine Leiche. Das Ganze klingt eher wie ein Ammenmärchen.«

»Und wozu haben wir uns dann die Mühe gemacht?«

»Ich glaube, dieselbe Frage habe ich dir auch gestellt, als ich noch eine funktionstüchtige Nase hatte.«

»Ich finde, so angeschlagen siehst du ganz niedlich aus.«

Ich deutete einen Kuss auf seine Wange an.

»Wofür war der?«

»Dafür, dass du ein ehrlicher Bulle bist.«

»Ich kann mich glücklich schätzen, wenn ich morgen noch einen Dienstgrad habe.«

»Die werden es nicht wagen, dich zu feuern. Du bist ein Held. Die Welt liebt dich. Meine Schwester findet dich bezaubernd.«

»Sie ist aber auch was ganz Besonderes.«

»Ihr werdet doch wohl nicht …?«

»Wir haben beide Poster von Antonio Banderas an der Wand. Ich weiß von Beziehungen, die auf weniger aufgebaut haben.«

»Ihr zwei wärt ein hübsches Paar.«

»Du und ich, wir hätten mehr Chancen.«

»So hoffnungslos? Ich werde es ihr schonend beibringen. Gehen wir zu ihr. Die warten schon alle auf dich.«

Ich führte ihn am Strand entlang. Wir hatten von PI Meng eine große Plastikmarkise auf Stelzen gemietet, falls es regnen sollte. Diese hatten wir in der Nähe unserer Fünfundvierzig-Grad-Latrine aufgestellt. Seile führten ins Innere des Toilettenblocks. Wir nannten es »Extrempinkeln«. Abends machten sich allerdings nur wenige die Mühe, die sanitären Anlagen zu benutzen.

Es gab Standing Ovations für Chom, als wir uns zu den anderen gesellten. Unser Trupp der Helden saß fast vollständig um einen großen Tisch versammelt: Sissi, Arny, Gaew, Opa Jah, der Expolizist Captain Waew, Ed und PI Meng. Sissi trug legere, weite Chinos mit engem Spaghettiträger-Top und hatte die Haare zum Pferdeschwanz gebunden. Reichlich Make-up. Es war bemerkenswert, dass sie sich nach ihrem Jahr der Howard-Hughes-mäßigen Zurückgezogenheit hier so zeigte. Sie war entspannt, machte sich über den lokalen Dialekt lustig und baggerte Ed schamlos an. Von diesem Detail einmal abgesehen, freute ich mich, sie hierzuhaben. Bevor Chompu sich setzte, gab er ihr einen echten Kuss auf die Wange. Sie tat, als fiele sie in Ohnmacht. Es folgte kurzes Schweigen, gefolgt von einem lauten »Ooooh« der Menge. Ich fragte mich, wie viele von denen, die hier saßen, begriffen, dass meine Schwester und der Lieutenant soeben offiziell Freundinnen geworden waren.

»Was ist in der Kiste?«, wollte Chompu von mir wissen.

Mitten auf dem Tisch – im Grunde mehrere Tische, mit Plastikplane überzogen – stand eine kleine Holzkiste. Ich hatte überlegt, sie offen zu lassen, fand die Idee aber doch eher geschmacklos. Die Kiste war gerade groß genug, dass eine Styroporbox hineinpasste, in der sich wiederum Eis befand, das wiederum …

»Ich war gestern bei der *Rescue Foundation*«, erklärte ich ihm. »Das Gebäude war versiegelt, aber eine andere Stiftung hat den Bieterkrieg um die Lagerbestände gewonnen. Dazu gehörte auch der Kopf, den wir am Strand gefunden haben und mit dem das alles anfing. Keiner wollte ihn haben, und ich fand, es wäre vielleicht angemessen …«

»Er ist in der Kiste?«

»Ich habe für morgen eine Zeremonie arrangiert. Ich dachte mir, er sollte vor seiner letzten Reise noch einen bunten Abend haben.«

»Du bist ein sonderbares Kind.«

»Ich weiß.«

Als wir unsere Gläser nachgefüllt hatten, begann die abschließende Beurteilung unserer Aktion.

»Sollten wir nicht auf Bigman Beung und Käpt'n Kow warten?«, fragte Ed.

»Nein«, sagte Opa. »Fangen wir an.«

Wir besprachen, was wir hätten besser machen können, und freuten uns an dem, was gut gelaufen war. Ich fürchtete ein wenig, dass ich dem Tod nur von der Schippe gesprungen war, damit dieser Abend ein versöhnliches Ende nehmen konnte.

»Okay, Ed«, sagte ich. »Wann genau wusstest du, dass uns dreißig kleine Boote zu Hilfe kommen würden?«

Er sah sensationell aus. Die Haare gegelt. Ein weißes, kragenloses Leinenhemd als Kontrast zu seiner Sonnenbräune. Für meinen Geschmack verstand er sich etwas zu gut mit meiner Schwester. Es wurde Zeit, ihm einen Dämpfer zu verpassen.

»Ich glaube, das haben wir alles Käpt'n Kow zu verdanken«, sagte Ed. »Er hielt die ganze Zeit über Kontakt zu den kleinen Booten. Ich glaube, die Fischer haben mitgemacht, weil alles weltweit übers Internet verbreitet wurde. Sie haben in der Nacht das Fischen Fischen sein lassen. Es geht doch nichts über richtiges Publikum, um aus einem Mann den Showman hervorzukitzeln. Und nachdem sie uns eingeholt hatten, haben Kow und ich dafür gesorgt, dass sie einen Kreis bildeten. Den Rest wisst ihr ja.«

»Ich weiß, dass ich fast zu Tode gekommen wäre«, erklärte ich ihm.

»Nein, wärst du nicht. Ich habe durchs Fernglas zugesehen. Für dich bestand keine Gefahr.«

»Und du fandst nicht, dass ›Dancing Queen‹ für eine solche Situation möglicherweise unangemessen war?«

»Es war der einzige englische Song, der auf ihrer Liste stand. Sie haben ihn lautmalerisch aufgeschrieben.«

»Sie hatten keine Ahnung, worüber sie sangen«, sagte PI Meng.

Ich hätte noch ein paar Beschwerden gegen Ed vorzubringen gehabt, doch in diesem Moment kam Mair mit einem Tablett voller Tintenfisch. Ihre Wangen glühten. Ich wusste, dass sie was getrunken hatte. Auch sie bekam Standing Ovations, woraufhin sie einen Knicks machte und die Hälfte der Tintenfische auf dem Tisch landete.

»Ist er noch da drinnen?«, fragte sie und deutete auf die Kiste.

»Ich habe ihn nicht weggehen sehen«, sagte Opa Jah, was einem Scherz so nahe kam wie kaum etwas, das er in letzter Zeit von sich gegeben hatte. Das brachte ihm einen Lacher von den Helden ein.

»Wie wäre es mit einem Trinkspruch auf den Kopf?«, fragte ich. »Ohne ihn wären jetzt wahrscheinlich viel mehr seiner Brüder und Schwestern tot.«

»Prost, Kopf!«, sagte Sissi.

»Prost, Kopf!«, sagten alle anderen.

Wir kippten unsere Drinks und schenkten gerade rechtzeitig nach für die nächsten Standing Ovations.

»Fangt ruhig schon ohne mich an«, ertönte eine Stimme.

Wir drehten uns um und sahen Bigman Beung, der eine schneeweiße Marineuniform trug. Geblendet wandten wir uns ab.

»Wo ist Ihre Frau?«, fragte ich.

»Welche?«, erwiderte er. »Ich habe so viele Haupt- und Nebenfrauen.«

»Was stellst du heute dar, Bruder?«, fragte Ed.

»British Navy«, prahlte er. »Oberkanonier. Hab ich in einem Schrank gefunden, als man die *Queen Elizabeth 2* besichtigen konnte, bevor sie daraus ein Hotel gemacht haben. Die Uniform ist ein bisschen groß, aber die Mädchen werden ganz feucht davon.«

»Heißen wir ihn willkommen, bevor er noch etwas Unangebrachtes von sich gibt«, sagte ich.

Wir standen alle auf und salutierten dem Dorfoberhaupt.

»Ich habe Erfahrung mit britischen Matrosen«, sagte Mair.

»Nicht jetzt, Kleine«, sagte Opa.

»Ich würde es gern hören«, sagte Gaew, die den Arm meines Bruders den ganzen Abend über noch nicht losgelassen hatte.

Wieder rettete uns eine Ankunft, diesmal Käpt'n Kow, der den Wagen des Dorfchefs für ihn geparkt hatte. Er sah blendend aus in Hemd und Jeans mit Ledergürtel.

»Aah, ein wahrer Held«, sagte Waew.

Opa murmelte irgendetwas leise vor sich hin.

Alle erhoben sich.

»Käpt'n Kow«, sagte ich. »Ich danke Ihnen. Der Kopf dankt Ihnen. Wir alle danken Ihnen.«

»Chaiyo«, sagten wir alle, was viel mitreißender war als »Prost«. Wir tranken auf den Käpt'n und setzten uns alle wieder hin. Alle bis auf Sissi, die stehen blieb. Mir wurde

bewusst, dass sie unseren tapferen Fischer noch gar nicht kennengelernt hatte.

»Das ist Käpt'n Kow«, erklärte ich ihr. »Er ist dem Zubringerboot bis zu den Sklaventreibern gefolgt und hat den Karaoke-Angriff organisiert. Und das ist mein Bruder Somkiet«, sagte ich. »Die meisten nennen ihn Sissi.«

Es folgte ein seltsamer, betretener Moment, in dem Sissi nur so dastand und den Käpt'n mit großen Augen ansah. Der Käpt'n lächelte, fast entschuldigend.

»Wie geht's dir, Dad?«, sagte Sissi schließlich.

»Gut, mein Sohn. Und dir?«

KORREKTE SONGTEXTE DER KAPITELÜBERSCHRIFTEN

1. Sleeping on the job
2. Because a vision softly creeping
   Left its seeds while I was sleeping
3. It's amazing how you can speak right to my heart
4. I'm gonna shoot you right down,
   Right off your feet
5. All my dreams fulfilled
6. It's been a hard day's night,
   I should be sleeping like a log
7. I thought love was more or less a given thing
8. Our love is like a ship on the ocean
9. We rely on each other
10. Something in the way she moves
11. Give me my propers when you get home
    (Aretha- Franklin-Version)
12. I was feeling kinda seasick
    But the crowd called out for more
13. Sunshine, blue skies, please go away
14. The colours of the rainbow, so pretty in the sky
15. Old pirates, yes, they rob I
16. Start spreading the news
17. And all he left us was alone

Ich würde ja gern behaupten, dass ich mir die ganze Geschichte von den Birmanen ausgedacht habe, aber leider ist sie – in weniger bizarrer Form – wahr. Wenn Sie sehen möchten, unter welch unwürdigen Lebensumständen unsere birmanischen Brüder und Schwestern leiden müssen, lesen Sie diesen BBC-Artikel aus dem Jahr 2011. Viel besser ist es inzwischen nicht geworden.

http://www.bbc.co.uk/news/world-asia-pacific.13189103

Col

DANKSAGUNG

Mein Dank gilt Tony, Quentin, Hans, Apple, Nok, Lizzie, Kay, Kye, Janet, David, Shona, C. G. Moore, Dad, Andrew, Rachel, Hannusia – und dem Lehrkörper von Georgetown – sowie Bouy.

Colin Cotterill

wurde 1952 in London geboren. Nach einer Ausbildung zum Englischlehrer begab er sich auf eine Weltreise, die viele Jahre andauerte. Er lebte lange in Australien, Japan, Thailand und Laos, wo er Englisch unterrichtete, selbst Lehrer ausbildete und sich als Sozialarbeiter engagierte. Mittlerweile ist der Hundeliebhaber und begeisterte Comic-Zeichner in Thailand sesshaft geworden. »Ein Kopf macht noch keine Leiche« ist der zweite Roman aus der mehrfach ausgezeichneten Serie mit Jimm Juree, einer ehemaligen Kriminalreporterin und findigen Spürnase. Colin Cotterill ist heute hauptberuflich Schriftsteller und lebt in Chumphon, Thailand.
Mehr zum Autor und zu seinen Büchern finden Sie unter www.colincotterill.com

Colin Cotterills Dr.-Siri-Romane in chronologischer Reihenfolge:

Dr. Siri und seine Toten. Roman
Dr. Siri sieht Gespenster. Roman
Totentanz für Dr. Siri. Roman
Briefe an einen Blinden. Dr. Siri ermittelt
Der Tote im Eisfach. Dr. Siri ermittelt
Der fröhliche Frauenhasser. Dr. Siri ermittelt
(alle Romane sind auch als E-Book erhältlich.)

Die Jimm-Juree-Reihe:

Der Tote trägt Hut. Ein Thailand-Krimi
(auch als E-Book erhältlich)

GOLDMANN
Lesen erleben

Um die ganze Welt des
GOLDMANN Verlages
kennenzulernen, besuchen Sie uns doch
im Internet unter:

www.goldmann-verlag.de

Dort können Sie
nach weiteren interessanten Büchern ***stöbern***,
Näheres über unsere ***Autoren*** erfahren,
in ***Leseproben*** blättern, alle ***Termine*** zu Lesungen und
Events finden und den ***Newsletter*** mit interessanten
Neuigkeiten, Gewinnspielen etc. abonnieren.

Ein ***Gesamtverzeichnis*** aller Goldmann Bücher finden
Sie dort ebenfalls.

Sehen Sie sich auch unsere ***Videos*** auf YouTube an und
werden Sie ein ***Facebook***-Fan des Goldmann Verlags!